文学馆
林贤治 主编

Whitman's
selected proses

灵魂的时刻

惠特曼散文选

[美] 惠特曼 著

马永波 译

SPM
南方出版传媒
花城出版社
中国·广州

图书在版编目（ＣＩＰ）数据

灵魂的时刻：惠特曼散文选／（美）惠特曼著；马永波译. -- 广州：花城出版社，2017.3
（文学馆／林贤治主编）
ISBN 978-7-5360-8304-2

Ⅰ. ①灵… Ⅱ. ①惠… ②马… Ⅲ. ①散文集－美国－近代 Ⅳ. ①I712.64

中国版本图书馆CIP数据核字(2017)第035129号

出 版 人：詹秀敏
责任编辑：张　懿　林　菁
技术编辑：凌春梅
装帧设计：林露茜

书　　名	灵魂的时刻：惠特曼散文选
	LINGHUN DE SHIKE：HUITEMAN SANWEN XUAN
出版发行	花城出版社
	（广州市环市东路水荫路 11 号）
经　　销	全国新华书店
印　　刷	恒美印务（广州）有限公司
	（广州南沙经济技术开发区环市大道南路 334 号）
开　　本	880 毫米×1230 毫米　32 开
印　　张	15. 875　2 插页
字　　数	320,000 字
版　　次	2017 年 3 月第 1 版　2017 年 3 月第 1 次印刷
定　　价	48. 00 元

如发现印装质量问题，请直接与印刷厂联系调换。
购书热线：020－37604658　37602954
花城出版社网站：http://www.fcph.com.cn

沃尔特·惠特曼

the beautiful silver dog, and the pictorial
black child the round and joy
with alert eyes, as she turned
half way around her neck anxious
prospect, (having probably been over-
turned on some previous occasion)
- the gait of the big girl with
her short petticoats - the shiny
curl'd dog, standing up in the hole
of the little one, in the barrow
with the patch-work quilt around
her, sitting down, her feet visible
poking straight out in front -
made a passing group which
I stopt to look at it, you
may if you choose stop and
imagine.

惠特曼手稿

目录 contents

第二辑　自传与内战时的经历

3

第三辑　自然笔记

5

惠特曼：灵魂中的政治和美学
（代译序）

林贤治

惠特曼（1819－1892）是我热爱的美国诗人。1955年出版的楚图南翻译的《草叶集》，从中学时代起就陪伴在我身边，直到现在。

想不到，惠特曼的散文同他的诗作一样出色。上世纪八十年代有过张禹九的译本，薄薄的小册子，也是我所珍爱的。再后来，在一套关于环保的丛书中发现马永波的另一个译本。虽然集子内都是自然的篇什，但是夹杂在环保主题中是不合适的，因为自然和人在他那里是齐一的，存在本身就是目的，没有"大自然的主人"。作为伟大的诗人，正如他所说，"他的思想是赞美万物的圣歌。"

我为出版社编辑丛书"文学馆"，在完成惠特曼的诗选集《我自己的歌》之后，决意给诗人出版一部有代表性的散文选集，便约请马永波先生按惠特曼全集着手编译。

这就是眼前的《灵魂的时刻》。

惠特曼的散文，基本上由两个部分构成：一是论文，包括政论和文学评论，从有名的《草叶集》序言到洋洋万言的《民主远景》，都在这里面。再，就是我们惯称的散文，但又同我们的散文很两样，其中没有几篇称得起是完整的文章。事实上，这些短文都是他在生活中的断片记录：或者带自传性质，或者是战地医院的场景，或者是随时摄取的自然景观。但是，若论散文，它们才是真正的散文，目接耳闻，随兴赋形，起止无定。直接来自无序的生活，而为诗人的灵魂所捕获，他借了疗养的闲暇，把所有这些写于不同时期的断片"像鱼一样网罗到一起"。他骄傲地宣称，这是"一本史上最直率、最自然、最为片断性的书"，确实如此。

首先，惠特曼是一个伟大的爱国主义者。他的政论，他的诗篇，都在热情赞美他的民主国家。

说到美国，他使用了一个词，就是"巨大多样性"。在这里，"巨大"指的是广大民众，是民主事业。惠特曼有一段话，把"巨大"阐释得很好，他说："这里的事业已从必定无视特点和细节的束缚中解放出来，在广大群众中声势浩大地展开。这里的慷慨大度永远象征着英雄人物。这里有粗野的大胡子，有灵魂喜爱的空旷，崎岖和沙漠。这里，对琐碎的蔑视，无以伦比地体现在它的群体和集团的惊人鲁莽，以及对前景的追求之中，以变动不居的幅度展开，沐浴在灿烂繁茂的光华之中。"与此同时，惠特曼又十分重视个人，强调自我。他说，"诗人们除了关于自我的法则是不了解任何法则的，自我的法则由上帝安置在他们心中，他们的自我，就是法则的最高标准和最后的典范"。关于自我，他当然认为是属于个体的，永远具体的，但是，他又明确地指出是复合的，累积的。显然，民主作为一种制度，一种风气，它植根于个体，原本就是人类天性的一部分。我们走向民主，就是走向自我；回到自我那里，就是回到民主之中。

所以，惠特曼说到他的《草叶集》的写作意图，其中之一，就是要唱出一首男性和女性共有的综合性的"民主的个体"之歌。此前，在诗中，没有哪位诗人像惠特曼如此热烈而深情地歌唱过"自我"。

书中有文章批评两位偶像级的文学大师，一位是莎士比亚，一位是爱默生。惠特曼指出，在莎士比亚那里有着很大程度的对民主的冒犯，说："他不仅与封建主义相一致，而且他就是封建主义在文学中不折不扣的化身。"他认为，英国文学的精神并不伟大，即使像莎士比亚那样具有相当大的价值和人工之美，也是物质的，感官的，而不是精神的。因为缺少精神的贯注，所以是冷的，慵懒的，庸俗的，反民主的，留下的永远是病态的魅力，悲哀的奢华。他强调说，英国文学不应成为美国文学的典范。对于美国文学的泰斗爱默生，惠特曼一点也不客气，批评他的著作是一种"制造"，而不是一种"无意识的'生长'"，指出"它是瓷人或狮子、牡鹿、印第安猎手的雕像——而且是精心选择的雕像——适合于客厅与图书馆的红木或大理石支架;从来不是动物或猎手本身。"其实，他要说的是，爱默生也还没有挣脱美国文学传统的紧身衣。在惠特曼眼中，美国文学是一种新兴的文学，它起源于世界上所有迅速的变化、革新和无畏的运动，它有宽广的政治视野，有彻底的民主精神，是自由的声音与自然的展现。

无论是作为诗人的自白，还是作为批评家的批评，惠特曼都十分珍视文学的精神性。他认为，巨大的精神性包含着强烈的感官性。精神不是纯粹的抽象，不是虚构和幻想，但也不是纯粹的感官享受。在当时，他已经看到，"美国人面临的最大危险是一种压倒一切的繁荣，'商业'俗气，物质主义"。这种批评，与后来阿伦特说美国社会的唯物质主义倾向是对美国革命的背叛的说法十分吻合。

诗人的触角是灵敏的，身上有一种天生的深刻性，大概这同样与精神有关。总之，精神在他那里是至上的，涵盖性的。他始终认为，文学精神应当契合于国家的精神，唯有国家具有充分的自由民主的精神，才能产生伟大的文学。他推崇意大利、西班牙、法兰西、德国的文学，就因为这些国家的文学充满了自由、沉着、快乐、敏锐、扩张的元素，通往未来远景所需要的元素，创造性的元素。这些元素，弥漫在这些国家及其文学的精神之中。

在惠特曼那里，文学与民主国家是一体的。他认为，是少数一流的诗人、哲学家和作家，为迄今文明世界的整个宗教、教育、法律和社会学奠定了基础，给美洲大陆的民主结构打下了烙印。他对文学在文明中的地位评价很高，说"在所有艺术之上，文学是主宰"，甚至提出，"一种伟大的原则性文学注定要成为美国民主的理由与依赖，在某些方面还是绝无仅有的依赖"。因为他如此看待文学的特性和作用，所以他的评论，无论对待别的作家，还是对待自己，都会把民主的要求当成文学的原则，而且是第一原则。

惠特曼说过，"在杰出大师的形成中，政治自由的思想是不可或缺的。"这种思想观念同文学一样，同样来自灵魂，来自美的血液和美的大脑。而灵魂，是不会接受任何意识形态以至道德的说教的，它从内部生长，所以同文学的审美特性是一致的，互相契合的。

首先让我们看看惠特曼所经历的，他的日常见闻，旅行，在战地医院的工作，等等。他有很长的散文写到总统林肯及其死亡的情形，而更多的文字，是描述普通民众，包括伤亡士兵的。林肯总统所以值得他花费那么多的笔墨，正在于没有特权，在于民主风度，一生为美国人民所作的牺牲。平民对他来说，其重要性并不逊于总统。他写百老汇——纽约的一条著名的热闹的大街——很有意思，在文中，他混在人流中观察马匹，马的速度、精神和勇气，为马留连。当然，这同那些马车夫很有些关系，他认识那里所有的车夫，看重他们的良善、自尊、荣誉感和"同志式的情谊"。在文章的末尾，他十分自豪地写上一段并非多余的话，说："我想评论家们可能会打心眼里嘲笑我，但正是百老汇出租马车和马车夫的影响，还有那些演说和冒险，才孕育了《草叶集》。"

《与疯人在一起的星期天》写到疯人，对疯人充满赞美之情："我们共同的人性，我的和你们的，在任何地方都是：'同样古老的血液——同样鲜明的、流动的血液。'"这就是惠特曼，民主的、平等的、满怀人类之爱的惠特曼。文章让我立刻想起《草叶集》中的一首短诗《致妓女》，这里灌注着一种真挚的、深厚的、崇高的感情。

在惠特曼的散文中，最令人感动的，还是那大量的关于伤兵的描写。

战地医院是恐怖的、肮脏的、黑暗的，在这里，随处可以看到饥饿、痛苦、卑贱、绝望、寄生虫、精神错乱，以及频繁的谋杀，等等。正是爱，是人道主义，是不屈的英雄般的精神，使这个地方有了阳光和希望。惠特曼给伤兵包扎，送饭，送钱，送礼物，给他们写信，朗读，带给他们慰藉和鼓舞，同时，凭着他的广阔的胸怀和锐敏的眼睛，在伤兵中间发现同样健康的力量。

在书中，惠特曼写到一个伤员，刚刚截去胳膊，浑身血淋淋，却是非常冷静，用剩下的那只手拿饼干吃，一点不以为意。

另外一个青年士兵在截肢后迎来了死亡，惠特曼这样写到他平静面对死神的降临："在他牺牲的那天，他在日记中写到，今天医生说我要死了——一切都完了——哦，这么年轻就要死了。在另一张空白页上，他用铅笔给他的哥哥写到，亲爱的哥哥托马斯，我一直很勇敢，但也很淘气——为我祈祷吧。"

惠特曼平实地描画那里的"战争地狱场景"，写伤兵、逃兵的惨苦无告，写战俘被屠杀，写无数死去的士兵无人埋葬。在他那里，士兵的英雄主义是同不幸、死亡、孤独和寂寞连在一起的。他赞美这种并非孤立的英雄主义，称他们为"无名勇士"，其中写道：

"他们中有代表性的一个（无疑代表了成百上千的人），在受到致命一击之后，挣扎着爬向旁边的灌木丛，或一丛蕨菜——在那里隐蔽了片刻，鲜血浸透了树根、野草和土地——战斗中的前进，后退，转换阵地，从旁掠过——在那里，他忍受着疼痛与折磨（比想象中要少得多），最后的昏睡像蛇缠绕着他——眼睛在死亡中变得呆滞——没有关系——也许，一周后的休战时间，负责掩埋尸体的小队，不会搜索到他的隐身之处——在那里，最后，这最为勇敢的士兵在大地母亲的怀抱中化为乌有，无人埋葬，也无人知晓。"

在惠特曼的眼中，没有"南军"和"北军"的区别，没有失败和胜利的区别，他说"都是我们的"。所有这些士兵们的生命，对他来说都很珍贵；在他的笔下，他们个个都是英雄。

内战结束后，1877-1881年间，惠特曼中风偏瘫，在新泽西州的一处隐蔽所在，紧靠木材溪河岸度过。在这里，他看到和感受到大自然的迷人的魅力，随后，又到西部和加拿大旅行观察，留下了另外一批散文断片，构成了书中后半部的重要内容。

惠特曼酷爱大自然。他写山峰、河流、湖泊、峡谷，写天空、树木、花鸟，各种各样的色彩、声音和芳香。橡树在他的眼前，仿佛随时可以走动；杉树果有毛茸茸的细条，悬垂下来，就像"一绺绺不驯的头发披覆在幼儿的前额上"；他在高山大河中感受壮丽的美，野恋的力，但也赞美一个"沉默的小追随者"，一种小花金鸡菊。他那般喜爱鸟类，在午夜迁徙的鸟群中，可以辨认多种鸟类的鸣叫。他总是设法亲近它们，当他和两只翠鸟在一起时，就说"我们三个"。在这些散文中，大自然的一切，都有了拟人化的文字。实际上，惠特曼就把它们也当成了人类，他从中接受教育，学习那来自大地、岩石、动物和树木的"最伟大的道德课"。

他喜欢柏树，在他看来，柏树是"健康、廉价、民主的树"，曾经想到将自己的作品集用"柏树果"命名。他赞美柏树的"无用性"生长，说"它们满足于被遗忘"，"它们对回答问题很冷淡，有充耳不闻的厌恶"；还特别补充说明，"后者是所有特点中最宝贵的，离我最近的。"独立，自由，自生长，完全不倚赖任何事物，包括人类。在这里，惠特曼宣扬的是一种新的价值观，新的人性，新的品格。

在所有描写大自然的文字中，似乎都没有像惠特曼这样，从中发现民主道德。他说："民主与户外的关系最为密切，只有与自然发生关联，它才是充满阳光的、强壮的和明智的，就像艺术一样。"他把整个新世界的政治、宗教、艺术和自然连在一起，强调说："如果没有自然成分作为主体，作为它的健康成分和美的成分，美国的民主就不会兴旺，就不会变得英勇。"同样地，我也不曾见过有哪个作家，通过自然景物的描写，表达一种关于一个民主国家的未来感。这是"美国的独特景色"，惠特曼写道，"它们静默而宽广地展开"，"没有一点欧洲土壤、记忆、技巧或精神的痕迹或味道"。这些话，其实就可以直接拿来做惠特曼的自然笔记的注解。

惠特曼在一部散文诗歌集子的序言中写到，他的书贯穿着两条明显的脉络，两个不同的主题，就是政治和有关永恒的沉思。他说始终以多种形式一再重复这两个主题。所谓两个主题，说到底仍然是一个，即具体的政治和抽象的政治。前者是事件，社会场景，人事以外的触目可见的大自然。至于后者，则是关于人性的本原的追溯，是美的发现。惠特曼的自然笔记，就是他阐释政治的别样的形式。对惠特曼来说，政治就是自由、平等、民主。在自然界的动植物中间，他发现了相关的丰富的意象和形象，而所有这些，与它们同样伟大的邻居——人类毫无二致。

无论人类，无论自然，在惠特曼这里，都关系到个体和总体的关系，他称之为"两种主权"。这是一种很独特的主权理论。个体与总体互相矛盾，又互相联系，但是，各自的独立性是不容忽视的，而且必须予以实现。就联邦和各州的关系来说，他认为"共和原则"是理想的体现，而人民，才真正代表了两者。在书中，他是诗人，灵魂的歌者，人民的歌者，大自然的歌者；是捍卫民主的评论家，战士，爱国者。他把所有这些统合到一起，他是无可替代的。

这是一个具有鲜明特色的诗人和散文作家，坦坦荡荡的人类一分子，民主国家的公民，未来世界的预言者。可以说，没有美国，就没有惠特曼。在书中，与其说他在表达自己，描写自己，无宁说他在袒呈自己。文学与政治是严格一致的，在他那里，文本与作者本人同样达到了高度的一致。因此可以说，只有通过惠特曼，我们才知道应当怎样定义文学，什么才是诚实和朴素。

在此，我愿意抄录惠特曼的一段自白，它概括了这部书，不妨把它看作是这部书的灵魂。其实，他所有的书，都只有一个灵魂：

　　伟大的诗人没有一种标记性的风格，他更是思想、事物的通道，不增不减，他也是他自我的自由通道。……
　　我不会让自己的写作中有任何的高雅、效果或原创性，像帷幕一样遮挡在我和其他人之间。我不会有任何遮挡的东西，哪怕是最富丽堂皇的帷幕。我所讲述的一切都完全如其本然。

　　《灵魂的时刻》是一部伟大的书，它包容了我们的存在。通过惠特曼的散文，通过他笔下的政治和美学，我们思考人，走向人。惠特曼告诉我们，真正的人，不会遗弃他的任何一个同类，也不会遗弃世界上的任何事物。世界属于人，人同样属于世界。
　　最后，我不会忘记感谢马永波先生，是他把惠特曼的灵魂———一具伟大的丰实的灵魂翻出来给我们看，用他的富于创造性的劳动和语言。

2016年12月6日

第一辑　民主与文学

自然与民主——道德

民主与户外的关系最为密切，只有与自然发生关联，它才是充满阳光的、强壮的和明智的，就和艺术一样。要调和两者的关系，就需要去检查它们，限制它们，使之远离过度和病态。在出发之前，我要为一门非常古老的功课和必需品找到特别的证明。美国的民主，在它无数的个体方面，在工厂，车间，商店，办公室中——拥挤的街道和城市的房屋，以及所有生活复杂的方方面面——都必须与户外的光、空气、生长物、农场景象、动物、田野、树木、鸟、太阳的温暖和自由的天空保持固定的接触，以变得坚韧、有生机，否则，它肯定会缩小和变得苍白。在不平等的条约上，我们无法拥有一个结合手艺人、工人和平民百姓的伟大种族（那是美国唯一的特定目标）。我设想过，整个新世界的政治、理智、宗教和艺术，如果没有自然成分作为主体，作为它的健康成分和美的成分，美国的民主就不会兴旺，就不会变得英勇。

最后谈谈道德，马克·奥勒留①曾说："何为德行，只是对自然鲜活的、热忱的同情而已。"也许，所有时代，我们的时代和即将到来的时代，真正的诗人、奠基人、宗教、文学的种种努力，本质上一直是一样的，将来也是如此——那就是将人们从他们顽固的迷失和病态的抽象中，带回无价的平等、神圣、原初的具体之中。

---

①马克·奥勒留（Marcus Aurelius，121—180），罗马皇帝，新斯多葛派哲学的主要代表，宣扬禁欲主义和宿命论，对外经年用兵，对内迫害基督教徒，著有《自省录》十二篇，死于军中。

亚伯拉罕·林肯之死

——1879年4月14日在纽约，1880年、1881年又先后在费城和波士顿发表的演讲

十五年过去了，自从那个黑暗和湿淋淋的星期六，那个寒冷的四月天之后，我的心多么频繁地满怀梦想与希望，要讲出亚伯拉罕·林肯之死，以及它独特的思想和纪念意义。现在，有了这个寻求已久的机会，我发现我的笔记不足担当此任，（为什么，对于真正丰富的主题，我的叙述会如此闲散？为什么始终说不出正确的措辞？）我所梦想的合适的颂词，依然没有准备就绪。我此处的讲话真的不是为了讲话本身或里面的任何东西，完全是因为我感到有一种渴望，与任何讲话都不同的渴望，要详尽地说一说那一天和他的殉难。正是为了这个，我的朋友们，我把你们召集到一起。仿佛流动不居的岁月又带回了这一时刻，那就让我们再次逗留吧，无论多么短暂。就我而言，我希望与渴求的是，到我自己去世为止，每年的4月14日或15日这一天，都能召集一些朋友，沉痛地回忆一下。这不

是狭隘的群体性纪念活动。它属于美国各州，不仅是北方，也不仅是南方——也许属于南方显得更为亲切和虔诚，因为他的出生地确实属于南方，他的祖先在那里留下了足迹。为什么我不可以说，他最具男子气概的品质，他的多面性，他的精明谨慎，令人舒适的举止和平易随和的言谈，他不屈不挠的决心和内心的勇气，也都同样来源于此？朋友们，难道你们从未认识到，林肯，尽管在西部扎下了根，可他的性格与品质，基本上是得自南方的滋养？

尽管无意在今晚再次提起那次脱离联邦的战争，我要简要地提醒你们注意战前的公众局势。长达二十年，尤其在战争实际开始前的四五年间，美国社会生活的各个方面，虽然没有达到军事冲突的程度，但总括起来却不亚于一个战役、一场长期的战争，或一系列战争，甚至超过了大自然本身的震动。南方的激情炽热，而北方，则奇怪地混合着麻木不仁、不以为然和自以为是——废奴主义者的煽动，政客的卑鄙与掌控，为任何国家与时代所不及。对于这些，我不会忽略的是，各地人民的基本主体普遍是诚实正直的，他们心胸中沸腾的愤怒和矛盾比春分点时最为狂野的大西洋波涛还要汹涌。在政治方面，有什么能比费尔莫与布坎南总统任职期间更为不祥（尽管当时尚未被认识）、更加事关重大的呢？结果证明，选举出来的统治者的虚弱与邪恶，同样能够对我们造成伤害，正如旧世界国家中的君主制度、皇帝与贵族那样。在那个旧世界，到处能听到地下的轰隆声，那停息了的，只不过是为了再次出现。而在美国，火山尽管还平静，震动却在持续增强，越来越猛烈和具有威胁性。

在这一切的兴奋与混乱的高潮中，出现了一个奇异笨拙的人物，起初徘徊在边缘，随后投入其中，并命定扮演领导角色。我不会轻易忘记第一次看见亚伯拉罕·林肯的情景。那大约是1861年2月18日或19日。一个相当怡人的午后，在纽约城，那时，他从西部抵达，停留几个小时，然后继续前往华盛顿，准备就职典礼。我在百老汇看见他，在现在的邮局所在地附近。他走下来，我认为是从运河街而来，要在阿斯托旅馆停歇。宽敞的空间，附近的人行道和街道，一定距离之内，挤满了人，严严实实，数以千计。公共汽车和其他交通工具全都绕道而行，使得城市那个繁忙的地方显得异常安静。不久，两三辆破旧的四轮马车艰难地穿过人群驶来，停在奥斯特旅馆的门口处。一个高个子的人从当中一辆马车上下来，闲散地站在人行道上，抬头观望着壮丽的老旅馆那花岗岩的墙壁和高耸的建筑——然后，放松地伸展了一下四肢，转过头来，用了一分多钟的时间，缓慢而和气地向沉默的巨大人群打量了一番。没有任何言语，没有问候，也没有欢迎，就我耳力所及，没有说一句话。但是在那种安静中潜藏着极大的焦虑。谨慎的人担心这位当选的总统会受到明显的冒犯或不敬，因为他在纽约城里根本不受欢迎，在政治上的支持也非常之少。但是很显然，大家心照不宣的是，如果林肯先生的支持者们完全没有表示，那些不支持他的大多数人，也同样就没有表示了。结果就成了阴沉持久的沉默，这样的景象，这么巨大的人群，在纽约还从未出现过。

几乎在同一邻近地区，我清晰地记得，1825年曾看见来美国访问的拉法耶特。我也亲身看见和听到，后来的岁月中，安德鲁·杰克逊、科雷、韦伯斯特、匈牙利的克苏斯、威尔士的费力布斯特·沃克亲王，及其他名人，本国的和外国的，在那里受到欢迎——那无法描述的人类的喧闹和吸引力，不同于宇宙中的任何其他声音——无数的人放开喉咙，发出雷鸣般狂喜的欢呼！但是这一次，没有一丝声音，没有一点动静。从一辆公共汽车顶上（因为被路边石和人群挡住，它就停在附近），我纵览了整个场景，尤其是好好看了一番林肯先生，他的外貌和步态，他完美的沉着和镇静，他非同寻常的身高显得有些笨拙，他全黑的服装，头上向后仰的大礼帽，深棕色的肤色，有皱纹却表情机智的面孔，满头浓密的黑发，不合比例的长脖子，他双手背在身后握着，站在那里观察着人群。他好奇地看着那巨大的面孔的海洋，而那面孔的海洋则回以类似的好奇。双方都有一点喜剧的、几乎胡闹的色彩，就像莎士比亚在他最阴惨的悲剧中所表现的那样。周围的人群我推测有三四万人，其中没有一个是他个人的朋友——我毫无疑问地相信（当时的骚乱是如此猖狂），许多刺客裤子后面的口袋或是胸兜里就藏着刀子和手枪，一旦骚乱发生，人群冲散，就准备下手。

　　但是人群没有散开，也没有骚乱发生。这个高个子的人又再次舒展了一下四肢；然后以稳健的步伐，在一些陌生面孔的陪同下，登上奥斯特旅馆的门廊台阶，消失在它宽敞的入口之中，于是，哑剧表演结束了。

　　那一天之后的四年中，我经常看见亚伯拉罕·林肯。他在任职期间经历了许多急剧的变化，但是这个他现身其中的场景，却不可磨灭地烙印在我的记忆之中。当我坐在公共汽车的篷顶上，清晰地看见他，我有了一个想法，那时还模糊而尚未成形，此后却变得足够清晰，那就是，要完美描绘这个人未来的画像，需要四种天才，四双强大有力的手——在拉伯雷的帮助下，由普鲁塔克、埃斯库罗斯和米开朗基罗的眼睛、大脑和手法来完成。

而现在——（林肯先生从这个场景去了华盛顿，在那里宣誓就职，置身于武装骑兵和到处都是的神枪手当中——我们国家首次出现这样的情况——我希望它将是最后一次）——现在，是一连串迅速发生的众所周知的事件，（太熟悉了，我相信，这些日子，我们几乎憎恨听到它们被人提起）——国旗在萨姆特遭受枪击——北方在震惊和愤怒的痉挛中起义——委员会分裂的混乱——召集军队——第一次的布尔溪战役——北方的惊慌失措、震惊与沮丧——就这样，脱离联邦的战争全面爆发。四年可怕、流血、黑暗、残忍的战争。谁能描绘那些岁月，描绘它们全部的景象？——艰苦卓绝的战斗——挫败，计划，失利——阴郁的时刻和日日夜夜，我们的国家仿佛被笼罩在怀疑甚至是死亡之中——外国及其附属国那魔鬼般的嘲笑——欧洲的干预像可怕的斯库拉，自由州中到处存在的同情脱离联邦的人像卡律布狄斯一样极度危险（其人数远多过预期）——夏季漫长的行军——炎热的汗水，中暑者极多，比如1863年向葛底斯堡的突进——比如胡克率领下在钱斯勒维尔的林中夜战——冬天的露营——军中监狱——医院——（啊！啊！那些医院啊。）

脱离联邦的战争吗？不，让我称之为联邦之战吧。不管怎样称呼，它都离我们太近了——范围过于广大，过于严密地笼罩着我们——它尚未形成（但肯定会形成）的分枝，远远地伸进未来——它们当中最有象征意义的部分尚未长成。一种伟大的文学将从那四个年头的时代和景象当中出现——这个时代浓缩了几个世纪的民族激情、第一流的图画以及生与死的风暴——它们是未来人民的历史、戏剧、传奇，甚至哲学的不可穷尽的矿藏——是未来整个美国的诗歌与艺术（乃至人的个性）的脊柱——在我看来，对于能够驾驭它的双手而言，要比荷马的围困特洛伊，法国战争，甚至莎士比亚的作品，还要壮丽得多。

但是我必须暂且放下这些推测，转向我所规定和限制的主题。有关林肯总统被谋杀的事实究竟如何，人们虽然写了很多，但在大多数人们的心中，事实也许并不是非常确定。我读了我当时写的备忘录，自此以后一再修改，并最终做了修订。

那一天，1865年4月14日，对整片大陆来说似乎都是一个愉快的日子——道德气氛上也是同样愉快——如此黑暗阴惨，兄弟相残，充满了鲜血、怀疑与阴郁的漫长风暴，终于过去了，被绝对的民族胜利的日出所终结，分离主义最终也被打垮了——我们几乎不敢相信自己的感觉！李将军已经在阿波马托克斯的苹果树下认输投降。叛军的其他两翼部队也相继投降。真的是这样吗？从这个充满悲哀、失败与混乱的万象世界中，果真出现了确凿无疑、万无一失的计划吗，就像一束纯净的光——来自公正的规则——来自上帝？如我所说，那一天很吉利。草木初萌，春花绽放。（我记得当时我停留的地方，季节提前了，有许多紫丁香已经盛开。这真是一种反常，它无端地给事件染上了色彩，我发现，每当我看到和闻到紫丁香，我就会想起那天发生的大悲剧。永远都是这样。）

我不要纠缠于细枝末节。这次行动在加速推进。华盛顿畅销的午报，小小的《晚星报》，在第三版上一百多处广告中间，以戏剧性的方式刊登着：今晚总统和妇人将驾临戏院……（林肯喜欢看戏，我在戏院亲眼看见过他若干次。我记得自己一直认为，他去戏院是件很滑稽的事儿，在某些方面，这位几个世纪以来真实历史舞台上最为激烈的戏剧中的主角，会坐在戏院里，兴致盎然，全神贯注，欣赏那些虚假的稻草人，感动于他们愚蠢的小动作、外国腔调和浮华的台词。）

　　这一次，戏院人群拥挤，许多女士身着艳丽的华服，军官们穿着制服，有许多名人，也有许多年轻人，和通常一样，燃着成串成串的汽灯，人多形成的欢乐气氛，魅力十足，伴随着香水的气味，悠扬的小提琴和长笛声——（最为重要的是，浸透一切的，是那巨大、模糊的奇迹——胜利——国家的胜利，联邦的胜利，以任何音乐和芳香所不及的喜悦，充满了空气、人们的思想和感觉。）

　　总统偕同夫人准时到场，在二楼大包厢里观看演出，这个大包厢由两个包厢合并而成，庄重地挂着国旗。这出戏有几幕几场——写得有点奇怪，但至少有利于让白日里沉浸在精神活动或操心于生意的人获得完全的放松，因为它对人的道德、情感、审美或是精神品质没有丝毫的要求——这出戏（《我们的美国表亲》）里面除了一些所谓的人物，还有一个美国北方佬，这样的人在北方肯定是前所未见的，或不太可能看见的，剧中交代他是在英国，用了各种无聊的台词、情节、布景，以及诸般魔术，构成了一出现代的通俗剧——称这出戏为喜剧也罢，不是喜剧也行，或者无论称作什么，当戏演到大概两幕的

时候，或是为了弥补，或是为了把它结束掉，仿佛自然和伟大
的文艺女神为了嘲弄那些可怜的戏子，穿插进来一幕，当真是
无法确切地加以描绘，（因为对于在场的数以百计的观众来
说，这个时刻留下的只是一片模糊，一场梦，一团漆黑）——
我现在要给出的也仅仅是并不完全的描绘。剧中有一场戏表现
的是一个时髦的客厅，在里面，那个不可能存在的北方佬告诉
那两个前所未见的英国女士说他不是富人，要钓得金龟婿的人
是万难如意的；在说完这些话后，剧中三个人物全部退场，舞
台上有片刻空空如也。就在这个时候，谋杀亚伯拉罕·林肯的
事件发生了。

　　这个事件在多方面都造成了严重后果，围绕着它，其影响
延伸进新世界未来数世纪的政治、历史和艺术等等，就首要事
实而言，实际的谋杀，却是在悄无声息、平平常常中发生的，
就和任何最普通的事件一样——比如植物生长中的蓓蕾绽放或
豆荚爆开。舞台歇场，更换布景，通常都会有嗡嘤之声随之而
起，就在这嗡嘤之声中，响起了手枪沉闷的一击声，当时听见
声音的观众寥寥无几——随后是片刻的寂静——肯定是引起了
模模糊糊的惊恐紧张——随后，穿过总统包厢隆重装饰着的星
条旗的空处，突然出现了一个人，一个男人，他手脚并用爬上
栏杆，在栏杆上站立了片刻，跳向下面的舞台（大约有十四五
英尺高），落地时动作失衡，靴子跟缠在了挂满戏台的幕布上
（美国国旗），他单膝着地，但是迅速恢复过来，若无其事地
站了起来，（他确实扭伤了脚踝，只是当时没有感觉到）——
就这样，凶手布斯，穿着普通的黑绒面呢，光着头，头发浓
密，乌黑油亮，眼中像疯狂的野兽一般闪烁着光芒和决心，出

奇地镇定，一只手举着一把硕大的刀子——沿着舞台脚灯走过来——将他具有雕像美的面孔完全地转向观众，蜥蜴似的眼中闪耀着绝望，也许是疯狂——以坚定沉着的嗓音喊出了一句话——这就是暴君的下场——然后不紧不慢地斜穿过舞台，消失在后台。（这可怕的一幕——使舞台上的表演显得荒谬可笑——是不是布斯事先排练过呢？）

片刻的寂静——一声尖叫——叫着"杀人了"——林肯夫人的身子探出包厢，脸颊和嘴唇一片惨白，指着那个正在撤离的身影，不由自主地叫着——"他杀了总统"——随后，是一阵奇怪的、难以置信的悬置——然后是轰然大震！——恐惧、嘈杂、难以置信混在一起——（屋后，传来马蹄加速的声音）——人们穿过椅子和栏杆，惊慌四散——无法摆脱的混乱和恐惧——女人们晕倒了——虚弱的人们跌倒在地，遭到践踏——可以听到许多人在痛苦地哭叫——宽阔的舞台上突然挤满了各色人等，密集得令人窒息，就像一场可怕的嘉年华狂欢——观众们普遍向舞台涌去，至少强壮的人是如此——男女演员们都穿着戏装，脸上带着油彩挤在那里，从化妆的脂粉后面显露出惊恐之色——尖叫声，呼唤声，混杂以说话声——成两倍三倍地增大——有两三个人设法要将水从舞台递到总统包厢——其他人试图爬到上面去——如此等等，不一而足。

就在这一片混乱当中，总统的卫兵们，还有其他一些人，突然出现在现场，他们冲进来——（大约有两百人）——席卷整个剧院，穿过所有楼层，尤其是上面几层，他们怒火冲天，并果真用刺刀、步枪和手枪逼着观众，口中叫嚷着——出去，出去，婊子养的——那天晚上剧院里就是这样疯狂的场面，或大致的气氛就是如此。

剧场外面，同样处于震惊和狂乱的气氛当中，拥挤的人们怒火填膺，准备抓住任何发泄的机会，有几次险些将无辜之人当成了凶手。有一次尤其令人兴奋。愤怒的人群，由于一次偶然的机会，开始针对一个人，或者是因为他说的话，或者是根本就没有任何原因，人们立刻行动起来，将这个人吊在了附近一根灯柱上，这时有几个勇敢的警察将他解救下来，把他围在中间，在危险的巨大人群中慢慢地辟路而行，把他带回了警察局。这是整个事件中的一个恰当的插曲。人群前前后后地拥来拥去——夜色，叫声，灰白的面孔，许多受惊的人徒劳地想要解脱出来——那个遭受攻击的人，依然没有脱离死亡的魔爪，看起来就像一具死尸——沉默果断的六名警察没有佩带武器，只拿着小警棍，但依然坚定沉着地穿过了潮水般的人群——构成了这场谋杀大悲剧的附加一幕。他们好不容易带着自己保护的人抵达了警局，将他安置妥当，严密保护起来过夜，第二天早上就将他释放了。

在这乱哄哄的场面当中，在愤怒的士兵、观众和人群、舞台、所有的男女演员们、化妆盒、亮晶晶的金属片和煤气灯当中——这片土地上最优秀最美好的生命之血，正从血管中缓慢滴落，死亡业已在嘴唇上开始冒出小小的泡沫。

这就是林肯总统被谋杀的具体可见的桩桩件件及周遭情形。脱离联邦的企图就此破产；四年战争也告结束。但是主要的事情是后来才微妙而无形地发生的，也许在很久以后——既不是在军事和政治方面，也不是在历史方面（尽管同样重大）。我要说，这次死亡悲剧中产生的某些次要的间接结果，在我看来，是最为重大的。不是谋杀事件本身。不是林肯先生像串珠子一样，将那一时期主要的关键事件和人物串连在他事业的单线上。不是他时有时无的独特个性，给这个共和国烙上任何一个人所不曾有过的鲜明而持久的烙印——（甚至超过了华盛顿；）——而是在于，除了这一切，那场悲剧中存在的不可估量的价值与意义，在我而言，是对于一个国家珍贵无比的感受，（而且完全属于我们自己）——想象与艺术的感受——文学与戏剧的感受。这些感受的意义绝非一般或是粗浅，而是对于一个民族，对于任何时代，都是非常珍贵的。一系列漫长而多变的矛盾事件终于抵达了它最具诗意、独一无二、核心的、图画般的结局。令人困惑、复杂多变的脱离联邦的时期终于走上了顶峰，在电光一闪中被照亮——凝成一个简单而激烈的行为。它尖锐的顶点，解决了那么多血腥和令人愤怒的问题，照亮了具有普遍意义的时间舞台上的那些高潮瞬间，在那里，历史的文艺女神在一边，悲剧的文艺女神在另一边，突然鸣钟降下帷幕，结束创造性思想的漫长戏剧的绝妙一幕，让它焕发光辉，生动如画，比虚构还要奇异。恰当其时的光辉——恰当其时的落幕！人的想象力，喜欢探究的人，会是多么喜爱这些事情啊！美国，也有了这样的事情。所有伟大的死亡，无论远近——罗马元老院里恺撒被刺也罢，拿破仑在圣赫勒拿岛风雨之夜的死亡也罢，帕莱奥洛格斯（Paleologus）殊死战斗，倒在尸积如山的希腊人当中也罢，还是平静的老苏格拉底饮下毒酒，都超不过分离战争的结局，这结局就在一个人的生活之中，就在我们这里，在我们的时代里——使三百万奴隶获得解放——终于分娩并诞生了我们真正自由的共和国，它的新

生，由此开启了真正同心同德的联邦大业，紧密团结，始终如
一。

　　未来美国的爱国者和联邦主义者，整个美国，不分南北，
无一差别，都不会找到更好的道德课业了。一个国家最伟大人
物的最后作用，归根结底，不在于他们本身的业绩，也不是他
们在自己时代或国家中的直接成果。一个英勇杰出的生命的
最后作用——尤其是一次英勇杰出的死亡——在于它对国家和
民族的间接渗透，在于一代又一代地，为那个时代的青年人和
成年人，乃至人类本身的个性，赋予色彩和品格，这里边往往
会有很多的变迁，但绝对万无一失。于是，全体人民就有了一
种黏合剂，比任何成文的宪章、法庭和军队都要微妙，都要根
本——也就是说，这次死亡与人民休戚相关，这是人民的首
要，也是人民之所需。奇怪，（难道不是吗？）战斗，牺牲，
痛苦，流血，甚至行刺，竟然如此这般地——也许还是唯一真
正持久地——凝聚起了一个国家。

　　我要重申——任何民族的壮丽死亡——任何国家的戏剧性
的死亡——都具有最为重要的遗产价值——在某些方面超越了
它的文学和艺术——（就像英雄超越于他最为美妙的画像，就
像战争本身超越于它最为精粹的歌曲或史诗。）所有悲剧之
中潜藏着的真正要点不就是这个吗？——那些希腊大师的著名
悲剧，和所有大师的悲剧。如果古老的希腊人拥有林肯这样的
人，根据他会写出什么样的三部曲，什么样的史诗啊！吟游诗
人会怎样歌颂他！那个古怪高大的身影会多么快地进入那个人
使神生动、神使人神圣的所在啊！但是林肯，他的时代，他的
死亡——和任何时代一样伟大——全然属于我们，属于我们的

本土。（有时，我真的认为，我们美国的时代，我们自己的舞台——我们认识和握过手的，或是说过话的演员们——都比埃斯库罗斯悲剧中的任何东西更具有命运的底色——比特洛伊城边的战士更加英勇——为我们的民主提供了比阿伽门农更加自豪的人中王者——像尤利西斯一样智勇兼备的人物典范——比普里阿摩斯之死更令人同情的死亡。）

自此几个世纪，（在我看来，这些州或是民主本身的生命，在能够被真正记录和阐明之前，一定需要几个世纪的时间，）当领先的历史学家和戏剧家寻求某个角色，某个特殊事件，深刻到足以表明我们这个动荡的十九世纪最深的伤口和记忆，（不仅仅是美国各州，而是整个政治与社会的世界）——寻求某种东西，或许能够终结欧洲封建主义的灿烂过程，连同它的浮华与等级偏见，（我们美国不可避免地成了它源远流长的后继者）——寻求某种东西，来确凿无疑地证明合众国历史上这最为伟大的一步变革，（也许是世界和我们世纪最伟大的）——从美国各州彻底废止和消除奴隶制——那时，那些历史学家竭力寻求的东西，都比不过亚伯拉罕·林肯之死，对于他们的目的更有裨益。

对于文艺女神珍贵，对于这个国家，对于全人类，则是三倍珍贵，对于这个联邦珍贵，对于民主政体珍贵，难以言表的珍贵，永远珍贵，那便是他们的这第一位伟大的殉难领袖。

《草叶集》初版序言

（1855年，纽约，布鲁克林）

美国不排斥过去，或过去在各种形式下、在其他政治、等级制观念和古老宗教中形成的东西——它平静地接受这门课程——绝不因为腐肉仍粘连在各种观念和文学风气之上，而为之提供必需品的生活则已经过渡到了新形式的新生活之中——它领悟到尸体要慢慢地从餐厅和卧室中抬走——领悟到尸体要在门边停留上一小会儿——它曾经是与自己的时代最为合宜的——它的事业已经传递给那正在靠近的健壮美丽的后继者——而他也将是与自己的时代最为合宜的。

在地球上古往今来的所有民族中，美国人也许是最具有诗意品质的。合众国本身从根本上就是一首最伟大的诗篇。在迄今为止的地球历史中，与美国广大的幅员和生动性相比，最为巨大和生动的事物都显得驯良顺服和中规中矩了。这里终于有了与日与夜所传播的作为相契合的人的事业。这里不仅仅是一个民族，而是一个多民族相融的丰富的民族。这里的事业已从必定无视特点和细节的束缚中解放出来，在广大群众中声势浩大地展开。这里的慷慨大度永远象征着英雄人物。这里有粗野和大胡子，有灵魂喜爱的空旷、崎岖和冷漠。这里，对琐碎的蔑视，无与伦比地体现在它的群体和集团的惊人鲁莽，以及对前景的追求之中，以变动不居的幅度展开，沐浴在灿烂繁茂的光华之中。你看它一定要拥有四季的富饶，一定不会破产，只要地里生长谷物，果园落下苹果，海湾出产鱼虾，男人能让女人怀上孩子。

其他国家以它们的代表作为象征——但是合众国精神的最佳之处不在于它的行政和立法，不在于它的大使和作家，不在于它的大学、教堂和客厅，甚至不在于它的报纸和发明家……而是始终最为鲜明地体现在普通民众身上。他们的风度、言谈、衣着、友谊——他们面容上的清新和直率——他们多姿多彩而又轻松自如的举止——他们对于自由不竭的执着——他们对不得体的、软弱无力或鄙俗之物的厌恶——所有其他各州对某一州公民的实际认可——他们被激发的强烈憎恨——他们的好奇心和对新鲜事物的欢迎——他们的自尊和奇妙的同情心——他们对于怠慢的敏感——他们具有的那种从来不知道站在大人物面前是什么感觉的人的神态——他们流畅的言谈——他们对音乐的陶醉，那是男子气的温柔和灵魂固有的优雅的确实表现……他们的好脾气和豪爽大方——他们的选举的重大意义——是总统向他们脱帽而不是他们向总统脱帽——这一切也是不押韵的诗。它在等待与之相配的天才来大书特书。

一个国家的广大规模，如果没有相应的公民精神上的伟大与慷慨，那无论如何都会是怪异的。不是自然，不是人群蜂拥的各州，不是街道，不是汽船，不是兴旺的商业，不是农场，不是资本，不是学问，能满足人的理想——诗人也不能。回忆同样也不能。一个精力充沛的国家总是能留下深刻的印记，能以最低的代价拥有最大的权威——亦即从它自己的灵魂出发。这就是对个人或国家、对现在的事业和壮丽、对诗人们的主题的有益利用的总和。仿佛有必要一代代退回东方的历史！仿佛显而易见的美与神圣必定会落后于神话！仿佛人类在任何时代都无法榜上有名！仿佛西方大陆由发现而来的开放，以及北美和南美业已发生的一切，还比不过老古董的小剧场，或是中世纪漫无目的的梦游呢！合众国的骄傲留下了城市的财富和技术、商业与农业的全部回报、地理上的广大和外在的胜利，去培育和欣赏那发育完全的人，或是一个不可征服的单纯的发育完全的人。

　　美国诗人要总揽新旧，因为美国是国家中的国家。他们的诗人要与人民相称。对于这样的诗人，其他大陆都是供奉品……他以他们的名义和自己的名义接受供奉。他的精神契合于他的国家的精神……他是它的地理、自然生活、河流与湖泊的化身。密西西比每年的洪水和多变的急流，密苏里河、哥伦比亚河、俄亥俄河与多瀑布的圣劳伦斯河，以及强劲美丽的哈德逊河，它们注入海洋，同样也流入他的心里。在弗吉尼亚与马里兰内陆海之上，在马萨诸塞和缅因附近，在曼哈顿海湾之上，在查普林和伊利湖之上，在安大略湖、休伦湖、密执安湖和苏必利尔湖之上，在德克萨斯的、墨西哥的、佛罗里达的和古巴的海上，在加利福尼亚与俄勒冈附近的海上，那蓝色天空的广袤，与下面的茫茫蓝海相匹配，他也同样和上与下相匹配。当大西洋沿岸向前延伸，当太平洋沿岸向前延伸，他也便利地随同它们向北方与南方延伸。他从东到西横跨于它们之上，反映出它们之间的一切。在他身上树立起坚实的生长物，完全抵得上那些松树、香柏、铁杉、槲树、刺槐、栗树、柏树、山核桃树、酸橙树、三角叶杨、鹅掌楸、仙人掌、野葡萄树、罗望子、柿子树……藤丛或沼泽那样纠结在一起的纠结物……覆盖着透明的冰、枝头垂挂着冰凌、在风中咯吱作响的树林……群山的山腰和峰顶……热带草原或高地或大草原那样甜蜜而自由的牧场……伴随着飞翔、歌声和鸣叫，回应着野鸽、啄木鸟、果园黄鹂、黑鸭、海番鸭、红肩鹰、鱼鹰、白鹭、印度母鸡、猫头鹰、水雉、牢狱鸟、杂色雄麻鸭、黑鸟、嘲鸫、秃鹰、秃鹫、夜鹭和鹰隼。他世袭的面貌来自父母双方。真实的事物亦即过去和现在的事件的本质进入他的内心——气候、农业与矿产的巨大多样性——红种部落的土著居民——进入新的港口或在多岩石的海滨靠岸的饱经风雨的船只——北方或南方最初的殖民地——敏捷的身形和发达的肌肉——1776年自大的反抗，战争、和平与宪法的制定……经常被胡说八道所包围又总是冷静自持的联邦——不断到来的移民——码头密布的城市和优良的船舶——未经勘察的内地——圆木小屋和空地、野兽、猎人和捕猎者……自由贸易——捕鱼、捕鲸和淘金——不断地孕育出新的州——每年十二月的国会会议，议员们风雨无阻，从最远的地区按时前来……青年技工和自由美国所有的男工与女工的高贵品质……普遍的热情、友善和进取精神——女人与男人的完全平等……旺盛的情欲——流水般迁移的人口——工厂和商业生活和省力的机器——北方佬的贸易——纽约的消防队员和打靶拉练——南方的种植园生活——东北、西北和西南人的性格——蓄奴制和颤抖着伸出去庇护它的手，对它的严厉反对永不会停歇，只要它还没有终止，或者说话的舌头和移动的嘴唇还没有停歇。对于这一切的表达，美国诗人将是卓越而新颖的。它将是简洁的，不是直接的或描述性的或史诗性的。它的品质贯穿其中并有所扩展。让人们歌颂别的国家的时代和战争，让它们的纪元和性格得到描绘，并将诗歌了结。合众国的伟大圣诗却不是这样。这里的主题是创造性的，并且具有远景。这里，在备受喜爱的石匠当中出现了一个人，他带着果断而科学的计划，在目前还没有任何坚实形式的地方，看见了未来坚实而美丽的形式。

　　在所有国家中，合众国的血脉里充满了诗的质素，它最需要诗人，无疑也将拥有最为伟大的诗人，并最大限度地使用他们。作为共同的裁决者，他们的总统还不如他们的诗人来得重要。伟大的诗人是全人类中公正均衡的人。不是在他身上，而是偏离了他，事物才变得古怪反常或是丧失理智。任何偏离自身的事物都不是好的，任何固守本原的事物都不是坏的。他为每一种事物或品质赋予合适的比例，不多又不少。他是多样性的仲裁人，他是关键。他使他的时代和国家彼此平衡……他供给那些需要供给的，他抵制那些需要抵制的。如果在和平年代，通过他说出和平的精神便是例行常事，亦即宏大、富裕、节俭，建造恢弘巨大人口众多的城市，鼓励农业、艺术和商业——照亮对人、灵魂、不朽的研究——联邦的、州的、市的政府，婚姻，健康，自由贸易，海陆交往……一切既不太近，也不太远……群星不是太远。在战争中他是最为致命的战斗力。招募他就是招募了骑兵和步兵……他取来大批最为精良的火炮。如果时间变得怠惰沉重，他知道如何激活它……他能让他说出的每句话都鼓舞人的勇气。无论有什么在习俗、顺从和成规下变得停滞，伟大的诗人都不会停滞。顺从不能控制他，是他控制顺从。他站在不可企及的高处，转动一盏聚光灯——他用手指转动枢纽——他站着就能挡住跑得最快的人，能轻易地赶上他们，将他们包围。时代迷途，日趋背信、阿谀和挖苦，他凭坚定的信念隐忍坚守。他摆出自己的菜肴……他提供让男人和女人得以生长的美味而富营养的肉食。他的大脑是终极的大脑。他不是雄辩家……他是裁判。他不是作为裁判的法官去裁判，而是作为太阳照临无助者。他看得最远，他同样拥有最强大的信念。他的思想是赞美万物的圣歌。不在他的同等层面上来谈论灵魂、永恒和上帝，他是沉默不语的。他眼中的永恒并不像一出有头有尾的戏剧……他在男人和女人身上看见永恒……他不把男人和女人看作梦幻泡影或微不足道。信念是灵魂的防腐剂……它弥漫在普通人当中，使他们受到保护……他们从不放弃信仰、期待和信任。一个无知者身上那难以描绘的清新和无意识状态，能够嘲弄最高贵的艺术天才的力量，并使之变得谦卑。诗人明确地看到，一个并非大艺术家的人也能和最伟大的艺术家一样神圣与完美。……最伟大的诗人自由使用毁灭或重塑的力量，但绝不使用攻击的力量。过去的成为过去。如果他没有显露出优越的典型，凭他采取的每一步证明自己，他就不是所需要的。伟大诗人的存在便是去征服——不是谈判、斗争或任何有备而来的企图。现在他已走过了那条道路，从后面看他吧！他没有留下一丝一毫的绝望、厌世、狡诈、排外、源于民族和肤色的耻辱，地狱的幻觉或是地狱的必然性……从此再没有人会因为无知、缺陷和罪过而堕落。

最伟大的诗人几乎不知道琐碎或浅薄。如果他赋予以前被认为渺小的东西以呼吸，它将被宇宙的壮丽和生命所扩大。他是先知——他是独特的——他本身具足完全——别人和他一样好，但只有他认识到这一点，别人却认识不到。他不是合唱队的一员——他不为任何规则所阻碍——他是规则的总管。视力揭示给别人什么，他也给别人揭示什么。谁懂得视力那神秘难解的奥秘呢？其他感官印证自身，但是这种感官排除了任何证明，只有它自身，并预示精神世界的特性。对它瞥上一眼就足以愚弄对人的全部研究，世间所有的设备、书本和推理。还有什么是不可思议的？什么是未必可靠的？什么是不可能的、没有根据的或模糊不清的呢——一旦你张开杏核大小的眼睛，看看远远近近的一切，看看落日，让万物以惊人的神速，轻柔而及时地进入，没有混乱、拥挤和堵塞？

陆地与海洋，动物、鱼类和鸟类，天空和星辰，森林、山峰与河流，这些不是小主题——但是人们期待诗人来指明的要甚于总是依附于喑哑实物的美与尊严——他们期待他来指明真实与他们灵魂之间的通道。男人们和女人们足够好地感知到美——也许和他一样。猎手充满激情的韧性，伐木者，早起者，花园、果园和田野里的收割者，健康女性对于阳刚形体的爱，航海者，赶马的人，对光与户外空气的酷爱，都是对美的不曾失落的感知的一种古老而多变的象征，表明在户外生活的人们身上存在的诗意。他们从来不能凭借诗人的帮助去感知美——有些人也许可以，但他们绝不能这样。诗的质素不在于在韵律或均齐，不在于对事物的抽象表述，也不在于忧郁的抱怨或优秀的格言，而在于这一切的生命以及其他更多的东西，在于灵魂。韵律的益处在于它为一种更为甜蜜与丰富的韵律播下种子，均齐的好处在于它将自身导入看不见的埋在土地中的根须。完美的诗的韵律和均齐展示出音韵规律的自由增长，蓓蕾萌发就像灌木上的紫丁香和玫瑰一样万无一失和自由随意，形体紧凑就如同栗子和橘子，如同甜瓜和梨子，散发出无形的芳香。最为精美的诗篇、音乐、演说或朗诵的流畅和装饰，不是独立的，而是有所依赖的。所有的美都来自美的血液和一个美的大脑。如果这两种伟大结合在一个男人或女人身上，那就足够了——事实就会在整个宇宙中流行；但是插科打诨和弄虚作假即使过一百万年也不会流行。谁要是为装饰或流畅来困扰自己，那就是迷途。这就是你要做的：热爱地球、太阳和动物，鄙视财富，给予任何需要的人以救济，支持愚蠢和疯狂，为他人贡献你的收入和劳动，憎恨暴君，不要争论有关上帝的事，对人耐心和宽容，不要对任何认识不认识的东西或是任何一个人或一群人脱帽致敬——自由地与强大的没有受过教育的人同行，与年轻人，与家庭中的母亲同行，在你生命的每年每季，在户外阅读这些书页，重新检查所有你在学校、教堂或任何书本上被灌输的东西，驱散任何有辱你灵魂的东西，正是你的肉身将成为一首伟大的诗篇，拥有最为丰富的流畅，不仅在它的词语中，而且在它的嘴唇和面孔那沉默的线条中，在你双眼的闪烁之间，在你身体的每一个动作和关节之中。诗人不会在不需要的工作上花费时间。他会懂得大地已经翻耕过，已经施好了肥料，别的人可能不会懂得，但是他会。他将直接走向创造。他的信念将掌控对他所接触的一切事物的信念——还要掌控一切爱慕之情。

已知的宇宙有了一个完美的情人，那就是最为伟大的诗人。他消耗着一种永恒的激情，漠然于什么样的机遇会发生，什么样可能的幸或不幸的偶然性，说服自己每天每时地做出珍贵的贡献。阻碍或破坏别人的东西是他的燃料，带来紧密而热情的欢乐。别人接受乐趣的尺度和他相比就缩减成了乌有。当他看到日出的景象，冬天的树林，儿童的嬉戏，或是他的手臂环绕在一个男人或女人的脖颈上，他就亲切地感受到所有寄望于天堂或至高无上者的幸福。他的爱超乎所有的爱，从容而宽广——他预先为自己留下了空间。他不是优柔寡断或满腹狐疑的情人——他是确信的——他鄙视反复无常。他的经验、阵雨和激情不是徒劳的。没有什么能够震动他——受苦和黑暗不能——死亡和恐慌也不能。对他而言，抱怨、嫉妒和艳羡是埋葬的尸体，已经在地下腐烂了——他眼见它们被埋葬了。大海确信海岸或海岸确信大海，都比不过他确信自己的爱和一切完美而美好的东西必有结果。

美的果实绝不会偶然失去或遇见——它像生活一样不可避免——它像万有引力一样精确而绝对。从视力过渡到另一种视力，从听力过渡到另一种听力，从声音过渡到另一种声音，永远会对事物与人的和谐抱有好奇。与这些相对应的尽善尽美不仅仅存在于那些假定能代表其他人的委员们身上，也同样存在于那些其他人本身。这些人都懂得群众中存在着尽善尽美的法则……它的完成要归于为其自身，从自身向前发展……它是丰富而公正的……每一分钟的光与暗、每一亩的陆地与海洋，都不会没有它——周天四极、商贸百业、世事变迁，都离不开它。这就是为什么有关美的恰当表现需要精确与平衡的原因。一个部分无须突出于另一部分。最好的歌手并不是声音最圆润最洪亮的人……诗歌的愉悦并不在于它们里面那些最漂亮的韵脚、比喻和音响。

毫不费力、不着痕迹地，最伟大的诗人将任何事件、激情、景象、人物的精神揭示出来，当你听到或读到时，会或多或少影响到你的个人性格。要做好这一点就是与遵循时间的法则竞赛。目的必须明确，相关的线索也要明确——最模糊的迹象就是最好的迹象，并且会变成最清晰的迹象。过去、现在和未来不是分开的，而是结合在一起的。最伟大的诗人使将要发生、已经发生和目前存在的事物连贯起来。他将死者从棺材里拖出来，让他们再次站稳脚跟……他对过去说，起来吧，在我面前走走，那样我就可以认识你。他接受教训……他置身于未来转化为现在的地方。最伟大的诗人不仅仅以其光芒照耀性格、景象和激情……他最终将提升和完成一切……他展示出无人知道其作用或之外还有什么的高峰……他在最遥远的边缘闪耀片刻。他最后的半遮半掩的微笑或蹙额是最为美妙的……在那个分离时刻的闪光中，看见这些的人事后多年仍会为之欢欣鼓舞或惶恐不已。最伟大的诗人不会说教或运用道德……他懂得灵魂。灵魂拥有无限的自豪，除了它本身，从不承认任何教训或推断。但是它拥有与自豪同样无限的同情，两者互相平衡，它们相伴延伸，永远不会过头。艺术最内在的秘密与这两者睡在一起。最伟大的诗人紧贴着躺在两者中间，它们在他的风格和思想中是至关重要的。

　　艺术的艺术，表达的荣誉和文字的光耀，都在于朴素。没有比朴素更好的东西了——没有什么能弥补过度的无节制，或者是缺乏确切性。要贯彻起伏的冲动并透入心智深处，使所有主题得到清晰的表达，需要的力量既不平凡，也不是非比寻常。但是，在文学中以彻底的诚实和无忧无虑来言说动物的运动、林中树木和路边野草那无可指责的情感，是艺术完美无瑕的成就。如果你注视着那已经抵达这一目标的人，你就是看见了一个属于所有国家与时代的艺术大师。这时，你注视海湾上灰色海鸥的飞行、纯种马精神抖擞的奔驰、高高茎秆上歪着头的葵花、太阳行经天空或月亮随后涌现，你的满足之情都比不过注视着他。伟大的诗人没有一种标记性的风格，他更是思想、事物的通道，不增不减，他也是他的自我的自由通道。他宣誓效忠自己的艺术，我不会管闲事，我不会让自己的写作中有任何的高雅、效果或原创性，像帷幕一样遮挡在我和其他人之间。我不会有任何遮挡的东西，哪怕是最富丽堂皇的帷幕。我所讲述的一切都完全如其本然。让人们去提升、震惊、迷惑、安慰吧，我拥有的目的将和健康、热量、白雪一样，毫不顾忌别人的看法。我所经历或描绘的东西将来自我的作品，却不带任何斧凿的痕迹。你将站在我身边，和我一起注视着镜子。

　　伟大诗人的古老血统和精纯教养将通过他们的无拘无束来予以证明。英雄般的人物将轻松地穿越和摆脱那并不适合他的习俗、先例和权威。一流作家、学者、音乐家、发明家和艺术家的兄弟般的特性中，最好的莫过于从新的自由形式中发展出沉默的蔑视。在对诗歌、哲学、政治、机械、科学、行为、艺术手段、一种合适的本土大歌剧、造船业或任何行业的需要中，他永远永远是最能贡献具有原创性和实际作用的楷模。最简洁的表达是那种找不到与自己相称的领域并创造出一个领域的表达。

伟大诗人给每个男人和女人的信息是，以平等地位到我们这里来吧，那样你才能理解我们。我们并不比你们优秀，我们所涵容的你们也涵容，我们所欣赏的你们也欣赏。你设想过只能有一个上帝吗？我们确认可以存在无数的上帝，而且一个并不与另一个相抵消，就像一道目光并不抵消另一道目光——人们只有意识到自己与至高者同在，才能是好的或者是崇高的。你认为风暴、肢解、残酷的战斗、遭难、元素的狂怒、海洋的力量、自然界的运动，以及人类欲望的剧痛、尊严和爱憎，其中的壮丽之处何在呢？灵魂中有某种东西在说，继续愤怒吧，继续旋转吧，我到处践踏着统治者——天空的痉挛与海洋的破碎的统治者，自然与激情和死亡的统治者，以及所有恐惧与所有痛苦的统治者。

美国诗人的标志将是宽宏大度和富有情感，是对竞争者的鼓励。他们将包罗万象，没有垄断，也不会保密，乐于将一切传给任何人——日夜渴求着对手。他们不会在乎财富和特权——他们就是财富和特权——他们会认识到谁是最为富有的人。最为富有的人就是从他更为强大的财富中拿出等价物来对待万般炫耀的人。美国诗人不会专门描绘某个阶层，和一两个利益阶层，他们描绘最多的不会是爱或者真理，不会是灵魂或者身体——不会偏重东部各州甚于西部各州，或是偏重北方各州甚于南方各州。

　　精确的科学及其现实运动不会成为最伟大诗人的阻碍，反而是他永远的鼓励和支撑。那里是出发和回忆之处——那里有最初将他举起和给予他最大支撑的手臂——在所有的来来去去之后他会回到那里。航海者和旅行者——解剖学家、化学家、天文学家、地质学家、颅相学家、唯心论者、数学家、历史学家和辞典编撰者，他们不是诗人，但他们是诗人的立法者，他们的建造潜藏在每一首完美诗篇的结构之中。无论有什么出现或是被说出，送来观念种子的人都是他们——灵魂那看得见的证明都来自他们并站在他们身边。总是他们作为父亲的本领产生出各种类型的强健诗人。如果父子之间必将存在爱和满足，如果儿子的伟大来自父亲的伟大，那么在诗人与真正的科学家之间，也必将有爱存在。从此以后，诗的美就是科学的繁荣和最后的喝彩。

　　保持充沛的知识和对于品质与事物的深刻考察是极为重要的。诗人的灵魂在此膨胀开来，依恋徘徊，萦绕不去，但总能支配自身。深渊深不可测，因此也是平静的。无知和赤裸的状态恢复了……它们既不谦卑也不骄傲。关于特殊的和超自然的整个理论，以及与之纠缠或从中引申出来的东西，都像梦一样消散了。曾经发生的……正在发生和必定会发生的，都包容在至关重要的法则之中。它们足以胜任任何情况和所有情况——不会加快也不会放慢……任何事务或人物的特定奇迹在那个巨大而清晰的设计中都是不可承认的，那里的每个动作、每片草叶、男人和女人们的形体和精神，以及与之相关的一切，都是不可言说的完美的奇迹，一切都互相关联，又彼此区分，各在其位。承认在已知宇宙中有比男人和女人更为神圣的东西，那并不符合灵魂的真实。

男人们和女人们，大地及其所承载的一切，都要如其本然地予以接受，对它们的过去、现在和未来的考察是不会间断的，将以完全的坦诚来完成。在这个基础上，哲学沉思始终注视着诗人，始终关切着一切朝向幸福的永恒趋势，永远不会与各种感官与灵魂所清晰了解的东西相矛盾。因为一切朝向幸福的永恒趋势只对明智的哲学有作用。任何比不上这一点的领悟……任何比不上光与天体运动的法则……任何比不上那些与小偷、骗子、饕餮者、醉鬼终生（无疑还有来生）相循的法则……任何比不上时间的漫长推移、密度的缓慢形成、地层的耐心隆起的东西——都是无关紧要的。任何将上帝放在一首诗里或哲学体系里，来抵抗某种存在或影响的，也同样无关紧要。明智和整体性是大师的特征……一个原则糟蹋了，就全都糟蹋了。大师无关于奇迹。他将作为群体一员视为有利于自己的健康……他在显赫的卓越中看到缺陷。完美的形式来自于普通的土壤。服从于普遍的法则是伟大的，因为那就是与它相呼应。大师知道他具有不可言说的伟大，知道一切都具有不可言说的伟大……知道没有什么，举例说，比孕育孩子，并将他们抚养长大，更为伟大的了……知道生存就像感知或诉说一样伟大。

在杰出大师的形成中，政治自由的思想是不可或缺的。无论男人和女人们置身何处，自由都忠诚于这样的英雄……但是没有任何人，比诗人更忠诚和欢迎自由的了。他们是自由的声音与展现。他们超越时代，与伟大的思想相称……自由信赖他们，而他们则必定会维护它。一切都不能优先于它，一切都不能歪曲它或贬低它。伟大诗人的态度是鼓舞受奴役的人，是让暴君惊骇。他们一回头、他们的脚步声、他们一举手，对于暴君都充满了威胁，对于奴隶则带来希望。在他们近前待上片刻，即便他们什么也不说，也没有任何建议，你也能学到值得信任的美国课业。不能很好地为自由服务的人，他们的良好意愿销蚀于一两次失败或一连串失败，或是人们偶然的冷漠与忘恩负义，或是权力偶尔展露的锋利獠牙，或是从小就被灌输了要忍受士兵和大炮或任何的惩罚条例。自由独立不倚，它不邀请任何人，也不做任何许诺，它沉静地坐在光明之中，积极而镇定，从不知道沮丧。战斗激烈，充满了响亮的警报声，频繁的前进与后退……敌人胜利了……监狱，手铐，铁项圈和脚镣，绞刑台，绞索和铅弹在履行它们的职责……事业在沉睡……响亮的喉咙被他们自己的血窒息……年轻人彼此走过时都垂下眼帘，望着地面……自由离开那个地方了吗？不，它从未离开。自由离开的时候从来不是第一个离开，也不是第二个或第三个离开……它等待所有人先离开……它是最后一个……当所有古老牺牲的记忆最终淡去……当爱国者的大名在会堂的演说家嘴上遭到奚落嘲笑……当少年们在接受洗礼时不再以他们的名字而是以暴君和叛徒的名字命名……当自由的法律勉强通过，而告密者和血腥钱的法律让人民倍觉甘甜……当我和你在世界各地漫游，看到无数兄弟回报给我们以同等的友谊，不向任何人臣服，我们为这样的怜惜之情所激动——还有当我们看见奴隶而感到高贵的欢欣……当灵魂退入凉爽的静夜，省察它的经验，因那些将一个无助的无辜之人推入压迫者的掌控或是任何残忍卑下境地的言辞与行为而恍惚出神……当这些州所有各地的人本应更为容易地体现真正的美国性格却还没有体现——当成群的奉承者、易受骗的人、易受左右的人、政治寄生虫、为了自己在市政府或州立法机关或法院、国会、总统府获得晋升的诡计谋划者，无论他们是否获取职位都会得到人们的爱戴和自然的顺从……当在高工资的办公室做一个饱受约束的呆子和流氓，却好过了做一个最为贫穷但自由的机械师或一个可以不用脱帽、目光坚定、心胸坦诚而宽宏的农夫……当某个市的、州的、联邦政府的或任何一种压迫能够以或大或小的规模试验一下人民的奴隶性，而它本身不会在事后受到及时而恰如其分的惩罚且没有一丝逃脱机会的时候……甚或当所有生命和男人们与女人们的灵魂从地球的任何一个部分被全部清除的时候——那时自由的本能才会从地球的那个部分被清除掉。

因为宇宙诗人的属性集中在真实的身体和灵魂中以及对事物的乐趣中，它们在真实性上要优越于一切虚构和浪漫传奇。在他们自我表现时，事实就沐浴在光明之中——白昼被更为变化无常的光线所照亮……日落与日出之间的深渊也被加深了很多倍。每一个确切的物体、状况、组合或进程都展现出一种美……乘法表展现出它的美……老年展现出它的美……木工行业展现出它的美……大歌剧展现出它的美……海上那只巨大而漂亮的"纽约"号快船在满帆全速行驶时闪耀着无与伦比的美……美国各界与政府的巨大和谐也闪耀着它们的美……还有最普通的明确意图和行动也同样闪耀着它们的美。宇宙诗人们穿过所有的干扰、掩盖、混乱和计谋向那些最初的原则前进。它们是有用的……它们从自己的需要中取消了贫穷，从自己的自负中取消了财富。他们说，你这个大财主不会比别人认识或感知得更多。图书馆的所有者不是那购买了它并付清了款项的持有合法权利的人。任何人和每一个人都是图书馆的所有者，他们能够通过所有的语言、主题和风格来阅读，这一切能够轻松地进入他们内心，在那里扎下根，并努力培养出成熟的人性，使之变得灵活、有力、丰富和硕大……这些美国各州，强大、健康而完善，它们不会从违背自然典范中吸取乐趣，它们一定不会允许这样的事情发生。在绘画、建筑或木石雕刻中，或者在书籍和报纸的插图中，在任何喜剧或悲剧性的印刷品中，或者在编织品及任何美化房间、家具、服装中，在飞檐、纪念碑、船首、船尾上，或者放在人们眼前户内户外的任何地方，但凡能够扭曲真实形状，或者创造出怪异存在物、地方或意外之物的东西，都是令人讨厌的背叛。尤其有关于人类的形体，它如此伟大，决不允许弄得荒谬可笑。对于一件作品的装饰决不允许有任何越出常规的东西……但是那些与户外的事实完全一致、从作品本质中流出来、从中无法抑制地显露、对于作品的完善是必要的装饰是允许存在的。大多数没有装饰的作品都是最为美丽的。夸张会在人类生理上受到报复。干净而活泼的儿童只能在那些每天都能让自然形态的典范公开出现的社会中喷射和孕育出来……伟大的天才和这些州的人民永不会被贬低成浪漫传奇。一旦历史得到恰如其分的陈述，浪漫传奇便不再需要了。

　　伟大诗人让人一目了然，他们没有心机，因完全的坦诚而为人称道。于是人民便回应以发自心底的一种新的慷慨的快乐和一种神圣的声音：坦诚是多么美啊！完全坦诚的人，他的所有错误都会得到原谅。从此让我们中没有一个人说谎，因为我们已经看见，坦诚赢来了内在和外在的世界，无一例外，并且自从我们的地球将自身聚成一团以来，欺骗、诡计、搪塞从没有吸引过一丁点的物质或一丝一毫的光彩——从一个州或整个共和国包罗万象的财富和繁荣中，鬼祟狡猾的人物一定会被发现并遭到鄙视……灵魂从来不会遭到愚弄，也永远不会遭到愚弄……没有受到灵魂点头赞赏的繁荣仅仅是一阵臭气……从来也没有生长过一个本能地仇恨真理的存在物，无论是在地球的哪块大陆上，或者是在哪个行星、卫星或恒星上，或者是小行星上，或者是太空的任何部分，或者在任何具有密度的事物当中，或者在海流之下，或者在婴儿出生之前的状态中，或者是在生命变化期间的任何时刻，或者是以后活力的任何一个停顿或活跃时期，或者是在任何地方的形成或变形的过程中。

极端的小心谨慎，最全面的官能健康，对于女人和儿童的巨大希望、比较和喜爱，巨大的滋养性、破坏性和因果关系，以及对自然整体性的完美感受和同一种精神应用于人类事务的恰当性……这一切都是从世界大脑的漂浮物中唤起来，成为最伟大诗人从他母亲的子宫中和她从她母亲的子宫中诞生出来时所具有的东西。小心谨慎几乎是怎么都不过分的。人们认为，谨慎的公民就是那种致力于务实、很会为自己和自己的家庭打算、一生没有债务也不触犯法律的人。最伟大的诗人看得见并且承认这些经济实惠，正如他看得见食物和睡眠的实惠，但是他对谨慎有更高的见解，而不仅仅认为他稍微注意了一下门闩就是付出太多了。生活谨慎的前提不在于它的殷勤好客，或者是它的成熟与收获。除了存留一小笔丧葬费以便自立，除了在美国拥有一片立足之地，周围有几块护墙板，头上有几片木瓦，以及足以敷用当年的简单衣食的得来不难的钱财，对于人这么伟大的存在来说，力求谨慎的是不要放纵自己，只顾着赚钱而虚度岁月，不舍炎日寒夜，令人窒息的欺诈和阴险诡计，或是业务室的细枝末节，或是在别人挨饿时不知羞耻地大肆饕餮……彻底丧失了青春，土地、鲜花、大气、海洋的清香，以及你在青年或中年时期遇见或打交道的女人们和男人们的真正情趣，在一个缺乏崇高或天真的一生终结时引发病态和不顾一切的反抗，还有缺乏宁静或尊严的死亡的幽灵般的喋喋不休，所有这些都是对现代文明和深谋远虑的极大欺骗，玷污文明不可避免地在勾画的外观和体系，用泪水打湿那在灵魂之吻面前迅疾展开的巨大面貌……不过，有关谨慎还有待做出正确的解释。倍受尊敬的人生如果只在乎健康和尊严上的谨慎，那就是过于暗淡了，别人根本就看不到，大大小小的人物一想起还有适合于永恒的谨慎，就会将之悄悄地放在一边。适用于短短一年或七八十年的智慧，与那种跨越千百年并在某个时候带着大大加强的力量、丰富的礼物和婚礼来宾的清新面孔，从你目力所及的各个方向朝你欢乐奔来的智慧相比，又算得了什么呢？只有灵魂是自足的——其他一切都与继起的事物有关联，一个人之所做所想都会产生后果。一个男人或女人的一个行动不但会在一天、一个月或今生的任何时候或是死亡的时刻对其产生影响，而且同样会在来生继续影响到他们。间接的总是与直接的一样重大而真实。精神从身体所接收的和它给予身体的同样重要。没有任何一种言论或行为的名称……性病或污染的名称……手淫者的隐私……饕餮者和酒鬼的腐烂血管的名称……贪污、诡计、背叛、谋杀……那些引诱妇女的蛇毒……妇女们的愚蠢服从……卖淫……青年人的任何堕落行为……用不名誉的手段获取利益……肮脏的贪欲……官吏对人民、法官对囚犯、父亲对儿子、儿子对父亲、丈夫对妻子、老板对学徒的粗暴行为……贪婪的表情或恶毒的希望……人们的自我消遣……所有这些都永远不是或永远不会只把名字印在节目单上，而是准时地予以实现并获得报应，并在进一步的表演中又获得报应……而这些实现了的则又一次获得报应。慈善或个人力量的推动力永远莫过于最为深刻的理智，无论它是否会带来争论。

无须细加说明……增减和区分都是徒劳的。无论大小，无论有无学问，无论黑人白人，无论合法与否，无论疾病还是健康，从将第一口气吸下气管，到呼出最后一口气，每个男人或女人所发挥的有力的、慈善的、清洁的作用，在宇宙不可动摇的秩序中，在它整个的领域中，对他或她都肯定大有裨益。如果野蛮人或重罪犯是聪明的，那很好……如果最伟大的诗人或学者是聪明的，那很好……如果总统或首席法官是聪明的，那也同样很好……如果年轻的技工或农夫是聪明的，那也完全一样……如果妓女是聪明的，那也恰如其分。总会有所收益……一切都会到来。战争与和平的一切最好的行动……给予亲属、陌生人、穷人、老人、悲哀的人、幼儿、寡妇、病人，以及给予所有被冷落的人的帮助……所有对逃亡者和奴隶脱逃的支持……所有在遇险的船只上坚定地远远站在一边看着别人上救生船的自我克制者……所有为美好的古老事业或一个朋友或一种主张的名义而做出的物质或生命上的贡献……被邻居嘲笑的狂热者的种种痛苦……母亲们所有巨大甜蜜的爱和珍贵的痛苦……在有记载或无记载的战斗中受挫的诚实的男性们……我们继承了其编年史片段的少数古老国家的全部壮丽与美好……数以百计我们不知其名称、时代、位置的远更强大与古老的国家的全部的美好……所有曾经的宏业骏开，无论是否成功……所有那些在某个时刻从人类的神圣心灵、高尚言词或是伟大双手的创造中得到过启示的东西……所有今天在地球表面的任何部分得到深入思索或加以完成的事物……或者在任何漫游的星辰或固定的星辰上被那些和我们一样的人深入思索或加以完成的……或者从此以后被无论是谁的你或任何一个人深入思索或加以完成的——这些单独和整体地适用于它们的时代和现在并将始终适用于它们从中产生或将要产生的特性……你曾猜想它们只能活在自己的时刻吗？世界并不是这样存在的……没有任何可解或不可解的部分是这样存在的……目前存在的结果无一不是来自它漫长的先前的结果，而那结果又是来自它的祖先，这样回溯下去就不存在比其他点更靠近它的开端的可以提及的最远的点了……任何使灵魂满足的东西都是真理。最伟大诗人的谨慎最终应和了灵魂的渴求与贪欲，它不轻视任何次要方式的谨慎，如果它们与它的道路一致，它不排斥任何东西，不允许自己的情况或任何情况有所停顿，没有特定的安息日或审判日，不把生与死、正义与非正义相区分，满足于现在，对任何一种思想或行为都从自己这方面加以配合，懂得不可能有宽恕或委托性的赎罪……懂得那沉着地冒险并终至丧生的年轻人是做出了出色的行为，而那没有冒生命之险而是在富有舒适中活到老年的人则一无所成，不值一提……只有那样的人才无须学习什么伟大的谨慎，他已经学会了选择真正长久的事物，同样有益于身体和灵魂，并领悟到间接的事物必然紧随在直接的事物而来，他所做的事情无论善恶都将一起向前，等待着与他在此相遇……这种人的精神在任何紧急关头都不会匆忙或是回避死亡。

将成为最伟大诗人的人，他的直接考验就在今天。如果他不像跟随瀚海的潮汐那样随着当今时代一起泛滥……如果他不将自己国家的身体和灵魂全都吸引住，用无可比拟的爱环抱住它的颈项，将自己传宗接代的器官插入它的功过成败当中……如果他自己本身不是理想化的时代……如果永恒没有向他打开，那永恒为所有时代、地方、进程、有机和无机赋予相似的外观，它是时间的纽带，从今天漂浮不定的形状那不可思议的模糊和无限中升起，被柔韧的生命之锚固定住，使现在之点变为曾经的存在向将来的存在过渡的通道，将自身交托，来代表这一个小时的波浪及其六十个美丽儿女之一——那就让他没入主流之中，等待他自行发展吧……对于诗篇、性格或工作的最终考验仍有待完成。有先见之明的诗人会将自己向前投射几个世纪，依据时代的变迁判断表演者或表演。他的作品能经受住这些变迁吗？那时它仍在不知疲倦地坚持下去吗？同样的风格和类似向度的才能那时还能让人满意吗？没有新的科学发现，或是思想、判断和品行没有抵达更高的层面，使得他的作品被人轻视了吗？千百年时间的进展有没有为了他的缘故而甘愿绕路而行？在他死后很久很久他还会被人们喜爱吗？年轻男子时常想起他吗？年轻女子时常想起他吗？中年人和老人想起他吗？

一首伟大诗篇是为一个个时代所共有，是为了所有等级和肤色的人，为了所有部门和宗派，为了一个女人就像为男人那样，为了一个男人就像为女人那样。一首伟大诗篇对于男人或女人都不是终结，而更是一个开端。有人幻想过他最后能以应有的权威坐下来，满足于一些解释，实现自身，从而获得满足和完整吗？最伟大的诗人不会带来这样的终点……他既不会带来停滞，也不会带来受到保护的肥胖和安逸。他的格调，像大自然一样，表露在行动之中。他把他抓住的人紧紧掌握在手里，带入先前没有抵达过的生活领域……从那时起就没有休息可言……他们看见空间和不可言喻的光辉将旧的地点和光线转变成死灭的真空。他的同伴目睹群星的诞生和进程，并领悟到某种意义。现在将会出现一个从骚动和混乱中凝聚起来的人……年长的鼓励年轻的，并向他展示……他们两人将如何一同无畏地启程，直到新世界为自己设定一条轨道，并泰然自若地看着那些星星的较小的轨道，迅速飞过不间断的圆圈，永远不再安静。

　　牧师很快将不复存在了。他们的工作已经完成。他们会等上片刻……也许一代或两代……然后逐渐减少。一个更优秀的族类将取代他们的位置……一群群宇宙之灵和先知会一同取代他们的位置。一个新秩序即将崛起，他们将成为人类的牧师，每个人将成为他自己的牧师。在他们的荫蔽下建造起来的教堂将是男人和女人们的教堂。那些宇宙之灵和新族类的诗人将凭借自己本身的神性成为男人和女人们以及所有事件和事物的解释者。他们将在今天的真实事物中、在过去与未来的征兆中发现自己的灵感……他们不会屈尊维护永恒或上帝，或事物与自由的完美，或灵魂精妙的美和真实。他们会在美国崛起，并得到世界其他部分的响应。

英语是乐于表现庄严的美国的……它足够强壮、柔韧和完整。在一个经历所有环境变化而从不缺少政治自由思想（它是所有自由的根本意图）的种族那粗壮树根中，它汲取了更加精致、更加华美、更加微妙、更加优雅的语汇。它是一种有抵抗力的强大语言……它是富有常识的方言。它是那些骄傲而忧郁的种族以及所有富有雄心者的语言。它是被选定用来表达成长、信念、自尊、自由、正义、平等、友谊、富足、谨慎、决心和勇气的语言。它是确乎能够表达不可表达之物的媒介。

没有任何伟大的文学，也没有任何类似风格的行为、雄辩、社会交往、家务安排、公共机构、老板对待雇员的方式，或行政细节、陆海军的行动细节，或立法、司法、治安、教育、建筑学、歌曲、娱乐的精神，或青年人的服装时尚，能够长期逃避美国标准的嫉妒与激情的本能。无论人民口中有没有什么迹象出现，但在有的随即消逝、有的固定下来之后，它总是在每个自由男人和自由女人的心中激起一个生动的疑问。它与我的国家一致吗？它的安排是否存在可耻的差别？它适合那些日益增长的由兄弟和恋人所组成、团结紧密、比旧的典范更骄傲、比所有典范更丰富的巨大公社吗？它是从田野里新长出来的吗，是从海里采撷而来，此时此地为我所用的吗？我知道凡是适合我这个美国人的，也必定适合作为我的材料的一部分的任何个人或国家。这适合吗？或者它无关于普遍的需要？或者它出于那些不发达的特定等级的社会需要？或者出于被现代科学和形式所覆盖的旧乐趣的需要？这种东西清楚而绝对地主张自由并不顾生死地要铲除奴隶制吗？它有助于培养一个健美结实的男人，和一个作为他完美而独立的配偶的女人吗？它会移风易俗吗？它适合哺育共和国的年轻人吗？它能轻易地与那有着许多孩子的母亲乳头上的香甜奶汁融合吗？它也有那种古老而常新的忍耐和公正吗？它以同等的爱对待新生儿和那些正在成长的，对待那偏离正路的，以及那些蔑视一切外在于自己的攻击力量的人吗？

　　从别的诗篇中蒸馏出来的诗篇可能会消失。怯懦者肯定会消失。对活力和伟大的期待只能由活力和伟大的行为来满足。那许多圆滑的不以为然、反射物和文雅之物将漂浮而去，留不下任何记忆。美国镇静而满怀好意地准备迎接那些送出话来的来访者。他们的许可证和欢迎将不是才智。有天赋者，艺术家，有独创性的人，编辑，政治家，博学之士……他们并非不受欣赏……他们各得其所，各尽所能。国家的灵魂也履行它的职责。它不放过任何伪装……任何伪装都瞒不过它。它什么都不拒绝，它什么都容许。它只迎合与它一样好和与它同类的东西。个体像国家一样宏伟，只要他拥有的品质能够造就一个宏伟的国家。最伟大、最富裕和最骄傲的国家的灵魂很可能会去迎合它的诗人们的灵魂。这样的迹象应验了。不要担心犯错。如果一方是真实的，另一方也必定真实。一个诗人的证明在于他的国家深情地吸收他，就和他吸收他的国家一样。

《就像一只自由飞翔的大鸟》序言

（1872年）

有许多年，一些冲动和想法在催促着我，要我写出或是尝试写出新世界的歌曲，以及一首民主史诗，现在，它们终于以成书的形式在《草叶集》中得到了表达，我所能期待的也仅止于此，目前和未来出自我笔端的片段实则不过是那本书形成后的剩余物，是它的尾波。我在书中履行了一个迫切的信念，以及发自我天性的指令，它们是完整而不可抗拒的，就像使得海洋流动、星球旋转的指令一样。但是有关这附加的一卷书，我要承认，我不是那么有把握。刚刚成年的时候起，我就放弃了在我的时代与国家中通常的商业上的追求与实践，顺从地将自己交托给上面提到过的那些冲动，致力于表达那些思想，那么，实在没有必要再说什么的时候，写作可能仅仅就是习惯使然了。但是，从长远效果来看，生活除了是一项实验，还能是什么呢？死亡不也是一种练习吗？我的诗篇也将是这样。如果这里不完整，那里多余，也没有关系——这认真的努力和固执的探索至少是我自己的，而其他的不成功也就足可当作成功了。无论如何，我更加渴望倡导那种焕发活力与豪迈进取心的歌曲，为各种户外健儿提供某种东西，而不是编制出完美的韵律，或是在客厅里称霸。我一开始就不惜冒险，探索自己的道路——我还将继续冒险走下去。

因此，我不会向任何对这件事抱有兴趣、认识和不认识我的人隐瞒，我有雄心再用几年时间致力于诗歌写作。何其伟大的现时代啊！去吸收和在诗歌中表达有关它的一切——它的世界——美国——城市和各州——岁月，我们19世纪的各种事件——快速的运动——光与影、希望与恐惧的激烈对抗与波动——整个由科学造成的诗歌手段上的变革——这些巨大的潜在事实和新鲜思想到处冲突和蔓延——真是一个伟大的时代！仿佛一出宏伟的戏剧，就像古代那样在户外阳光下再次上演，我们时代的各个国家，以及文明的所有特征，似乎都在匆忙向前，高视阔步，羽翼蹁跹，聚集着，靠近着，朝向某个准备已久的、最为惊人的结局。不是要结束人类的生活、劳苦、幸福和悲伤的无限场景，而或许是将那最古老、最糟糕的障碍和堆积物从舞台上清除，让人类在更为幸福与自由的赞助下重新开始这出永恒的戏剧。对我而言，合众国是重要的，因为在这出宏伟戏剧中，它无疑被指派要在今后的许多个世纪中扮演主要角色。在它身上，历史和人性似乎要寻求达到顶点。我们现在的辽阔领域甚至也在忙于上演阴谋、激情、利益和悬而未决的难题，相比之下，欧洲过去的诡计、各个朝代的战争、国王和王国的活动范围，甚至各民族迄今为止的发展，其规模都显得相对狭窄而平凡了。在我们的领域中，就像在舞台上一样，迟早会发展出一种启蒙运动那样涉及欧洲和亚洲全部历史文明的东西。

关于主要角色。不是要我们在这里再次扮演和效仿那个从古至今最为重要的角色——不是成为一个征服者民族，或是仅仅获得军事、外交、商业上优胜的荣耀——而是要成为产生更高贵的男人和女人——产生多民族的、愉快、健康、宽容、自由的伟大国家——成为最为友善的国家，（真正的合众国）——由全体组成、为全体提供空间、欢迎所有移民的现代复合性国家——接受我们自己内部发展的成果，因为这成果恰好惠及未来许多个世纪——首要的和平国家，但是也并非无知或无能到不足以成为首要的战争国家——不单是男人的国家，也是女人的国家——一个拥有出色的母亲、女儿、姐妹和妻子的国家。

我认为我们今日的美国在很多方面都只是一大堆沸腾的材料，比过去所知的更为丰富，更好，（也更坏）——适合于带动它走向最高阶段，为未来永久地建立伟大理想的民族，亦即身体与灵魂兼备的民族①——这里有无限的土地、扶持、

---

①关于通过未来第一流的民族歌唱家、演说家、艺术家及其他人等取得这个最高阶段的成就——关于在文学中创造一个想象的新世界，作为当前科学与政治的各个新世界的关联物和对应物——关于那个也许遥远但仍然愉快的前景（为了我们的孩子，如果不能在我们的时代实现的话），亦即将美国及所有基督教国家从传统诗歌那气息奄奄、松软无力但却惊人广泛的可厌之物中解脱出来，以真正有活力的和实在的东西来取代它——关于这个问题，我已经在以前的《民主远景》一文中努力解决并予以论述过了。

机会、矿藏、产品、需求、供给等等；——有着（我认为）已经远超过我们所能估计的永久确立了的国家的、州的和市的政治组织——但是迄今为止，还没有任何与我们的政治相协调或是相适应的社会、文学、宗教或美学的组织——那样的组织只能假以时日，通过伟大的民主思想和宗教——通过那如今正像旭日一样上升并开始照亮一切的科学——并且通过我们自己孕育的诗人和文学家才能产生。（最近有一本写得不错的有关文明的书，其寓意似乎是说，一种真实而全面的文明的墙脚和地基——在以后也是必要的条件——只能是为每个人的衣食住行提供合适而可靠的无限制的产品——为物质与家庭生活的便利提供不间断的来源，连同相互交流和民法与宗教上的自由——那时，审美和精神方面的需求才能自行其是。是的，合众国已经确立了这样的基础，在广阔、多样、活力与持久方面，可以与大自然相媲美；现在我们必须在这个基础上继续建造一座大厦。我所说的这座大厦只有用新文学，尤其是诗歌，才能合适地建造。我说，为了熔合与表达现代政治与科学的创造，一种现代的制造意象的创作是必不可少的——那时就会有一个完善的三位一体了。）

多年以前，我着手制定我的诗歌计划，反复斟酌那个计划，并在心中进行了很多年的修改（从28岁到35岁），有过大量试验，很多诗写了又丢弃，从那时起，一个最深的目的，一直潜藏其中并得到贯彻执行——那就是宗教的目的。历经多次变动，最终完成的形态远远有别于当初的设想，但是这个基本目的从未在我的诗歌写作中有过偏离。当然不能用旧的方式来展示它自己，就像针对教堂听众所写的圣歌或赞美诗那样，或者是表现传统的虔诚，或是信徒病态的渴望，而是以全新的方式，针对人性最广泛的底层和内涵，并且要与海洋和陆地的清新空气相适应。我要看看，（我对自己说，）为了我作为诗人的目的，在普通民众中，至少在合众国的现代发展中，在强壮的普通纤维和与生俱来的渴望与要素中，是否就没有一种宗教，一种健全的宗教的幼芽，比所有一般宗派或教会都更深更大，并能提供更为有益的回报——它像大自然本身一样无限、快乐而活泼—— 一种太长时间没有受到鼓励、歌唱、几乎不为人知的幼芽。科学，这东方的古老神学，因着受宠已久，已开始明显衰落和消失。但是（在我而言），科学——也许它的主要用途将证明是这样——它显然在为一种无比壮丽的科学开辟道路——时间的年轻而完美的子孙——新的神学——西方的继承人——健壮而钟情，惊人地美丽。对于美国和今天，就和任何时代一样，最高和最终的科学便是关于上帝的科学——我们所称之为科学的仅仅是它的牧师——民主也是如此，或将是如此。而一个美国诗人（我要说）必须用这样的思想填满自己的心胸，并从中唱出他最好的诗篇。无论好坏，这一切正是《草叶集》的信念和目标，它们也同样是这一卷书的意图所在。在我看来，如果没有宗教的根本元素浸透其他所有的元素，就不可能有任何健全而完整的个性，也不会有任何宏伟和富有活力的民族（就像化学中的热，本身无形，却是所有有形生命的生命），所以，如果一切后面缺少了那个元素，就不会有任何名副其实的诗歌。时机确然已经到来，在合众国，我们要着手将宗教思想从纯粹的教会主义中解放出来，从主日、教派和去教堂的习惯中解放出来，指派给它那个首要位置，那最为重要、最不可或缺、最令人激动的位置，其他一切都要依据它来调整，使之置于人的性格、教育和诸般事务的内部。人民，尤其是美国的年轻男人和女人，必须开始懂得那种宗教（像诗歌一样），远远不同于他们所设想的任何东西。的确，对于新世界的力量和永恒来说，它是过于重要了，不能再委托给任何新旧教派，无论是天主教还是新教——是这个圣还是那个圣。从此以后，它必须交托给全体的民主，交托给文学。它必须进入国家的诗篇之中。它必须造就国家。

四年战争结束了——在今天和未来那和平、强大、兴奋、新鲜的环境下，那场奇怪而悲哀的战争甚至现在就开始为人所匆忙地遗忘。营地，训练，一列列哨兵，监狱，医院——（啊！那些医院！）——一切都过去了——现在一切都似乎成了一场梦幻。一个新的种族，年轻而健壮的一代，已经洋流般席卷而来，抹去了战争及其所有的伤疤，隆起的坟墓，以及所有仇恨、冲突、死亡的回忆。就让它被抹去吧。我要说，当今和未来的生活对我们每个人和所有人，无论东西南北，都提出了不可否认的要求。要帮助合众国各州（哪怕只是在想象中）手挽手地形成一个不间断的圆圈，齐唱一首圣歌——要唤起它们去担当它们将要扮演和正在扮演的史无前例的宏伟角色——让它们思考自己伟大的未来，以及与之相适应的姿态——尤其是它们伟大的审美、道德和科学上的未来（关于这一点，它们简陋的材料和政治现状不过是管弦乐队预备性的乐器调音），这些，迄今为止，依然存在于我的渴望与雄心之中。

已经出版的《草叶集》的意图之一是唱出一首男性和女性

共有的综合性的"民主的个体"之歌。接下来，为了放大这个同样的目的，我心中的设想是在这一卷的圣歌中（如果得以完成的话），贯穿一个或多或少清晰可闻的主旋律，它关乎一个总体的、不可分割、史无前例、巨大、综合性、富有活力的"民主的国家"。

那么，为了在未来数年持续不断地履行这个目的，充实下面这卷诗集（除非遇到了阻碍），我在此结束这篇为它的第一部分所写的序言，它是我五十三岁的生日那天在户外用铅笔写下的，（从草叶的清香、午前微风怡人的凉爽、在四周洒下斑点和悄悄游戏着的树枝的光影，以及用低音相伴的猫头鹰的叫声中，）我向你，亲爱的读者，无论你是谁，吹送我忠诚的祝愿和友爱之情。

瓦·惠特曼

1872年5月31日于美国首都华盛顿

建国百周年版序言

（1876，包括《草叶集》与《双溪集》两卷）

　　十一点钟的时候，在严重的疾病状态下，我收集起自我最初的主要著作《草叶集》出版以后不久剩余下来的散文和诗歌——这些作品有新有旧——它们几乎全部写于过去身体健康之时（尽管有很多忧郁之作，使得这本书几乎成了死亡之书）——在它前面配有最新结集的小小的《双溪集》，现在我把它们发放出去，以现在的杂合集形式体现出来，部分地作为我的献礼和衷情来庆祝时间的面貌，我们新世界第一个建国百周年——也作为乳糜和营养品，献给那个品行端正、坚不可摧的联邦，它同样代表了一切，是未来许多个建国百周年的母亲。

　　即便作为我们美国的兴盛和证明——同样或者尤其作为纪念品，我以至高的骄傲和欢乐之情，保留了我那些特殊的有关死亡与永恒的圣歌*，为现在与过去的一切装点上最后一道色彩。它们原本是作为一切的终结与调和而写的；那也将是它们最后的作用。

出于某种原因——还不能够解释或是在我的心里尚不确定，但却隐秘地使之愉悦与满足的原因——我毫不犹豫地在这卷书中体现并贯穿了两条明显有别的脉络或者是地层——政治是其一，另一个便是有关永恒的沉思。同样，现今这本书便有了散文和诗歌两种形式。于是，在小小的插曲之后，这本书大致分成这两个在主题和处理上乍看十分不同的部分。尤其有我十分珍视的三点意思，我始终以多种形式一再重复，以便让读者反复看见：第一，新世界民主真正的生长特征从此将在优秀的文学、艺术与宗教表达中大放异彩，远胜过各种共和形态、普选和频繁选举（尽管这些也说不出的重要）。第二，合众国至关重要的政治使命是实际解决和调停两套权力的问题——使各个州的特权融合起来，达成完全的一致和互相连接，具有不可或缺的集中和统一——全国一体的权威——亦即无情的、永远包容一切又高于一切、在这个方面丝毫不让的至高无上的联邦。第三，在今天普遍的乌烟瘴气之中，难道我们没有清楚地看见带有最壮丽的坚不可摧的象征的两个希望的支柱吗？——一个是，到处可见的美国政治与社会的病态事实，只不过是暂时的，是我们无限的生长推动力的副产品，是肥沃土地上一年生的繁茂野草，而不是那主要的、持久的、多年生的东西。另一个是，美国迄今为止一百年的经验，只是一种准备，是它的青春期——这个联邦只有从现在起（亦即从内战以后）才开始充分展开它的民主生涯。

对于这本书里的全部诗歌与散文（根本没有注意年代顺序，只是让原始日期和在当时的热情与印象中匆忙提及的东西，混乱地堆在一起，没有费心加以改动），我的前一本书

《草叶集》里的诗篇，依然是不可或缺的深层土壤或是基础，从其中，也仅仅是从它里面，才生长出这些后来的篇章那更为明确的根须与主干。（如果说前者仅仅显示了生理学，那么现在的这本书，尽管有大致同样的起源，却明显无疑地显示了病理学，而这是相当可靠地来自前者的派生物。）

前一部主要作品是在我的健康与力气处于旺盛阶段的三十岁到五十岁之间写的，那时我沉思出生与生活，将我的思想包裹在画面、日子、当时的事件之中，给予它们明确的位置和特性——使之浸透了自豪的热烈和自由的无畏，为了将尚未诞生的美国从重重束缚、迷信，以及过去亚洲与欧洲那所有漫长、顽固而令人窒息的反民主权威中解放出来，这是必不可少的——我内在的意图是超脱人为的法规与助力，表现一个人的自我那永远具体、复合、累积的天性**。

由于美国迄今和未来一段时期仍处于形成状态中，我将诗歌与文章作为营养和影响遗留下来，以助于真正的消化和加强，尤其是为美国各州提供它们最为需要而我认为在文学中还没有怎么供应的东西，也就是说，向它们或开始向它们清晰地展示它们自身，以及它们的目的。因为尽管所有时代与国家的主要特点在于它们的相似之处，甚至在承认进化的同时，它们在本质上也是一样的，这个共和国就其成员或作为一个紧密团结在一起的国家来说，都存在着某些至关重要的东西，要特别鲜明地突出出来，并抵达现代人性的顶点。而这些东西恰恰是它在道德与精神上鲜有认识的——（尽管，足够奇怪的是，它同时却在忠实地依据它们来行动。）

我如此绝对肯定地寄望于合众国的伟大未来——它尽管基

于过去，却有所不同——我始终在召唤那个未来，并用它围绕着我，在我准备或正在歌唱的时候。一如既往，一切都倾向于后继者——美国，也是一个预言。有什么东西，即便是最优秀和最成功的东西，会仅凭自身，仅凭现在或是物质的炫耀就能证明自身的合理性呢？至于人或国家，很少有人认识到它们在未来中有怎样的作用。那些像峰顶一样高耸的人或国家，才能为你我今天所做的一切赋予主要的意义。没有了它，国土或诗歌都没有多少意义——人类生活也没有多少意义。所有时代，所有民族和国家，都是这样的预言。但是，像我们的时代、我们的国土——西部的那些国土——那样辽阔、那样清晰的预言，以前何曾存在过呢？

我不是科学家，但我完全接受我们时代与最近一百年来的伟大学者与实验家们的结论，为了远大的目标，它们从内部渗透了我全部诗歌的肌体。追随现代精神，一直在巩固和向未来延伸的当今真正的诗歌，必须大声歌唱科学主义赋予人类和宇宙的宏大、壮丽与真实性，（这一切便是所谓创造）并且必须从今开始将人类纳入新的运行轨道，它们符合于那种（旧诗歌尚未了解的）宏大、壮丽与真实性，就像新的宇宙系统，依靠自身平衡，旋转在无尽的空间，比星球更加巧妙。诗歌，迄今为止，乃至今天仍大致与儿童故事、不过如此的爱恋、家居装潢和肤浅的韵律结合在一起，它必须接受而不是否定过去，或者过去的主题，它将凭借这巨大的革新和宇宙精神来得以复兴，自此以后，在我看来，它必须成为所有一流诗歌多少可见的背景与潜在的推动力。

不过，（对我来说，至少在我所有的散文和诗歌中，）

在快乐地接受现代科学，没有丝毫犹豫地忠诚追随它的同时，仍需认识到还有一个更高的台阶，一个更高的事实存在，即人类（以及其他一切的）不朽的灵魂，那精神的、宗教的东西——把它从寓言、粗陋和迷信中解放出来，并使之在全新的信念与百倍宽广的领域中启航，这是科学至上主义，也是未来诗歌的最大任务。对我而言，宗教的、神圣观念的和理想的世界，尽管主要是潜在的，却在人性和宇宙中是确凿无疑的，就像在化学的世界或任何客观世界中的东西一样。对我来说：

> 先知和诗人，
>
> 还会保持自己——在更高的循环中，
>
> 还会向现代、向民主调停——还向它们解释，
>
> 上帝和幻象。

在我看来，博学的最高境界意味着它必定为一种更辉煌的神学、更丰富和神圣的歌曲开辟道路。不是一年，甚至不是一百年，能够解决这个问题。在现实背后潜藏着现实的一个方面，这是它全部的目标。在人类的智力中，那遥远前景深处，也存在着一种裁判，一个最后受理上诉的法庭，时辰一到，它便会解决这个问题。

为了置身这些阶梯中的某些部分，或是尝试描绘或暗示它们，我从不害怕人们指责我这两卷书中存在晦涩难解之处——因为人的思想、诗或歌曲，必须留下昏暗的逃避处和出口，必须拥有一种流体或气体的特性，和空间本身相类似，对于那些很少或根本没有想象力的人来说必定是晦涩难解的——但对于

最高的目标却是不可或缺的。诗的风格，当面向灵魂发言的时候，是不太明确的形式、轮廓、雕塑，适合远景、音乐、中间色调，甚至还不到中间色调。的确，它可能是建筑；但也可能是原始森林，或是林中曙光的最佳效果，是橡树和香柏在风中摇摆，伴随着无形的气息。

最后，由于我生活在清新的尚未成熟的国土上，在一个替未来奠基的革命时代，我感觉要在我的宣叙调中明确表现这个时代、这些土地的特征，完全用我自己的方式。所以我的诗歌形式是严格地从我的意图和事实中生长出来的，并且是它们的类比。在我的时代，合众国从云海迷蒙和悬而不决中涌现出来，达到了圆满（尽管有变化）的结局——完成了壮举，获得了相当于十个世纪的胜利——并由此开始了它真正的历史，如今（亦即从内战结束以后）正在清除途中有致命威胁的障碍，我们周围和前面的自由领域已经万无一失，不同于以往——（过去的那个世纪只不过是船只驶向深水之前的准备、试航和实验。）

在评价我的著作的时候，首先要深刻评价世界当代的潮流和事业，以及它们的精神。从刚刚结束的那一百年里（1776—1876），连同那些不可避免的任性事件的起源，新的实验和引进，以及许多前所未有的战争与和平的事物，（一百年后才能得到更好的认识，也许仅仅是认识）；从这段时间中，尤其是从最近这二十年当中（1850—1875），连同它们所有迅疾的变化、革新和无畏的运动，携带着它们那不可避免的任性的胎记——我的诗歌实验也找到了起源。

★指《航向印度》——就像在某个古代传奇戏中那样，为了结束戏剧的一幕和主角的事业，会在船只甲板上和岸上举行告别仪式，解开粗缆和系传索，迎风展开船帆——开始向陌生海域出发，没人知道将驶向哪里，也不再回来——于是帷幕落下，戏剧结束了——我也这样将这首诗连同它的一组保留下来，来完成和充分解释那没有了它们就无法解释的东西，离开它们之前的一切，永远逃离。（那么，《航向印度》及其一组，也许只不过是那个从始至终或多或少在我的写作中、在每一页每一行中到处潜伏着的东西的更为自由的出口和更为充分的表达而已。）

我不敢确定，但是人类或诗歌最终的全面升华作用在于它对死亡的思考。当其余的一切，甚至最为壮丽的东西，都已经得到领会和说过了之后——在那些对于最伟大的民族性、最甜蜜的歌曲、最好的无分男女的个性，都从切实可感的生活的丰富多变的主题中收集起来，得到充分的接受和表达，而可见存在的蔓延的事实连同它所移交的职责，都已经圆满明显地完成之后，还必须实际完成的东西，便是将另一个蔓延的无形事实充塞于整体与个别之中，这个事实是生活中如此重大的一部分（难道它不是最大的部分吗？），它与其余一切相结合，为个人或国家，为一切，甚至最为卑微的生活，提供唯一永恒与统一的、在时间中与宇宙的尊严相一致的意义。正如从对这种思想的适应中，以及对这个事实的快乐的征服中，闪现出灵魂最初的明显证明，对于我（我只是稍微引申了一点）也是这样，最终的民主宗旨，那些超凡而神圣的宗旨，也要集中在这里，像固定的星辰一般闪耀。在我看来，它无外乎这个关于永恒的思想，它超越其他所有的思想，将进入新世界的民主，使之富有生机，并打上至高无上的宗教烙印。

这就是我起初的意图，在唱完《草叶集》里那些关于身体和存在的歌之后，再写一本同样必要的书，基于对包罗所有先例、最终使无形的灵魂获得绝对统治的有关永恒与存续的信念。我的意思是，在继续我最初歌唱的那个主题的同时，也要更换一下镜头，展示出那同样热诚而充分确定了的个性的问题与矛盾，它正在进入不可抗拒的精神法则的引力场，以愉快的面容估量着死亡，根本不把它当作终止，而是像我所感觉的那样，当作进入存在最伟大部分的入口，生命为之而存在，至少像为自身而存在那样。要充分完成这样一部著作是超出了我的能力之外的，它要留待将来的某位诗人去做了。物质与感官方面的享受，就其本身和它们的直接延续而言，我认为从未完全放松过对我的掌控，我不但不拒绝，反而不大希望这种掌控有所削弱。

同时，完全不是要怠慢我原初的计划，也不是为了避免其中明显的疏漏，而是要彻底地完成它，我以有关死亡、永恒和自由进入精神世界的思想或这种思想的辐射来结束我的两卷集。在那些思想中，在某种程度上，有关这个伟大主题的最初进展或研究，是从我以前的诗歌和现代科学所需要的观点中出发的。我也寻求在这些思想中为我那耐久的民主拱门设定拱顶石。现在我重加整理，准备出版，以便部分地消磨和补偿奇怪的病魔缠身的日子，以及此生沉重至极的丧亲之痛；我天真地以这样的想法来自娱，将这一串诗文遗留给你，未来陌生的读者啊，作为比其他一切都要独特的"某种令人想起我的东西"。这些东西写于我从前完全健康的日子，我可没想到它们在目前环境下向我展示出今天这样的意义。

﹝当我在1875年5月31日写下这些句子的时候，时值初夏——又是我的生日——现在我五十六岁了。置身于户外的美好与清新中，在欢乐季节的阳光与葱茏之中，我在修订这本集子，这时的精神气氛与当年《草叶集》成长和出现的欢欣影响相比，有多么不同啊。我忙碌着安排这些诗篇的出版，但精神上依然笼罩在两年以来我亲爱母亲亡故的悲思之中，她最为完美与富有魅力的性格，罕见地将务实、道德与精神品质结合起来，我所知道的最不自私的人——我爱得最深的人啊——我还遭受着瘫痪症袭击的长期痛苦，它顽固地纠缠着我，控制着我，几乎让我丧失了身体上的活跃和舒适。﹞

因而，在这些影响下，我依然感到需要将《航向印度》留作这部即使是百年纪念的酒神颂的结束语。不是像在古代埃及最崇高的庆典上展示给欢宴者的恶臭的死人骷髅，作为那种欢乐与光明场合的陪衬和佐趣之物——而是像在伊利斯的标准希腊人大理石雕像那样，以美丽而完整的年轻人形体来暗示死亡，带着紧闭的双眼，斜靠在一个倒置的火炬上——它象征着行动后的休憩和渴望，象征着所有生命和诗篇都应稳固地与之发生关联的冠冕和顶点，亦即我们本体的这一阶段的正当而高贵的终结，以及向另一阶段出发的准备。

　　★★即一种充分展示共同的标准元素的性格，对于它长期建设的上层结构，不仅旧世界所积累的宝贵学问与经验，以及业已解决的社会与市政方面的需要和当下需求，仍会忠诚地做出贡献，而且在它的基础上由此得到提高，从民主精神中获取它的动力，从各种民主方案中接受它所有方面的标准，被大自然第一手的经年不断的影响以及大自然古老英勇的毅力，那草原与群山强劲的空气、咸涩海洋的冲击——那些最充沛最有潜力的激情、勇气、繁茂、情欲和巨大的自豪感的主要防腐剂——再一次直接赋予活力。所以，根本不是要失去人为的进步和文明的裨益，而是要为了西部之用而去重新占领最古老又常新的田野，并从中收获到一个强壮国家所不可或缺的野性与健全的营养物，它的缺失会变得越来越糟糕，是我们今天的新世界文学最为严重的丧失与缺陷。

　　最终看来，尽管《草叶集》的发达肌体到处都精神化了，但是我希望，从那些主题中得出的直接印象是一种理所应当的血肉丰满的生命之感，是肉体的冲动和兽性。尽管集子中还有其他主题，和大量抽象思想和诗歌——尽管我在其中对国家与奴隶制势力之间的伟大斗争（1861—1865）展开其激烈而血腥的全景时曾给出了迅疾而切实的一瞥；尽管全书的确是围绕着四年战争而旋转，且因为我置身其中，这场战争在《桴鼓集》中成了其他一切的枢纽——而且这里和那里，或前或后，有不少插曲和沉思——但是，要为活着的、积极的、现实的和健康的个性制作一幅标准肖像，让它既客观又主观，欢乐而有力，现代而自由，显然能为合众国长远未来的男男女女所用——我说这一直是我的总体目标。（也许，所有这些不同的诗篇，我的两卷集中的全部文字，在某种程度上都仅仅是变换着发出的殷切祈祷，一个人，无论男女，是多么巨大，多么合宜，多么快乐，多么真实啊！）

　　尽管当时并没有明确的计划，我如今看到，我无意识中寻求的，是至少以同样的间接与直接性，来表达合众国的忙乱、快速的成长与紧张状态，十九世纪的普遍趋势和事件，以及整个当代世界、我的时代的主要精神；因为我觉得我分享了那种精神，因为我对所有那些事件、那些长期拖延的时代的终结、那些体现在合众国历史中的更伟大的时代的开端，都怀有很深的兴趣。（例如，林肯总统之死，就恰当地、历史性地结束了封建主义文明中的许多旧的影响——仿佛突然之间有一道帷幕降临，巨大而阴暗，将它们分割。）

自从我患病以来（1873—1874—1875），大多数时候没有严重的痛苦，我有很多时间，也常常有兴致来审视自己的诗歌（它们从来不是着眼于图书市场而写，不是为了出名，也不是为了金钱），我曾不止一次地感觉到暂时的压抑，因为担心在《草叶集》中，那些道德的部分没有得到充分的阐述。但是在我最清醒最冷静的时刻，我认识到那些"草叶"，整体和部分，都确然无疑地为道德开路，且使之成为必需，并且与之相适应，就和大自然所做的那样，它们与我的计划相一致，它们恰好就是自己必定和理应成为的东西。（在某种意义上，尽管道德是全部大自然的宗旨和最后的智慧，但在大自然的作为、法则或万象中却绝对没有任何的道德可言。那些东西仅仅不可避免地导向它——使之开始和成为必要。）

于是我有意将出版的《草叶集》当作关于一般个性的诗，（属于你，属于任何正在读这些句子的你。）一个人的伟大并不在于成为战争中的胜利者、发明家或探险者，甚至也不在于科学上、个人才智或艺术才能上，或者是在某项伟大的慈善事业上成为典范。对于最高的民主观点来说，人最合意的地方在于他能充分地享受现实生活，安于碰巧成为普通农夫、海员、技工、职员、工人或司机的命运——以这个位置作为核心的基础或底座，从它出发，在完成其劳动和履行他作为公民、儿子、丈夫、父亲和雇员的职责的同时，保持他的体魄，在别的领域进取、发展、发光发热——尤其在这样的环境中，（他比所有人都要伟大，比任何领域中最骄傲的天才和显贵都要高贵，）他充分认识到良知，这精神上的神圣机能，使之得到良好的培育，体现在他所有的言行当中，终其一生也毫不妥协——这是一个比荷马或莎士比亚更崇高的境界——比所有的诗篇和经典都要广大——那就是自然本身，以及置身其中的你自己，你自己的本体，身体与灵魂。（一切都为之服务，予以帮助——但是在一切的中心，在自然法则之下，屹立着你的自我，作为一切的男主人或女主人，吸收着一切，为了你的目的，为一切赋予唯一的意义和活力。）歌唱那一般个性的法则，和你的自我，与宇宙的神圣法则相一致，这就是那些"草叶"的首要意图。

还可以补充一点——既然我要这么做，我就应该给出一个完整的告白。我出版《草叶集》是为了激起男男女女、老老少少心中那无尽的生命之流，搏动的爱和友谊，使之永远迅疾地从他们那里向我流动。对于这可怕的不可抑制的渴望，（它肯定或多或少深藏在大多数人的灵魂之中）——这从未满足过的对同情的贪婪，和这无拘无束付出的同情——这普遍的民主的伙伴之爱——这古老永恒又常新的依恋的交流，如此恰当的美国的象征——我在那本书中已经给出了毫无掩饰、公然开放的表达。此外，它们作为对人性的情感表达，在我的目的中固然重要，但是《草叶集》中的组诗《芦笛集》的特殊意义（或多或少贯穿全书，并在《桴鼓集》中显露出来，）主要在于它的政治方面。在我看来，凭借一种热烈的、得到认可的伙伴之爱的发展，潜藏在无论东西南北的所有年轻小伙子心中的男人对男人美好而理智的爱慕之情——我说就是凭借这个，以及随同它一起或直接或间接而来的东西，未来的合众国，（我怎么重复都不为过），才能最为有效地契合在一起，熔铸和锻炼成一个生动的联盟。

那么，总而言之，迫切而且要永远记住的是，整个《草叶集》并不是主要出于智慧、学术或诗学目的而写成的，而更多地是出自情感和体魄的一种激烈的表达——一种也许天生就适合民主与现代的表达——出自它的本性，无视于任何旧的惯例，并且，在伟大的法则之下，它只遵循它自己的冲动。

民族性——（可是）

　　于我日渐清晰的是，这些州最高的独立个性的主要支撑，必定来自于整体的普遍支持，（正如空气、大地、雨水给予一棵树的支持）——这样的个性，从民主标准来衡量，只能通过共同的整体，亦即联邦的凝聚力、宏伟和自由来获得充分的一致、宏伟和自由。所以，未来美国大陆真正的团结，其存在要依赖于无数优秀、硕大、情感与身体上均臻完美的个体，两种性别恰好同等重要，要提供这样的个体，我认为，全然要依赖于一种紧密而至高无上的总体。两种主权的理论和实践，尽管互相矛盾，但却是必不可少的。正如向心力的法则单独便是致命，离心力的法则单独也足以具备严重的破坏性，而两者合一便会形成永恒的行为、进化、持存以及生命的法则——因而，单凭个体的完美，即便是最为明智的个体，也肯定会危及自身。作为融合无间、坚持不懈、支配一切的联邦之一员，这些州各自的重要性便源自于此——使得所有部分臣服于不屈不挠的力量，这样一种道德与精神上的思想，更为美国民主所需要，胜过了历史上古往今来任何的帝国或封建制度，并且也是带动共和原则在新世界中历未来千百万年而发展壮大之必要条件。

的确，在合众国的各个部分，北方和南方，密西西比河谷，大西洋和太平洋沿岸，未来百年中要最需要培养的便是这种融合而热烈的个体的个性，连同有关美国总体的思想和事实，以及星条旗所意味的一切，无论他或她是什么人，也无论地点为何。我们需要将这种对民族性的信心化入各地人民的血液和信仰之中，无论东南西北，在他们的生活中、在本土文学和艺术中发散光辉。我们需要萌发出这样的思想，即作为过去的继承者，美国就是人类未来的监护人。从历史上来判断，正是这种道德与精神上的思想（也只有这样的思想）才是适合的，才造就了历史上那些最为辉煌与持久的国家。犹太民族、古典时代的希腊和罗马民族、中世纪封建制与教会治下的民族，全都是凭借它们各自独立的思想而焕发生机的，这些根深蒂固的思想救赎了许多的罪愆，在某种意义上，确然是它们建树伟业的首要原因。

那么，在思考民族性，尤其是合众国的民族性的时候，为了使其具有原创性，有别于所有其他国家，另一个关键之处有待予以考虑。在这些州的生命源泉和生命持续上，历来存在着两种互相区别的原则——它们永远是一对悖论；一个是联邦的神圣原则，即总体的权利，无论作何牺牲都要予以保障——另一个同等神圣的原则，便是各个州的权利，需要作为一个独立主权个体，从它自身的领域来考虑。一方积极地争取一组权利，另一方同样积极地争取另一组权利。我们必须同时拥有两者；甚而从中就像父母双方那样哺育出第三组权利，两者结合，产生出常年不断的结果，并且从不互相危害。我要说，一组权利的丧失或退位，在未来，都将造成民主的毁灭，另一组权利也同样如此。问题在于需要和谐地调停两者和两者之间的游戏。〔观察一下大自然的神圣训诫吧，一个法则永远会有一个对立面或表面上的对立法则来防止它失去节制。〕对于共和原则也是如此，作为所有生命和力量之源的不是政府，不是它将这个源泉在周遭予以调配，并惠及我们国土最为偏远的部分，而是人民，代表了两者，人民才是国家政权和各州政府的基础，要将各州政府看作个体，置于各自独立的整体之中或各州之中予以考虑，同时也要将它们置于一个巨大整体，即联邦之中予以考虑。这就是合众国原创性的二元理论与基础，它不同于封建君主制的王权与教会教权的单一思想。（迄今为止，国王一直被用来代表民族身份的思想。但是，对于美国民主来说，两种思想都必须予以实现，在我看来，任何一方丧失活力就必然会导致另一方活力的丧失。）

爱默生的著作（它们的阴影）

　　在一切尺度都远远不能衡量的我们称作自然的领域，连同它那无尽的广度、无尽的深度和高度——在那些领域中，包括人类，连同其道德情感在社会和历史方面的影响——（我今天突然想到，）文学所真正描绘过的部分是何其稀少——即便总括起所有的时代。最好的情况也似乎一小队扁舟，拥抱着无尽海洋的边岸，从未冒险探索过那未经勘测的领域——从未像哥伦布那样，向新世界航行，去绕行地球一周。爱默生的写作便经常处在这种思想氛围当中，他的著作报道了来自海洋与大气的一两件事物，比任何人都更清楚地面对我们的时代和美国政体发言。但是我要开始对他吹毛求疵了——由此证明我对他最深的教训并非麻木不仁。我将从民主和西部的观点出发来考虑他的著作。我将为你指明这些阳光明媚的苍天中的阴影。有人说过，英雄的性格在于"哪里有高峰，哪里便有深谷"。我惹人厌烦的任务（出于诸多理由）便是抛开阳光明媚的苍天和高耸入云的山峰，去仔细思考那些赤裸的瑕疵与黑暗之处。我有一种理论，没有任何艺术家或者真正第一流的作品，可以或能够毫无瑕疵。

　　首先，这些著作也许都过于完善、过于集中了。（例如，无论奶油和糖有多好，什么都不吃，只吃糖和奶油会怎么样！哪怕有这么好的奶油和糖。）尽管作者关于自由、野性、单纯性和自发性有很多话说，它们不过是以人为的学术和三四手的礼貌得体（他称之为自然）为基础，继而建设起来的。它始终是一种"制造"，从来不是一种无意识的"生长"。它是瓷人或狮子、牡鹿、印第安猎手的雕像——而且是精心选择的雕像——适合于客厅与图书馆的红木或大理石支架；从来不是动物或猎手本身。的确，谁需要真的动物或猎手呢？在星星、小摆设和挂毯中间，在以压低的声调谈论勃朗宁、朗费罗和艺术的女士与绅士中间，它能有什么用处呢？如果稍微有一点真公牛、真印第安人的迹象，或是自然本身在行动，那马上就会将这些善良的好人吓得逃之夭夭了。

　　在我看来，爱默生作为诗人、艺术家或是教师，都不是最为杰出的，尽管在这些方面都有价值。他作为批评家或者诊断者才是最好的。没有任何激情、想象、偏见、软弱，或任何显著的原因或特性，能够将他支配。冷静与没有血色的智能主宰着他。（我知道火、情感、爱和自我中心，一直闪耀在所有新英格兰人的内心深处——但是这些都深藏在外表之下，不露任何痕迹。）他不去领会或是接受任何一个侧面，任何或唯一或主要的陈述，（就像所有诗人或大多数好作家那样）——他领会所有的侧面。他最终的影响是要使他的学生们不再崇拜任何东西——几乎不再相信任何东西，除了他们自己。这些著作将满足，且很好地满足，一定的生命时期和一定的发展阶段的需要——它们，（像其作者年轻时宣谕的原理或神学一样，）作为一个阶段是珍贵的，无法形容的有用。但是在衰老、气馁、严肃或垂死的时刻，当一个人需要难以觉察的安慰和深不可测的自然那激发活力的影响，文学或人类社会中与之密切相关的一切时，那憎恶最为机敏的纯然智力的灵魂便不会去寻求这些著作了。

　　作为一个哲学家，爱默生拥有一种格外时髦的习俗理论。他似乎完全没有注意到，习俗纯粹是化学家和冶金家用来认识他们手中金属的符号。对于深刻的科学家来说，所有金属都是意义深远的，就像它们的实际情况一样。渺小的东西，就和习俗的世界一样，大部分由金银构成。那么，对于深谙人性的真正的艺术家而言，被称之为坏习俗的东西往往是最别致和最有意义的。假如这些著作被吸收消化，成了美国人总体与特殊个性的养料——我们将会培养出怎样淘洗一空、中规中矩但却毫无血色、一无用处的民族啊！不，不，亲爱的朋友；尽管美国各州无疑需要学者，或许还需要经常使用浴盆的女士和绅士，他们从不大声笑，也不说错话，但是它们不需要以牺牲所有其他为代价的学者或是女士和绅士。它们需要好的农夫、水手、技师、职员、公民——完美的生意和社会关系——完美的父亲和母亲。如果我们只能拥有这些，或是与他们近似的人物，其中大部分是健康、广博、理智、慷慨和爱国的，他们便会使他们的动词与自己的主格相抵牾，如果高兴，他们就会笑得像鸟铳齐射一样。当然，这些不是美国所需要的全部，但是他们首先是要大规模供应的。而且，尽管有大量的错误和恶作剧，从本质上讲，这就是美国各州似乎有所直觉并当做主要目标的东西。精选的最上品的族类、（与其他相区别的）旧世界国家与文学的计划，本身并不是这么讨厌，但却会窒息和毁灭我们真正的计划。至于这种特殊族类，合众国从来也不能产生出任何与主要的欧洲国家同等辉煌的东西，（远远没法相比或与之竞争，）无论过去还是现在。但是，一种巨大而独特的平民群体遍及我们广袤而多样的国土，无论东西南北——事实上，历史上第一次出现这样一个巨大的集合体，真正的人民，它名副其实，由先进的英雄般的男女个体组成——它是美国主要的，或许也是唯一的存在理由。它一旦得以实现，必将至少产生同等重要的（我最近认为要两倍重要）适宜而民主的社会学、文学和艺术——如果我们将这些东西作为我们的民主政治来实现的话。

我时时会怀疑，爱默生是否真的知道或感觉到最高的诗歌为何，例如，就像圣经、荷马或莎士比亚那样。我看到他或隐或现地喜爱最为华丽的辞藻，或是古老和奇特的东西——沃勒的《去吧，可爱的玫瑰》，或者拉夫莱斯的《致卢库斯塔》——古代法语诗人离奇的幻想，诸如此类。对于"力量"，他似乎怀有一种绅士般的欣赏——可在他内心深处，上帝和诗人那最为壮丽的属性始终从属于八度音程、自负、文雅的扭结和动词。

回忆起多年以前，我就像大多数年轻人一样，一心想着接触一下爱默生（尽管这事来得晚了，并且仅限于表面）——我虔诚地阅读他的文章，在发表的作品中称之为"大师"，有一个月之久认为他确实堪称大师——我记住的不仅仅是他带给我的镇静，而且是实实在在的满足。我注意到大多数渴望思想的年轻人都要经过这个练习阶段。

爱默生主义最好的部分在于，它哺育出摧毁它自身的巨人。谁想只做别人的追随者呢？每一页书后面都潜藏着这样的意思。没有任何教师会这样教导自己的学生，为他们提供树立自己独立性的东西——没有比他更真挚的进化论者了。

冒险尝试一个古老的主题

　　一次对话——一方说——我们安排自己的生活——即便现今最优秀最勇敢的男人们和女人们，也和最受局限的人一样，要依据社会常规的支配，使自己的言行合乎标准。我们隐退到自己的房间寻求自由；脱下外衣，沐浴，在自由中放松一切。这些，还有很多其他的东西，在社会中会不合时宜。

　　另一方回答——这便是社会的规则。它并不总是如此，依然存在一些可观的例外。不过，它必须被称为一般规则，以古老的惯例为支撑，也许会一直如此。

　　第一方——那么，为什么不在你的诗篇中尊重它呢？

　　回答—— 一个原因，对我意义深远的原因是，一个男人或女人的灵魂需要和享受为自己所受的限制在最高的方向上获得补偿，他或她被拉到平均线上，或是更为卑微低贱的地位，无论有多么现实，他们都需要社会交往。为了平衡这不可或缺的克制，诗人们那自由的思想会使他们解脱，并以普通社会所不容的各种方向的自由飞翔来强化和丰富人性。

第一方——但是没有必要激怒或是冒犯它吧。

回答——不，在最深的意义上不是冒犯——没有冒犯，也不能冒犯。时代与大众广大的平均数会解决这些事情。只需要懂得，足以适合普通社会的常规标准和法则既不能应用于灵魂的行动，也不能应用于灵魂的诗人。事实上，诗人们除了关于自我的法则是不了解任何法则的，自我的法则由上帝安置在他们心中，他们的自我就是法则的最终标准，和它最后的典范——直接向他负责，根本无视纯粹的规矩。对一个种族所能做出的最好的服务往往便是撩开面纱，至少暂时远离这些规则与僵化的规矩。

新诗歌——加利福尼亚、加拿大、德克萨斯——在我看来，已经到了从根本上打破散文与诗歌之间障碍的时候了。我认为诗歌从此将获胜并保持它的个性，无视于韵脚，以及抑扬格、扬扬格、扬抑抑格等等韵律法则，即便韵脚和那些个韵律继续为劣等作家和主题所用，（尤其出于讽刺和滑稽的目的，因为自今以后，对于完美的趣味来说，韵脚里面不可避免地有种滑稽的东西，无论如何，韵脚本身就显得滑稽，）最真实和最伟大的诗歌（尽管会始终微妙而必要地带有韵律性，且能够轻易辨识出来，）在英语中永远不会再次以武断的韵律表现出来，至多只是最伟大的修辞，或是最真实的力量与激情。在承认和谐韵律那珍贵而神圣的形式在它们的时代扮演了伟大而恰当的角色的同时——那忧郁的抱怨、民歌、战争、恋情、欧洲的传奇等等，其中有很多是无法仿效地用韵体写下的—— 一些非常杰出的诗人，他们的形影一直美丽而恰当地包裹在这种诗歌的披风之中——尽管这披风，或许连同额外的美，已经落到了我们时代的某些诗人身上——虽然对我来说，这种常规韵律的日子肯定已经结束。在美国，无论如何，无论现在还是过去，作为一种最高审美实践或精神表达的手段，它明显地失败了，并必定失去效用。大草原的缪斯，加利福尼亚、加拿大、德克萨斯的缪斯，科罗拉多群峰的缪斯，摒弃了文学和社会方面的来自海外的封建主义和城堡的规矩，欣然放大、调整着自身，以领会全体人民的尺度，连同属于他们身体与灵魂的自由游戏、情感、骄傲、激情与经验——领会学者们向我们描绘的地球整体，以及它天文学上的全部关联——领会现代，繁忙的十九世纪，（它和任何诗歌同样壮丽，只是有所不同），连同汽船、铁路、工厂、电报、圆筒印刷——领会民族团结的思想，整个地球的兄弟姊妹之情——以及农场、工厂、铸造厂、车间、矿山、河流湖泊上的船只的实际劳动的尊严与英勇气概——重新采用另一种更为灵活、恰当的表达手段——向着更为自由、辽阔、神圣的散文的天空翱翔。

至于三四流（甚至二流）的诗歌，是谁写的无甚区别或根本没有区别——它们本身就足够好了；它们没有必要真正发自作者的个性与生活。有时构成辛辣讽刺的正好是相反。但是第一流的诗歌，（有深度的区别于表面的诗歌，）必定要与诗人本身严格一致，接受诗人及其生活的考验。谁需要从蔑视懦夫或偷偷摸摸的人来获得勇敢与男子气概的荣耀呢？——谁需要押韵的守财奴或淫荡的油嘴滑舌的享乐者所写的仁慈或贞洁的歌谣呢？

在这些州中，超过所有先例，诗歌必须与实际事物，与具体各州打交道——因为我们还仅仅是个开始——它必须与联邦的塑造切实关联起来。我有时确实认为，只有诗歌才能为联邦下定义（亦即赋予其艺术个性、精神性、尊严）。美国人面临的最大危险是一种压倒一切的繁荣，"商业"俗气，物质主义：东西南北各处最为缺乏的是一种热情而闪耀的民族性和爱国精神，正是这两者将所有部分凝聚成一个整体。除了一批最为高尚的诗人，谁能挡开那种危险，在未来填补那种匮乏呢？

如果合众国还没有培育出任何伟大的诗人，它肯定会引进、印刷和阅读更多的诗歌，超过任何其他地方同等数量的人——也许超过全世界加起来的所有其他的人。

诗歌（像伟大的个性一样）是许多代人——许多罕见的组合，才能培养出来的。

要拥有伟大的诗人，必须拥有伟大的读者。

英国文学

为了避免出错，我要说我不仅推荐大家研究这种文学，而且希望大大扩张我们的来源和比较。美国学生可以很好地从所有先前的国土汲取营养——从盛期的希腊与罗马，一直到混乱的中世纪，十字军东征，然后是意大利、德国的知识分子——从所有更古老的文学，所有更新型的文学——从机智好战的法兰西，而且在许多方面，很多不同的时期，明显从伟大的西班牙民族的进取心和灵魂汲取营养——使我们自己始终能够谦恭，始终能够顺从，不可估量地受惠于母亲的世界，对于所有死灭的民族，就和所有活着的民族一样——这个产物，我们的这个美国，作为女儿，绝不单单属于英国列岛，而是属于大陆，和所有大陆。的确到了我们认识并充分使那些种子开花结果的时候了，那些我们继承自意大利、法兰西、西班牙，尤其那些国家最优秀的富有想象力的作品，在很多方面，它们比英语或英国文学更加高尚和微妙，对于完成我们的使命、责任、教育、记忆等等是不可或缺的。这些州所拥有并将始终拥有的英国元素，极大地超出了它恰当的比例。我已经谈到过莎士比亚。在我看来，它似乎是星体的精灵，第一流的，完全适合于封建主义。他的贡献，尤其对于激情文学的贡献是巨大的，对于人类永远是珍贵的——而他的名字在美国将一直受到崇敬。但在他那里也有很大程度的对民主的冒犯。他不仅与封建主义相一致，而且我要说，莎士比亚就是封建主义在文学中不折不扣的化身。于是，你似乎便能探测到他身上有什么东西——我几乎不知道该怎么描述它——即便置身于他天才的炫目光华之中；而且，我们几乎能在所有领先的英国作家那里发现更为下等的体现。（也许我们终究要引进势利眼、势利小人这个词儿了。）与此同时，还存在着古代亚洲的伟大诗篇，印度史诗，《约伯记》，爱奥尼亚人的《伊利亚特》，《新约》中无可超越的单纯、可爱而完美的有关基督生与死的叙事诗，（大体上，荷马和圣经诗歌确实亲密地纠缠着我们，）还有最具特色、想象力或浪漫气质的大陆遗产，如同《熙德》和塞万提斯的《堂吉诃德》的一样，如此等等，我要说，它们在本质上是与我们相一致的，而且，远远超过它们本身，也奇妙地与我们今天的纽约、华盛顿、加拿大、俄亥俄、德克萨斯、加利福尼亚的婚姻生活相一致——而且与我们的观念相一致，无论是严肃的还是诙谐的，还有我们的英雄气和男子气的标准，甚至与我们的民主需求相一致——那些需求不仅没有在莎士比亚的作品中得到满足，反而在他的每一页书中遭受到了损害与侮辱。

　　我还要补充一点——英国虽然在政治自由或相关思想方面跻身于最伟大的国家之列，而且具有强健的个性，如此等等——但是英国文学的精神却并不伟大，至少不是最伟大的——它的文学不是我们的典范。除了莎士比亚例外，在那种文学中并不存在任何一流的天才——尽管它确实具有相当大的价值和人工之美，（大部分来自于经典，）但是它几乎始终是物质的、感官的，而不是精神的——几乎始终是充血的，患有多血症，而不是解放、扩张和膨胀——它是冷的，反民主的，喜欢懒惰和堂皇，显示出很严重的庸俗品质，害怕说出或做出本身全然恰当却不合常规的事情，害怕因此遭受耻笑。在最好的情况下，它也弥漫着阴沉之气；它郁郁寡欢、忧郁愁惨，而且，那些品质以无可匹敌的风格，在性格与情节中得到了公正的表达。但是，它不同于希腊戏剧家那司空见惯的冲突的激情，像黑风暴过后一样，让天空如洗，万物一新，以力量令人振奋；而是像哈姆雷特，无精打采，病恹恹，迟疑不决，在秘密品味过蓝调之后，留下的永远是病态的魅力，悲哀的奢华……

我向合众国所有年轻男人和年轻女人做出以下的强烈推荐，他们也许能够胜任，去追上并超越那些满载的船队，亦即意大利、西班牙、法兰西、德国的文学，这些文学中充满了自由、沉着、快乐、敏锐、扩张的元素，在为合众国的未来做准备中所需要的元素。我唯一希望的是，我们能有真正出色的翻译。我欣喜于人们对东方研究与诗歌的喜爱，我希望它能够继续开展下去。

依然存在的匮乏和需要

从最新的观点来看，那些最为陌生的国家，无论大小，从已知最遥远的年代，一直到我们的时代，每一个都各从其类或直接或间接地至少贡献出了一首伟大不朽的歌曲，来帮助激发和增强人的勇气、智慧和高雅。印度的巨型史诗，《圣经》本身，荷马时代的颂歌，《尼伯龙根》，《熙德》，《地狱篇》，莎士比亚有关激情与封建领主的戏剧，彭斯的歌曲，德国的歌德，英国的丁尼生的诗，法兰西的维克多·雨果，还有其他很多，它们是广泛多样但又完整的标志或地标，（在某些方面也是人类思想和灵魂所设立的最高标志，超越于科学、发明、政治改良等等之上，）以最为微妙和最好的方式叙述着历史的漫长过程，为人类整体所抵达的各个阶段赋予特性，为多变的文明进步构想出诸种结论……美国的艺术表现在哪里呢，对于这些富有特色的永恒的纪念碑，存在任何与美国本身和现时代相匹配的精神吗？迄今为止，我们的民主社会，（鉴于它多样化的层次，可以当作一个整体来考虑，）还一无所有——

我们也没有贡献出任何有特色的音乐，而音乐是民族性的最佳纽带——来弥补那闪耀的、血脉贲张的、虔诚的、社会的、情感的、艺术的、难以下定义的、美得难以描述的魅力与掌控力，将旧的封建社会的不同部分熔铸在一起，在欧洲和亚洲，一方面，爱、信念和忠诚的奇妙渗透，像一条贯穿的活的经线——而另一方面，独特的责任、义务和福音，则像另一条贯穿的纬线。（在南方各州，在奴隶制下，也大致如此。）……与此同时，就美国各州现存的事物而言，在相对很少的成功富人与大量不成功的穷人之间，完全缺少这种爱、信念和利益的融合与密切关系，还有什么比这个更可怕、更令人担忧的呢？作为一个混合了政治与社会因素的问题，这其中难道不是充满了阴云吗？作为我们民主中的一个问题和谜团——一个不可或缺的需要，难道不值得考虑吗？

我们杰出的访客

（过去、现在和未来）

欢迎他们每一个人和所有人！他们做得很好——最深最广最需要的好——尽管可以肯定，他们的来访不是以原初预想的方式进行的——时不时地，这种访问里边含有某种无法抑制的喜剧成分。比如，看见一位可敬绅士沐风栉雨穿过三四千英里的行程，在一大群同样洋洋自得、同样错得离谱的听众面前，沾沾自喜地细细评说他完全搞错或是一无所知的事情，还有比这个更引人发笑的吗？

但我们还是要对我们曾经和现在拥有的那些访客说，欢迎和感谢，他们从海外来到我们中间——祝愿这种来访能够持续下去！我们有狄更斯和萨克雷，有弗鲁德（Froude）和赫伯特·斯宾塞，奥斯卡·王尔德，柯勒律治勋爵——有士兵，学者，诗人——现在还有马修·阿诺德和演员欧文。有的是来赚钱的——有的是来消度"好时光"的——有的是来帮助我们和给我们建议的——还有的无疑是来善意地调查民主美国这个大问题的，它正带着一百年来累积的力量巍然出现在世界之上，现在正以明显的意图（自内战以来），要停驻下来，在未来许多个世纪中，在文明与人类的永恒游戏里，取得一个领导地位。可是啊！正是那调查——那调查的方法——才最为确凿无疑和眼睁睁地引进了赤字。不要让柯勒律治勋爵和阿诺德先生（不提那位著名的演员）想象，当他们遇见和审视在这种场合下一定会被推举出来的我们的富人那些礼节性的聚会，（这些富人来自纽约、波士顿、费城等地，老掉牙的一长串，持续不断，像饭店餐桌上的盘子列队而行——你肯定会一再遇见——这是非常逗乐的）——还有鞠躬和介绍，一流俱乐部的招待会，吃吃喝喝，赞美来赞美去互相赞美——还有下一天在中央公园骑马，或是"公干"——就这样一个接一个穿过大西洋各城盛装的小圈子，全都中规中矩、富有教养和端庄恰当，连同压低声调的绅士风度、羊皮手套、午宴和洗指碗——我们要说，不要让我们杰出的访客凭借这些经验，就来假设他已经"见识了美国"，或是因此被任何与众不同的线索或意图所俘获。一点都不要。为今天这个共和国赋予活力的脉搏——它南北方民众忠实和成功地追求的坚定意图和个性，一代又一代人表面上似乎对自己的目标毫无意识，却依然以不灭的直觉竭诚以赴的意图和个性——对于这一切，那些小圈子连最模糊的火花都提供不了。在旧世界，一个民族最佳的风情和意义也许需要去"上等阶层"中寻找，它的贵族，它的宫廷，它的总参谋部。在合众国，规则正好相反。此外（这一点，也许是最深刻的），我们群体的特殊标记和构想是无法在匆忙中予以理解的。要获得教益和切中实质是很难的；我要说，这一切对于外国人来说是不可能的——但是我也偶尔发现，最清晰的鉴别来自远方。不但对于我们现在与未来的杰出访客，而且对于我们的本土研究来说，肯定没有什么比下面来自伦敦《时报》的社论更为适合的了，它说的是几年前弗鲁德先生的访问和演讲，以及在德莫尼克的最后晚宴及其煊赫的大批嘉宾：

《时报》言道，"我们看了那些前来对弗鲁德先生表示尊敬的人物名单：有爱默生先生，比彻先生，柯蒂斯先生，布莱恩特先生；我们补充了那些因无法亲自到场而发来致歉信的人物名单——朗费罗先生，惠蒂尔先生。他们的大名闻名遐迩——在英国和在美国几乎同样有名同样受到尊敬；可是我们最后必须说些什么呢？这次作家聚会之外的美国人民是更为巨大和伟大的东西，是这些作家单独或全部加起来都无法领会的。他们中的任何人或全部都不能说自己能为他们的国家代言。我们这些远距离观察的人也许因此能看得更清晰一些，美国人民的品质在他们的这些发言人中间是找不到任何代表和任何声音的。他们实际上和弗鲁德先生称之为大使的那伙子英国人是一个样子。弗鲁德先生是迷人风格的大师。他天生优雅和富于同情之心。将任何一个单一特征作为他的研究主题，他可能都会在很短时间内取得成功，他对自己工作的领会足以让他将一个活的形象呈现给他的读者的智力与记忆。但是一个民族的运动，无法用语言表达自己思想的、在每一个后续时代中都依然对他们起作用的人民的无声目标——这些事情并不在他的掌握之中……如他所示，文学的实际功能是有限的；他能行使的影响是人为的和有限制的，而且，当他和他的听众在愉快的时光里自娱和娱他，民族生活的洪流就在他们身边流动，他们无力的行为丝毫影响不了它的浪潮，就像岸边的人妄图指引海洋的潮流一样。"

这里，有一个思想需要重复和展开，需要我们文学界和教育工作者永远予以珍视。（孕育和青春期的准备工作已经结束，奔向明确目标与结果的时机已经成熟。）尽管它是我们整个民族性和大众生活的动力与背景，但是我们想到它的时候何其稀少。在这篇简短的备忘录里，我非常希望能够最先唤醒"有识之士"，去思考和探究我们民主新世界的独特精神这种东西是否存在，这种精神普遍而内在，必定将过去最好的经验引向顶峰——不单单是在文学或知识方面——也不仅仅是"好的"（就主日学校和戒酒协会的意义而言）——而是某种无形的脊梁和对于这些州的巨大同情，它仅仅存在于普通百姓当中，存在于他们的现实生活，他们的生理学，他们的情感，他们朦胧又炽热的爱国心之中，存在于经历过整个内战的（双方）军队之中——这样一种本体和特性确实至今"尚未在它们的代言人那里找到声音"。

在我看来，今天显得巨大而丰富的美国，即便从它最为重要的成果来看，也还完全处于实验阶段；它的形成动因、混乱中的考验和努力，我认为，要比整个欧洲历史、希腊或所有过去的其他国家那业已完成的发展和展示，更为壮丽辉煌如诗如画。名副其实的新世界文学，如果能够涌现的话，肯定不会是虚构或幻想，不会是多愁善感或精心打磨之作，也不会是纯然的抽象。只要这样的文学不是民族性的天然分枝和产物，根深蒂固，从它的根系中生长出来，承袭它的纤维，它就永远不会响应任何深沉的呼唤或者是长年不断的需要。也许无知的共和国比它的教师们还要聪明。最好的文学始终源自比文学自身伟大得多的东西——它不是英雄，而是英雄的画像。在有记载的历史或诗篇之前必须先有议事录。在古老的杰作之外，在《伊利亚特》、冗长的印度史诗、希腊悲剧甚至《圣经》本身之外，必有居于它们之前的巨大事实，这是它们的必要条件，是真正的诗篇和杰作，相对其本身的宏伟壮丽，语言的表达不过是它们的碎屑和漫画。

为了今天和这些州，我认为迄今已知的人类或国家在最大规模上和无以计数的品种上所取得的最生动、最快速、最惊人的进步，便呈现在此时此地。它与我们的诗人和鼓吹者经常做出的惯例性描述颇有不同。巨型铸造厂，燃烧的火焰，熔化的金属，重击的杵锤，从一端向另一端汹涌移动的大批工人，朦胧的阴影，翻滚的阴霾，不和谐，粗陋，震耳欲聋的喧闹，混乱，浮渣与尘烟，物质的奢侈与浪费，大铸件上空敞开的大天窗中闪射的阳光，有很多还没有搬上机床，也许要长期搁置，但每一个都有自己的时机，明确的场所、用途和意义——这差不多就是美国的象征。

在这一切之后，让我们回到出发点，让我们重申，并且以整片国土的名义，向我们杰出的客人们致以欢迎。他们的远程来访、殷勤好客、握手言欢、直接谋面，会将远的拉近——他们是多么神圣的溶媒啊！旅行、互惠、"面谈"、国际交流——这些，除了是民主和最高法则的最好助益，还能是什么呢？啊我们自己的国家——世界上的每片土地——都能年复一年持续接待其他国家的诗人、思想家、科学家，甚至官方要人，作为倍受尊敬的客人。啊合众国，尤其是西部，如果高贵而忧郁的屠格涅夫——或是维克多·雨果——或是托马斯·卡莱尔，能在去世前来此做一次美好的长期访问和探索性的远足，如果卡斯特拉尔、丁尼生或任何两三个伟大的巴黎随笔作家能和我们面对面，那将开启怎样正确的理解啊。

作为诗歌的圣经

　　关于那些亚洲土著的遗赠，我设想今天没有人能从文学观点出发说出什么新东西——希伯来《圣经》、巨型印度史诗和一百种规模较小但十分典型的作品；（现在不将《伊利亚特》明确包括在内——尽管那件作品肯定起源于亚洲，就像荷马本人一样——关于其出身的考虑似乎奇怪地被忽略了。）但是何曾有过一个时代或地方——何曾有过一个通晓这门伟大艺术的时髦学者，对于他来说，那些作品不再能够提供比过去所有同类作品加起来还要丰富的教益？对于当今流行的作家和诗歌读者来说，还能有什么更为恰当地向他们提示，古代诗人的天职为何——并且依然能够存在、更新、完全适应于当代？

　　东方主义的所有诗篇，均以新旧约全书为其核心，倾向于关注深沉而宽广的（我确信是最为深沉宽广的）心理发育——很少或根本无涉于纯粹的审美，而审美是我们今天首要的诗歌需求。尽管会很迟，每一个称职的学者总会领悟到，拥有自己永恒影响的最为深刻的法则不是在美中，不是在艺术中，甚至不是在科学中。

在有关"希伯来诗人"的文章中，德·索拉·门德斯说："犹太教和希伯来民族性的根本特征是宗教；它的诗歌自然也是宗教性的。它的主题，上帝和天意、与以色列的圣约、自然中的上帝、如其显露的作为造物主与统治者的上帝、在上帝的威严与美中的自然，都为自然之上帝的赞美诗和圣歌赋予了灵感。随后，这个民族多样化的历史又为史诗提供了暗示、例证和主题——展示了至圣所的光荣、奉献、壮丽的仪式、圣城，以及可爱的巴勒斯坦怡人的山谷与原野。"门德斯先生还说道，"押韵根本不是希伯来诗歌的一个特征。韵律不是诗歌的必要标志。伟大的诗人摒弃韵律；早期犹太诗人不懂韵律。"与著名的希腊史诗和其后规模较小的作品相比，圣经的主要支撑是单纯而贫乏的。它全部的历史、传记、叙述等等，都像珠子一样串在一起，指示着神圣目的与力量的永恒线索。恰恰凭借对于这种动力的最深的信念，将如此神圣的目的作为或隐或显的主题，它才能经常超越希腊的杰作和所有的杰作。

那些大胆得无法解释的隐喻，不羁的灵魂，在我们的标准看来简直是奢侈，那些绚烂夺目的爱与友谊，热烈的吻——无可争辩，毫无逻辑，却无与伦比地体现在格言中与宗教狂喜中，体现在让人类平等的共同的道德观念和死亡的暗示中——精神就是一切，教堂的仪式和显现都微不足道，无尽的信念，它巨大的精神性中包含着强烈的感官性——一切不过是一种难以置信、包罗万象、非尘世所有、露水般芳香的无知（正好与我们十九世纪对商业的专心致志和病态的精致相反）——没有吹毛求疵的怀疑，没有病态的愠怒和抽噎，没有《哈姆雷特》，没有《阿多尼斯》，没有《死亡观》，没有《悼念集》。

　　一个国家诗歌的终极证明在于它的诗人的品质，就任何民族而言，没有优秀的诗篇就不可能有真正优秀的诗人。将个人性与普遍性完美融合的典范（在我看来，没有什么能超出《伊利亚特》的星系、莎士比亚的英雄们，或丁尼生式的"田园诗"，它们如此崇高、忠诚，像星辰一般，）便是那些古老的亚洲诗歌。男人们和女人们就像巨大浑圆的树木。其他任何地方都不会有在这样古雅的崇高中高高耸立的自我克制；其他任何地方都不会有能支配天堂众神和命运本身的最为单纯的人类情感。（例如，《摩诃婆罗多》快要结尾时的一个插曲——妻子莎维德丽与阎摩王的旅行：

> 一个恐怖的景象——他的衣服血红，
> 他的身体巨大而黑暗，他的双眼充血，
> 像太阳在头巾下发出火焰，
> 他的手臂上紧缚着绳索……

　　死神携带着死去丈夫的灵魂，那位妻子执着地跟在后面，凭借无法抗拒的诗歌朗诵的完美魅力，最终拯救了她被捕获的爱人。）

　　我记得威廉. H.苏华德最近曾满怀激情地阐述过这些主题，他从自己在土耳其、埃及和小亚细亚的旅行中发现，今天，最为古老的圣经叙事在那里得到了精确体现，三千年来显然没有任何的中断或改变——蒙着面纱的妇女，服装式样，庄严和单纯，所有的风习完全一样。经验丰富的特里劳尼说，他发现世界上唯一真正的绅士，是典型的中老年的东方人。在东方，居于领导地位的伟人，总是威严的老者，有着飘逸的髭须，父亲的风度，等等。在欧洲和美国，如我们所知，那总是年轻小伙子——在小说中，是潇洒有趣的英雄，或多或少总是青春年少——在戏剧中，则是男高音，面颊红润饱满，胡须乌黑，肤浅而活泼，也许还有一副强大的肺，但其深度绝不会超过奶皮。不过，读书人也许会得到有关那些圣经地区和当今人民的信息，就像那些英法无赖在出版物中描述的那样，那是地球上最浅薄、无耻、自大的一伙儿。

我还一点都没说到与作为诗歌存在的圣经、与它的每一部分相关的大量事情（这是其影响的完全合法的部分，在很多方面终究也是主要的部分）。它不仅仅是古老的大厦——也是事件、斗争和周遭事物的聚合体，它一直是这些东西的场景和动机——甚至也是恐惧、忧虑、死亡。有多少岁月和世代为这本书沉思、哭泣和痛苦！怎样无法言说的快乐与狂喜——给予火刑柱上的殉道者以怎样的支持啊。（直到作者久已辞世，直到它积累与涵纳起它所激发的许多的激情、许多的悲喜，真正伟大的诗歌才能充分实现它的意图。）对于芸芸众生，它是怎样的海岸与安全的岩石啊——驱赶一切的暴风雨和海难中的避难所！它翻译成所有的语言，将这个分崩离析的世界维系在一起！今天的文明国家，我们的追忆之中，难道没有它的交织、关联和渗透吗？它不仅带给我们它书页中包含的内容；不，那是起码的。几千年来，它里面的每一首诗，每一句话，无不密集镶嵌着人类的情感，一代代演替的父子和母女，我们自己的祖先，与那个背景不可分割，它尽管像幽灵一般，却是我们今天不可避免要依赖的全部——我们的祖先，我们的过去。

奇怪而真实之处在于，那就是将各民族、时代及全世界的相悖之物凝聚在一起的首要因素，给它们提供两三个伟大思想组成的公共平台，而人类社会的起源，突出而普遍的兄弟情义，所有希望的梦想，所有时代——那源于新世界、现代统一性和政治的一连串漫长的孕育、尝试和失败——始终要回溯到一组古老的诗歌当中，得到确认，这组诗歌超乎任何其他事物之上，它是数千年文明与历史的轴心——没有了它，我们的这个美国，连同其政体与本质，现在都不可能存在。

真正的诗人永远不会与圣经相违背。一旦对传统观念的破坏在一个方向上走上了极端，与目前形式的圣经相抵触，这组诗依然会在另一个方向上存在，并和迄今为止一样，甚至有过之而无不及地，通过它神圣而原始的诗歌结构，居于支配地位。对于我来说，那就是作品鲜活而明确的原则，超乎其他一切。然后才有连续性；最为古老又最为年轻的亚洲的表达和个性，及其连带的一切，才保持为一个整体，像缥缈的天空一样，如常向我们显现。即便对于十九世纪，对于我们这片国土，那也是诗歌的源头。

民主远景

　　大自然贯穿宇宙的最为伟大的课程也许就是有关多样性和自由的课程，它同样也是新世界政治与进程中最伟大的课程。例如，如果一个人被问到，对比于在中国和土耳其依然存留的亚洲崇拜的古老遗产，现代欧美政治生活与其他方面具有什么样的鲜明特点时，他会在约翰·斯图亚特·密尔有关未来的自由的深刻文章中有所发现，密尔在文章中声称，要建设真正伟大的民族性，需要两个主要因素，或者是层次——首先，大量的多样化的个性——其次，人性在无尽的甚至冲突的方向中完全地展开自身——（对于一般人性而言，这颇为类似于我们所谓天气的影响，它在自己无限制的领域所形成的那种四季不断有益健康的空气——无尽的气流和力量，贡献和温度，以及不相一致的目的，它不息的对立面游戏带来的不间断的复元与活力。）带着这个思想——不单是它本身，还有它所需要的一切，由它所牵引——让我开始我的思考。

　　美国，它目前充满了最为伟大的行为和问题，欢乐地接受过去，包括封建主义，（确实，现在不过是过去的合法诞生，包括封建主义，）如我所估计的，几乎将她的正当性与成功，（迄今，还有什么人敢断言成功呢？）完全寄望于未来。那种希望并非毫无根据。今天，尽管依然暗淡，我们却在远景中，提前看到了一个丰富、健全、巨大的产物。至于我们的新世界，我认为，它所完成的一切，或是它的本质，都远没有未来的结果重要。众民族中绝无仅有的一个，这些州承担了将持久的力量和实用性塑造成型的任务，在堪与物理宇宙的作为匹敌的广阔领域，涉及各时代的道德政治的思考，长久长久拖延的民主共和原则，依据自愿标准的发展与完善的理论，以及自力更生。真的，除了美国，迄今在历史上，还有谁，以不知不觉的信念接受了这些事物，如我们目今所见的那样，支持、遵守、守护了它们的安全？可是不要再弹奏序曲了，让我直击以下乐曲的主题吧。第一个前提在于，尽管这些段落写于极其不同的时刻，（事实上，它就是一组备忘录，也许是为了未来的谋划与理解，）尽管它可能遭受到一部分与另一部分互相抵牾的指责——因为关乎民主问题存在着很多对立面，就像涉及任何重大问题那样——但是我觉得，这些部分在我自己的认识和信念中是和谐一致的，它们也恰恰需要在这样的完整合一中去阅读，每一页每一个主张和断言都由其他主张来改进与调和。还需要记住的是，它们不是政治经济学方面的研究成果，而是出自常识，出自在人们中间、在这些州、这些动荡的战争与和平岁月中的漫游与观察。我不会掩盖在美国普选权上所存在的令人惊骇的危险。事实上，必须承认和面对我所写到的这些危险。我写作此文主要是为了这样的人，他们的思想在激烈交锋，在民主的信念和渴望，与人们的粗鲁、恶习、反复无常之间不断进退的人们。我将把美国和民主作为同义词来使用。这个问题绝非一般。合众国命定要战胜壮丽的封建主义历史，否则就会成为时代最大的失败。对于这些州的物质成功的前景我毫无疑问。它们在商业、地理与生产方面，比以往具备更大的规模和更丰富的多样性，其成功的未来是确凿无疑的。在那些方面，共和国很快就会（即便她尚未做到）超越迄今为止所有的范例，并主宰世界。①

承认所有这些，连同我们政治制度的无上价值，普选权，（充分意识到这最新最广的门户的开启），我说，远比这些更为深刻的，那最终和唯一能使我们西方世界的民族性优于迄今所知的一切并超越过往的，必定是精力充沛但尚未可知的文学、完美的个性与社会学，那原创的、超越的和富有表现力的（在最高意义上还根本没有被表现过的）民主和现代。凭借哲学，和超越这些，我宣布作为教师和完美妇女的新的种族的存在，为了一个新世界的诞生，他们是必不可少的。至于封建主义、等级制度、教会传统，尽管明显地撤出了政治制度，但凭借它们的精神，甚至在这个国度，也依然占据着更为重要的领域，实质上它们正是教育、社会标准与文学的底土。

我认为，民主永远不能摆脱苛刻的挑剔，它需要证明自

---

① 从不到九十万平方英里的地区，联邦已经扩展到四百五十万平方英里以上——比大不列颠与法兰西加起来面积的十五倍还多——包括阿拉斯加在内的海岸线，等于地球的整个周长，领土范围比罗马人最为鼎盛时期所征服的还要辽阔。

身，直到它奠定和繁茂地生长出它自己的艺术形式、诗歌、流派、神学，取代现存的一切，或者是在相反的影响下，过去所遗留下的东西。我觉得很是奇怪，当这么多的声音、钢笔、头脑，在传媒上、讲堂中、在我们的议会里，等等各处，讨论着知识主题、经济危险、立法、普选、关税和劳动问题，还有美国的各种各样的事务和慈善需求，连同提议和补救措施，却有一种往往值得深刻关注的需要，一个极大的空隙，似乎没有眼睛看见，没有声音予以表达。我们今日美国的根本需要，与目前状况具有最切近、最丰富关联的需要，关乎一个阶层，一个阶层的清晰思想，关乎本土作家与文学，它迥异于，在等级上也远远高于任何已知的、僧侣式的、现代的文学，它适于应对我们的状况与土地，弥漫在整个的美国心态、趣味、信念之中，给它吹进生命的新气息，替它做出决定，影响着政治，远远超过流行的肤浅的选举权，它的结果存在于总统或议会大选的内部和下面——辉耀着，产生合适的教师、学校、风习，作为其最伟大的成果，它在各州的政治、生产与知识基础之下，完善着一种宗教与道德性格，（学校、教堂和神职人员迄今为止都未能完成的东西，舍此，这个民族将像一座没有地基的房屋，不再永久稳健地挺立于世）。因为你知道，亲爱的诚实的读者，如果我们国土上的人民全都能够阅读与写作，所有人都拥有投票的权利——那些首要的事情会全然缺失吗？——（这是对它们的提示。）

　　今天，从一个贯穿整体的观点来看，在整个文明世界里，人性的问题都是社会与宗教问题，它最终将与文学遭遇并由文学来处理。牧师走了，神圣的文学来了。今天最为需要的莫过于此，在所有各州，需要的是现代的诗人，或者是现代的伟大的文学。也许，在任何时刻，任何民族的核心点，作为它自身最为摇摆不定的根源，也因此动摇其他民族的根源之处，就在于它的民族文学，尤其是它的原型之诗。超越所有以往的国家，一种伟大的原创性文学注定要成为美国民主的理由与依赖，（在某些方面还是绝无仅有的依赖）。

很少有人意识到，伟大的文学渗透一切，为万有赋予色彩，塑造集体和个体，而且，依循微妙的方式，以不可抗拒的力量，随意地构造、维持和破坏。为什么，在回顾之中，超乎万国之上，高耸着两片特殊的国土，它们本身渺小，却又难以言表地巨大而美丽，如同圆柱一般？永恒的犹大和永恒的希腊，在两首诗中活着。

比这个更近。人们普遍没有认识到，就像希腊精神一样，所有这些美妙各州的社会学、个性、政治和宗教精神，存在于它们的文学或审美之中，真实不虚的是，那日后成为欧洲骑士精神、封建制、教会与王朝的主要支撑的精神——正在形成自己的骨架，支撑了成百上千年，保存着它的肉身与花朵，赋予它形式与决心，使之丰满，并把它浸透在意识与无意识的血液之中，品类、信念和人的直觉，依然对今天具有支配性力量，藐视着时代的沧桑巨变——那就是它的文学，渗透到骨髓，尤其它的主要部分，那些迷人的歌曲、歌谣与诗篇。①

　　对于感官和眼睛来说，我知道，给世界历史打上烙印的是战争、王朝的更迭、变动不居的贸易、重要的发明、航海、军事或公民政府、强大个性与征服者的出现，诸如此类。这些当然有其作用；不过，也许一个新的思想、一个新的想象和抽象原则，甚至一种文学风格，恰当其时，由某个伟大文人塑造成型，投射到人类之中，却能够如期引发变化、增长、迁移，胜过最漫长最血腥的战争，或者是最为惊人的政治、朝代与商业的倾覆。

　　简而言之，尽管可能尚未得到认识，却绝对真实的是，少数一流的诗人、哲学家和作家，实质上已经沉淀下来，为迄今文明世界的整个宗教、教育、法律和社会学奠定了基础，凭借渲染和频繁创造气氛，这样的行为必定超过以往，在今天和未来，为美洲大陆内在而真实的民主结构打上烙印。我们还要记住这一事实上的差异，亦即，经过古代和中世纪，最高的思想和理想得以实现自身，它们的表达借助于其他艺术之处，与

-----

①例如，作为可以继承的财产和样本的有，瓦尔特·司各特的《边境歌谣》，珀西的选集，埃利斯早期的有韵传奇，有关阿基塔尼亚的瓦尔特王的欧洲大陆诗篇，异教血统但经过封建僧侣修订的《尼伯龙根》；法里尔的行吟诗人史；甚至遥远累赘的古印度史诗，预示着欧洲骑士精神的源头在于亚洲；迪克诺关于熙德、西班牙诗歌与卡尔德隆时代诗人的篇章。然后，作为封建主义最具诗意的巅峰表达，当然非莎士比亚戏剧莫属，其中王子、领主、绅士们的态度、对话与性格，弥漫的氛围，暗示和表达出来的风度标准，傲慢的举止和贪婪的欲望，豪华刺绣般的风格，等等。

借助于技术性的文学，有同等程度，甚至犹有过之，（这种文学不对大众开放，甚至不对大部分精英开放，）在当下和为了当前的目的，这样的文学不仅比所有其他艺术加起来还要有资格，而且也成了在道德上影响世界的唯一的总体手段。绘画、雕塑和戏剧，在智力、功用、甚至高级审美的影响与媒介中，似乎不再扮演不可或缺甚或重要的角色。建筑，无疑还保持着性能，和一个真实的未来。然后是音乐这个组合器，不再是精神上的，不再是感官上的神，而完全归属于人类，进展，流行，占据最高的位置；提供着其他东西无法提供的某些需求。不过，在今天的文明当中，不可否认的是，在所有艺术之上，文学是主宰，提供着超乎一切的服务——塑造教会和学校的性格——或者，无论如何，能够胜任这项工作。包括科学的文学，它的范围的确是无可比拟的。

在继续进行之前，对某些要点予以区别可能是有益的。文学的收成来自于众多田野，有的可能兴旺，而其他的则可能滞后。我所说到的想象性的文学，尤其是诗歌，作为一切的主干，其主要收成存在于这些远景中。在科学部门和新闻业，在这些州中，有关最高的诚挚、真实与生活的承诺，也许得到了履行，这些当然是现代的。但是在想象的领域，关乎脊柱和本质的属性，等同于创造的某种东西，就我们的时代和国土而言，属于迫在眉睫的需求。因为，新的血液、新的民主框架纯由政治、肤浅的选举权、法律等手段来活跃和保持，这不但是不够的，而且，我很清楚地看到，除非它继续深化，至少在人的心灵、情感和信念中牢固而温暖地扎下根，就像以前的封建主义或教会主义那样，开辟出它自己四季不断的资源，永远从中心涌流而出，否则，它的力量将是有缺陷的，它的生长将是可疑的，它的主要的魅力将是匮乏的。我因此提议，如果有两三位真正具有原创性的美国诗人（或者是艺术家或演说家）出现，像行星升上地平线，作为第一等的星辰，从它们的显赫中，将贡献、种族、遥远的聚居地等等，融合在一起，他们会给这些州赋予更为紧凑与更有道德的特性，（这是今日最为需要的品质，）胜过了所有的宪法、立法与司法约束，以及所有迄今为止的政治、战争或物质经验。例如，相比于拥有一群英雄、人物、功绩、苦难、兴盛或不幸、光荣或耻辱，它们属于所有人、代表所有人，几乎不可能有任何事物能够更好地服务于这些州，服务于它们起源的多样性，它们各自不同的气候、城市、标准等等——不相上下，甚至更为重要的，是拥有一连串伟大的诗人、艺术家、教师，适合我们的民族代言人，替这些州的男人和女人去领会和表达，何为宇宙的、本土的、共有的东西，何为内陆和海滨，何为北方和南方。历史学家说起古希腊，说起她永远让人嫉妒的自治、城市和联邦，她曾经拥有或是接受的那唯一正向的统一，却是臣服于人的悲哀的统一，是最后向异族征服者的臣服。臣服，那一类的说法，对于美国是不可能的；但是，对于充满冲突与矛盾的内部的恐惧，缺乏一个共有的框架，将一切都紧密编织起来，这个问题持久地让我困惑。或者，如果情况不是如此，最为清晰的需要在于，在将来的一个漫长时期，我们需要将所有各州熔铸成唯一可信的本体，道德与艺术的本体。因为，我认为，这些州真正的民族性，它们真实的联合，当我们面临道德的危机时，既不是成文的法律，也不是（如通常假设的那样）利己主义，或者普通的经济与物质目标——而是炽热而巨大的思想，用不可抗拒的热量溶化其他一切，以巨大无限的精神与情感力量，解决所有较小的和明确的差别。

可以断言，（而且我承认这断言的分量，）普通而一般的尘世的繁荣，一种大众的小康福利，以及所有生活的物质方面的舒适，是首要之事，而且也是足够的。可以声称，我们的共和国，在表现上，确实激发了今日最为壮丽的艺术、诗歌，以及其他，凭借将荒原打造成肥沃的农场，在她的铁路线中，轮船上，机器中。还可以询问的是，这些难道不是更有益于美国吗，甚至超乎最伟大的吟游诗人、艺术家或文人的言辞？

我也骄傲而快乐地欢呼那些成就：然后回答，人的灵魂不能单凭这些——不，根本不能靠这些——得到最后的满足；而是需要，（站立在这些和一切之上，就像双脚立于大地，）向那最崇高者本身说话。

这样的考虑，这样的真理，在这些远景中引起了需要处理的有关个性的重要问题，有关美国的主要个性，连同作为其出口和回报的文学和艺术，而且，当然要对应于全体共有的轮廓。对于这些首要之事，总体上如此敏锐的美国的思想者们，或是没有给予最为微弱的注意，或是依然停留且将继续停留在，一种昏昏欲睡的状态。

就我个人而言，我愿意警告和提请关心政治与商业的读者，且要尽最大限度，反对普遍流行的错觉，自由政治制度的建立，丰富的聪明才智，普通的良好秩序，物质丰盛，工业，等等，（它们始终是人们渴望而珍视的优势，）其本身就能决定和促使我们的民主实验得出成功的硕果。当前，凭借充分或几乎充分地拥有这样的优势，合众国才刚刚从与它唯一需要恐惧的仇敌的斗争中脱颖而出，（亦即它内部的敌人，）伴随着史无前例的物质发展——但是，在这些州，社会却是一派腐败、粗鲁、迷信和堕落。政治或法律缔造的社会是这样，私人或自愿结成的社会，也是如此。在任何活力当中，道德良知的元素，各州或人民最为重要的支柱，在我看来是全然缺失的，或是极其衰弱和不成熟的。

我认为，我们最好是仔细探究一下我们时代与国土的面貌，就像医生诊断某种沉疴顽症。也许，内里的空洞之严重，从未像现在的美国这样。真实的信念似乎已离我们而去。各州的潜在原则不再被诚实地信仰，（对于人们来说，这只是肺结核的红润，和传奇剧的尖叫，）人性本身也不再有人相信。具有穿透力的目光到处无法看穿的是什么样的面具？这奇观令人惊骇。我们生活在彻头彻尾的虚伪氛围中。男人不相信女人，女人也不相信男人。一种轻蔑的傲慢支配着文学。所有文学的目标只在于发现一些取乐的东西。大量的教堂、宗派，我所知道的最为阴沉的错觉，篡夺了宗教之名。交谈是一大堆的揶揄打趣。从精神的谎言中，这所有谬行之母，业已产生数不清的后嗣。华盛顿税务部的一位敏锐率直之人，在他的职业规程的引导下，定期访问各个城市，北方，南方，西部，去调查欺诈，他和我谈过很多他的发现。我们国家商业阶层的堕落不仅超乎预想，而且严重得离谱了。美国的官方事务，国家的、州的、市的，它们全部的分支和部门，除了司法，全都浸透了腐败、贿赂、谎言与管理不当；就连司法也污染了。大城市对于卑劣的抢劫与无赖却充满了敬意。在时髦的生活中，轻率无礼，不温不火的偷情，虚弱的无信仰主义，琐屑的目标，或是全无目标，只是为了消磨时间。在商业方面，（商业，这吞噬一切的现代词汇，）唯一的目标，是不择手段地获取利益。寓言中魔法师的蛇吞噬了所有其他的蛇；而赚钱便是我们的魔法师之蛇，它成了今天唯一的主人。我们所出示的最好的阶层，不过是一群乌合之众，装扮时髦的投机者和暴发户。的确，在社会的有形舞台上演的这幕奇异的闹剧后面，可以发现实实在在的东西和巨大顽强的劳动，依然粗糙地存在着，在背景中继续着，保持着前进，并在时间中显示自身。但是真理依然是可怕的。我要说，我们新世界的民主，在将民众从困境中擢升上来，在物质发展与生产中，在极具欺骗性的肤浅的大众教育方面，无论取得了怎样伟大的成功，迄今为止，在其社会方面，在真正伟大的宗教、道德、文学和审美方面，都几乎是完全的一场失败。在徒劳中我们以前所未有的高视阔步向帝国前进，它如此巨大，超越了古代，超越了亚历山大，超越了最为骄傲的罗马的影响。在徒劳中，我们吞并了德克萨斯、加利福尼亚、阿拉斯加，向北直达加拿大，向南抵达了古巴。仿佛我们天生就被赋予了一个巨大且越来越具有装饰性的躯体，却没有给灵魂留下什么。

让我来进一步加以演示，用我写到的当下的观察与现场等等。主题是重要的，值得反复强调。在一段时间的缺席之后，我现在（1870年9月）又回到了纽约城和布鲁克林，度假几周。这些大城市的壮丽如画和海洋一般的广阔汹涌，无法超越的情状，河流与海湾，闪耀的海潮，价值昂贵的高耸的新型建筑，大理石与钢铁的表面，富有原创性的雄伟与设计上的优雅，快乐缤纷的色彩，白色和蓝色占了大半，飞扬的气质，无尽的船舶，喧嚣的街道，百老汇，沉重低沉的音乐的轰鸣，几乎从不间断，甚至夜里也是如此；股票经纪人的办公室，琳琅满目的商店，码头，巨大的中央公园，山丘中的布鲁克林公园，（这个美丽的秋日，我在山中漫步，沉思，观察，吸收）——市民们聚集成群，聊天，交易，傍晚的娱乐，或是沿旁边的街区游逛——这一切，我说，还有类似这些的东西，完全满足了我对力量、完满与运动的感受，通过这样的感觉和胃口，通过我的审美知觉，给予我持续不断的信息和绝对的满足。当我穿过东部和北部的河流，渡船，或是随着领航员待在他们的领航舱中，或是在华尔街或黄金交易所消磨上一小时，我总是，而且越来越深刻地认识到，（如果我们必须承认这种偏爱，）伟大的不单单是自然本身，她自由的原野和户外的空气，她的风暴，夜晚与白昼的景观，山岳，森林与大海——在人工造物之中，在人的作品之中，存在着同样的伟大——在这丰富多彩的人性中——在这些精巧的物品，街道，货物，房屋，船舶之中——这些匆忙的、发热的、带电的人群当中，他们复杂的商业天赋，（不仅仅局限于天才，）所有巨大、多线索的财富与行业，都集中在这里。

　　可是，严厉地摒弃吧，向那些闪光而壮丽的肤浅效果合上我们的眼睛，深入唯一真正重要的东西，个性，仔仔细细地检查它，我们提问，我们质疑，这里真的存在名实相符的人吗？有健儿存在吗？有完美的妇女，配得上慷慨的物质繁荣吗？有无所不在的美丽风度吗？收获过美好的青春和庄严的老年吗？存在配得上自由和富有的人民的艺术吗？存在一种伟大的道德与宗教的文明吗——那伟大的物质文明的唯一理由？向苛刻的眼睛承认这一切吧，用道德的显微镜观察人性，就会出现一个干旱平坦的撒哈拉，这些城市，就会拥挤着渺小的怪物、畸形、幽灵，扮演着毫无意义的古怪姿态。承认吧，在商店、街道、教堂、剧院、酒吧、官署，到处蔓延着轻率与粗俗，低劣的狡猾与背信不忠——到处都是孱弱的青年，鲁莽，浮华，过于早熟——到处都是异常的淫荡，不健康的形体，男性，女性，涂画，填补，染色，戴假发，污浊的肤色，不和，良好母亲的能力正在死亡或已经死亡，肤浅的美的观念，连同一整套的风度，甚或没有风度，（总想着优先享受，）这也许是世界上最为卑鄙的观念。①

关于这一切，以及这些可悲的状况，为了给它们吹进一股有助于复元的健康而英勇的生命气息，我要说起一种新奠基的文学，不仅仅是复制和反映现存的表面，或是迎合所谓的趣味——不仅仅是取悦于人，打发时间，赞扬美丽而精致的过去，或是展示技术的、韵律的和语法上的机敏——而是一种潜

---

①在这些匆忙勾勒的裂缝中，有两个在我看来是最为严重的，一个是，整个美国社会中道德良知的缺席或是搁置状态；另一个是，妇女们在健全的生育能力方面的惊人消耗，这是她们最高的属性，它使得妇女在最高的领域，永远优越于男性。我有时想，的确，重构社会学的唯一通衢和手段主要依赖于妇女的重生、提升、扩张与滋养，为未来的种族提供（就像产前条件必不可少那样）一种完美的母性。女性的领域远比她们自己了解的要伟大得多。无疑，这种新社会学的问题始终如影随形，涉及许多不同而复杂的影响与前提，对男人是如此，对女人也是如此。

藏在生活之下的文学，富有宗教性，与科学始终一致，以胜任的力量处理着元素和力，教导和训练着人们——而且，也许还是它最为宝贵的成果，实现对妇女的完全的救赎，使她们摆脱这些难以置信的掌控和愚蠢的网罗，摆脱女帽，以及各种消化不良的损耗——并由此确保各州拥有一种强壮而甜蜜的女性，完美的母亲一族——那正是所需要的。

现在，在对这些事实与观点的全然了悟之中，以及由此从正反两面推断出的种种——以及尚未动摇的对美国民众素质的信念，两性的混合物，甚至被作为个体加以考虑的东西——不断地在它们之中辨认出最佳文学与审美鉴赏力的最为广阔的基础——我由此继续我的思考和我的展望。

首先，让我们看一看，从对政治民主的简短、总体和感情的考虑之中，我们能形成什么样的理解，它的源起，作为总体，它当下的诸般特征，以及作为我们未来文学与著述的基础结构。确实，我们将迅速而持久地发现关于人的真诚、个人主义的原创性思想，甚至从相反的思想之中，它如何确立自身，取得收获。但是大众，或者是混成一团的性格，出于不可避免的原因，必须加以小心的衡量，做到心中有数，并为之提供所需的一切。只有从它那里，从它恰当的规则和潜能当中，才能涌现出其他的东西，才能出现个人主义的机会。这两者是矛盾的，但是我们的任务就是将它们调和一致。①

过去的政治历史可以做如下总结，它从词语、秩序、安全、社会地位下面潜藏的东西中生长出来，尤其是从某种可以立即决断的权威，和不计代价的凝聚的需要中生长出来。越过时代，我们来到尚在人世的人们记忆所及的时期，那时，就像从长久沉睡的洞穴中，积聚着愤怒，他们一涌而出，依然活跃（从1790年，一直到1870年的现在），那些嘈杂的打嗝声，具有破坏性的打破旧习，强烈的失误感，就在这一切当中，游移着现代史相当熟悉的形影，它在旧世界染上了太多的血，被野蛮反动派的喧嚣与要求打上了烙印。当一个人贴近自己的需求，他所携带的，大多是这些东西。

在其他一切都已经说过之后——在多次嘉许并要为之屈服的真相、经验、所有权，等等，都已聆听且得到默许之后——在有关我们社会责任和关系的有价值的和妥当的陈述都已经谙熟和耗尽——依然需要将其他一切提出来，用人是什么的思想来加以改进，（劳苦穷人最后的珍贵安慰，）独立于其他一切，唯因其自身权利而神圣的男人或女人，唯一且未被权威的教条所触及的人，或是被任何取自前例的规则、国家安全、立

---

①这里提出的问题是一个只有时间才能回答的问题。在美国，现代个人主义的美德必定不会继续扩大吗，篡夺一切，严重影响，甚或完全压制住爱国主义那古老的美德，那对整个国家热切而沉浸的爱吗？我个人毫不怀疑，两者必定合二为一，互相增益，彼此拥抱，从中产生出一个更为伟大的产物，出现一个第三方。但是我感觉，在目前的合众国，它们和它们的对立面构成了一个严重的问题和悖论。

法行为，甚或所谓的宗教、谦逊或艺术所触及的人。这个真理的辐射是我们此前三个世纪中最有意义的作为中的关键，也是美国政治起源与生活的关键。它的进展是可见的，但更多的进展是无形的。在社会表象的变动不居之下，在世界领先国家的政治运动之下，我们看见它在坚定地向前推进和强化自身，即便在集合体的巨大趋势当中，这个完整的形象也存在于分离主义之中，关乎个体尊严，关乎一个单独的人，无论男人还是女人，都在主流中体现出来，不是因为外在的需求或位置，而纯然在于其自身的骄傲；而且，作为一个最终的结论，（否则万物的整个计划就是无目的的，就是一场骗局和一次破产，）归结为这个单纯的思想，那最后、最好的依赖是对人性自身的依赖，它本身的内在、正常、发育完全的品质，不需要任何迷信的东西来指称。这个有关完美的个人主义的思想实际上为集合体的思想染上了最深刻的色彩，为之赋予了个性。因为它主要或是完全服务于不受约束的分离主义，以至于我们喜爱将之一般化和固定化。它要为各州的权利赋予最佳的活力与自由，（每一部分都与国家权利同等重要，）所以我们不计代价地坚持联邦的统一性。

　　民主的目标——出于确立王朝统治的必要的绝对性而取代旧有的信条，尘世的、教会的和学术的信条，以武装起唯一的安全措施来对抗混乱、罪行和无知——在于通过众多的轮回，在无尽的嘲笑、争论和表面的失败之中，不计代价地演示这一信条或理论，亦即，人，如果在最清明最高级的自由中加以合适的训练，能够且一定会成为一个律法，而一系列律法，将会把他环绕，提供给他的不仅是他的个人控制，而且关乎他与其他个体的关系，他与国家的关系；就如同在各国历史中，已经证明足够明智，且由于所处环境而不可或缺的其他理论，这一理论，照现在的情况，立于我们的文明世界之中，是唯一值得为之努力的计划，可从中得出自然规律那样正当而可信的结果，这个计划一旦确立，便会自行继续下去。

　关于这件事，有着广泛的争论，而且，我们承认，绝没有一边倒的情况。我们将要提供的东西远远不够。但是，尽管留下了很多没有说明的事情，为了处理这个多方面的政治自由、平等或共和主义问题，而本该予以恰当准备的东西——通过回顾过往时代，（它的计划及其产物，的确构成了全部的过去，和现在的一大部，）留下整个的历史与对封建制计划及其产物、具体化的人性、其政治与文明的思考——留下未经回答，至少没有给予任何特殊与详尽回答的东西，许多精心设计的争论和情况，许多尽责的慷慨激昂的呐喊与警告——就像最近，一个显赫而值得尊敬的人物在海外发布的文章那样——事物，问题，充满怀疑、担忧、悬念，（对我毫无新意，而是城市喧嚣中或夜晚的寂静中众多焦虑时刻的老相识，）我们仍然可以贡献出一两页，它的主旨是合乎时宜的。时间本身就能最终回答这些东西。可作为转瞬即逝的替代品，让我们，即便以片段的方式，抛出一个简短的或直接或间接的提示，那另一计划的前提，在新的精神观照下，在新的形式之下，是从我们美国这里开始的。

　至于民主的政治部分，它引进更为深远广大的部分，且为之开辟天地，对于它，也许很少有人，甚至在共和主义的那些州中，能够充分领会那个有关政府的短语的适用性，"民有，民治，民享"，我们从亚伯拉罕·林肯口中继承下来的这个短语，一个语言朴素而机智的准则，其范围既涵盖了总体，又涵盖了这一教训的所有细微之处。

人民！像我们巨大的地球自身一样，按照普通的韵律节奏，充满了粗俗的矛盾与过错，人，如果看作一个群体，是令人不快的，对于受过教育的阶层，是永恒的谜团和冒犯。罕见的、无垠的艺术家头脑，被无限所点燃，要独自面对他多方面的海洋般的品质——但是趣味、智慧和（所谓的）文化，一直是与大众相对的，并将继续如此。封建王朝，连同它全部的主子和王后和庭臣，装扮华丽，举止潇洒，其最可诅咒的罪行和贪婪的卑鄙，无论特殊还是一般，都具有极大的魅力。可是人民是不合文法的，没有整洁可言，罪行可怕，缺乏教养。

文学，严格地考量，从未认识到人民，而且，无论怎么说，到今天依然如此。一般而言，它迄今为止的追求，都倾向于造就最为挑剔苛刻之人。似乎一直到今天，在文学和职业生涯，与民主的粗鄙精神之间，都存在着某种天然的抵触。在后来的文学中，存在着一种对仁慈的处理方式，一种慈善事业，足够普遍，这是真实的情况；但是我知道，甚至在这个国家，无比罕见的莫过于对人民的一种合于科学的估价与尊敬的欣赏——有关他们潜能的这笔无以衡量的财富，他们巨大、富有美感的光与影的对比——在美国危急的情况下他们全然值得信赖，无论战争还是和平，他们在历史上缔造的宏伟规模，都远远超过所有自夸的书本中的英雄典范，或人类全部历史上有记载的一小伙精英。

最近的分离战争，及其各次战役的结果，对于任何仔细研究并领会了它们的人来说，都一再显明，广受欢迎的民主，无论存在着怎样的错误和危险，实际上都证明着自身的合理性，超乎于热爱民主人士的最为骄傲的断言和最为狂野的希望之上。也许没有任何未来时代能够知晓，但是我十分清楚，这场世界上最为激烈最为坚决的战争般的争论，其主旨仅仅存在于那无名的、不为人知的大众之中；为了全然本质的目的，它如何自愿地向死亡发起了冲击。人民，出于自己的选择，战斗，为自己的思想而死，自豪地承受分离派力量的攻击，使自己的存在陷于危险境地。具体到细节，进入任何军队之中，与列兵们打成一片，我们将看见并已经看见令人敬畏的奇观。我们看见了美国民众的敏捷，这世界上最为和平最为温和的民族，最讲究个人独立与智慧的民族，也是最不适合向惹人恼怒让人厌烦的军队纪律屈服的民族，如何在第一击鼓声下，跳起来投入战斗——不是为了获取，甚至不是为了光荣，不是为了驱逐入侵者——而是为了一个象征，一个纯粹的抽象——为了生活，"旗帜的安全"。我们看见了这些士兵不对等的温顺与服从。我们看见他们长时间地遭受着绝望、处置失当和战败的考验；看见了面对难以置信的屠杀，（就像在弗雷得里克斯堡第一次战役和随后的荒野之战那样，）士兵们依然毫不犹豫地服从命令前进。我们看见他们在战壕中，蹲在矮防护墙后，在深深的泥泞，在倾盆大雨或鹅毛大雪中跋涉，在最为炎热的夏天强行军（比如在去往葛底斯堡的路上）——令人窒息的巨大人群，成师的，成连的，每一个人都满身尘垢，被汗水和尘土弄得漆黑，连他自己的母亲都认不出来——他的衣服肮脏不堪，满是污点，破破烂烂，散发着积久的酸臭的汗味——许多人，一个又一个同志，也许是一个兄弟，中了暑，摇摇晃晃，走到路边，筋疲力尽，奄奄一息——但是，那巨大的群体依然坚定地向前，足够活泼，饥肠辘辘，却有着不可征服的强健意志。

我们看见这个民族，成批次地遭受着令人沮丧也更为可怕的考验——创伤，截肢，破烂的脸或肢体，缓慢的热病，长期不耐地困于床榻，各种各样的残疾，手术和疾病。老天！美国，我们看见了她，虽然尚在年少，就已经被带去了医院。我们在那里观察到这些士兵，他们中有很多还仅仅是男孩子——留意到他们的端正持守，他们的宗教本性和刚毅勇敢，以及他们亲切的情感。真的是成批次的。因为在前线，在整个营地，在数不清的帐篷里，都设立着团级、旅级和师级医院；与此同时，在战场各处，城中或城市附近，屹立着成串巨大的粉刷过的拥挤的单层木制营房；在那里，痛苦用鞭笞在统治，但很少有人哭叫；在那里，死亡日日夜夜沿着成排简易床之间狭窄的过道，铺在地上的毯子旁边，悄悄潜行，轻轻触摸着一个又一个可怜的受害者，那往往是祝福与欢迎的触摸。

我不知道是否我会被人理解，可我认识到，正是从置身于这样的场景中，我亲身学到的东西里面，我才最终写出了现在这些文字。有一天晚上，在战争最为阴郁的时期，在华盛顿的专利局医院，我站在一名宾夕法尼亚士兵的床铺边，他躺在那里，清醒地意识到自己正在迅速接近死亡，但他依然保持着平静、高贵的精神和风度。老医生转向一边，对我说，尽管他目睹过许许多多士兵的死亡，曾经在布尔溪、安蒂特姆、弗雷得里克斯堡等地工作过，无论是男人还是男孩，他都没有见过他们用懦弱的不安或恐惧来迎对死亡的临近。我自己的观察也完全证明了这点。

这里，我们拥有的，如果不是超越于所有言谈与争论之上、充分且被持久需要的民主个性的证明，那又是什么呢？足够奇怪的还有，在这一点上，这样的证明，我应该说，也同样来自于南方，就和来自于北方一样。尽管我只说到后者，但是我谨慎地将两者都包括在内了。共同的主干！对我来说，业已完成的令人信服的增长，对未来的预言，都是多么壮丽；那是最为敏锐的感知所无法否认的证明，其完美的美丽、温柔与勇气，是任何封建领主，任何希腊人、罗马人，所无法匹敌的。对于一个在伟大的军用医院里经历过战争的人，不要让任何人轻蔑地说起美国民族，无论北方还是南方。

与此同时，一般的人性，（为了我们的目的，我们回到它上面，它的本质是什么，我们要牢记在心，）在每一个部门，都始终充满堕落的罪行，现在依然如此。在沮丧的时辰，灵魂认为它将始终如此——但是很快，它就会从这种病态情绪中恢复过来。我自己足够清楚地看见，普通阶层的人们身上存在的各种粗鲁与缺陷；有关无知、轻信、力不胜任和笨拙、无能以及低劣与贫乏，存在着抽样和大量的集合。刚刚提到的显赫人士轻蔑地发问，凭借吸纳这样病态的乌合之众与其中的品质，我们是否有望擢升和改善一个民族的政治。无疑，这一点很难对付，而且总是会有大量可靠的善于沉思的民众，永远无法克服它。我们的回答是综合性的，它包含在这篇文章的范围与字面意义之中。我们相信，抛开其他目标不说，政治与所有其他政府的未来目标，（当然，它们一直在维持治安，保障生活与财产的安全，提供基本法规与普通法及其实施，这些总是第一

位的，）并不仅仅在于统治人民，镇压混乱，诸如此类，而是
在于发展，向教化敞开大门，鼓励所有善行与男子气概爆发的
可能性，以及对独立的渴望，潜藏在所有性格之中的骄傲和自
尊。（或者，如果存在例外，我们就不能眼睛只盯着它们，独
独让它们统治一切。）

　　我说，从今往后，在任何文明国度，政府的任务都不单单
是镇压，不单单是权威，甚至不是法律，也不依靠显赫作家所
喜爱的标准，最杰出者、天生的英雄和民族首领的规则，（过
去便是这样，从一百个人中，有一个凭借选举或世袭，取得
了高位）——而是比最高的武断的规则更高，是去训练所有等
级的群体，从个体开始，又在个体那里结束，是让他们去统治
自己。基督在道德精神领域为人类所显现的东西，亦即与绝对
灵魂有关的东西，也被每一个体所拥有，它如此超凡，如此难
以等级化，（就像生活一样，）以至于它将所有生命置于一个
共同的层次上，完全无视智力、美德、地位的区分，任何高低
优劣之分——它记录在同样的方式中，记录在其他领域中，凭
借民主规则，人民，国家，作为一个鲜活个体组成的公共集合
体，每个人都秉有单独而完整的自由，尘世的繁荣与幸福，秉
有一个公平的发展机会，公民权都受到保护，诸如此类，在政
治上必须达到普选或投票选举的程度，即便没有走得更远，就
个体与全体而言，也必须置于一个宽广、基本、普遍、公共的
平台之上。

　　目的并不完全是直接的；也许它更为间接。因为民主本身
并不是详尽的账目。也许，（像自然一样，）它本身根本不是
什么账目。如我们所见，它是最好的，也许是唯一恰当而充分

的手段，是制定配方的人、总发起人和训练者，为了百万大众，不仅仅是为了宏伟的肉身，也是为了永恒的灵魂。和其他人一起投票没有什么要紧；像每一种制度一样，投票选举也有它自身的缺陷。但是，既然障碍已经挪开，就要成为一个有选举权的人，毫无羞辱地站起来，开始行动，与其他人平等；开始，或是为了开始而清理好道路，这壮丽的发展实验，（可能需要几代人才能完成，）其目标也许在于塑造完全成熟的男人或女人——这的确是个事情。国家稳定也是要保障的，在我们的时代它必定获得保障，别无其他方式。

　　我们不要，（无论如何我不要，）将它的基础寄托于人民群众，哪怕是其中最好的，他们潜在或展示出的品质，在本质上也是明智和善良的——也不要以他们的权利为基础；而是无论好坏，有权利还是没有权利，民主准则都是未来时代唯一安全的防腐剂。无疑，我们为其自身着想，赋予群众以普选权；然后，也许从另外的观点出发，为群体的利益考虑，会赋予他们更多的权利。把其他的留给多愁善感的人，我们提供的自由在其科学方面是充分的，冷如冰，富有理性，讲究推论，清澈冷静如水晶。

　　民主也是法则，最为严格、最为充分的法则。许多人假设，（往往这些假设本身就是错的，）这意味着抛弃法律，奔向混乱。但是，简单地说，它是高级的法律，不单单是关乎物理力量的法则，而且，加上身体，它也是灵魂的法则。法则是宇宙永不动摇的秩序；而这个法则超乎一切，是万法之法，是演替存续之法；随时间推移，高级的法则会逐渐取代和压倒低级的法则。（在我而言，我会欢快地赞同——为了有利于它，或至少不是与之对立，首先要缔结契约，以促使正规化的实施，并对这种保留进行严密的分析——直到个体或群体显示出合适的迹象，或是微弱渺小到不至于危及国家，权威监督的状况才会持续，自我监督才必定会遵守自己的时间。）审美观点也并不总是重要的，对于具有最高目标的灵魂，它没有什么魅力。常见的野心是竭力提升，成为独一无二有特权的人。大师在成为群众的一部分时看见了伟大和健康；什么都没有共同的基础来得好。你心中存有神圣、广大、普遍的法则吗？那么就融入其中吧。

　　而且，顶尖的民主，这最为诱人的记录，它本身就足矣，且永远在寻求，将所有民族、所有人，无论怎样不同而遥远的国土，结合成一种兄弟关系，一个家庭。它是古老又永远现代的地球之梦，出自她最古老也最年轻的梦，出自她钟爱的哲学家和诗人。那将事物分隔开来的个人主义，仅仅是一半。还有另一半，那就是粘合或爱，它融汇、联结与集合，使所有种族成为同志，使大家亲如兄弟。两者都将被宗教赋予活力，（人或国家唯一配得上的擢升者，）将生命的气息吹入骄傲的物质组织。我说的是民主的核心，它最终将成为宗教的元素。所有旧的新的宗教都在那里。这个计划不会步上前来，披上美的光辉外衣，发号施令，直到这一切，结出最好最新的果实，那精神的果实，才会完全出现。

　　我们这些书页的一部分可能涉及欧洲，尤其是它的英国部分，多过了我们自己的国家，也许对于本国读者并非绝对必要。但整个问题是扭在一起的，它把所有人都紧紧联系起来。今天的自由主义者比古代或中世纪更有这个优势，他的信条不仅要寻求个体化，而且要寻求普遍化。团结这个伟大的词语已经出现。在一个国家面临的所有威胁中，就像我们今天存在的东西一样，没有什么能大过用一条线将一部分人与其他人分开——他们不像其他人那样享有特权，而是毫无来由地降卑蒙羞。当然，甚至在民主这边，也有大量江湖骗术出现，即便还没有真正影响到事情的完整性。深入进去，如果我们能够这样表述的话，替上帝，替他神圣的集合体，人民，辩护，（否则，货真价实的尖角尖尾的魔鬼，他的集合体，就会有人痉挛性地坚持不放了）——我说，这就是民主的目标；这就是我们美国的目标，是美国正在做的——我难道不能说，这个目标已经实现了吗？如果还没有，她的意义，她之所为，就不会超过任何其他国家。凭借它广大无边的防腐能力，自然的肠胃足够强大，不仅能够消化始终存在的致病物质，不致因此偏离正路，也许，还会本能地吸引对立面——甚至将这样的贡献转变成营养，用于最高的用途和生命——美国民主便是如此。这些日子，我们用每一阵西风向欧陆送去的，便是这样的教训。

　　而且，真的，无论以抽象的争论说些什么，是支持还是反对在任何文明国家将制度进行更大范围的民主化，都会有很大的麻烦留给所有的欧洲国家，让它们去认识这个明显的事实，（因为它就是一个明显的事实，）这种民主化的某个形式大概是现存的唯一资源——那就是说——习惯性的不满还会继续，抱怨的声音逐年升高，直到在适当的时候，在大多数情况中都相当迅速地，出现不可避免的危机、冲突和王朝崩溃。在旧世界，任何值得称之为政治才能的东西，我要说，存在于那些进步学生、能手或智者当中，他们不会辩论今天是要固守、倒退、实行君主政体，还是向前看，实行民主制——而是如何，以及在什么程度和部分上，最为谨慎地实现民主化。

对于革新者与革命家的急切吁求往往是不顾一切和不可或缺的，这是为了抵消构成人类制度相当一部分的惰性与僵化。制度始终会爱护自己——危险在于它们往往会很快让我们变得僵化。制度会以放任来对待革新者与革命家，甚至抱以尊敬。就像循环之于空气，鼓动和相当程度的推测性的许可之于政治与道德清明也是如此。间接而确定地，善、美德与法律，（最好的法律，）会随着自由而来。这些之于民主，就如同龙骨之于船只，盐之于海洋。

自由主义真正有效的普遍吸引力在于，美国将拥有更具普遍性的财产、家宅和舒适——一个巨大交织的财富之网。因为人性结构，或者这个多样性宇宙中的任何东西，其最好的保持手段就在于它本身的内聚力这一简单的奇迹，以及相关的需要、操练与益处，一个巨大而多变的国家也是如此，它占据数百万平方英里的国土，由中等财产所有者的集体安全与持久性原则最为牢固地掌握和结合在一起。所以，从另外的观点来看，也许听起来有些讨厌，并且与我们所说的构成悖论，民主在以怀疑与不满的眼光看待贫困、无知和那些破产之人。她以职业、富裕、拥有房产和土地，以及银行中的现金来要求男人和女人——也用对文学的某种渴望来要求他们；必须让他们拥有这些，而且急于造就他们。很幸运，良种已经播下，且已经根深蒂固了。①

　　巨大而雄伟的是我们的时代，我们共和国的国土——尤其是它们迅速的变迁与改变，全都是为了我们的事业。当我写下这个特殊段落时，（1868年11月，）我的周围还在沸腾着辩论的喧嚣，激奋着党派的脾气，活跃着悬而未决的问题。召开国会；总统发出通知；重建仍在暂时搁置；第二十一任总统任职与竞选迫在眉睫，伴随着最响亮的威胁和喧闹。这些，以及所有类似的事情，我不知道它们最后的结果是什么；但是你我非常清楚，无论最后结果如何，在它们背后那充满活力的事物依然安全无恙，实实在在，所有必须的工作都在继续进行。时间，以或早或晚的傲慢，安排了总统、议员、党纲，诸如此类。不久，它就会将舞台彻底清理干净，不留下任何以为自己如何强大的人类残留物；从那以后，（一个世纪中有那么一两次珍贵如金子般的例外，）所有与权势相关的东西都被抛进了墓穴，任其腐朽，那以后，再没有人为之操上半点闲心。但是人民会永存，各种趋势会继续，所有特性都会在不间断的链条

----

①为免出错，我要清楚而愉快地指定，这些远景展望中的模型与标准中，要包括一种讲求实际的、活跃的、世俗的、赚钱的甚至物质主义的性格。无可否认，我们的农场、商店、办公室、干货、煤炭和食品杂货店、兵器、现金账户、贸易、收入、市场等等，应该予以认真关照和积极追求，把它们当作真实而永久的存在。我清楚地意识到，弥漫在合众国的极端的商业能量，和对财富近乎疯狂的胃口，是进步与改善的一部分，为了得出我所需要的结果是不可或缺的。我的理论中包括了财富和财富的获取、最为丰富的产品、力量、活动、发明、运动等等。在它们之上，就像在地层之上，我树立起这些远景中所规划的大厦。

中向前继续传递。

　　有些年间，美国支配性的核心将位于遥远的内陆，朝向西部。我们未来的国家首都可能不是它现在的地方。有可能，不，是很有可能，在不到五十年中，它将迁移一两千英里之远，重新奠基，属于它的一切都将以一个不同的计划来创造，那远比以前要宏伟得多的原创性的计划。合众国主要的社会、政治的核心个性也许将沿着俄亥俄、密苏里与密西西比河延伸，向西北延伸，包括加拿大。那些地区，连同那一群面向太平洋的强大的兄弟，（注定要统治那座海洋和它数不清的岛屿的乐园，）将紧密而简洁地设定美国的特性，将所有过去的遗存予以扩展，与更新鲜更坚固的纯粹本土产物相嫁接。巨大的增长，从其他部分获取贡献，加以吸收，使最后的混合物更加辉煌杰出。来自北方的理智，这万物的太阳，还有不可动摇的正义的理念，安然停泊在这最后的、最为猛烈的风暴之中。而来自南方的鲜活的灵魂，善与恶的意图，傲慢地拒绝承认任何的证明，除了它自己的证明。而从西部，出现的是坚实的个性本身，带着血和发达的肌肉，以及所有融合而成的深刻品质。

　　政治上的民主，因其存在且在美国发挥的实际效用，连同它所有具有威胁性的邪恶，为造就第一流的人提供了一个训练学校。它是生活的健身房，不单单为了好人，而是为了所有人。我们经常尝试，我们也经常失败。一种勇敢的乐趣，适合自由的选手，充满了这些竞技场，完全地满足于行动本身，不顾及成功与否。我们不能获得任何东西，但无论如何，我们获得了战斗的经验，体会了激烈战役的艰苦卓绝，至少因一阵阵的尝试而充满活力。时间宽裕。让胜利随后而来吧。邪恶在我们中间扮演它的角色是有原因的。从世界历史的主要部分来判断，迄今为止，正义总是处于危险境地，和平时时刻刻会遇到陷阱、奴役、悲惨、卑鄙，暴君的手艺和人民的轻信，在千变万化的形式中，任何时候都没有人能够说，它们不存在。阴云裂开了一点，阳光照射出来——但是很快，黑暗再次降临，仿佛要永远持续。不过，在每一个健全的灵魂中，都有一种永恒的勇气和预言，在任何环境下，不能也不会屈服。万岁，进攻——反复的进攻！万岁，不受欢迎的事业——无畏的精神——永不放弃的努力，在相反的证明和先例中追求着同样的目标。

曾经，在战前，（天啊！我不敢说这种情绪出现了多少次！）我的心中，也充满了怀疑和阴郁。那一天，一个外国人，一个敏锐的好人，令人难忘地对我说过——他的话实际上清晰表达出了我自己的观察："我在美国做过大量旅行，观察了他们的政客，倾听过候选人的演讲，阅读过杂志，进入过公共场所，听到过人们毫无戒备的交谈。我发现你们自夸的美国，从头到脚被背信弃义弄得千疮百孔，甚至对它本身和它的规划也充满怀疑。我注意到分离派和主张奴隶制的人那厚颜无耻的鬼脸从所有窗户和门道里向外轻蔑地凝视着。我到处发现，基本上是小偷和无赖在安排官职的任命，有时他们自己就占据了官职。我发现北方和南方一样充满了坏东西。把持国家、各州及其市政公共事务的人中，我发现由作为局外人的人民自发选举出来的不到百分之一，而是全部由或大或小的政客委员会任命和完成，通过腐败的圈子和竞选活动混进来，而不是凭借能力或功劳。我注意到，数以百万计的强健农民和技工由此成了相对少数的政客的无助而顺从的仆人。我还注意到，政党篡夺政府的令人担忧的奇观比比皆是，它们公开而毫无廉耻地使之服务于自己党派的目的。"

悲哀、严肃、深刻的真理。不过还有其他更深刻、要充分面对的、支配性的真理。在这些政客与大大小小的圈子之上，在他们所有的傲慢与诡计之上，在最强大的政党之上，一种力量若隐若现，也许过于迟缓，但永远持有决议和判决，以坚定的进展，准备一旦有清楚需要之时，就立刻执行——并且，偶尔会将最强大的政党瞬息碾成齑粉，甚至在他们骄傲自得的时辰。

在较为明智的时刻，乍看之下，这些事物显得十分不同。尽管，谁被选为省长、市长或立法委员，无疑很重要，（当不胜任的人或是卑劣之徒当选，我们总会满心沮丧，这样的情况时有发生，）可依然存在着其他更为安静的意外事件，其重要性远非前者可比。骗子之流总会出现，就像海上的泡沫；足够了，如果水又深又清，能够弥补其他。足够了，当成堆带花边的赝品俗气地铺展在肤浅的眼睛之前，那隐藏的经纬线却是真实而耐久的。足够了，简而言之，那个民族，那片能够发起最近这场反叛的土地，也同样能够将它扑灭。到最后，一片土地上的普通人才是唯一重要的。在这些州，存在着永恒的所有者与主人，以某种方法，从任何种类的政府机关的服务中，甚至从最为卑劣的政府中，汲取好的用途；（某些普遍的必需品，已经制定的规则与保护措施，是首先要保证的，）一个像我们这样的国家，处于一种地理构成阶段的国家，正在持续不断地进行新的实验，选择新的授权，不是仅仅由最好的人为其服务，而是有时更多地由那些激励它的人——那些他们所引起的战争来为之服务。因此，国家的愤怒、狂躁、讨论，等等，要好过自满自足。因此，警告的信号，对于后来的时代，也具有不可估量的价值。

比我们反复见到的，且在很长时间内无疑会再次见到的奇观，更具有戏剧性的东西——就是大众的审判，它让成功的候选人在办公室里经受考验——它站在一边，像过去一样，花一段时间观察他们的所作所为，然后，总是在最后给予他们合适的、刚好应得的回报。我认为，无论如何，政治史上最为壮丽的部分，它的顶峰，目前就出自美国人民。我不知道还有什么更为壮丽的东西，更好的经验，更好的领会，对过去更为积极的证明，对人性信念的成功的结果，比得上一场组织良好的美国国家大选。

随后，这个思想再次回到我心中，（就像前奏曲中的交叉段落，）给这些书页带来了主调与回声。当我来来回回，穿越不同的纬度，不同的季节，目睹成群的大城市，纽约、波士顿、费城、辛辛那提、芝加哥、圣路易斯、旧金山、新奥尔良、巴尔的摩——当我置身于无尽的人流中，混迹于那警觉、动荡、和蔼、独立的市民、技师、职员和年轻人组成的人群当中——想到这众多的民众，如此清新自由，如此可爱，如此骄傲，一种敬畏之感便油然而生。我有了一种沮丧而震惊的感觉，在我们的天才和有才华的作家与演说家当中，很少或是根本没有人真正向这人民发言，为他们创造出一件树立形象的作品，或是吸收他们核心的精神与个性——这精神与个性，迄今在最高的范围，尚未得到过充分的赞美和表达。

对身体的支配是强大的；对精神的支配则更为强大。充满且还在继续充满我们今天的智慧、我们的幻想，并确立标准的东西，依然是来自异国的。伟大的诗歌，包括莎士比亚，对于普通人的骄傲与尊严，这民主的生命之血，是有毒的。我们的文学典范，取自其他的国度，来自海外，它们诞生于宫廷，沐浴着城堡的阳光长大，散发着王子们喜爱的气息。我们确实拥有大量的某一类劳动者，他们追随自己的族类做出贡献；许多优雅的饱学之士，全都洋洋自得，志得意满。可一旦经受国家的考验，或是受到民主性标准的考验，他们便枯萎成尘土了。我说，我还没有见过一个作家、艺术家、演说家或是诸如此类的人物，以与这片土地自身相似的精神，面对过它那无声却始终屹立的、活跃的、蔓延的、潜在的意志与典型的渴望。你要把那些文雅的小家伙称作美国的诗人吗？你要把那些没完没了、微不足道、东拼西凑的作品，称作美国艺术、美国戏剧、趣味和诗歌吗？我认为，我听到了，从遥远西部的山顶传来的回声，那是这些州的精灵在发出轻蔑的笑声。

民主在沉默中等待着它的时代，沉思着它自己的理想，不单单是文学和艺术的理想——不单单有关男人，也有关女人。有关美国妇女的思想，（摆脱了围绕在"女士"这个词周围的那使人晕眩、不健康的陈腐空气，）得到了发展，提升成为强健的对等物，劳动者，甚至成了与男性一样的实践与政治上的决策者——比男性更伟大，我们承认，通过她们神圣的母性，她们始终高耸的象征性的属性——在任何程度上，在所有部门，都和男性一样伟大；甚至能够做到，一旦她们有所认识，就能够让自己放弃玩具和虚构，像男人一样启航，置身于真实、独立不依、暴风雨般的生活之中。

那么，在我们的思想朝向终曲之时，（在那里，真正学者的教训支配着一切，）我们不得不说，在今天，在集合体中不会有任何完善的或史诗性的对民主的表现，或任何类似的东西，因为民主的信条只能有效地体现在一个分支之中，总计起来，它们的精神是根基与核心。确实，我们的远景，远而又远地延伸向远方！还有多少东西需要解放，需要摆脱啊！让这个美国世界在它自身当中看见最终的权威和信心，还需要多么漫长的时间啊！

哦朋友，你也认为民主仅仅是为了选举，为了政治，为了一个政党之名吗？我要说，民主唯一的用武之地在于，它可以在礼仪风习中抵达它的花与果实，在人们和他们的信念之间，以最高形式的相互作用来进行传递——在宗教、文学、大学与学校之中——民主存在于全部的公共与私人生活，存在于陆军与海军之中。我曾经暗示过，作为至高无上的规划，它还很少或是根本没有得到完整的认识与信任。我没有看到，它需要严肃地感谢著名的宣传家或支持者，也没有看到它曾经得到过本质上的帮助，反而常常受到他们的损害。它始终是由所有的道德力量来贯彻的，凭借贸易、财政、机械、相互联系，事实上，凭借所有历史上的发展，它不再能够被中止，除了潮汐，或是绕轨道而行的地球本身。无疑，它也天然而潜在地，深居于美国大众公正的心灵深处，主要是在农业地区。但是在那里或任何地方，都不存在被充分认可的、炽热的、绝对的信念。

因此，我主张，民主的完成，在任何方面都像一座巨大的天平，完全属于未来。如果对封建世界的华丽混合物，加以深刻而全面的观察，我们就能从中发现，经过漫长时代和时代的循环，从一个深沉、完整、属于人类的神圣原则或是源泉中，流出了法律、教派、风俗、制度、服装、个性、诗歌，（迄今无可匹敌的，）忠诚地分享着它们的资源，它们的出现或是为了预示它，或是为了充当那变动不居的展示的一部分，其核心只有一个，而且是绝对的——这样，经过漫长的时代，才会有合适的历史学家或批评家，做出一个至少对等的回顾，为民主原则写下一个对等的历史。它也一定会以自己的成果作为装饰和记录——那时，它以至高无上的力量，经过最为充裕的时间，成为人类的主宰——成为文明世界所有的道德、审美、社会、政治和宗教表现与制度的源泉与检验标准——在精神和形式中得以确立，并将它们带到前所未有的高度——那时，就会有，（这是可能的，）僧侣和苦行者出现，其数量和虔诚度都超过以往全部的僧侣和牧师——以超过自然本身的幅度与公正动摇这些时代——进行塑造和系统化，并为了它自己的利益，以无与伦比的成功，创造出一个全新的地球和全新的人类。

由此，我们像过去一样，擅自写下那尚不存在的事物，凭借尚未绘制出来的地图和一纸空白去旅行。然而诞生的剧痛降临到我们身上；我们周期性拥有的优势在于牢固的队形、怀疑、悬而未决——那时，或多或少地，关于这种主题的灵感才会偶然落到我们头上；那时，因周遭的战争与革命而变得灼热的我们的言辞，尽管没有精心打磨得连贯一致，在号称批评的标准看来完全是一场失败，便会涌现，至少真实得和闪电一样。

也许，这些日子，我们也有我们自己的回报——（因为在所有国土上，还有一些值得受到如此激励的人。）尽管，最终进入征服的城市的快乐不属于我们——我们也没有机会用自己的眼睛看见无与伦比的力量与民主原则壮丽辉煌的实现，抵达顶点，将世界充满光辉与雄伟，远远超过历史上的君王们，或是所有王朝的统治——但是，对于我们当中任何合格的人，依然存在着预言的幻觉，勇敢地投身于这些时代动荡中的快乐——传播与路径，都卑微而虔诚地顺服于，其他人看不见也听不到的上帝或圣灵的声音与姿态——带着骄傲的意识置身于任何的阴云、诱惑或使心神疲惫的推延之中，我们从未逃跑，从未绝望，从未放弃过信念。

这样的贡献要被熟记在心，帮助我们做好准备，支撑我们的大厦和我们计划好的思想——我们仍要继续赋予它另外一个方面——也许是大厦高高的主立面。对于民主这个平等主义者而言，执着的平均原则肯定要与另一个原则相联合，它同样执着，紧密地跟随着前者，这两个不可或缺的对立面，（正如两性互为对立面一样，）要不断地彼此面对和修正，这往往是冲突性的和矛盾的，但是没有了对方，它们都不可能达到极点，无论在今天还是任何时代，它显然为我们壮丽的宇宙政治，为共和主义所潜藏的致命危险，提供了对立面和分支，大自然借此约束她所有第一流的法则那致命的原始的无情。这第二个原则就是个性，一个人自身的骄傲与向心的隔绝——身份——个人主义。无论怎么称呼，在整个政治共同体的组织中，它的充分接受和灌输都在当今世界闪射出极光，这是至关重要的，正如这个原则以生活本身的名义为人所需要。在某种程度上，它构成或即将构成，美国整体这个成功机器的补偿性的平衡。

　　而且，如果我们思考一下，文明本身所依赖的是什么呢——除了财富、奢侈、变化多端的个人主义，它在宗教、艺术、学校等等方面，有什么样的目标？对于那个目标，一切都将屈服；那是因为民主单单朝向这样的结果，在任何自然那般规模的事物上，它打破人性无尽的休耕期，撒下种子，给予公平竞争，它现在的断言超过了一切。一个国家的文学、歌曲、审美等等，之所以重要主要是因为它们为那个国家的女人和男人提供材料和有关个性的提示，以成千种有效的方式强迫他们。作为巩固这些州的民族性的最高要求，只有凭借这样有力的夯实，那些分离的州才能在各自范围内保全它们完整而自由的振幅，成为它们自身，各从其类，个性也将如此，伴随着不受阻碍的分蘖，在至高无上的共和政体之下最为繁茂地发展。

　　假设民主目前正处于它的胚胎阶段，它唯一有力而令人满意的理由仅仅存在于未来，主要通过在人们当中大量产生完美个性，通过一种明智而无所不在的宗教虔诚，它关乎于适合这种个性的气氛与空间，关乎于适合它们的某种营养和初步的蓝图，向它们表明新世界的目标，于是，我继续目前的陈述——一种探索，作为新的领域，就像其他原始的探索者那样，我必须尽我所能，将它留给我的后继者来做得更好。（事实上，如果我们有所贡献，那一定就是开辟最初的道路，无论它有多么粗糙，不成形状。）

　　我们频繁地印刷"民主"这个词。但是我再怎么重复也不为过，作为一个词语，它的主旨依然在沉睡，还没有苏醒，尽管有许多回声和愤怒的暴风雨因它而起，将它的音节诉诸笔端或舌尖。它是个伟大的词语，我推测，它的历史还没有写下来，因为那历史还有没颁布。在某种程度上，它是另一个经常使用的伟大词语的年轻兄弟，那个词就是"自然"，它的历史在等待书写。如我所领悟的，我们时代的倾向，在这些州，（我完全尊敬它们，）是趋向于那些有关人性的席卷一切的巨大运动与影响，在道德与生理两个方面，现在和将来，都是这个行星上的潮流，以元素脉动的规模。那么，将整个事情缩减，以永恒为基础，只去考虑一个单个的自我，一个男人，一个女人，这也是好的。甚至为了面对宇宙，在政治、玄学或任何事情上，或早或晚我们都将归结为一个单个的、孤独的灵魂。

在最为清醒的时辰，一个意识，一个思想升起，独立不依地从所有其他思想中升起，沉静得如同行星一般，永恒地闪耀着。这就是有关个性的思想——你的个性属于你，无论你是谁，正如我的个性属于我。这奇迹中的奇迹，超越了陈述，是大地之梦中最具有精神性最模糊的梦，但也是最坚实的基本事实，是通往所有事实的唯一入口。在这样虔诚的时辰，置身于天地之间意味深长的奇迹当中，（意味深长只是因为"我"在中央，）在这个单纯的思想面前，教条与惯例都消失无踪，变得毫无意义。在真实愿景的明光之下，它剥夺一切，独享价值。就像寓言中阴沉的侏儒，一旦获得解放，受到关注，就会扩大，覆盖整个大地，一直延伸到天堂的屋顶。

存在的品质，在于目标本身，它遵从的是它自己的核心思想与目的，从中生长起来——它不受任何其他标准的批评，并做另外的调整——它是自然的功课。真的，完全的人明智地聚集，精选，吸收；可如果他的沉浸比例失当，他就会怠慢或是覆盖先前的特性和特殊的来源与意图，他，作为人的自我，这首要之事，就会成为一场失败，无论他总共耕作了多么宽广的土地。所以，在我们的时代，精炼与精致不仅仅要予以充分的关注，它们甚至会威胁要把我们吃掉，像癌症一样。民主精神已经在闷闷不乐地观察这些倾向了。提供一点有益健康的粗糙、野性的美德，证明一个人自我的合理性，无论它是什么，这些都是必要的。消极的品质，甚至缺陷，都会是一种解脱。在这越发复杂、越发不自然的社会状态下，独处和正常的单纯与分离——是我们多么焦虑的渴望啊！我们会如何欢迎它们的回归啊！

　　依据这样的方向，就无论如何都足以保持平衡了——我们觉得有必要抛开负担，不是为了绝对的原因，而是为了当下的原因。缩减，收集，修剪，顺从，不断地填充，成为文雅与合宜的，这是我们时代面临的压力。在意识到为了所有这一切，可以有很多事情可说的同时，我们觉察到现在必须考虑的问题在于，为服务于一个或一群半饥饿状态的野蛮民族，我们最需要的是什么，但是，对于大量习惯堆积而成的过于肥胖的社会，业已被浮夸背信的文学、政治一致性与艺术所窒息和腐烂的社会，什么才是最适合最中肯的。除了科学的确立，我们提议一种健康的平均个性的科学，建立在具有原创性和普遍性的基础之上，其目标是在整个国家培育与装备一个优秀而丰富的种族，快乐，虔诚，领先于任何已知的民族。

　　美国在道德与艺术领域还没有任何原创性的东西。她似乎唯独没有意识到，适合以前状况与欧洲国家的那些人物、书籍与风习的典型，在她这里不过是流亡者与外来植物。她的生命之流，如同在权威所称谓的社会表象所显示的那样，没有一点被社会或审美的民主所接受，没有一点流入其中；而是所有的潮流都正好与之相对抗。在旧世界，从来没有任何装饰性的外在表象和显示，无论是精神上的还是其他方面，会完全建筑在社会地位的思想之上，建筑在纯粹外在事物的丰足之上——从未有任何的花言巧语、语言机智、试验和效法——像在我们今日共和国的表面上那样，被高高地提升为源头和典范。一个时代的作家暗示着它众神的座右铭。这些声音说，现代的词语，就是"文化"这个词。

我们突然发现自己与敌人短兵相接了。"文化"这个词语，或者它所代表的东西，相比之下，涉及我们全部的主题，并始终是一种鞭策，催促我们投入战斗。一些问题出现了。现在所教导的、接收和贯彻的文化进程，难道不正在迅速创造出一种什么都不信、目空一切的无信仰者吗？如果一个人在无尽的适应中丧失了自我，按照这个标准被加以塑造，那么，他的另一面，他那单纯的善与健康与勇敢的部分将会遭到削减，被修剪一光，像花园中花圃的边缘。你可以培植玉米、玫瑰和果园——但谁来培育山峰、海洋和绚丽翻滚的云霞呢？最近的，也是现成的回答是，文化仅仅是为了帮助这些丰饶的元素与力量，使其系统化，并体现在态度之中，这是一个决定性的回答吗？

我并不是如此反对这个名称或词语，但是我肯定会坚持，为了这些州的目的，在优先权的分配方面，坚持对范畴进行一次激烈的变革。我需要一个文化规划，它的起草制定，不仅仅是为了一个阶层，或是为了客厅和演讲厅，而是要考虑到现实生活，西部、工人、农场和木工刨子与工程师的事实，范围广阔的中等工人阶层女性，还要涉及女性的完美品质，雄伟有力的母性。我要求这个规划或理论的范围大到足以囊括最为宽广的人类区域。为了它自己的核心意义，它必须拥有一个典型的个性结构，适合运用于最为普通的人群——而不是被条件所局限，无法适用于大众。最好的文化始终是具有男子气概和英勇本能的文化，以及可爱的感知和自尊——它的目的是在这片大陆上，塑造一种具有普遍性的特性，真正的美国之子，它将给它的母亲带来快乐，按照她自己的精神，回到她的身边，招募来无数的子嗣，能干，自然，感觉敏锐，宽容，忠诚于她，美国连同她所培育出的某种确切的天性，最为广大最为强悍的历史性的诞生，就在此时此地，以美妙的步伐，穿过时间向前。

在我而言，提交给新世界的这个问题，置于永恒的法则和秩序之下，遵循着存留的凝聚力，（总体个性，）不惜任何代价地，为人的特殊个性的自由游戏赋予了活力，在它里面认识到日益需要加以考虑、培育和接纳的事物，作为属于我们的最好的基础，（政府确实是为它存在的，）包括我们未来的新的审美。

为了超越目前的这种模糊性而做出清晰的表达——为了有助于在我们面前划定和提出这些物种，或者是这些物种的典型抽样，亦即未来的民主人种，这样一项工作，我们这片土地的精神，需要凭借独特的勇气，邀请她的支持者来参与。已经出现的一些描写，或多或少显得古怪，或多或少正在褪色和变得潮湿。我们，（压抑下怀疑与不安，）也将试上一试。

那么，无论多么粗糙，为了尝试建立一个基本的个性模型或是画像，用于美国各州的男子气概，（最简单最全面而且足够低调的模型，无疑是最为有用的，）我们应该事先准备好画布。父母身份是必须提前考虑的。（时间将会催促父性和母性成为一种科学——而且是最为尊贵的科学吗？）对于我们的模型来说，血缘纯正，纤维结实的体格，是不可或缺的；食物、饮料、空气、锻炼、吸收、消化，这些问题是永远不会中断的。从这一切之中我们将发现一个发育良好的自我——在青年，它清新、热情、富于情感、渴望冒险；在成年，它勇敢、敏锐、有控制力，既不多嘴也不沉默，既不轻率也不忧郁；在身体特征方面，行动敏捷，肤色显示出最好的血统，红润，胸膛饱满，姿势端正，嗓音胜过音乐，目光沉静而坚定，也能闪烁出光芒——总体面貌保持在最高等级之列。（因为它是本土的个性，单凭它，一个人就能站在总统或将军们面前，或是置身于任何杰出群体当中，泰然自若，无论有没有文化、知识或智能。）

至于我们这个模型的心智教育、增进智能、积累头脑知识等方面，我们时代的所有习惯都集中于此，尤其在美国，是如此的自负，为此做好了充分的准备，它重要而且必要，真的不需要我们的任何东西了——除了一句警告和限制的话语。风度、服装，尽管同样重要，我们不需要在这里仔细考察。如同美、举止的优雅等等，它们是结果。原因，原始的事物，在受到关注之后，正确的风度举止会准确无误地随后而来。在艺术家当中，有关"壮丽风格"已经说得太多了，仿佛它是一件自足之物一样。当一个人、艺术家或随便什么人，拥有健康、骄傲、敏锐、高贵的渴望，他就拥有了最为壮丽的风格的动机元素。其他的不过是操纵而已（尽管那也不是什么小事情）。

　　适合于美国未来个性的模型还有若干符合最高标准的部分没有得到具体阐述，我不能忘记，我要不时地对其中之一做出自己的判断，也许那是现时代最不受关注的一个——的确，有一个裂缝在以其最为阴沉的后果威胁着我们。我指的是单纯的、绝非复杂的良知，这道德的基本要素。如果有人要求我具体说明，这事关我们所希望的美国的最为黑暗的恐惧存身于何处，我就不得不特别指出这一点。我应该要求将那属于所有人种、时代与国家的古老而永远真实的规范不变地应用于今天乃至任何时代的个性。如果这个缺陷依然存在，我们得意洋洋的现代文明，连同它全部的教育与奇妙的装置，都将不过是废物。此外，（采取一种更有希望的语调，）我们西方世界男男女女的个性脊梁，只能也的确（我希望）依赖于渗透一切的宗教性。

　　宗教的成熟无疑要寄望于个性领域，它不是任何组织、教派能够实现的结果。正如历史由专家所谓的历史来贫乏地予以保存，并不是得自这些专家们的书页，除非读者本身就对这种保存良好、尚未写下、也许不可能写下的历史有感觉——宗教也是如此，尽管偶尔会被捕获，遵循某种时尚，保存在教堂和教义之中，但它完全不依赖于这些，它是独一无二的灵魂的一部分，在最伟大的情况下，它不知道旧形式的圣经，只知道新形式的圣经——这独一无二的灵魂，当它完全从教堂解脱出来，迥异于以往，才真正能够面对宗教。

　　个性融合起这一切，珍视这一切。我要说，真的，只有绝对未受污染的孤独个体才有可能产生出积极的宗教精神。只有在这里，在这样的情况下，才有沉思、虔诚的狂喜和高翔远翥。只有在这里，才有与神秘和永恒的难题相联合，无论何时，无论何地。孤独，同一性和心境——灵魂将它们融合在一起，而所有的陈述、教堂、布道，都像蒸汽一样消散了。孤独，沉思默想，敬畏以及渴望——还有内在的意识，像一个无形的铭文，用神奇的墨水所铭刻，向理性放射出它奇妙的光辉。圣经会传达，牧师会阐释，但只有一个人孤独自我的寂静修为，才能进入崇拜的纯净以太，抵达神圣的层面，与不可言说者交流。

实际进入政治是美国个性的一个重要部分。每一个年轻男人，无论北方还是南方，都会竭诚地研究这些事物，这里，我要对我前面所说的加以弥补，现在我要说，也许从最大的范围来看，也许政治，（或许还有文学与社会学，）才能最终让美国以自己的方式发展到最好——暂时看来，有时已经足够惊人的了。在政治爱好者与花花公子当中（也许我并非无辜，）责难活跃的美国政治的整体规划，认为它不可救药，需要小心地予以避免，已经成了一种时尚。听我说，你切不可堕入这样的错误。也许，在总体上它做得很好了，尽管存在着这些政党及其首领的丑角，这些半痴呆的候选人，众多无知的选民，众多选举出来的失败者与胡说八道的人。做得不好的是政治爱好者和所有逃避责任的人。至于你，我建议你更激烈地进入政治。我建议每一个年轻男人都么做。始终警醒；始终尽己所能；始终坚持投票。脱离开任何政党。它们一直有用，在某种程度上还会继续有用；但是随波逐流、不受约束的选民、农民、职员、技师、政党的主人们——正在冷淡地观察着，将胜利向这

一方或另一方倾斜——无论现在还是未来，这些人才是最需要
的。对于美国，如果她有资格面对衰落与崩溃，她也有资格面
对自己；因为我清楚地看见，外部世界加起来也不能把她打
倒。但是这些野蛮残忍的政党让我警惕。它们不承认任何法
律，只承认自己的意志，越来越好战，越来越不宽容关于总体
与平等的兄弟情义的思想。美国各州的完全平等，这一永远支
配着美国的思想，它理应使你暗中避开任何政党，不盲从于它
们的独裁，而是坚定地持有自己的判断，并掌控一切。

　　对于一个理想，或是一个理想的暗示，说了这么多，（匆
忙地堆在一起，留下太多的没有说，）这理想指向的是美国的
男子气概。但是另一个性别，在我们的国家，需要至少提及一
下。我曾经看见过一个年轻的美国妇女，出自一个女儿众多的
家庭，若干年前，从贫瘠的乡村移居到北方的一个城市，以便
获取她自己的资源。她很快成了一个专业裁缝，但是发现她的
雇主过于局限于健康与优裕之人，于是便勇敢地转为其他人工
作，做家政、烹饪、清理等等。在尝试过几个地方之后，她偶
然遇到了适合自己的一个地方。她告诉我，她发现自己的工作
没有什么不体面的；它与个人尊严、自尊和他人的尊严没有矛
盾之处。她使他人受益，也得益于他人。她拥有良好的健康；
她的存在本身就是健康而优雅的；她的性格毫无瑕疵；她让自
己为人所理解，保持她的独立，始终能够帮助到她的父母，教
育她的姊妹们，并为她们谋取地位；她的人生过程并不缺乏精
神增益的机会，也拥有很多宁静、并不昂贵的幸福和爱。

　　我见到过另一个妇女，她将趣味和需要结合起来，投入现
实的事业，操持一项手工业务，部分地由自己亲自完成，越来

越深地闯进真实而艰难的生活，她没有因自己接触的事物的粗糙而困窘，她知道如何在同时保持坚定与沉默，以不变的冷静和端正保持住自己，任何时候，都堪与出色的木匠、农民，甚至船夫和司机相比。为了这些，她没有失去女性天生的魅力，而是保持住了它，携带着它完整地经受住了如此粗粝的考验。

还有一个技工的妻子，作为两个孩子的母亲，一个勉强受过英语教育的妇女，她极其智慧，具有女性全部的优雅与直觉，展示出如此高贵的个性，我愿意记录在此。她从未放弃自己恰当的独立性，而是始终和蔼地保持着独立，以及属于它的一切——烹饪、洗刷、抚养孩子、料理家务——她从所有这些责任中放射出阳光，让它们变得辉煌灿烂。她身材匀称，嗓音悦耳，热爱工作，讲求实际，她还知道利用一些无论多么稀少的间隙，用于消遣、音乐、休闲、待客——并且负担得起这样的生活。无论做什么，无论身在何处，那种魅力，那种不可言喻的真正女性的芳香，都围绕着她，伴随着她，从她周身散发出来，它全然属于女性特有，理应成为老年和青年共同拥有的不变的气氛和光环。

我亲爱的母亲曾经向我描述过一个光辉人物，在长岛，她早年认识的一个人。她以和平使者之名为人所知。她已年近八十，性格乐观，充满阳光，一直居住在一座农场上，邻里和睦，敏感而谨慎，一个不变的受欢迎的人物，尤其是已婚的年轻妇女。她拥有很多孩子和孙辈。她没有受过教育，但是拥有天生的尊贵。她逐渐成了一个心照不宣的家务事的调节者和裁判者，能处理各种困难，成了这片土地上的女牧者和调节人。人们一看见她就想靠近和仰望她，她身材高大，满头白发，

（不用任何头巾或帽子卷起来，）黑色的眼睛，透亮的肤色，甜蜜的呼吸，具有独特的个人吸引力。

前述的画像，我承认，与外来的妇女个性的典范极其不同——当代小说家或是外国宫廷诗歌中主要的女性性格，（奥菲莉娅们，伊妮德们，或者这种那种的女士们，）充满了这么多贫穷少女嫉妒的梦境，也为我们的男性所接受，成了杰出女性要竭力追求的至高典范。但是为了改变一下，我在此提出我的典范。

于是对于更具革命性的东西有了牢骚，（我们现在不会停下来注意它们，但是它们必须受到关注）。这样的日子正在到来，那时，有关妇女进入现实生活、政治、普选等等领域的深刻问题，将不仅在我们中间展开讨论，而且会被提交给我们做出决定，并进行真实的实验。

当然，在这些州中，对于男人和女人，我们必须从东方的、封建主义的、教会的世界所遗赠给我们的东西里面彻底重铸最高个性的类型，那些东西依然占据着美国的想象与审美领域，作为形象和夸张，它们并非没有研究的用途，但是它们正在塑造悲哀的作品，在我们周围的景观与迫切事务上造成一种奇怪的时代错误。当然，旧的不死的因素依然存留着。我们今天的任务是，成功地使它们适合新的组合。这并非不可想象。我可以设想出一种共同体，就在今天和此地，其中，在一个充分的规模上，完美的个性会没有杂音地予以满足；比如说在西部某个怡人的聚居区或城镇，那里有两百个最好的男人和女人，属于普通世俗阶层，幸运地被吸引到一起，没有额外的天才或财富，但却善良、朴素、勤劳、快乐、果敢、友善而虔诚。我可以设想出这样一个共同体，以运转秩序组织起来，明智审慎地授予权力——耕作、建筑、贸易、法庭、邮政、学校、选举，全都受到关注；然后生活其余的部分，主要的事情，自由地分蘖，在每个个体中开花，结出金色的果实。我可以看见，在那里，每一个年轻和年老的男人，都在追随他的典范，每一个女人也都追随自己的典范，一种真正的个性，在身体、头脑和精神上都得到发展与合宜的锻炼。我可以想象这种情况，它不一定罕见，也不一定有多么艰难，而是轻快地契合于市政管理与我们时代的总体需求。而且我可以在其中认识到某种达到顶点的东西，胜过了任何历史或诗歌中老一套的辉煌。也许，那是在文章或传记中没有唱过的，没有演出过的，没有表达过的——也许这样的共同体甚至已经存在，在俄亥俄、伊利诺伊、密苏里，或什么地方，已经实现了自身的完满，并因此在最平凡普通的生活中，胜过迄今为止在最好的理想图画中显示的一切。

　　简而言之，总括起来讲，美国正在致力于正规化的行动，（已经到了获取更多实在成就的时候，而不仅仅是吹牛的许诺，）她必须为了她的目的，不再承认一种从封建贵族政治中生发出来的性格理论，或是仅仅由文学标准形成的理论，或是来自任何异国的、盛装的、属于上层社会的优雅的文化公式，她必须严厉地发布她自己的新标准，同时又足够古老，并接受古老而常在的元素，将它们组合起来，统一起来，以适合现代、民主、西方，适合我们自己城市的实际情况和需要，以及所有的农业地区。永远是平凡中最珍贵的。永远是田野、山岗、湖泊的清新微风，超过任何扇子的颤动，即便是象牙的，冒着香气的扇子；空气永远胜过最昂贵的芳香。

　　而现在，担心出错，我们不会停下来祈求真实，或者与真实相伴随的一切的宽恕，甚至文化的宽恕。原谅我们，庄严的阴影！如果我们对你的职能说得太轻。整个地球的文明，我们知道，是属于你的，还有全部的荣耀与光明。我们的确是遵照你的精神，来记录它最为高尚的教导，我们才发出这些可怜的话语。也是为了你，伟大的牧师！你知道还有比你伟大的东西，那就是清新永恒的存在的品质。从它们，且凭借它们，像你尽己所能那样，我们也同样激活了最后最需要的帮助，来赋予我们国家和时代以生机。于是，我们的断言并不是这么违背文化的原则；我们只是监管它，随同它一起发布，同样深刻，也许更为深刻的一个原则。正如同我们已经展示的那样，新世界自身包括了民主全部平等的集体，我们显示了，它同样也包含所有变动的、全然允许的、绝对自由的个性的原理，树立了一个迄今尚未占据的高高的框架或平台，宽阔得足以容纳一切，适合每一个农夫和技工——女性与男性平等——一个高耸的自我，不仅仅在生理上是完善的——不仅仅满足于头脑和知识的储存，而是富有宗教感，拥有关于永恒的思想，（在人类或民族发展的动荡不安的航行中，它是船舵与罗盘，在最为黑暗最为凶猛的波浪之上，穿过最为猛烈的风暴）——实现着那熟悉的人性，超越其他之上，在最深刻的意义上，完全忠于自身，为着超乎一切的目标——最终，那就是人类的个性，因为与永恒的关联，与未知、精神，唯一永恒的真实的关联，而变得至为重要，就像海洋等待着接纳河流，等待着我们每个人。

已经说得够多的了，但是，依然需要描绘和勾勒我们的远景，不仅在这些主题上，而且在其他尚未写出的主题上。的确，我们可以谈论这件事，用一生的时间来扩展它。但是，有必要返回我们最初的前提。在观察它们的时候，我们再次承认，世界全部的客观上的壮丽宏伟，为了最高的目的，放弃了自身，单单依赖于精神。只有在这里，一切才达到平衡，一切才安息下来。至于思想，它独自建筑着永恒的大厦，骄傲地为其自己而建。凭借它，以及随之而来的一切，将物质的已知顶点，还有一种对未知的预言，传递给人类感知。去表现这些，使之具体化，赋予文学以壮丽和原型——以骄傲与爱充满最高的能力，抵达精神的意义，提示未来——这些，只有这些，才能让灵魂满足。我们不必说出一个与真实物质相反的词；但是智者知道，在被情感和思想触碰之前，它们不会变得真实。我们要称后者为无法计量的吗？啊，我们宁可颂扬那最轻微的曲调，那无尽的被演讲者和说故事的人所激起的激情的瞬间，它们更为紧密，更为沉重，超过了大工厂里的引擎，或是地基里的花岗岩石块。

于是，我们接近了那些重要的领域，开始考虑与新的和更为伟大的个性相关的东西，对于美国想象性文学的需要和可能性，通过媒体为我们打开的天窗，立即可以领悟到，一个深渊般巨大的差别将这些领域现已被接受的状况，包括其中飘浮着的东西，与任何适应或适合世界的状况分隔开来，它试图表现出美国，完美的男性与女性组成的丰富种族，以及这些粗糙勾勒的远景。在某种程度上，这种差别不亚于长期存在的星云状态与天文世界的模糊性，与随后的状态，那形状确定的世界本身的比较，后者经过充分的压缩，聚集成系统，悬挂在那里，这宇宙的枝形吊灯，互相注视着，被彼此的光芒所照亮，充当所有坚固据点、所有模糊用途的基础——还要充当精神证明与展示的不灭链条与梯队。一个要去填满的无垠领域！一种新的创造，伴随着必要而圆满的工作发射出来，在自由而规律的循环中旋转——运动，自我平衡，穿过以太，像天堂的太阳一般闪耀！于是，无外乎于此，我们建议新世界的文学，要适时地升起，凝聚，向这些州发出信号。

　　然而，新世界文学更为确切的含义何在？我们在这里做得还不够好吗？今天的美国不是正在比任何其他国家更多地忙于使用打字机和印刷机吗？发行和吸纳比其他国家更多的出版物吗？我们的出版商不是发福得更快更严重吗？（托庇于一个欺骗性的和偷偷摸摸的法律，甚至就没有法律，极尽所能地搜寻材料，诗歌的、绘画的、历史的、罗曼蒂克的，甚至喜剧的材料，不需要付出金钱和代价——而且还激烈地抵制最为羞怯的要他们付费的提议。）许多人会遭受这种骗局的欺骗——但是我的意图却是驱散它。我要说，一个国家可以拥有并流通海洋大河般的非常可读的印刷品，日报、杂志、小说、馆藏书、"诗歌"等等——这些州今天所拥有与流通的就是这些——它们具有毫无争议的帮助与价值——成百卷新书每年写出来，印行出来，足够受人尊敬，在机智与博学方面的确无法超越——还有更多的成百卷，甚或百万卷的东西，（因为有前面提到的免费使用或剽窃之便，）也抛进了市场——但是，与此同时，上述国家，严格说来，根本就没有文学。

　　重申一下我们的质询，我们所指的真正的文学到底意味着什么？尤其未来的民主文学？这是很难应对的问题。线索是推论性的，它将我们转向过去。在最好的情况下，我们也只能提供一些建议、比较、巡回路线。

还必须重复的是，这些备忘录的目的，历史与时代的深刻教训，一个国家或时代通过它的政治、物质、英勇个性、军事上的辉煌等等做出的贡献，在任何严密彻底的评估之下，依然会停留在粗糙状态，并一再推迟，直到这一切被民族的、原创性的文学原型所激活。它们只有把国家置于形式之中，才能最后识别——证明和完善——不朽的一切。无疑，旧世界一些最富有、最强大、人口众多的共同体，一些最为壮丽的个性与事件，现在与将来，都没有完整地传下来。无疑，在那些国度中，比流传给我们的还要伟大的英雄主义与人物，根本就没有传给我们，甚至连名字、日期或地点都没有留下来。其他的安全抵达我们，仿佛航行过了宽广无尽的世纪的海洋。小船，那些运载它们的奇迹，凭借不可思议的运气将它们，（或者是它们中的精华，它们的意义与本质，）越过长久的浪费、黑暗、昏睡、无知，安全运送过来，诸如此类，都没有多少得到铭记——有少数不朽的作品，规模很小，但却包罗了不可衡量的回忆的价值、当代的画像、风俗、习语和信念，连同最深刻的推理、暗示与思想，永远联结与触摸着旧的新的躯体，以及旧的新的灵魂！这些！还是这些！承载着如此珍贵的货物——比骄傲更珍贵——比爱更珍贵。所有人类最好的经验，折叠，留存，运送到我们这里。这些小船中的一部分，我们称之为新旧约全书、荷马、埃斯库罗斯、柏拉图、尤维纳尔(Juvenal)。宝贵的涓滴！我认为，如果我们被迫去选择，我宁可让你和你的同类，属于你的和从你那里发展出来的东西，暗淡而至消失，我们最好是承受得起，因为那将是令人惊骇的，我宁可失去所有现实存在的船只，今天系在码头上的、飘浮在波浪上的船只，看着它们，连同它们的货物，沉入海底。

由城市、种族或时代的天才们所收集，并以最高的艺术形式，亦即文学形式所表达的，那个城市、时代或种族的独特组合与突出特征，它独特的普遍属性和激情的模式，它的信念、英雄、爱人与众神、战争、传统、斗争、罪行、情感、快乐，（或是这一切的微妙精神，）被传递给我们，照亮我们的自我及其经验——它们提供的是怎样不可或缺的最高级的东西，如果被取走，那么，无尽的世界仓库里的其他任何东西都不能够弥补我们，或是再次归还给我们。

为了我们，沿着时间的大道通衢，屹立着那些纪念碑——那些雄伟与优美的形式。为了我们，那些灯塔彻夜燃烧。陌生的埃及人，雕刻着象形文字；印度人，带着圣歌、格言与无尽的史诗；希伯来先知，带着闪电般的精神，赤红烙铁般的良知，哀歌与为暴君和奴役准备的复仇的尖叫；基督，带着低垂的头，沉思着爱与和平，像一只鸽子；希腊人，创造着永恒的物质形式和审美比例；罗马人，讽刺诗、剑与法典的主人；——这些形象，有的遥远而朦胧，有的切近而清晰；但丁，以清瘦的外形悄悄潜行，只有纤维，没有一点多余的血肉；安吉罗，和伟大的画家们、建筑师们、音乐家们；丰富的莎士比亚，奢华得如同太阳，日薄西山的封建主义的艺术家和歌手，以所有华丽的色彩，将它们随意挥洒；如此等等，直到德国人康德与黑格尔，越过时代，再次坐在我们旁边，沉着冷静，像埃及的神明。这些，以及类似的东西，返回我们喜爱的人物，将他们看作天体和天体系统，在另一片天空，那智慧的宇宙，灵魂的空间，沿着自由的路线运行，的确不是太多了吗？

还有强大而辉煌的人物！在你们的气氛中，不是为美国而生，而是为她的仇敌，封建主义和旧世界而生——与此同时，我们的精神是民主的和现代的。不过，你们确实能将你们的生命气息吹送进我们新世界的鼻孔——不是为了奴役我们，像现在这样，而是为了我们的需要，哺育出和你们一样的精神——也许，（我们敢这么说吗？）是要来主宰，甚至摧毁，你们自己所留下的东西！在你们的水平上，绝不会更低，而是甚至更高和更宽，我们必须为今天和此地来测量与权衡。我需要宇宙的吟游诗人，具有无条件的不妥协的影响。来吧，西方甜蜜的民主的暴君！

凭借这样的观点，我们在反思中，体现国家或人民的真正的文学含义。这样一来，在比较和检验之下，仅仅置身于最高级作品的影响之中去判断，我们美国目前多产的、覆盖多种形式的印刷出版业，它好在什么地方呢，打个比方，它不就像某些海域，有大群乌贼在蔓延起伏，哪怕鲸鱼游在里面，也只能露出半个脑袋，喘口气吗？

虽然我们当下的所谓文学，（就像无尽供应的小硬币，）无疑执行着某种功能，也许还是时代需要的服务，（准备性的服务，就像儿童要学拼写。）每个人都阅读，而且几乎每个人都写东西，或是写书，或是为杂志和报纸撰稿。这项事业稍微有点重要性。但是它真的在发展吗？或者，它在一段长时间内取得进展了吗？编辑出版的日报和周报，数量巨大得惊人，印刷厂院子里的白报纸堆积如山，还有骄傲的、赶工出来的十栏印刷物，我可以站着用半小时看完。此外，（美国各州在想象领域没有出现一件一流的作品，也没有一个伟大的文人，）主要目标是娱乐，搔痒，打发时间，传播新闻，和有关新闻的谣言，是押韵脚和阅读韵脚，而且这样的东西还可以无限地获得。今天，在书中，在作家的竞争中，尤其小说家中，成功（所谓的）是为那些打动平庸大众的人准备的，他们对于刺激、事件、戏谑之类有着极佳的胃口，他们以普通才干描画着感官的、外在的生活。这样的人，或是他们中最为幸运的人，我们看见，读者是没有限制和有利可图的；但是他们目前销声匿迹了。今天，或是任何时候，对工人们描绘内在或精神生活，读者都是有限的，而且往往还很迟钝——但是他们会永远持续。

与过去相比，我们的现代科学突飞猛进，而我们的杂志所提供的服务——还只是理想甚至普通的浪漫文学，我认为，这样的文学没有实质上的进展。看看大量出产的当代小说、杂志故事、剧院戏剧之类吧。同样无尽的线索纠缠在一起，夸大的爱情故事，显然继承自13、14、15世纪欧洲的阿马迪斯（Amadises)和帕尔梅林(Palmerins)。那些服装和相关之物沿袭至今，调味品更加猛烈和多变，龙族和食人魔被排除了——但是整个事情，我可以说，没有任何进展——同样的煽情，同样的局限——保持着同样的面目，不多也不少。

什么原因，在我们的时代，我们国家的文学中，看不到清新的勇气，属于我们自己的理智——密西西比，健壮的西部男子，真正的精神与生理的事实，南方人，等等？尤其在诗歌当中。但是相反，我们总能看见花花公子和倦怠无聊的人，来自海外的衣冠楚楚的小绅士，向我们泛滥着他们来自客厅与阳台的单薄的伤感、琴歌、丁当作响的旋律、第五百个舶来品——或是幽咽地为什么事情哭泣，追逐着一个又一个破灭的幻想，永远忙于和消化不良的女人谈着消化不良的恋爱。与此同时，历史上最为壮丽的事件、革命与最为猛烈的激情，正在以无与伦比的速度和宏伟席卷过我们所有的舞台和大陆，就在当下，充满新奇，提供着新的材料，打开了新的视野，以最大的需要，邀请勇敢者创设出文学理念，以其为激励，高翔于最高的领域，服务于艺术的最高目的（这只是服务于上帝和人性的别称），那样的文学人物何在，那样的书何在呢？其更为高贵的目标不在于追随旧的路线，重复以前说过的东西——把销路良好、成为饱学之士和精英人物作为最终的胜利。

标记出这些州所经历的道路与方法，自此以后，在它们今天的范围内，让它们从容地屹立，永远平等，永远紧密。欧洲的冒险？最为古老的？亚洲或非洲的？旧的历史——奇迹——罗曼司？宁可是我们自己无可争议的事实。它们匆匆忙忙，不可思议，火光一样闪耀。从哥伦布时代的业绩一直到今天，包括现在——尤其最近的分离战争——当我仔细钻研它们，我觉得，每一页，我都想停下来看看是否我犯了错误，落入了梦幻的华丽虚构。可它不是梦。我们站立，生活，运动，在我们时代的物质主义大潮中——在它的精神中，我们已经为自己奠定了最积极的基础。奠基者已经转向其他的领域——但是他们给我们留下的是怎样可怕的责任啊？

在我的观点看来，美国各州已经拥有了它们的政治，及其所有错误，大体上已经在它们自己本土的、可靠的、目光远大的原则之上得到永久的确立，永远不会被推翻，为其他一切提供着确定的基础。凭借这个，它们未来的宗教形式、社会学、文学、教师、学校、服装等等，当然要形成一个紧密的整体，统一于总体的原则。我们如何能够以这种方式持存我们分裂、矛盾的自我呢？我说我们只能诉诸总体和伦理意图来获得和谐与稳定，并忠实地以它们为基础进行建设。至于新世界，在经过两个壮丽的准备阶段之后，我感知到现在已经到了第三阶段，确实已经准备好了，（缺少了它，其他两个阶段便是无用的了，）在等待准确无误的信号出现。第一个阶段是为广大民众的政治基础权利做好计划和立案——所有民众——在共和国、各州、市政府的组织下，全体要根据个体来构想，个体又根据全体来设计。这就是美国的规划，不是为各个阶级，而是为了普通的人，它体现在独立宣言的契约之中，它现在已经开始生长，连同它的修正案与联邦宪法——它也体现在各州政府中，连同它们所有的内务和普选；那些东西的意义不仅仅在于其本身，而是随之启动、培育的若干件事情，还有上百件其他事情，适时地在同样的方向上展开，紧随其后。第二阶段涉及物质繁荣，财富，生产，节省劳力的机器，钢铁，棉花，地方、州际和大陆性的铁路线，与所有国家的通讯与贸易，汽船，采矿，一般就业，大城市的组织，谋求舒适的便宜装置，无尽的技术学校，书籍，报纸，现金流通，等等。第三阶段，产生自前两个阶段，并使它们尽皆辉煌，作为例子，我现在宣布，一种本土表述的精神正在成型，日渐成熟，通过这种心态，各州将自我包容，异于其他各州，更加广阔、丰富和自由，由未来的原创性作家和诗人遵照美国个性予以见证，这些个性中有很多是不分男女的，会横跨所有各州，无一例外——凭借本土优秀的舞台和日益增长的语言、歌曲、戏剧、演说、讲座、建筑——凭借一种壮丽、严肃、虔诚的民主来威严地君临一切，毁灭旧事物，翻耕表土，从自己内在和至关重要的原则出发，重新建设我们的社会，使之民主化。

　　至于美国，进步及人类基本信念的典范，超越人类所有的错误和邪恶之上——很少有人会怀疑它的震撼如何之深。世界显然在猜测，我们也同样这样猜测，美国各州仅仅实现了平等的公民权，一个选举出来的政府——来使得劳动成为令人尊敬的事情，实现了一个讲究实际、遵守法度、秩序井然的富有国家。是的，这些的确是美国任务的一部分；它们不仅没有穷尽进步的观念，而是作为媒介，引发了更深刻、更高级的进步，并以此充实了进步的观念。物质革命的女儿——真正的革命之母，是内在的生活，是艺术。只要精神没有改变，任何表面上的改变都是徒劳。

　　我记得，还是个孩子时，老一辈人就总在谈论美国的独立。什么是独立？摆脱了所有法律或束缚的自由，除了一个人自身的存在，唯独为宇宙的法律所控制。对于国家，对于男人，对于女人，对于每个人，最终存在的是什么，除了与生俱来的灵魂、出生、特性，自由无碍，保持最高的平衡，在自己的天空翱翔，完成它自身，还能是什么呢？

　　目前，这些州，它们的神学和社会标准，（比它们的政治制度还要重要，）完全掌握在外国手中。我们看见新世界的儿女们，对它的精神一无所知，尚未开创出本土的、普遍的和切近的精神，还在引进遥远的、局部的和僵死的精神。我们看见伦敦、巴黎、意大利——不是像它们所归属的地方那样具有原创性、那样出色——在这里，在不属于它们的地方，成了二手货。我们看见希伯来人、罗马人、希腊人的剩余碎片；但是啊，在哪里，在她自己的土壤上，我们才能看见美国自身那忠实的、最高级的、骄傲的表现？我有时甚至怀疑，她在自己的房子里是否拥有一个角落。

不是在一种意义上，而是在一种非常重要的意义上，好的神学，好的艺术，或是好的文学，拥有某些共同的特征。这种组合使得各个民族之间亲如兄弟，将它们联合起来——在许多细节之中，在无差别地应用于所有人的法则下面，不分天气、时日和来源，诉诸人类共有的情感、骄傲、爱与精神。它们最为深切地触动一个人，（也许是唯一实际的触动，）甚至在这些当中，通过本地风光、情调、好恶、特定事件、范例而做出的种种表现，超越他自己的民族性、地理、周边环境、祖先等等。精神和形式是一体的，它对关联物、身份与地域的依赖，要远超过我们的设想。与一片土地、一个种族的物质性与个性微妙地交织在一起——条顿、土耳其、加利福尼亚或诸如此类——总是有什么东西——我几乎说不出是什么——历史也只描绘了它的结果——它和某些人类的表情一样难以言喻。自然也是如此，在她迟钝的形式中，充满了这种东西——但是对于大多数人它都是一个秘密——这种东西扎根于无形的根系之中，亦即那个地方、种族或是民族性的最为丰富的意义之中；为了吸收和再次流泻出这种东西，而发为话语，创造出作品，将之带入最高的领域，那是任何国家真正的作家、诗人、历史学家、演说家，甚至也许还有牧师和哲学家的工作，或者是主要的工作。这里，只有这里，才是我们真正有价值的永恒的诗歌与戏剧的奠基之处。

可是现在，（从更高的尺度来判断，我们发现，现存文学的主要目的是狂热地赚钱，这种情况占了一半，另一半是"娱乐"、异国旅行、轻率地打发时间，）依据爱国主义、健康、高贵的个性、宗教和民主调整的目的来考虑，所有这些蜂拥的诗歌、文学杂志、戏剧，迄今从美国智慧中产生的一切，我们最好的思想构造，完全是无用的，是一个笑柄。它们没有强化和滋养任何一个人，没有表现出任何的特色，没有为一个人赋予决心和目标，仅仅塞满了最低级的空虚头脑。

在美国，关于所谓的戏剧，或者是戏剧化的表达，就像现在剧场上表演的那些，我应该说，它值得予以同样严肃的对待，与公共晚宴上怎么装饰糕点糖果，舞厅里的窗帘帐幔如何安排一样重要——不多也不少。至于另一个门类，我不想冒犯读者的智慧，（一旦真正进入这些远景的氛围，）假定需要详细地展示，为什么我们或渺小或著名的蹩脚诗人，他们大量的点点滴滴，在任何方面都没有满足这片土地的需要和庄严的场合。美国需要那种勇敢、现代、包容一切、普遍性的诗歌，就和她自己一样。它在任何方面都不能忽略科学或现代，而是从科学和现代里面获得激励。它必须让自己的智慧屈服于未来，而不是过去。像美国一样，它必须使自己摆脱最伟大的过去的典范，在尊敬它们的同时，必须全然相信自己，及其唯一的民主精神的产物。像她一样，诗歌必须充当先锋，不顾一切危险地举起人的神圣自豪的旗帜（新宗教的根本基础）。长久以来，在人们一直在倾听的诗歌当中，共同的人性，恭恭敬敬，低眉俯首，忍受羞辱，向上级感恩涕零。但是美国不倾听这样的诗歌。她的圣歌是挺立、骄傲和彻底的自尊；那样的诗篇，美国才会用心悦诚服的耳朵去聆听。

　　从我们当下所依赖的地区开掘出来的东西，最终暴露在光天化日之下时，也许并不是真金和钻石。今天，无疑，处于萌芽状态的美国诗歌的精神，（避开那些进口来的镀了金的精雅主题，和正统出版商喜欢的多愁善感与蝶舞蹁跹——它们在小圈子里引起温柔的痉挛，保证不去擦伤敏感的表皮，它是那么精致虚假纤弱娇嫩，）还躺在远处沉睡，幸运地没有被小圈子、艺术作家、健谈者和沙龙批评家，或者大学里的演讲者所认识和伤害——它躺在一边沉睡，毫不介意自己的处境，存在于西部习语、密歇根或田纳西的当地妙语或政治演说中——或是在肯塔基、佐治亚、加利福尼亚——或是在曼哈顿、波士顿、费城、巴尔的摩技工的行话或当地歌曲或典故里——或是远在缅因州的森林中——或是在加利福尼亚矿工的小屋里，或是穿越落基山脉，或是沿太平洋铁路旅行——或是在西北或加拿大的年轻农夫和湖上船夫的胸膛上。这些是它简陋粗糙的产床；只有从这样的开端与储备，从本土这里，或许才能抵达它，才能嫁接和萌发，才能随着时间催放出真正美国的芳香花朵，收获真正属于我们的果实。

　　我要说，那真是这些州的长期的耻辱——我要说，那对于任何国家都是一种耻辱，它幅员辽阔，富有多样性，它的物质，它的发明活动，它的人民的求真务实，都使它傲立于民族之林，而在文学艺术的原创性风格方面，却没有超出其他民族，没有提供出与自身相配的有原型意义的智力与审美杰作。我不知道除了我们，还有哪个国家，无论多小，没有在某种程度上鲜明地创造出自己的名号。苏格兰有自己天生的歌谣，微妙地表达了他们的过去与现在，表达了自己的性格。爱尔兰有自己的东西。英格兰、意大利、法兰西、西班牙，有自己的东西。美国有什么？拥有四年战争中最为丰富的史诗、抒情诗、故事、歌曲、图画等等消耗不尽的矿源；有时我想，提供给一个国家的物质材料，在多样性和规模方面，再丰富也莫过于此了——但是，迄今为止，适合于本土的想象性的灵魂，与之相配的一流作品，（我再怎么重复也不为过，）尚付诸阙如，连一丝迹象都没有。

远在第二个百年纪念到来之前，我们就会有四五十个大州，包括加拿大和古巴。当现世纪结束，我们的人口将达到六七千万。太平洋将是我们的，大西洋主要也是我们的。每天都能与全球各个地区进行电子通讯。怎样的一个时代啊！怎么一片土地啊！在其他什么地方，还会有这么伟大的土地？一个民族的个性，必须始终领导世界。谁应该成为领导者还有任何疑问吗？但是要记住，真正光荣地或永远能够领导世界的，同样还有那最为伟大的原创性的非从属性的灵魂。（这个灵魂——在这些远景展望中，它的别名就是文学。）

在喜悦的幻想中向前跃进几百年，让我们纵览美国的作品、诗歌、哲学、正在应验的预言，为最好的理想赋予形式与决心。我们现在还梦想不到的，那时也许已经确立，富丽繁茂，丰富多彩，文学和艺术表现都充满生机，个性将是对它们产品的主要要求，而不仅仅是博学和优雅。

　　强烈而忠诚的同志关系，男人之间个人的激情关联——它难以定义，潜藏在每片土地每个时代的深奥教训与救星的典范之中，在得到充分的发展之后，它似乎有望在风习和文学中获得收获和认可，这些州最为本质的希望和未来的安全，那时将得到充分的表达。

　　一份肌理强韧的快乐与信念，对健康的户外活动的认识，会很好地成为未来高贵的美国作者的准备工作的一部分。检验一个伟大文人的标准部分在于他心中不存在隐秘、可怕、错误、邪恶、冷酷，这些从清教徒、地狱、天生的堕落之类继承而来的东西。伟大的文人闻名于众生，凭的是他快乐的单纯，对自然标准的坚守，对上帝无限的信仰，他的敬畏之心，凭的是他心中没有怀疑、厌倦、做戏、嘲弄或任何滥用的临时风尚。

　　我一定不要忘记，一而再再而三地抓住不放，更加清楚地重申，（哦这考察真的像我们幻想的那样，到时也会显示出这个完成的部分！）未来文人所服务的崇高目的，当然是最为骄傲最为纯粹的目的，无论在什么领域，都应该是快乐的劳动。如我们所熟知的，与我们民族、我们国家的物质文明，它的财富、地域、工厂、人口、产品、贸易、陆海军力量相配的，并为所有这些吹进生命气息的，一定是它的道德文明——为这一切提供规划、表达和帮助，正是文学的最高目的。文明的这个最高领域的顶点，超乎理智、力量和艺术之类的所有华丽展示与结果——甚至超乎神学和宗教热情之上——那就是从永恒的基础和恰当的表达出发，发展绝对的良知、道德健康和正义。

甚至在宗教热情之中也存在着一抹体温。但是道德良知，如同水晶一般，没有瑕疵，不仅神一般庄严，而且充满着人性、敬畏与魔力。伟大的是动人的爱，即便在理性的宇宙秩序之中。但是，如果我们必须分出等级，我清楚存在着更为伟大的东西。力量、爱、尊敬、产品、天才、审美，以最为微妙的比较、分析和最为平静的情绪予以尝试，有些地方失败了，莫名其妙地变得徒劳了。然后，无声无息地，以活跃的步伐，上帝、太阳、最后的理想出现了。以权利、正义、真理之名，我们提及它，但并不描绘它。对于男性的世界，它依然是一个梦，一个他们所称谓的思想。但是对于智者，它根本不是梦——而是最为骄傲、几乎唯一坚实持久的东西。它与物质宇宙的相似之处在于它将这个世界连结在一起，每一个目标都依赖于它，将它的动力永远安全可靠地传递下去。缺少了它，固执地回避它，例如在生活、社会学、文学、政治、商业，甚至布道之中，这些时代或任何时代，便会留下深渊、道德瑕疵与污点，便会对今天的文明、连同它全部无可置疑的成就以及迄今所知的所有文明构成嘲弄。

现在的文学，在出色地满足某些大众需求的同时，以其丰富的知识和语言上的机巧，也变得极其复杂和疯狂，而它的快乐正在于这种病态。它需要记录和表现自然，以及自然的精神，需要了解和服从标准。我说的这个自然的问题，大致包含了审美的、情感的和宗教的问题——并且涉及幸福。一个具有优良出身与血统的民族，在与室内环境一样和谐、活跃与完善的室外环境中成长，也许会从这些条件当中发现，仅仅生存就够了——会在与天空、大气、流水、树木等等，在与数不清的普通景象的关联当中，在生活本身的事实之中，发现与抵达幸福——以全然的狂喜将自己的存在弥散于夜晚与白昼，超越所有财富、娱乐，乃至心满意足的理智、博学或是艺术感觉所能给予的快乐。

在这些州的预言性文学之中，（读到我的思考的读者会错过它们的首要之处，除非他允许一种新文学，也许是一种新的形而上学，一种新的诗歌，依照我的观点，成为美国民主唯一确定和值得的支撑与表达，）自然，真正的自然，真正有关自然的思想，长期以来一直是缺席的，它必须首先予以彻底的恢复和扩大，必须为诗歌提供蔓延的氛围，检验所有高级的文学与审美作品。我指的不是光滑的小径，修剪过的树篱，装门面的东西和英国诗人的夜莺，而是整个天体，连同它的地质史、宇宙，携带着火和雪，滚过无垠的空际，轻如鸿毛，又重如泰山。此外，我们现在部分称作自然的东西，其目的至多只在于身体意识带来的快乐，对物质的感觉，以及良好的身体健康——它所积累与整合的显然一定是这些，而人类，理解到这些，以自己卓越的追加物，亦即道德与精神良知，指明了他超越表面与必死命运的目标。

这种对自然的判断，的确让我们上升到了高处，继续对我们的远景做出观察，呼吸最为罕见的空气。我所相信并称之为理想主义的东西，在我看来就是，（防范过度，凭借其对立面不断做出修正，）提示出探询与放弃的过程，以便有助于我们新世界的形而上学及其文学基础，并为一切赋予色彩。

有关未知与非现实的崇高而轻灵的思想必须以权威来提出，它们是已知与现实的合法继承人，至少和它们的父母一样伟大。无惧于嘲弄和预兆，让我们站稳脚跟，坚守阵地，永不放弃，面对日益严重的实在论的过度与自大。对于目前压倒一切的呼喊——有关感觉、科学、肉体、收入、农庄、商品、逻辑、智力、示威游行、切实的永久权、砖瓦钢铁的建筑，甚至树木、大地、岩石等等世间万象的吁求，不要害怕，我的兄弟姐妹们，大声发出同样坚决的声音，信念正在每个富于幻想的灵魂深处孵化——幻想！幽灵！所有虚构的事物！真的，我们一定不要谴责这样的展示，也不要绝对否定它，因为它的意义是不可或缺的；但是我们多么清楚地看到，我们能够设想的移植在我们灵魂中的优秀的精神观点，在现今状况下明显可以觉察，它的全部和若干部分有可能，不，是一定会，分崩离析，而后消失。

我快乐地欢呼那海洋般的、色彩斑驳、极其实用的能量，对事实的需求，甚至现时代我们各州的商业唯物主义。但是对于这些事物和运动，我们的时代和国家，止步于它们本身，不倾向于思想。就像煤炭之于火焰，火焰之于天空，财富、科学、唯物主义也必须这样——甚至这个我们艰辛创造的民主——准确无误地喂养最高的思想，亦即灵魂。无穷无尽的飞行，深不可测的神秘。人类如此渺小，又膨胀得超过了可感的宇宙，与空间和时间竞争，超越它们，甚至还在沉思一个伟大的思想。于是，只有这样，一个人的精神才能升华出来，证明客观自然的正当性，自然本身也许只是虚无，但在这里，它却是不可思议的、神圣的、有用的、不可或缺的。客观自然的目的无疑折叠着，隐藏在这里的某处——这个星球及其多样化的形式、日光与夜暗、生活自身以及所有的经验，正是为了这里的某处——正是在这里，伟大的文学，尤其是诗歌，才能得到它的激励和脉动的血液。然后我们才能抵达配得上人类永恒灵魂的诗歌，在吸收物质的同时，以其自身的意义，扩大自然万象，并且，最为重要的，是同时直接与间接地，拥有一个自由流动的扩展的虔诚个性，为科学而欢欣鼓舞，让道德元素开花结果，刺激渴望，沉思未知。

迄今为止，这个过程是间接而独特的，尽管可以提示它，却不能定义它。在历史与生活中，观察并凭借直觉，与自然万象及其形式、感官的奢华、生动的男人和女人的美、激情的真实游戏相默契——而且，更为重要的是，从自然和人类个性的发展中，力量（对于艺术家的感觉最为珍贵）才能脱颖而出，抓住其中的东西，诗人，任何领域的审美工作者，凭借天才的神圣魔力，凭借不寻常的调动与迂回，在文学与艺术中，投射它们及其类似之物。（尝试用人类的精神手段去重复物质的创造，逼真地再现精确的相似性，这并非毫无用处。）这就是形象创造的机能，与物质创造相对应，与之比肩，并几乎胜过了它。当文学艺术的样本的所有其他部分都已准备就绪，单凭这一点就能吹进生命的气息，并赋予它特性。

"真正要问的问题，"国会图书馆在1869年10月于纽约召开的社会科学大会之前的一篇文章中说道，"有关一本书真正要问的问题是，它对人类灵魂有没有帮助？"这个提示和声明，不仅与伟大文人和他的著作有关，也与任何伟大的艺术家有关。也许，所有的艺术作品都必须首先接受艺术质量的检验，它们的形象创造才能，它们的戏剧性、形象性、情节结构、音乐性及其他方面的才能。然后，每当它们声称自己是一流作品之时，它们的基础都要接受严格和严厉的检验，还有在最高意义上，并始终是间接地，它们对伦理原则的反映，以及释放、激活、扩展的能力。

在宇宙的诸目的之中，所有生机勃勃的气象状态，所有矿物、动植物世界的集合体——所有人类生理上的生长发育，所有种族在政治、宗教、战争方面的历史，这一切当中存在着一个道德目的，一个可见或不可见的意图，确凿无疑地潜藏在一切之下——它的结果和证明需要耐心等待——需要直觉、信念、性格，许多人，尤其知识分子，还没有实现这个目的——在最伟大文人的作品或是作品的集合体中，也是如此。这是对一流文学或审美成就的最后的、最有意义的衡量和检验，当它得到理解和发挥效用时，我认为，一定会欣然导向比迄今所有已知的东西还要尊贵的作品与书籍。瞧！自然，（唯一完整而真实的诗篇，）沉静地存在于神圣的计划之中，包含一切，满足一切，对一时的评价或冗长无尽的唠叨无动于衷。瞧！对于灵魂的意识、永恒的个性、思想，在这种东西面前，甚至民主、艺术、文学的伟大，也会缩小，变成局部，可以度量——那是令人彻底满足的东西，（别的不能。）那个东西就是整体和有关整体的思想，伴随着有关永恒及其自身的思想，灵魂，轻快而不可摧毁的灵魂，永远地航行在空间，访问每一个区域，就像一艘海上的船。你再瞧！在所有物质、所有精神之中，永恒地搏动着——那永恒的脉搏，万物中生命永恒的心脏收缩与舒张——从那里，我感觉到，我知道，死亡不是结束，就像思想一样，它是真实的开始——没有什么丧失或能够丧失的，没有什么死亡，灵魂和物质都是如此。

　　在未来，这些州必定会崛起更为伟大的诗人，创造出伟大的死亡之诗。生命之诗是伟大的，但是必须有关于生活目的的诗篇，不仅在于生活本身，而且超出其之上。我颂扬荷马、神圣的犹太吟游诗人、埃斯库罗斯、尤维纳尔、莎士比亚，等等，我清楚他们不可估量的价值。但是，（在第二次提名的这些人当中，某些方面，并非所有方面，也许是有异议的，）我说为了未来和民主的目的，必定要出现比上述那些人更高级的诗人（我敢这么说吗？）——他们不仅拥有以赛亚的宗教之火与狂放、荷马史诗天才的奢华、莎士比亚戏剧人物的骄傲，而且要符合黑格尔的公式，与现代科学一致。美国需要，世界也需要，这样一种吟游诗人，他们从今到永远，都会将人类理性的物理存在，与时空的总体，与这广袤多变的万象，围绕着他、撩拨着他的自然，联系起来并予以记录，将他同等的部分和尚未成为他一部分的东西，从本质上和谐起来，获得满足和安息。那被科学惊走的非常古老的信念，必定得到恢复，用导致她离开的同样的力量将她带回来——伴随着新的影响予以恢复，比以往更深，更宽，更高。的确，这种普遍的厌倦，这种怯懦的恐惧，这种死亡面前的颤抖，这些卑贱、耻辱的观点，并不总是支配着像过去和现在这样遍布未来社会的精神。罗马人卢克莱修所追求的最为崇高的东西，又完全过于盲目和消极地，为他的时代及其后继者所做的一切，必定被未来的伟大文人所积极地完成，尤其是诗人，在成为彻头彻尾的诗人的同时，将吸取任何科学所指明的东西，凭借灵性，并超越灵性，超越他自己的天才，创作出伟大的死亡之诗。那时，人类将真正面对自然，面对时间与空间，同时凭借科学与柔情，获得他的正确位置，为生活做好准备，支配幸福与不幸。那时，长期缺乏的将获得补充，以前无锚航行的船，将会有锚。

为了高级的文学生产，还有其他的标准和建议。真正平衡与保护社会与政治世界的东西，反倒不怎么是立法、警察、条约和对惩罚的恐惧，而是人性之中对公正、男子气概、礼仪等等潜在而永恒的直觉。确实，这种凭借自我忠诚的永久的管理、控制与监督，是民主的必要条件；民主文学一个最高最宽广的目标，就是在个体与社会两个层面上，产生、培育、激励和强化这种感觉。高级自我对一般的低级自我的有力控制，需要凭借文学家间接而确实的帮助与保护，在他的作品中，为个体与群体的民主，塑造一个富有激情的伟大躯体，并在其中贯穿一种有能力支配人的伟大精神。

还有，鉴于偶然性的存在，我乐意面对事实，这些州需要有力的本土哲学家、演说家和吟游诗人，作为未来的号召力，以便在危机时刻，避免灭亡和背叛。因为历史是漫长漫长而又漫长的。就像我们可以替换和转变陈述的组合方式，美国未来的问题在某些方面也同样黑暗和巨大。骄傲、竞争、种族隔离、邪恶的任性以及超出特例的许可，都已经笼罩在我们头上。笨拙而巨大，谁能约束住河马？谁能控制住海怪？我们会选择炫耀，可是横跨在我们前进道路上，隐隐出现了那巨大的不确定性，和可怕的充满威胁的阴影。否认它无济于事：民主从最浓密、有害、致命的植物与果实中繁茂生长起来——带来越来越坏的入侵者——它需要更新、更大、更强壮、更热诚的补偿与激励。

我们的国土，如此热诚地拥抱着，（拥抱着一切，什么都

不拒绝，）将那火焰拥入它们的胸怀，那火焰能够将它们本身
和我们全部消耗殆尽。我们国家的生命周期尽管短暂，却已经
有死亡与衰败逼近我们身边——无疑，即便予以阻止，它们
还会再次逼近。未来的时代永远不会知道，但是我知道，在最
近的分离战争中——不止一次，不止两次三次——我们的民族
性，（紧紧束缚在一起，就像风暴中的一艘船，依赖且将继续
依赖，我们全部最好的生命、全部的希望和全部的价值，）勉
强得以牧养自己，仅毫发之差，才勉强逃脱了毁灭。唉！想想
它们吧！那些时刻的剧痛和带血的汗水！那些残忍、锋利、悬
而未决的危机时刻！

　　甚至今天，在这些漩涡中，在难以置信的轻率、党派盲目
的狂怒和背信弃义中，完全缺乏一流的船长和领袖，而且名
义上的大众中充斥着卑鄙与粗俗——那个难题，那个劳动问
题，开始像一个打着呵欠的深渊一样张开，每一年都在迅速扩
大——我们的前景何在？我们在满是沸腾的激流、横流、潜
流与涡流的危险的海洋上航行——一切都如此昏暗，未经检
验——我们将转向何方？仿佛全能的神已经将至高无上的命运
的海图铺展在这个国家面前，像太阳一样令人炫目，又带有许
多深及内脏的困难，人类集体的溃疡般的瑕疵——说吧，瞧
吧！道路，唯一的发展计划，漫长而多变，伴随着所有可怕的
障碍和突然爆发。你说在你的灵魂中，我将是万国之国，使过
去与现在的众国失色，使旧世界众王朝的历史，在我身后被征
服，变得无足轻重——创造一个新的历史，民主的历史，使旧
的历史成为侏儒——我将独自开天辟地，达到时间的终点。
哦，美国的土地，如果这些真的是奖品，你灵魂的决心，也将

如此。可是看一看代价吧，已经付出的代价的抽样。你以为伟大的成熟对于你就像一只梨的成熟吗？如果你要拥有伟大，就要知道你必须通过众多时代和世纪去征服它——你必须付出相应的代价。因为你，也和所有国土一样，要面临斗争、背叛、办公室中的狡猾之徒、堕落的财富、过度的繁荣、贪婪的魔鬼崇拜、激情的地狱、信仰的腐败、漫长的拖延、化石般的倦怠、不断革命的需要、预言、雷暴、死亡、出生、思想与人类的新的规划与鼓舞。

　　我还梦想过，与那隐蔽而纠葛的我们命运的难题融合在一起的，长久以来它尚未解开的神秘在时间中延伸着——我梦想过，描绘过，也暗示过——一个小乐队或是一个大乐队——勇敢，真诚，前所未有的一个乐队——在每一方面都武装起来——它的成员可以由不同年代和各州而分开，或南或北，或东或西——太平洋的、大西洋的、南方的、加拿大的——一年，一个世纪在这里，另外几个世纪在那里——但始终是一个乐队，在灵魂中保存良知和上帝的教诲，将富有灵感的成功者，不仅是文学这最伟大的艺术，而且是所有艺术之中的成功者团结起来——一个不朽的新秩序和新王朝，代代相传——一个乐队，一个阶层，至少能够应对当前的岁月，我们的危险与需求，就和那些人一样，为了自己的时代，如此长久，如此出色，身着盔甲或是风帽，支撑和荣耀着那遥远封建的祭司世界。为了弥补骑士精神，那些已经消逝的无数的骑士、古老的祭坛、修道院、祭司、连绵无尽的年代，今天需要一种更具有骑士精神和更为神圣的事业，在一个新世界，为一项更伟大更壮丽的工作，提供超过其对应物和相似物的东西。

　　现在，我们确乎抵达了这些远景的一个顶点，我承认，对这样一个阶层或制度的传播与信任——一种新的、更为伟大的文学秩序——它的可能性，（不，是确定性，）潜藏在这些思考之下——其余的一切，另外的部分，就和上层建筑一样，全然以它为基础。在我看来，它的确不仅仅是我们未来国家与民主发展的条件，也是我们永存不朽的条件。在现代文明高度人工化和物质化的基础之中，连同相应的安排与生活手段，单纯智力上的强行灌输，与贫穷同等严重的富有对人的腐败影响，性格中高尚典范的全然缺席——伴随着很少有人强大到足以抗拒的一系列漫长倾向与塑造，现在看来，这一切以蒸汽机的速度，在各处将几代人变成统一一致的钢铁铸件——对此，与封建时代相比，我们一无所为，只有接受，充分利用，甚至大体上还要欢迎它们，为了它们海洋一般的壮丽，为了它们对民众不息的大规模塑造——我要说，物质压力对美国当下生活的巨大而支配性的影响，以及业已显现的结果，正在积聚并远远地延伸进未来，它们必须以至少同样微妙而巨大的强行灌输来面对，为了净化的目的，为了纯粹的良知，为了真正的审美，为了绝对而原始的男子气概和女性气质——否则，我们的现代文明，连同它所有的改善，都将是徒劳，我们将走上一条命定之路，在真实世界中，一种等同于虚构世界中的受诅咒的状态。

　　展望尚未发达的未来的日子，以及其中的新秩序——留意一系列无尽的练习，在国家与个人那里同样尚未展开的进步，那生活的目标——在这些预期与希望之中，我们预先看到了，口头和书面语言表达的新法则的力量——这种语言不仅仅是学究的形式、正确、规范、熟悉先例、完全适用于外在的得体、精美的辞藻、明晰表述的思想——而是一种由自然的呼吸所激起的语言，它越过高处，它最关心的是动力与效果，以及它所培育和刺激生长的东西——它记录生活和性格，它很少断定一件事，至多是提示它或使它变得必要。事实上，对于一流的想象性作品而言，尤其对于最高级的诗歌而言，一种新的文学创作理论是唯一向这些州开放的道路。书籍是需要供给的，假设阅读的过程不是半睡半醒，而是最高意义上的一种锻炼，体操运动员的努力；读者要为自己打算，要保持警醒，要凭自己构造出诗篇、论证、历史、形而上学的文章——文本提供的是暗示、线索、开始或框架。书并不怎么需要完善，而是书的读者需要完善。那就是造就一个民族灵活而强健的头脑，训练有素，富于直觉，惯于依靠自己的力量，而不是依靠作家的小圈子。

考察至此，我们看见，我们面对的不是一件小事，我们拥有留传至今的图书馆，满架满架数不清的书和记录，以及其他；不过，完全依赖于它们，又是多么严重的危险啊，依赖那些无血的脉管、没有神经的手臂、错误的应用、二手乃至三手的资料。我们看见我们这个民族对于神学、历史、诗歌、政治和过去的个人典范的兴趣，（例如英伦三岛，和所有的过去，）并不能必然塑造出我们的自我或我们的文学，而是能借此获得更充分更切实的比较、警示，洞悉我们自己，我们的现在，我们更为宏伟的不同的未来历史、宗教、社会习俗等等。我们看到，几乎每一件写过、唱过、描述过的旧事物，与封建制和东方制度及宗教下的人性相关的东西，为了其他的国土，都需要重写、重唱、重新描述，以符合这些州的制度的语言，在范围和一致性上也都顺服于它们。

我们看到，在这些物质宇宙之中，经历过气象的、植物的和动物的周期之后，人类终于出现了，穿过它们诞生了，为了证明之，浓缩之，用奇迹和爱来转变之——命令它们，装饰它们，将它们带入高级的领域——于是，从一系列先前的社会与政治宇宙中，崛起了现在的这些州。我们看见，当很多过去只是设想的事物得以确立和完善，最为壮丽的事物却始终依然如故；我们发现，新世界的工作尚未结束，而是才刚刚开始。

我们看见，我们的国土，美国，她的文学、审美等等，在实质上，有关历史与人的最深刻的基本元素和最高尚的终极意义，都已经获得了形式，或者是倾泻与表述——而对于我们自己地貌的描绘，（在永恒的法则与美的条件之下，）主观约束与客观表现，都仿佛出自我们自己的组合、延续性与观念——民族精神、个性、吁求、英雄主义、战争，甚至自由，对这一切的保护和记录——都在本土文学与艺术创作中达到了巅峰，成为永恒；没有这样本土的、一流的表达，她将举步维艰，她其他的一切，无论多么壮观、杰出、伟大，结果都仅仅是转瞬即逝的微光；可一旦真正拥有，她就会理解自己，高贵地生活，高贵地奉献，发散，活跃，安全地保持自身平衡，被照亮也去照亮，成为完整的世界，不仅仅是物质世界，也是精神世界的神圣的母亲，在时间中连绵无尽——首要之事在于平衡、身体、实在、民主、大众，所有未来的上层建筑将永久地安立其上。

第二辑
自传与内战时的经历

幸福时刻的指令

1882年7月2日，丛林深处。

如果要做我就不会再耽搁。1862—1865年写的战时备忘录，1877—1881年间的自然笔记，连同随后的西部和加拿大观察，都是断断续续的，满是跳跃和中断之处，这一大堆潦草的笔记，都由一根大绳子扎起来，今天此刻，决心和真正的使命感降临我心，——（这是怎样的一天啊！刚刚过去的是怎样的一个时辰啊！笑盈盈的小草，徐徐的微风，和着阳光、天空以及宜人的温度，前所未有地充盈着我的身心），——回到家，解开那堆笔记，抽出那些零散的日记和备忘录，大大小小，一个接一个，将它们印出来。那些杂乱无章的文字，虽缺乏关联，也便不去管它们了。在某种程度上，它可以见证人性的一个阶段；生命中受到关注的岁月和时辰是多么稀少（它们只是偶然间被注意到，且并非因为其价值或比例）。或许从另一方面说，为了某一目标，无论我们作了多久的准备、计划、钻研、雕琢，然而，等到真正要实现这个目标时，才发现我们还没有怎么准备好，把事情弄得一团糟，用仓促和粗糙来取代精雕细琢的工作。可不管怎样，我会遵从这幸福时刻的指令，它奇怪地显得势在必行。或许，如果我其他什么都不做，我会完成一本史上最直率、最自然、最为片段性的书。

　　头十五页的内容几乎都是在1882年1月份即兴完成的。后面的笔记中，我描写了一些忧伤悲惨的经历。美国内战成为我那个时代理所当然的大事件。我从大概1862年开始着手探访战争中的伤病号，他们有的在战场，有的在医院，还有的在华盛顿或其周围，并且在后来的1863、1864、1865年里也一直坚持做这样的采访。最初，我只准备了几个小笔记本和铅笔，以备随时记下受访者的姓名及当时的环境，和一些特别的事情。我在小册子上简要地记录当时的情况、人物、所见所闻或突发状况，有时在帐篷里写，有时在床边写，也有好多次就在尸体旁边写。有的是我在观察、等待或照料某人时听说的故事，便顺手记了下来。这些故事汇聚成这许多小册子，记述了那些年的特殊历史，对我自己来说，其中充满了可能永远说不出来也唱不出来的相关事物。我希望读者可以通过这些脏兮兮皱巴巴的小册子，了解与其相关的事件。每册都有一两页纸，折得小小的，用回形针固定，好放在口袋里。我忽略了它们，战后就将它们放到一边，这里那里不时染有血渍，这些急就章有的是在诊所写的，常常是在不确定性、战败、进攻或准备进攻、行军所带来的兴奋中写下的。20—75页大部分内容便摘自那些脏乱的小册子。

　　之后大部分的备忘录颇有不同了。内战结束后，我患了中风偏瘫，困扰了我好几年。1876年我开始克服最艰难的境况。

从那时起，某些季节，尤其是夏季，我都会在新泽西州坎登县一处隐蔽的所在度过——那便是木材溪，很小的一条小河（源于特拉华州，离此地十二里远）——原始的孤独、蜿蜒的激流、幽僻而林木茂密的河岸、甜蜜的清泉、各种鸟类、野草闲花、兔子和松鼠、老橡树与核桃树，带来种种迷人的魅力。从76页往前的文字大多是写那段时间和那里的情景的。

这本集子收录了我手头现有的零零碎碎，写于不同的时期，我把它们像鱼一样网罗到一起。

我想我发表这些东西，首先，是为了要使其流传千古，这种永恒的愿望居于万物之后，包括所有作家；其次，是为了从我的那个时代，也就是十九世纪中期新大陆的众生万象中，采集两三种个人和他人的抽样，那是一个新奇、开放、令人惊异的时代。但是，这本书的确切意义不是一句话就可以概括的。

回答一位固执朋友的询问

你问起我早年生活的一些细节——关于族谱和出身，尤其是我的女性先祖，及其古代的荷兰血统——我出生与成长的地区，我的父亲母亲，在他们之前的先人们——还提到我青少年时期生活过的布鲁克林和纽约。你说你想了解《草叶集》产生的缘由和雏形。非常好；你至少会拥有一些它们的抽样。我常常思考这些事情的意义——一个人只能自己去实现和完善那种事情，直接发掘背后的东西，可能是很深层次的东西，由此发现它们的起源、雏形和孕育的过程。真是幸运，我最近由于半疾病状态的限制，为了另一个（尚未完成、可能会放弃）的目的而整理这些东西，从而消磨了一周的沉闷时光。如果你能对此满意，相信这些日常琐事，以及我啰嗦的讲述方式，那么它们就在这里了。我会毫不犹豫地进行摘录，为节省劳动我不惜一切；但这是我想表达的最好的版本。

族谱——范·威尔瑟和惠特曼

上世纪最后几年，我母系一方的范·威尔瑟家族，生活在纽约州长岛的冷泉，他们自己的农场上，它位于皇后县东边，离海港大约一英里①。我父亲一方——大约是第一批抵达新英格兰的英国人中的第五代——也是同一时期拥有自己农场的人——（这块农场非常不错，有五百英亩，土质良好，东南方向有缓坡，大约十分之一是树林，有大量壮观的老树，）距萨福克城的西山大约两三英里远。在东边的惠特曼家族，以及西边与南边的分支，毫无疑问是约翰·惠特曼的后代。约翰·惠特曼生于1602年的旧英格兰，在那里长大，结婚立业，他的大儿子生于1629年。1640年乘"真爱号"来到美国，居住在马萨诸塞州的韦茅斯，这便是新英格兰人惠特曼家族的发源地；他

---

① 长岛西端最初是由荷兰移民定居的，东部住的是英国人——这两个民族的分界线位于亨廷顿偏西一点的位置，我父亲的族人就生活在那里，那里也是我的出生地。

逝于1692年。他的兄弟，雷夫·撒迦利亚·惠特曼，也在那时
或稍晚一点，乘"真爱号"来到美国，居住在康涅狄格州的米
尔福德。撒迦利亚的一个儿子叫作约瑟夫，搬到长岛的亨廷
顿，永久定居在那儿。詹姆斯·萨韦奇的《族谱词典》（卷
四，524页）记载，惠特曼家族于1664年前由约瑟夫在亨廷顿
创立。十分肯定的是，从一开始，从约瑟夫开始，西山的惠特
曼一支，和萨福克城的其他分支，都四散开去，我也是其中一
员。约翰和撒迦利亚都去了英国，后又返回；他们都有很大的
家庭，他们的几个孩子还是在英国出生的。听说约翰和撒迦利
亚的父亲，亚比雅·惠特曼在16世纪①过世，但是我们对他了
解得很少，只知道他也在美国待过一段时间。

　　不久前（我63岁时），我去了次西山，也去了我父母双方
的祖传墓地，这使得我对这个古老家族的回忆生动起来。我从
访问笔记中摘录了一些，是当时在那里写下的。

---

①原文如此。

古老的惠特曼与范·威尔瑟墓地

1881年7月29日。在离乡背井四十多年后（中间只短暂回去过一次，是为了带我父亲再回去一次，两年后他便过世了），去长岛度周末，到了我出生的地方，离纽约三十里。在熟悉的老地方游逛，观察和沉思着，长久地逗留着，一切又回到我身边。来到高地上惠特曼家的老宅子，向东望去，是一大片向南倾斜的美丽开阔的农场，当初属于我祖父（1780）和我父亲。那里曾经有座新房子（1810），那棵老橡树大概有一百五十岁或两百岁了吧；那里的水井，斜坡的菜园，甚至曾祖父（1750—1760）住处的东西都精心保存着。房子还立着，房顶低矮，木头也完好。附近，有一片浓密的高高的小树林，茂盛的黑胡桃树，阿波罗一样美丽，无疑，是1776年前的黑胡桃树的子辈或孙辈。路的另一边，蔓延开来的是著名的苹果园，二十多英亩，手工栽植的树永久地围在坟墓旁（我叔父耶西的坟墓），有很多树到现在每年还能开花结果。

现在我就坐在一座老坟上写下这些字句，毫无疑问，这坟最少也得有上百年了，它就在埋葬了数代惠特曼家族的坟墓山上。大概有五十多座坟墓可以追溯其渊源，更多的早已腐烂得不成样子——只剩下不起眼的土堆，崩塌碎落的石头，覆盖着苔藓——灰暗而贫瘠的山丘，一丛丛栗子树，只偶尔有簌簌微风，打破了宁静。长岛的这些古坟中往往埋藏着最雄辩的训言或诗歌，那么这一座会告诉我什么呢？它向我讲述了我整个的家族史，世世代代，从最初定居到现在——已在这片贫瘠的土地上度过了三个世纪。

第二天，7月30日，我全力研究母系祖先的墓地，我会尽力深入，获得更深刻的印象。就在范·威尔瑟家族墓地的冷泉旁边，我写下了这段文字，那是你能想象的最好的埋葬死者的地点。没有一丝艺术性的装饰，却远远高于艺术，土壤贫瘠，几乎光秃秃的高地足有半亩，小山顶上，灌木丛和长势良好的浓密树林围绕周遭，非常原始和隐秘，没有人来访，也没有路（你根本无法开车，你只能循前人的足迹徒步而行，把死者运来）。五六十个墓都非常简朴；有许多几乎已成平地。我祖父科尼利厄斯和我祖母艾米（瑙米），以及众多远远近近的我母亲这方的亲戚，就葬在此地。当我或坐或站，周边景色，树木微妙而野性的气息，一阵细细的毛毛雨，此地的情感氛围，和由此展开的联想，始终相契相合。

母系的家产

从这片古老的墓地往下，大概要八九十码的距离，便是范·威尔瑟的宅子，我母亲的出生地（1795），从我的青少年时代（1825—1840），每一处都是那么熟悉。那儿曾经矗立着一座凌乱灰暗的鹅卵石墙面的房子，有棚子，围栏，一个大畜舍，还有非常宽的路和空地。现在所有的一切都被摧毁、抹掉了，一点痕迹都没留下。许多个夏天，犁耙就在这片地基、空地和一切之上耕作。现在围起了栅栏，里面种着谷物和三叶草，和其他的良田别无二致。只有已成大洞的地窖，几小堆碎石，和丛生的青草，标识出原来的地点。甚至丰沛古老的小溪和山泉也已大大萎缩。整个场景，唤醒半个世纪前我年轻时的记忆，宽敞的厨房，巨大的壁炉，与其相邻的起居室，朴素的家具，每一餐饭，房子里满是快乐的人们，贵格派帽子下我祖母艾米那张可爱的老脸，我的"少将"祖父，快活、红润、结实，洪亮的嗓音和引人注目的相貌，这近半天的回忆及所见，成为我整个旅行中最棒的经历。

　　我最亲爱的母亲，路易莎·范·威尔瑟，就在这片遍布丛林、山丘环绕的地方长大——（她的母亲，艾米·威廉姆斯，是公谊会教友或贵格教友——威廉姆斯家族有七个姐妹和一个兄弟——父亲和这位兄弟都是水手，两人均死于海上。）范·威尔瑟家族以好马著称，男人们培养和训练血统优良的马匹。我的母亲，还是年轻姑娘的时候，就是个大胆的骑手，天天和马打交道。至于这家的领军人物，少将科尼利乌斯·范·威尔瑟，将古荷兰血统移植到了曼哈顿岛，在国王县和皇后县扎下根来，成了最为鲜明的美国化范本。

两个古老家族的家居生活

关于长岛中部家庭，在那个时代及之前的家居生活，下面有两个例子：

"本世纪初，惠特曼家住在一楼半的长形农舍里，大部分是木制的，现在房子还在。厨房很大，炉膛和烟囱也很宽敞，构成房子的一端。那个时候，纽约还有奴隶制存在，一个家庭拥有十二到十五个奴隶，佣人和干农活的长工，很有一副大家庭的样子。日落时分，能看见非常年轻的黑人，在厨房里蹲成一圈，一起吃晚饭，印度布丁和牛奶。整个家，从食物到家具，都很原始，但是非常充实。没有地毯和炉子，也没有咖啡，茶和糖只供妇女享用。燃烧的木头火焰跳动，给寒夜提供了温暖和光明。猪肉，家禽，牛肉，所有日常蔬菜和谷物都十分充裕。男人们平时喝苹果酒，吃饭时喝。衣服主要以土布缝制。男女都要骑马，都要用自己的双手劳动——男人在农场劳动——女人在家里和附近劳动。书籍稀缺。年历便成了一道盛宴，人们会仔细研读，度过每个漫长的冬夜。有一点必须要说，这两个家族距海都非常近，在高点的地方就可以看到海，在寂静的时辰可听到海浪的咆哮，尤其在暴风之后，夜晚海浪的声音更为震撼。那时，所有人，无论男女，都总是聚集到海滨，举行游泳晚会，男人们便去远征探险，割海草，捞蛤，抓鱼。"

——约翰·巴勒斯的《日记》

"沃尔特·惠特曼的祖先，无论是父方还是母方，都持有优良的传统，他们热情好客，彬彬有礼，在城中享有良好的社会声誉，品德高尚。如果篇幅允许，我认为男人中有一些值得特别写一下；这样的女士就更多了。例如，沃尔特·惠特曼父方的曾祖母，身材魁梧，皮肤黝黑，寿高年迈。她抽烟，像男人一样骑马，甚至能驯服最烈的马，后来成了寡妇，每天都到农田里看看，经常是骑马去，指导她的奴隶干活，她所操持的语言，但凡有激动的场合，咒骂是免不了的。他的祖母和外祖母，头脑灵活，极其出色。他的外祖母（婚前的艾米·威廉姆斯）是公谊会或贵格会教徒，可爱，通情达理，有点像家庭主妇，很感性，精神丰富。另一位，他的祖母汉娜·布鲁什，同样雍容高贵，个性可能更强些，活到高寿之年，有很多儿子，率真本色，早年做过教师，非常有主见。沃尔特·惠特曼自己继承他女性先人的大多优点。"

——同上

继此般人物和风景之后，我于1819年5月31日降生。现于此逗留——我的幼年、童年、青年和成年的连续成长阶段，都是在长岛度过的，有时我觉得已经和这个地方融为一体了。无论少时还是成年之后，我都到处游历，从布鲁克林到蒙托克角，几乎住过所有的地方。

巴门诺克，我在此地度过我的青少年时光

　　这个巴门诺克（这是本地叫法①），尤其值得加以特别与充分的研究，它向东穿过国王县、皇后县和和萨福克县，总共一百二十英里——在北长岛海峡上，有一系列漂亮、富饶、风景如画的入口，若干"脖颈"和海一样广阔的地方，到东方半岛有一百英里。在向海的那一侧，大南湾上有无数的山岗星罗棋布，大多是小丘，也有一些很大，偶尔有长条沙滩，从海岸

------

　　① "巴门诺克（Paumanok，印第安人称长岛为Paumanake，或Paumanack）有一百多英里长；形状像一条鱼，有好多海滨，沙子松软，暴风骤雨，令人厌烦，没有地平线的界限，空气尤其不适于体弱者，这海湾非常适合水鸟，南岸的草场覆盖着，通常土壤贫瘠，但是适合刺槐的成长，苹果园，黑莓园，多得数不清的世界上最甜美的泉水。多年前，在那些海湾人中，有一个强壮野性的民族，现在即使未灭绝，也应该是变得面目全非了——这些长岛原著居民被称为Paumanacker或Creole-Paumanacker。"——约翰·巴勒斯。

延伸出去两百杆到一英里半之外。偶尔，就像在罗卡韦和沿着汉普顿的远东地带，海滩直接蔓延上海岛，海浪会一下子冲上来。东边海滨有几座灯塔；有很久以前海难悲剧的残骸，有的甚至是近年发生的。从少年时代起，我就置身于这些海难的气氛和传统之中——有一两次我几乎就是目击者。例如，在海姆斯特德海滨附近，便是1840年"墨西哥号"沉没的地方（在《草叶集》的《睡眠的人们》中提到过）。之后不几年，在汉普顿，"伊丽莎白号"帆船的毁灭非常恐怖，它遇到了最恶劣的冬季风暴，就在这次海难中，玛格丽特·富勒，和她的丈夫与孩子一同遇难了。

外沙洲或海滩之内的南湾都相对很浅；在寒冬，水面全都覆盖着厚冰。孩提时代，我总会约一两个伙伴，一起到冰面上，用手拉雪橇、斧子和叉子叉鳗鱼。我们会在冰上凿洞，有时运气不错会遇到鳗鱼窝，于是我们的篮子就会装满又大又肥肉白味美的家伙。这些场景，冰，拖着手拉雪橇，凿洞，叉鳗鱼，等等，当然是少年时期最珍贵的乐趣。这些海滨的冬天和夏天，和我小时候的所作所为，都编织在《草叶集》中。那时我最喜欢的一项娱乐是夏天到海滩上参加捡海鸥蛋的狂欢。(海鸥会在沙子上生两三个蛋，比半个鸡蛋大点，直接留在那里，让阳光的热量来孵化。)

皮克尼克海湾，处于长岛东端，我也非常了解——我不止一次围着庇护岛航行到蒙托克——在旧灯塔旁的龟山长久逗留，在最高处，眺望波涛汹涌的大西洋。我喜欢来到山下，和一些捕竹荚鱼的人混熟了，还有每年一度捕黑鲈鱼的人。有时，沿着蒙托克半岛（大概有十五英里长，是个放牧的好地方），会遇到奇怪、粗俗、有点野蛮的牧民，在那个时代还过着与社会和文明完全隔绝的日子，在那些富裕的牧场上，掌管大群马匹、黄牛和绵羊，这些牲畜属于东部村镇的农民。那段时期，所剩不多的印第安人，或印第安混血儿，有时会留在蒙托克半岛，不过我认为现在他们已经全都灭绝了。

岛的中部是海姆斯特德平原，那时（1830—1840）很像大草原，开阔而贫瘠，无人居住，覆盖着杀牛草和越橘丛，有很多适合放牛的佳美牧场，多是奶牛，成百上千，傍晚，（这些平原也属村镇所有，这也是平原通常的用途，）可以见到它们回家，很有秩序地陆续分流。我总是向着日落的方向去到平原边缘，我还能回忆起那浩浩荡荡的奶牛队伍，听着锡钟铜钟或远或近叮叮当当的音乐，呼吸着甜美清爽、淡淡芬芳的晚间空气，观察着日落。

穿过岛的同一区域，再往东一些，是一大片松树林和矮栎，（这里盛产木炭，）单调而荒芜。但是我却拥有很多美好的时光，整日或半日，在那些孤独的交叉小道上漫游，呼吸独特而野性的芳香。在这里，沿着岛屿沿岸和海滨，我度过了好些年，每个季节，有时骑车，有时划船，一般是步行，（那时我是个不错的步行者，）有趣的田野，海岸，海上事故，人物，海湾人，农夫，领航员——我认识不少领航员，还有渔夫——每个夏天都航海旅行——南端光秃的海滩总是让我欣喜，我在那里度过了至今为止最快乐的一些日子。

在写下这些的时候，时隔四十多年，所有的经历又都浮现在眼前——海浪抚慰的沙沙声，海的咸味——少年时代，挖蛤蜊，光着脚，挽着裤管——在小溪里拖网——莎草地的香味——干草船，海鲜杂烩浓汤和捕鱼的远足——或者，到后来，乘领航船去纽约湾或出湾短途航行。那些年里，我就住在布鲁克林（1836—1850），天气温和的季节我每周都去科尼岛，那时，有一片长长的、光秃而人迹罕至的海岸，完全属于我一个人。我喜欢这个地方，洗完澡，沿着硬实的沙滩跑上跑下，向着海浪和海鸥大声朗诵荷马和莎士比亚。可我前进得太快了，我必须保持住我的轨迹。

我的第一本读物——拉法耶特

　　1824至1828年，我家住在布鲁克林的前街、克兰贝利街和约翰逊街。在约翰逊街上，父亲建造了一座漂亮的房子，后来又在蒂拉瑞街建了一座。我们一个接一个地拥有这些房子，但后来都被抵押掉了，我们失去了它们。我还记得拉法耶特的造访[①]。这些年来大部分时间我都去公立学校。应该是在1829或1830年，父母带着我去布鲁克林高地的一个舞厅听埃利亚斯·希克斯布道。那个时候我在一家律师事务所当勤杂工，由

---

　　① "拉法耶特将军是在1824来这里的，他到了布鲁克林，并游遍全城。学校的孩子们都出去欢迎他。一座宏大的年轻人免费图书馆刚巧在那时开始动工，拉法耶特同意暂作停顿，为建筑奠基。广场上聚集了无数孩子，场面十分混乱，因为大楼的挖掘工程已经开始，周围是一堆堆粗石头，几位先生正帮忙把孩子举到安全或便于观礼的地方。拉法耶特自己也在帮助这些孩子，他抱起五岁的沃尔特·惠特曼，将他紧抱在自己胸前，还吻了他一下，把他放在挖掘现场的安全地带。"——约翰·巴勒斯。

克拉克与他的两个儿子开办的，在靠近奥兰治的福尔顿街。我有一张很好的办公桌，挨着安静的窗户；爱德华.C.热心地帮助我书写和排字（那是我生活发生转折的标志），还为我订购一所大图书馆的读物。有段时间我喜欢各种浪漫读物；起先是《一千零一夜》，所有各卷都非常令人着迷。后来，在各种方向的读物里左冲右突，读了沃尔特·司各特的小说，一部接一部，还有他的诗歌，直到今天我仍然非常喜爱小说和诗歌。

印刷所——老布鲁克林

大约两年后，我到一家周报和印刷所工作，开始了这个行业的学习。这份报纸叫《长岛爱国者报》，由S. E. 克莱门特所有，他也是邮政局长。印刷所有一位老印刷工，威廉姆·哈特肖恩，一副革命领袖的性格，曾经见过华盛顿，他是我的一位特殊朋友，我曾经和他多次讨论过久远的往昔时代。包括我在内的所有学徒工，和他的孙女一起搭伙吃饭。有时候我也会和老板乘车出去，老板对我们这些小伙子非常和善；星期天，他会带我们所有人去一座坚固巨大、类似碉堡的石头老教堂，就在布鲁克林市政大厅附近的乔拉莱蒙街上——那时候周围都是宽阔的田地和乡村小路。后来我到《长岛之星报》工作，属埃尔登·斯普纳所有。我的父亲这些年间做木匠和建筑工人，运气时好时坏。家里的孩子越来越多——我们兄弟姐妹八个——大哥杰西，我是老二，我亲爱的妹妹玛丽和汉娜·路易莎，我的弟弟有安德鲁、乔治、托马斯·杰弗逊，最小的弟弟爱德华出生于1835年，腿脚不好，我到晚年也和他一样了。

成长——健康——工作

1833—1835年间，我长成了一个健康强壮的青年（长得太快，十五六岁就像个成年人了）。我家在这个时期搬回到乡村，我亲爱的母亲病了很长时间，不过后来康复了。这几年每个夏天或多或少地我都要去几次长岛，有时候去东边，有时候去西边，有时待上好几个月。从十六七岁开始，我喜欢辩论会，是其中的活跃分子，在布鲁克林和岛上的一两个乡村。从那时起，成了最为杂食的小说读者，贪婪地阅读一切我能得到的东西。也喜欢剧院，在纽约，得便就去——有时会看到非常精彩的演出。

1836—1837年，在纽约的印刷所做排字工。随后，十八岁多一点，还有之后的一段时间，在长岛的皇后县和萨福克县的乡村学校教书，"寄宿"。（后者我认为是自己最棒的经历，在这些景象和人群中最为深刻地领会了人类本性。）1939和

1340年，我在家乡亨廷顿创办出版了一份周报。后来又返回纽约和布鲁克林，做印刷工，从事写作，大部分是散文，但偶尔也羞怯地尝试写"诗"。

对渡口的激情

从这段时期开始，住在布鲁克林或纽约市的时候，我的生活，还有紧随其后的一些年月，奇妙地与福尔顿渡口联系在一起，因其重要性、吞吐量、多样性、快速和如画的风景，它业已成为世界上同类渡口之最。后来（50到60年代），几乎每天我都乘船横渡，我往往跑到导航舱，在那里可以纵览全景，观赏迷人的景象、同伴和周围的一切。海面下的洋流和漩涡——还有人类的海潮，伴随着变动不居的行动。确实，我对渡口一直有种激情；它们给我提供了独特的、流动的、永不衰落的、生动的诗歌。纽约岛周围所有的河流与海湾景色，在晴天的任何时刻——都是急促的、泼溅的海潮——各式各样的汽船，大小不一，往往是一串大汽船开往远处的港口——无数的白色纵帆船、单桅帆船、小船、神奇漂亮的游艇——这些壮丽的船只绕过巴特里公园游行，下午五点，向东驶去——开往斯塔登岛，或驶下海峡，取道前往哈得孙河——多年以前（以及此后很长一段时间），这些美景和经历使我的精神焕然一新。我的领航员老友们，巴希尔一家、约翰·科尔、伊拉·史密斯、威廉·怀特，还有我年轻的渡口朋友汤姆·基尔——至今我还清晰地记得他们。

百老汇景观

　　除了福尔顿渡口，我还知道百老汇大街的很多事情，我时常去百老汇——纽约的这条著名大街熙熙攘攘，鱼龙混杂，其中不乏名流之辈。在那些时候，我看见过安德鲁·杰克逊、韦伯斯特、克雷、苏厄德、马丁·范·布伦、阻挠议事的议员沃尔克、科苏斯、费茨·格林·哈勒克、布莱恩特、威尔士王子、查尔斯·狄更斯、最早的日本大使，还有当时许多其他的社会名流。总有新奇或鼓舞人心的事情发生；不过大多数对我来说只是匆忙、拥挤、永不停歇的人流。我还记得在就在市政厅后面钱伯斯大街的法庭上，我见到了詹姆斯·费尼摩尔·库珀，他那时正有个案子——我想应该是他起诉某人诽谤。我还记得见到过埃德加·爱伦坡，并在他办公室和他有过简短的会面（一定是在1845或1846年），他的办公室在杜尼街或珍珠街拐角一栋大楼的二层。当时他是《百老汇杂志》的编辑和所有者或合伙人。这次拜访事关他发表的我的一篇文章。爱伦坡非常热忱，举止安静，衣着得体，体现出良好的个人素养。我至今对他的容貌、声音和风度有着清晰愉快的记忆；他友善，和蔼，有点忧郁，可能是有点疲倦的缘故。另外一个记忆是在西边，就在赫斯顿大街，我曾经看到（应该是1832年左右，寒冷明媚的一月天），一个驼背、羸弱、粗矮的老头，留着胡子，穿着昂贵的皮衣，戴着奢华的貂皮帽，由人引着，搀扶着，几乎是被架着，走下陡峭的台阶（十几个朋友和仆人，小心地搀扶着他，领着他），然后将他举上一辆豪华雪橇里，裹在另外的皮衣里，开走了。拉雪橇的那几匹马好得前所未见。（你根本不用想象现在最好的马是什么样；五十年前的长岛或南方或纽约，都没有这样的马；人们期待于马的不只是速度，更有精神和勇气。）就这样，我，一个十三四岁的男孩，驻足凝视那裹着皮衣的老头，被朋友和仆人簇拥的奇观，他们小心地让他安坐在雪橇里。我还记得那些马精神抖擞，不停地咀嚼着，马夫手握长鞭，身边还有一个副手，以备不时之需。那个老头，众星捧月般的主角，我现在差不多知道他是谁了。他就是约翰·雅各布·阿斯托。

1846与1847两年，及后来的日子里，我仍住在纽约，以写作或印刷为生，那时候身体不错，总体上过得也很愉快。

乘坐公共马车出行及当时的马车夫

　　那个时候不可不提的一件事就是——百老汇的公共马车和马车夫。代步工具在当时（这段文字写于1881年）仍是百老汇大街的一个特色——第五大街、麦迪逊大街、二十三大街还在跑车。但是，古老的百老汇舞台兴盛的时日已然过去，它曾经特色鲜明，丰富多产。那些"黄雀"、"红雀"、"原始百老汇"、"第四大街"、"荷兰籍纽约人"，还有二三十年前其他一打的舞台，都已消失不见了。可以代表这些舞台的人，给予舞台活力和意义的人——马车夫们——奇异、自然、目光敏锐、神奇的一族——（不仅拉伯雷和塞万提斯会对他们满意有加，就连荷马莎士比亚也不例外）——我对他们的记忆如此清晰，在此必须要为他们写点什么。午前午后的多少时间——多少个精神振奋的夜晚——六月或是七月，在凉爽的空气里穿过整条百老汇大街，听着故事，（最生动的故事，最惟妙惟肖的模仿）——或者大声背诵朱利叶斯·凯撒或理查的特别有气势的段落（你可以用连续不停、厚重的街头低音，随便多大声）。是啊，我认识那时的所有车夫，百老汇杰克、裁缝、辜比尔、乔治风暴、大象、大象的兄弟小象（他是后来的）、蒂皮、波普赖斯、大弗朗克、黄乔、皮特·卡拉汉，懦夫迪伊，还有几十个；他们共有上百位。品性各有不同，颇类似动物——吃着，喝着，玩着女人——非常自尊，有自己的方式——可能有些懒散，但无论如何，我都信任他们驾车，信任他们淳朴的善意和荣誉。不仅是同志式的友谊，也有情感——这是我从他们身上的研究所得。（我想评论家们可能会打心眼里嘲笑我，但正是百老汇出租马车和马车夫的影响，还有那些演说和冒险才孕育了《草叶集》。）

戏剧和歌剧

　　某些演员和歌唱家总会有很多的演出。那时候，我常常去老公园、鲍厄里、百老汇和查塔姆广场剧院，钱伯斯大街上的意大利歌剧院，阿斯托广场歌剧院或巴特里公园——很多季节会有免费节目，很年轻的时候我就为报纸撰稿了。老公园剧院——一想起这个词，多少名字和回忆便涌上心头！帕拉希德，克拉克，弗农夫人，费希尔，克拉拉F，伍德夫人，塞金夫人，爱伦·崔，哈克特，小基恩，麦克里迪，理查森夫人，赖斯——歌唱家，悲剧演员，喜剧演员。多么完美的表演！亨利·帕拉希德在《拿破仑的老护卫》和《祖父怀特海》中的表演——吉波尔的《恼怒的丈夫》，范尼·坎波尔扮演的汤丽女士——谢里丹·诺尔斯在《处子》中的表演——《天生好运》中无可比拟的力量。除此之外，在我年轻时还有更多的演出。范尼·坎波尔——例如，她魔术般的模仿效果——也许是最棒的。我还清楚地记得她在《法齐奥》中扮演的比安卡，在《妻子》中扮演的玛丽安娜。从未有过这么精细的舞台表现——各个国家的老手都这么说，我孩子气的心和大脑的每个小细胞都感受到这一点。这位女士成熟稳健，不仅是漂亮，她生于表演世家，在伦敦和英国乡镇已有三年的舞台经验了，后来为美国献上年轻的成熟、玫瑰色的力量，时当正午，全然怒放。我真是幸运，几乎每晚都能看到她在老公园剧院的演出——她当然都是主角。

听说这些年，意大利歌剧和其他歌剧正流行，《梦游女》《清教徒》《自由射手》《胡格诺教徒》《军中女郎》《浮士德》《北极星》《波流托》及其他剧目。威尔第的《厄尔南尼》《弄臣》和《吟游诗人》；多尼采蒂的《露琪亚》《宠姬》和《卢克雷齐娅》；奥柏的《马萨尼洛》，还有罗西尼的《威廉·泰尔》和《贼鹊》，这些都是我特别喜欢的。每次阿尔博尼在纽约或附近演出时，我都会去听她演唱——还有格里西，男高音马里奥，男中音巴迪亚利，他们都是顶尖的艺术家。

我对音乐的热爱不亚于戏剧。青少年时代，（在看戏之前我仔细研读作品），我就观看了莎士比亚所有剧目，演得十分精彩。至今为止，我认为无可超越的有《理查三世》里的老布斯，《李尔王》，（我不知道哪个最好，）埃古，（抑或莎士比亚之外的佩斯卡拉、骗子吉尔斯爵士）——或是《麦克白》里的汤姆·汉布林——或是老克拉克，他在《哈姆雷特》中演鬼，也在《暴风雨》中演普洛斯彼罗，同时由奥斯丁夫人饰演精灵爱丽儿，皮特·瑞钦斯演卡利班。别的剧目中也有好演员，如福瑞斯特饰演的梅塔莫拉、达蒙或布鲁图斯——约翰.R.司各特演的汤姆·克林格尔和罗拉——夏洛特·库什曼在《伦敦保险》中饰演的盖伊·斯庞克女士。几年以后，我在巴特里的城堡花园，回想起玛瑞泽克领导的哈瓦那乐团的精彩演出季——精良的乐队，凉爽的海风，卓越的唱功——《马利诺·法列罗》、《堂·帕斯夸勒》和《宠姬》中的斯特凡诺、博西奥、图费、马里尼。纽约再也没有更好的演出和歌唱了。也是在这里，我后来听到了詹尼·琳达。（巴特里公园——它的过去——那些老树、道路和海堤会给我们讲述怎样的故事啊！）

八年之中

1848和1849年，我在布鲁克林《每日鹰报》做编辑。后来休假旅游，又穿越了美国中部（和我哥哥杰西一起），向下一直到了俄亥俄和密西西比河流域。在新奥尔良生活了一段时间，任《新月日报》编辑。经过一段时间又辛勤北返，上溯密西西比河，途径五大湖的密歇根湖、休伦湖、伊利湖，尼亚加拉瀑布和下加拿大，最终经过纽约中心返回，沿哈得孙溯游而下；本次旅行来回共约八千英里。1851和1853年在布鲁克林从事房屋建筑工作。（那段时间的前期，主编一份日报、周报《自由人》）。1855年，死亡夺去了我亲爱的父亲。开始着手出版《草叶集》，就在布鲁克林，我的朋友罗姆兄弟的一个印刷所，经过许多小姐的反复折腾——（我很难将"诗化"的韵味去除掉，可最后还是成功了。）现在(1856—1857)，我度过了我人生的第三十七个春秋。

性格的来源——结果——1860年

　　为总结以上记述，（当然，还有好多没有记录下来），我将我的性格归结为三个主要原因和基本标志，无论是好是坏，现在都定型了。首先，我继承了母亲的古荷兰血统（无疑这是最好的），所以后来从事了文学，同时也产生了一些副作用——其次，是源于父亲的英国因素，他给了我强健的体魄，坚韧的性格（固执任性）——再加上生我养我的那片土地，长岛的海岸，童年的景象，成长经历，五光十色的布鲁克林和纽约——我想，后来我在分裂战争中的经历，是第三个原因。

　　1862年，我弟弟乔治，纽约第五十一志愿军的一名军官，身受重伤（12月13日，弗雷德里克斯堡第一次战役），我被这个消息震惊，立即动身赶往弗吉尼亚战场。但是在年底我必须得赶回去。

分裂战争的爆发

　　晚上很晚的时候（1861年4月13日），南卡罗莱纳，萨姆特堡和查尔斯顿港的国旗遭到攻击的消息传到了纽约城，几乎同时，各大报纸的"号外"都刊登了这条消息。那天晚上，我去了第十四大街的剧院，演出结束后已近十二点，我沿百老汇大街，正在回布鲁克林的路上。就在这时，我听到远处报童响亮的哭喊，他刚从这条街一路喊叫着过去，流着泪，从路的一边冲到另一边，比平时还要鲁莽。我买了一份号外，过街来到大都市酒店，那里的路灯还亮着，周围有一群人自发地围在一起，读报纸，消息显然是真的。为了照顾没有报纸的人，有人大声读起了电报，霎时间，所有人都屏息凝神地倾听。人越来越多，大概能有三四十人了，可没人出声，我记得他们只站了一两分钟就走了。现在我几乎又看见了他们，午夜时分聚集在路灯下。

WALT WHITMAN
BIRTHPLACE
STATE HISTORIC SITE

沃尔特·惠特曼出生地，历史遗址"纪念馆"

惠特曼故居

28岁的惠特曼

惠特曼年轻时，曾在南北战争期间担任军医

肖像

肖像

惠特曼最喜爱的照片之一，拍摄于 1877 年

与两位小朋友的合影。（1887）

肖像

肖像

头像，（1887）

惠特曼与朋友在马车上

惠特曼画像

1861年7月，布尔溪战役

所有的期待被一场可怕的打击颠覆了——布尔溪的第一战——当然，现在我们知道，这是史上最非凡的战役。（所有战争及其后果，都远比通常想象的要严重；可这次完全是意外，是偶然。直到最后一刻，双方都认为自己赢了。实际上双方都有选择行进路线的权利。通过想象，或是一系列想象，我们的军队在最后时刻爆发了恐慌，逃离了战场。）败军在22日，星期一的白天，通过长桥开始涌入华盛顿——一整天都在下毛毛雨。战争持续的星期六和星期天（20、21日），赤日炎炎，极其燥热——灰尘、煤尘和烟雾，落一层，出一层汗，再落一层，又出一层汗，被那些兴奋的灵魂吸收了——他们的衣服全都罩上了充满空气的灰土硬壳——兵团、蜂拥的四轮马车、炮兵等等，在干燥的马路与田野上，践踏起一片尘土——所有人都笼罩着乌黑、汗水和雨水，撤退着，涌过长桥——经过二十英里可怕的行军，带着耻辱和恐慌返回华盛顿。你们前进时的那些骄傲的自吹自擂呢？你们的旗帜、乐队、用来绑回俘虏的绳子呢？现在，乐队演奏没了——甚至连一面羞愧地耷拉在旗杆上的旗帜都没有了。

太阳升起来了，但是没有光芒。人们出现在华盛顿大街上，起初是零星几个面带愧色的士兵，随后越来越多——他们出现在宾夕法尼亚大道，出现在台阶上和地下室的入口处。他们成了乌合之众，有的成班，有的成连，还有掉队的。偶尔，也有很稀罕的一个团，秩序整齐，由长官们带领（有的长官位置空缺，那是战死了，是真正的勇士），他们安静地行进，面色灰暗严肃，疲倦欲坠，个个又脏又黑，但是每个士兵都紧握步枪，迅速地行进着；不过这些只是个别现象。宾夕法尼亚大道的人行道上、第十四大街等处，摩肩接踵，到处挤满了市民，黑人，职员，每一个人，旁观者；在窗户上观望的女人，脸上浮现好奇的表情，因为大街上走过一群群满身尘埃的士兵（他们永远没有个完吗？）；但是没有人说话，没有人评论；（我们一半的旁观者是最为恶毒的分离论者——他们嘴上什么也不说，但脸上挂着窃笑。）上午，华盛顿满是这些战败的士兵——奇形怪状，奇怪的眼睛和面容，浑身湿透（下了一整天的毛毛雨），衣衫褴褛，忍饥挨饿，面容憔悴，脚上打起了水泡。好心人（并不多）赶忙给这些苦人准备点东西。他们将水壶架在火上煮汤，煮咖啡。他们在人行道上摆了桌子——买来成车的面包，迅速将面包切成大块。其中有两位上了年纪的女士，都很漂亮，为了文化的魅力来到城里，她们站在用粗木板搭成的临时餐桌旁边，分发食物，那一整天，她们每隔半小时就从自己家里拿出食物补充供给；她们站在雨中，沉默地忙碌着，白发苍苍，尽管脸上几乎不停地流下泪来。在深沉的激动中，在拥挤和流动中，在绝望的热切中，能看见很多很多士兵似乎很奇怪地睡着了——置身在这一切当中，他们睡得十分香甜。他们随便卧倒在哪里，房屋的台阶上，地下室或围栏旁边，人行道上，空地上，沉沉地睡着。一个可怜的十七八岁的男孩躺在一所大房子的小门廊上，他睡得如此沉静，酣甜。有些士兵即使睡着了还紧握着自己的枪。有些成班的战士躺在一起；同志们，兄弟们，紧紧挨在一起躺着——雨点悻悻地落在他们身上。

下午的时光过去，夜幕降临，街头，酒吧，到处是人群，有听的，有问的，吓人的故事，无端的恐惧，罩起来的炮台，我们的兵团毁了，不一而足——故事和讲故事的人成了街头人群的核心，夸夸其谈，自吹自播。决心和男子气概似乎抛弃了华盛顿。威拉德大酒店里挤满了肩章——浓密，挤压，蠕动着的肩章。（看到他们，我必须写上一句。你们在那里，肩章们！——可你们的连队呢？你的人呢？无能之辈！不要告诉我战斗的偶然性，不要告诉我迷路什么的，诸如此类。毕竟，撤退，就是你们的任务！鬼鬼祟祟，攻击，装腔作势，在威拉德酒店华丽的会客厅和酒吧，或是任何地方——什么解释都救不了你们。布尔溪是你们的任务；如果你们值得士兵所做的一半或十分之一，这个结局就永远不会发生。）

与此同时，在华盛顿，大人物们及其随从，陷入了混乱可怕的情绪之中，惊慌失措，狐疑不定，愤怒，羞愧，无助，麻木的失望。最坏的结果不仅仅是迫在眉睫，而是已成定局。数小时后——也许就在下一餐饭之前——分离派的将军们，将率军乘胜而来。人类的梦想，自以为强壮不可摧毁的联盟——

瞧！似乎像一件瓷器已被粉碎。一个时刻，一个痛苦的时刻——也许骄傲的美国永不会再有这样的时刻了。她必须打点行装逃离了——时间所剩无多。那些白色宫殿——山上圆顶的国会大厦，威严地矗立在树林之上——它们会被留下——还是会首先被毁掉？可以确定的是，某些富豪、军官、职员和官员，在布尔溪战役后的二十四小时内，在华盛顿及其周边，到处大声公开地谈论着撤退出城、让南方人来统治，以及林肯要即刻退位，离开。如果分离派的将军和部队立刻跟进，并在第一天对华盛顿发动一次拿破仑式的行动（甚至第二天也可以），他们也许就能让事情按照自己的意愿发展了，强大的北方就会归其麾下。我方一名回来的陆军上校，那晚在挤满官员和绅士的房间里公开说到，战争是没有用的，南方人已经给他们安排了官衔，政府要追求的最佳目标就是停止任何抵抗，重新接纳他们为领袖，心甘情愿地予以承认。一大屋子的军官和绅士中没有一个发出反对的声音。（事实上，这样的危机时刻在后来那动荡的四年中又遇到过三四次，那时，人们的眼神至少显示出，他们愿意看到合众国最后的呼吸，就和同样愿意看着它继续一样。）

暂时的昏迷过去——另外的事发生了

可是那个时刻，那一天，那一晚过去了，任何东西都可以回来，那一刻，那一天，那一晚是回不来了。就在那晚，总统重振了精神——严肃而迅速地确定了重组军队的任务，将自己置于朝向未来和更有把握的工作之中。如果没有其他任何事情可以让历史来纪念亚伯拉罕·林肯，那么送他一个纪念所有未来的花圈就足够了，他忍受住了比胆汁还苦的那一时刻，那一天——绝对是个受难日——它没有征服他——他毫不妥协地遏制住它，终于将自己和联邦从中拯救出来。

大纽约的报界马上开始报道，（当晚便开始，第二天继续，其后好长时间持续报道，）领导人们以最响亮、最清晰的军号，吹响全地，回荡四方，充满勇气、希望、鼓舞、坚决的挑战；那些宏伟的社论！他们从未有过连续两周的报道！《先驱报》也开始发表社论——我很清楚地记得那些文章。《论坛报》同样令人信服，令人鼓舞——《时报》、《晚邮报》和其他主要报纸，都不甘落后。它们恰逢其时，也实在受人需要。

因为布尔溪的耻辱，北方人普遍的感觉，从极度的自大傲慢，退缩到极度阴郁恐惧的深处。

（整个战争期间，有两个日子我尤其不会忘记。一个是在纽约和布鲁克林出现布尔溪首战失败消息的第二天，另一个就是得知亚伯拉罕·林肯遇刺那天。这两件事情发生时，我都在布鲁克林家中。我们一大早就听闻总统被刺的消息。妈妈正在准备早餐——还有午餐什么的——就和往常一样；但是一整天我们谁也没吃一口东西。我们每人只喝了半杯咖啡；就这些。几乎一天都没怎么说话。我们每天看早报和晚报，还有那段时间频繁发行的号外，静静地彼此传阅。）

深入前线

弗吉尼亚州法尔茅斯，弗雷德里克斯堡对面，1862年12月2日。

我开始在波托马克军营医院做采访。在拉帕汉诺克河岸一座大砖楼里度过了一天的大部分时光，自战争以来它就被用作医院——似乎只接收最重的伤员。门外一棵树脚下，离房屋不过十码远，我注意到一堆残断的脚、腿、胳膊和手，足有一马车之多。附近还有几具尸体，都盖着棕色羊毛毯。院子里，朝向河流方向，是几座新坟，大多是军官的，他们的名字刻在桶板或是破木板上，戳在尘土中。（其中大多数后来被送到北方他们的朋友那里了。）大楼十分拥挤，楼上楼下一片混乱，毫无秩序，一切都糟透了，但是我一点都不怀疑，一切都会尽力而为的；所有伤员的情况都不好，有些甚至很恐怖，他们穿着旧衣服，浑身脏污，满是血迹。有些伤员是叛军官兵，成了俘虏。其中有个密西西比人，是一名上尉，腿上受了重创，有时我会同他聊聊；他问我要报纸，我给了他。（三个月后我在华盛顿又见到他，腿做了截肢，手术很成功。）我穿梭于楼上楼下的各个房间。有些人生命垂危。那次探访我没什么东西给他们，只能代他们给家人、母亲或其他人写写信。还和三四个看起来最容易伤感的人说过话，他们需要这样。

弗雷德里克斯堡第一次战役后

12月23日至31日。战争后期的结果已经通过营、旅、师级医院中的数千伤员呈现出来，（每天会有数百人死亡）。这些医院充其量就是帐篷，有的非常简陋，伤者就躺在地上，如果幸运，他们的毯子下面会垫上一层松树或杉树枝，或一层小树叶。没有床，甚至很少有床垫。天气十分寒冷，地面被冻得邦硬，有时还会下雪。我四处查看伤员。我并不能对这些伤员和垂死者有多大帮助；但是我不能离开。一旦有个年轻人突然抓住我，我还可以尽力替他做点什么；无论如何，如果他愿意，我可以留下来陪他几个小时。

除了医院，我偶尔也会去较远的营地，与士兵交谈。有时我就在他们那被灌木丛包围的驻地，跟他们一起围坐在篝火边。这儿的一切都很奇特，有各类人和群体。我很快熟悉了营地的各个角落，与军官和士兵也熟络起来，他们始终也用得着我。有时我随着我熟悉的团队一起去巡逻。目前，这个军队的口粮还算充足，士兵有足够的咸肉和压缩饼干。大多兵团的营帐都是那种不结实的帐篷。有的团用木头和泥搭建了带火炉的小屋。

回到华盛顿

　　1863年1月。几天后，我离开了法尔茅斯营地，与几位伤员来到阿维亚溪铁路，乘政府的蒸汽船沿波托马克河上溯。车上和船上，都有许多伤员和我们在一起。车就是那种最普通的平板车。十或十二公里的铁路旅行通常在日出前就开始了。守卫道路的士兵头发蓬乱、睡眼惺忪，从帐篷或者灌木丛中的住处钻出来。执勤的走去岗位，有的在我们上面的河岸巡逻，其他士兵在低于轨道的远处。在路边我看见一大片骑兵营地。在阿维亚溪登陆的是去往北方的伤员。我等了三小时左右，加入了他们的队伍。有人想给父母、兄弟、妻子写几句话，这是我可以帮他们做的，（第二天从华盛顿邮走）。上船时我手里已经满满的了。有个可怜的伙计死在了回北方的路上。

　　我现在就逗留在华盛顿及其周边地区，每天都去医院探访。我经常去专利局、第八大街、H大街、军械库广场等地。我现在可以做的稍好些了，有了点钱（做护理员），获得了一定的经验。今天，星期天下午直到晚上九点，我都在坎贝尔医院探访；特别照看了一号病房的一个病号，他得了严重的胸膜炎和伤寒，这个年轻人是农民的儿子，名叫D.F.罗素，属纽约六十军E连，他情绪低沉，非常虚弱；要他打起精神花了很长时间。在他的请求下，我写了一封信给他母亲，现住在纽约富兰克林县的马龙；给了他一些水果和一两个小礼物；将信封好了带走。然后走过整个第六病房，观察每个伤员，没有漏掉一个；给了大概二三十人每人一份小礼物，如橘子、苹果、饼干、无花果等等。

1月21日，星期四。一天主要在军械库广场医院度过；仔细查看了第六、七、八、九号病房；每个病房大约有五十个病号。我为六病房的人准备了笔和贴了邮票的信封；一大罐上好的蜜饯浆果，分成一小份一小份的，发给大家——这是一位女士亲手做了送给我的。发现好几位我可以送他们点钱的伤员，发送完了。（伤者经常会遭遇拮据，哪怕像我给的这一点钱也可能会帮助他们恢复精神。）我的纸和信封都发完了，还分发了很多有趣的读物；另外，正如我所想的那样，烟草、橘子、苹果什么的是明智的选择。一病房有个有趣的伤员，查尔斯·米勒，宾夕法尼亚五十三军D连，住十九床，他只有十六岁，是个爽朗而勇敢的小伙子，左腿膝盖以下截肢；他的邻床，也是个年轻小伙子，伤得很重，我送给他们一些合适的礼物。上铺的伤员也是左腿截肢；我送他一小罐覆盆子；这个病房的一号床，我给了点钱；也给了坐在他旁边的一位挂拐杖的一点钱……（我越来越吃惊于这些十五岁到二十一岁的孩子，竟然在部队中占有如此大的比例。后来我发现南军中这个比例更高。）

　　同一天傍晚，我去看了上面提到过的D.F.罗素，发现他明显好转了；起床了，穿了衣服——真是个胜利；后来他痊愈了，回到了自己的团队。我在病房里分发了不少日记本，四五十个贴了邮票的信封，为此我动用了我的储蓄，这些人非常需要。

受伤留在田野里五十小时

　　这名军人是我从专利局拥挤的床位上发现的。他想找个人说话，我们将听到他的故事。在多事之秋的12月13日，星期六，他在弗雷德里克斯堡战役中，大腿和体侧都受了重伤。他就在田野上无助地躺了两天两夜，田野位于城市和残酷的战场之间；他的连队和兵团被迫让他听天由命。更为糟糕的是，他碰巧头向着下坡斜躺着，一点都帮不了自己。五十个小时以后，他和另一些伤员在休战时被人带走了。我问他，在那两天时间里，他就处于叛军所及的范围内，他们是怎么对待他的——他们来到他跟前没有——虐待他没有？他回答说有几个对方士兵偶尔过来看看。也有几个是一起过来的，只说了一些粗鲁的脏话，没有别的举动。后来来了一个中年男子，看起来正在为了某些仁慈的目的，在战场上巡行，在死者和伤员中间来回走动。他永远忘不了他来到他身边时的样子；他对待我们这位士兵十分友善，帮他包扎伤口，鼓励他，给了他一些饼干、威士忌和水；还问他能不能吃点牛肉。不过，这个善良的分离派没有挪动我们这位士兵的位置，因为有可能造成伤口流血，导致结痂淤塞。我们的士兵来自宾夕法尼亚，度过了一段最艰难的时期，伤口那时非常严重。但是他的决心没有变，现在获得了回报。（作为士兵这样留在野外，一两天甚至四五天，可也不是什么稀奇的事儿。）

医院景象和人们

　　写信。每当情况适合，我就鼓励人写信，至于我，只要他们有需要，我就可以为他们代写各种信件（包括情意绵绵的情书）。就在我要结束这本备忘录时，我要替一位新来的病人给他妻子写信。M. de F.，康涅狄格十七军，H连，刚刚（2月17日）从温德米尔过来，给他安排到军械库广场医院的八号病房。他看起来很聪明，有点外地口音，黑头发黑眼睛，有点希伯来人的面容特征。想给还在康涅狄格州新迦南的妻子发封电报。我同意替他发电报——但为了保险起见，我又坐下来给他妻子写了封信，并立刻送到了邮局，他怕她来，不希望她来，因为他肯定会康复的。

　　1月30日，星期六。下午探访了坎贝尔医院。正在打扫病房，给病号换新衣服——整个第六病房的人要么已换好衣服，要么正在换——光裸的上身——幽默和风趣的玩笑——衬衫、抽屉、床单等，一般安排在周日做打扫。给了J.L.五十美分。

　　2月4日，星期三。去军械库广场医院，认真地走访了四号、五号病房。给所有需要的人提供了纸笔——像往常一样，发现许多人都需要这些。写信。看到两三个布鲁克林第十四团的成员，和他们聊了几句。四床一位可怜的伙计，伤口情况不容乐观，骨头碎片要从附近的伤口中取出。手术持续时间很长，需承受巨大的痛苦——从一开始，这个士兵就沉默地忍受着。他坐起来，努力支撑着——这相当消耗——他保持同一种姿势静卧了很长时间（不是几天，而是好几周）。棕色皮肤的脸上毫无血色，眼中满是坚定的神色——他归属纽约的一个团。他床边有一串杰出的外科医生、医疗学员、护士等——我认为整个手术都做得非常细致，非常成功。有一个伤员，他的妻子一直坐在他身边，他得了非常严重的伤寒。还有一个，他旁边坐着的是他的儿子和母亲——母亲告诉我她有七个子女，这个是老幺。（这是一位体贴、善良、健康、温柔的母亲，很漂亮，显得不是很老，头上戴着帽子，穿着居家服——她的到来给整个病房都带来了活力。）我喜欢五号病房的那个女护士——我注意到她长时间坐在一个可怜的小伙子旁边，就在那天早上，那个伤员除了已有的疾病，又添了出血不良——她细致周到地帮助他，减少他的出血量，在他咳嗽时把布放到他嘴边——他如此虚弱，只能在枕头上转一转头。

一个来自纽约的年轻人，生着一张阳光、俊朗的面孔，在布尔溪之战中受了重伤，已经躺了好几个月了。一颗子弹不偏不倚打穿他的膀胱，从前面下腹部射入，从后面穿了出去。他忍受了很多痛苦——伤口处总是出水，缓慢而连续，已经持续数周——以致他几乎就像躺在水洼里似的——还有其他难以忍受的情况。但是他的意志坚强。目前相对舒服了一些，嗓子坏了，我给他一管苦薄荷糖和一两件其他小礼物，他非常开心。

月下白宫

2月24日。晴和的一天。我漫步良久，有时伴着月光。今晚我长久地凝神观察总统的房子。白色柱廊——宛如宫殿，又高又圆的柱子像白雪一样纤尘不染——墙面也是一样——柔和轻盈的月光倾泻在灰白的大理石上，形成奇特、模糊、憔悴的影子，不是阴影——到处弥漫着轻盈而朦胧的感觉，一轮薄薄的蓝月悬在空中——灿烂而浓密的雾气，围绕着建筑正面、圆柱和门廊——一切如此洁白，大理石板纯净而耀眼，又不失柔和——未来的诗歌、梦想和戏剧中的白宫，就笼罩在柔和而丰富的月光之中——在树木的掩映下，在一泻千里的月光下，那华丽的正面显得如此现实，又充满了幻想——树木安静，没有叶子，星空下，只有树干和向四面八方伸展的无数枝柯——这属于大地的白宫，也属于美和夜晚——门口和门廊旁都有哨兵，身着蓝军装，沉默地来回巡视——他们不会阻拦你，只是用犀利的眼神看着你，无论你走向哪里。

军用医院的病房

让我特别描述一下我对一个营房似的收容处的探访，那是大楼外面的坎贝尔医院，位于第七大街，是当时的马拉火车道的最末端。每个病房都有长期建设拨款。让我们来看一下六号病房。今天，我判断它要容纳八十到一百个伤病员，一半是生病的，一半是受伤的。这个大楼其实就是木头搭的，里面好好粉刷过，放着普通的细长铁床架，窄小而毫无特点。沿着中间过道走，两边各有一排，脚朝向你，头朝墙。大炉子里生着火，一些长青植物做成的装饰物，星星和圆环等等形状，减轻了白色墙面的单调。中间没有隔断，一眼就能把整个一层看入眼底。能听到两三个床位上有人在发出悲惨的呻吟，或是病痛难忍时发出的声音，大部分人是安静的——几乎没有特别痛苦的迹象；然而苍白的面孔，无神的眼睛，和干巴巴的嘴唇，就足够说明问题了。这些伤病的年轻人显然大多来自乡村，是农民的儿子，如此这般。看着美好的高大身材，明朗率真的面容，依然徘徊不去的强壮体魄的印记。看着我们美国的伤病员沉默耐心地躺在如此悲惨的收容处；所有新英格兰、纽约、新泽西和宾夕法尼亚的代表们——来自所有各州，所有城市——大部分来自西部。他们大多数人在此地根本没有朋友和熟人——在漫长的养伤期间，或是伤口恶化的剧痛中，没有熟悉的面孔，甚至几乎没有一句审慎的同情或令人鼓舞的话。

康州案

　　二十五号床的H.D.B.是康州第二十五军B连的。他的朋友们都生活在纽黑文的诺斯福德。虽然他不到二十一岁，或至多二十一岁左右，却已经到过世界好多地方了，在海上和陆上都参加过战斗。我第一次见他时，他病得十分严重，吃不下东西。他不收我给他的钱——说他什么都不需要。我实在想为他做点什么，他便承认非常想吃自己家乡的米饭布丁——认为他能从中获得无比的乐趣。这个时候，他的肠胃非常的虚弱。（我咨询的医生说，营养对他身体最有好处，虽然医院里的食物比平时要好，但还是让他反感。）我很快为他采购了米饭布丁的食材。华盛顿的一位女士（O'C.夫人），听说了他的愿望后，亲手做了布丁，第二天我就给他带过去了。他后来告诉我，他靠着那个布丁坚持了三四天。这个士兵是美国东部青年的好榜样——典型的美国人。我喜欢他，送给他一个上好的烟斗作为纪念。后来他收到一箱从家里寄来的东西，我别无他事可做，只需要和他共进晚餐，我这么做了，那是顿着实不错的晚餐。

两个布鲁克林男孩

　　同一间病房里有两个来自布鲁克林的男孩，属纽约第
五十一军。我在家时就认识他们，所以他们似乎对我格外亲
近。其中一个叫J.L.，躺在那里，一只胳膊已经截肢，残端愈
合得非常好。（去年十二月我在弗雷德里克斯堡看见过他，躺
在地上，胳膊刚被截下去，浑身血淋淋的。他对此非常冷静，
用剩下来那只手拿着饼干嚼——一点都没有大惊小怪。）他
即将康复，还时常想起和谈起遇见南军士兵的事。

来自钱斯勒斯维尔的伤员

　　1863年5月。在我写下这段文字时，血腥的钱斯勒斯维尔战场的伤员接到胡克将军的命令，已经开始陆续抵达这里。我随第一批伤员一同到达。这里的负责人告诉我，伤情严重的人员还未到达。果真如此，我真是为他们惋惜，因为现在这些伤员的伤情就已经非常严重了。你应该来第六大街看看他们夜晚抵达时的场景。有两条满载伤员的船只于昨晚七点半左右靠岸。八点多钟时，开始下大雨，持续了很长时间。那些无助的士兵脸色苍白，下船后就随便躺在码头上和附近的地方。这场雨，大概是要感谢一下他们；他们终归是暴露在雨中的。几支火把照亮了现场。周围——码头上，地面上，外边偏僻之处——人们躺在毛毯或旧棉被上，头、胳膊和腿上的绷带渗着血。护理人员很少，夜里旁观者也没几个——只有为数不多的几个辛勤工作的搬运工和司机。（伤员越来越多，人们也就不再那么关注了。）这些伤员，无论伤情如何，都在那里躺着，耐心地等待着轮到自己被抬走。附近，救护车正在成队赶来，一车又一车地叫来支援，运走伤员。伤情极为严重的就由担架运走。无论多么痛苦，一般情况下，很少或根本不用费什么周折。只有在把伤员抬到救护车上时，实在忍不住了，他们才会偶尔呻吟两声，或痛苦地尖叫一声。今天，就在我写这些的时候，预计有数以百计的伤员到达，而这种情况会从明天、后天，一直持续很多天。往往一天能有一千名伤病号到达这里。

一周前的一场夜战

　　5月 12日。由乔·胡克将军指挥的钱斯勒斯维尔战役（第二弗里德里克斯堡战役）后期的一部分战斗，发生在大概一周前的星期六，星期六晚上和星期日，我愿意在此描述一下我短暂观察所得的印象——（只是可怕的海上风暴的瞬间一瞥——描写几点就足够了，描写详情是不可能的了。）战斗在白天就达到白热化的状态，后期有过一段休战，当天晚上继续开战，一直凶猛地持续到次日凌晨三点。那天下午（星期六），由"石墙"杰克逊发起了一场迅猛攻击，为南军赢得明显优势，打破了我军防线，如一把楔子直入我军阵地，趁着夜色留守在那个位置。但是晚上十一点，胡克向对方不顾一切地推进，将叛军逐回，收复了自己的阵地，恢复了起初的作战计划。那晚的混战十分激烈，到处是奇特而恐惧的画面。战斗在钱斯勒斯维尔和弗里德里克斯堡的东北部同时进行。（我们听到我方战斗不利，以及一些插曲，还听说有逃跑的。我认为不是这样。我认为我方应该像一般情况下那样，勇猛战斗。）塞奇威克的第六军，在三十六小时内进行了四场浴血奋战，情况危急时才实施撤退，损失很大，但是部队建制还完整存在，在这种情况下，以不顾一切的无畏精神坚持战斗，越过了拉帕汉诺克河，幸免于难。部队失去了很多很多勇士，不过他们已经复了仇，而且是很充分的复仇。

但是从周六晚上开始，一直持续了整晚到周日的早上，战斗呈胶着状态，我想特别记录一下。战斗主要是在树林中，规模较大。夜色宜人，不时有澄明的圆月照耀大地，大自然如此静谧，初夏的小草和树叶如此繁茂——然而，就在这里，激烈的战斗正在进行，许多好小伙子无助地躺在地上，随着枪炮的轰鸣，随时都有人受伤倒下（因为还有炮兵在交火），鲜血从他们的头上、身上和四肢渗出来，洒在带着清露的茵茵绿草上。成片的树林着了火，有些受伤不能动弹的人就被烧死了——火势很快荡平了一大片地区，烧着了尸体——有的人被烧焦了发须——有的被烧伤了脸和手——有的人衣服烧出了洞。大炮火光闪闪，迅速燃起火焰，烟雾升腾，还伴随着震耳欲聋的炮声——双方频繁交火，光线足以看清彼此双方——人们碰撞着，践踏着——呼喊着——距离如此之近——我们能听到叛军的喊叫声——我们的人响亮地欢呼，尤其一看到胡克将军出现——捉对厮杀，双方都勇敢地面对彼此，恶魔一般顽强，他们频繁冲向我方阵营——足有一千件事情值得写下更新更伟大的诗歌——树林还在燃烧——不仅有数不清的人被烧焦——还有太多不能动弹的人，被活活烧死。

伤者的营地——哦！天哪！这是什么样的场景啊？——这真的是人吗？——这些地方简直就是屠宰场。有几处地方。他们躺在林中最大的一片开阔空地上，有两三百个可怜的小伙子——呻吟声和尖叫声——鲜血的味道，混合着夜里小草和树木的清新气息——那屠宰场！他们的母亲、姐妹们看不见他们——她们无法想象，也从来想象不到这样的事情。一个士兵被炮弹击中了胳膊和双腿——四肢全部截肢——锯掉的残肢就放在一边。有些人的腿被炸飞了——有些人的胸膛被子弹穿透——有些人脸上头上的伤口恐怖得难以描述，所有的人都受了重伤，令人作呕，撕裂，挖出——有的在腹部——有的还只是小孩子——许多叛军伤得也很严重——他们依序接受治疗，和别人一样——外科医生对待他们毫无二致。这就是伤员营地——这样一个侧面，远不足以反映出血腥战场的场景——而在这一切之上，硕大的明月时时涌现，轻柔无声地照耀着。树林当中，那些灵魂飞掠的场景——置身于断裂、冲撞和喊叫之中——林中难以辨别的气息——令人窒息的刺鼻烟雾——光辉的月亮，不时地从天空中平静地俯视——天空如此神圣——清澈又模糊，宛若海洋一般——远天有几颗亮星，默默地、懒洋洋地出现又消失——夜空和万物被阴郁的气氛所笼罩。而那里，路上，田间，林中，战斗正在进行，任何时代或国土都没有这么疯狂的战斗——交战双方人数众多——不是幻想，不是游戏，而是暴烈野蛮的魔鬼在战斗——除了勇敢无畏和蔑视死亡，别的什么也没有。

　　我要说的是，什么样的历史能知晓——谁又能知晓——在他们各自大大小小的队伍中，双方疯狂的战斗——就像这一次——每一方从头到脚都被笼罩在绝望和死亡之中？谁又知道那些冲突，那些白刃战——在阴影重重、月光闪烁的暗黑树林中的战斗——翻滚蠕动的成组成班的人——叫喊、叮当、枪声——远处的炮声——欢呼、召唤、恐吓和可怕的咒骂——难以形容地混在一起——军官的命令、劝降、激励——人类心底深处的魔鬼被完全唤醒了——有力的呼喊声，冲啊，士兵们，冲啊——刀剑的白刃闪着寒光，炙人的火焰和滚滚的浓烟？天空破碎了，亮了，然后又被云遮住——随后又是柔和的银色月光洒满大地。谁能描绘出这个场景，下午突如其来的局部恐慌，这个黄昏？谁又能描绘得出，胡克亲自统率的第三军第二师，突然发动的那势不可挡的进军——那些快速穿过树林的幽灵？谁能展示出阴影中的行动，流畅而坚定——它拯救了（也确实拯救了）军队的名声，或是民族的名声了吗？因为有老兵在坚守阵地。（勇敢的贝瑞还未倒下——但是死亡已离他不远了——他不久便倒下了。）

无名勇士

谁能描绘这样的场景——谁又能写出这样的故事？在这许多的故事中——是的，上千的故事，无论南北都有，关于无名英雄不为人知的英勇事迹，令人难以置信，毫无准备，无比绝望——谁来讲述他们的故事？这些最勇敢者的事迹——没有历史来记录，没有诗歌来颂扬，没有音乐来纪念。没有正式的报告，图书馆中也没有一本书，报纸上也没有为他们开辟的专栏，来使这些来自东南西北的勇士们不致被遗忘。这些最为勇敢的士兵们都是无名英雄，依然不为人知。我们最有男子气概的——我们的男孩子们——我们坚强的宝贝们；没有图画献给他们。他们中有代表性的一个（无疑代表了成百上千的人），在受到致命一击后，挣扎着爬向旁边的灌木丛，或一丛蕨菜——在那里隐蔽了片刻，鲜血浸透了树根、野草和土地——战斗中的前进，后退，转换阵地，从旁掠过——在那里，他忍受着疼痛与折磨（比想象中要少得多），最后的昏睡像蛇缠绕着他——眼睛在死亡中变得呆滞——没有关系——也许，一周后的休战时间，负责掩埋尸体的小队，不会搜索到他的隐身之处——在那里，最后，这最为勇敢的士兵在大地母亲的怀抱中化为乌有，无人埋葬，也无人知晓。

一些抽样

　　7月18日，在一所医院里，我看到了托马斯·哈雷，纽约第四骑兵军M连的——一个爱尔兰人，具有男子气概的年轻人的典型——肺部被子弹击穿——几乎不可避免要走向死亡——他从爱尔兰来到这个国家参军——这里一个朋友或熟人都没有——现在他正沉沉地睡着（但这是死亡的睡眠）——在肺部有一个穿透的弹洞。汤姆刚来的时候我就见过他，三天以来，根本想不到他能活过十二个小时——（在一个漫不经心的观察者看来，他的脸色显得很好。）他躺在那里，腰部以上暴露着，没穿衣服，为了凉快点，他体格不错，脸颊和脖子上晒出的褐色还没有褪去。和他说话没有用，他的伤很重，他们给他注射了兴奋剂，周围的一切又极其陌生，面孔、家具等等，这个可怜的小伙子，即便清醒的时候，也像一头受到惊吓、害羞的小动物一般。多数时间都在睡觉，或处于半睡半醒的状态。（有时候我认为他所知道的要远远多过他表现出来的。）我经常过来坐在他身边，一声不响；他就会像睡着的孩子似的发出轻微的、均匀的呼吸声。可怜的年轻人，如此英俊，富有活力，一头充满光泽的秀发。有一次，我正在看他睡着，一点准备都没有，他醒了过来，突然睁开了眼睛，长久地呆呆地盯着我看，把脸稍微别过来一点，好方便他看我——就那样他沉默地看了我很长时间，眼神清澈，安详——微微叹了口气——然后把头扭回去又睡了。这个可怜的濒死的孩子，一点都不知道，有个陌生人的心在他身边徘徊守望。

W.H.E.，纽约第二军，F连。他得的是肺炎。在他被带到这儿来之前的七八天，他就躺在阿维亚溪下游一座悲惨的医院里。他是从他所在的团队中选出来，去那里帮助做护士的，但是他自己很快就病倒了。一个上了年纪的鳏夫，脸色蜡黄，面容憔悴，毛发灰白，还有几个孩子。他有个强烈的愿望，想要一些又好又浓的绿茶。一位好心的太太，来自华盛顿的W.夫人，送了他一包，还有一小笔钱。医生说有人送茶，他很高兴；茶就在他旁边的桌子上，他每天都喝。他睡得很多；他慢慢变聋了，无法说很多的话。他住在军械库广场医院一病房十五床。（上面提到的同一个W.夫人，送了另外的人一大包烟草。）

J. G.住一病房五十二床；属宾夕法尼亚第七军，B连。我给了他一点钱、烟和几个信封。还给了和他临床的人二十五美分；我给他东西时他脸都红了——起初不要，但我发现他身无分文，非常喜欢看日报，我执意把钱给他。他显然非常感激，但基本没说什么。

J.T.L.，新汉普郡九军，F连，住一病房三十七床。非常喜欢抽烟。我给了他一些烟；也给了他点钱。他的脚生了坏疽，非常严重；恐怕得失去三根脚趾。他是那种典型的新英格兰农民，传统守旧、粗鲁、爽朗，很像那个著名的看起来坏、实质并不坏的女人，这点给我很深印象。

军械库广场医院五病房三床，特别喜欢泡菜和辛辣的东西。咨询过医生后，我送给他一小瓶辣根；一些苹果；还有一本书。有些护士非常优秀。这个病房有个我非常喜欢的女护士。（莱特夫人——一年后我在亚历山大市的市长官邸医院见到了她——是个很称职的护士。）

有张病床上住着一个可爱的年轻人，马库斯·斯莫，属缅因第七军，K连——得了痢疾和伤寒——病情非常紧迫——我常和他聊天——他总认为自己会死——看起来也的确如此。我替他写了封家书，缅因州东利弗莫尔——我让他和我说些话，但不能太多，建议他保持安静——大多数时候都是我在说——我和他待了好一会儿，让他握着我的手——我用一种愉悦、轻缓、低沉、有分寸的态度和他说话——谈到等他一旦可以旅行了，就休假回家。

托马斯·林德，宾夕法尼亚第一骑兵军，被枪击穿足部——可怜的年轻人忍受了巨大的痛苦，必须持续依靠吗啡止痛，他的面色苍白，明亮年轻的眼睛黯淡无光——我给了他一个漂亮的大苹果，放在他能看见的地方，告诉他，早上可以吃一点早餐，感觉好点的时候，把苹果烤一下。我替他写了两封信。

对面，一位贵格会老太太正坐在儿子旁边，她儿子叫阿米尔·摩尔，美国第二炮兵部队的——头部中弹的两周以来，他表现得非常低调与理性——从臀部以下完全瘫痪了——他肯定会死的。每天白天和傍晚我总是和他说几句话——他也会愉快地回应我——他什么也不要——（他来此之后不久就告诉了我他家里的事，他的母亲有病，他担心让她知道他的情况。）他母亲来后没多久他就死了。

重伤员——年轻人

　　士兵几乎都是年轻人，其中美国人远比我们想象的多——应该说十分之九都是土生土长的美国人。在钱斯勒斯维尔来的伤员中，我发现有一大部分来自俄亥俄州、印第安纳州和伊利诺伊州。如往常一样，什么样的伤员都有。有些因炮弹箱爆炸而被严重烧伤。有个病房里有一长溜军官，有的伤势很吓人。昨天的情况可能比往常还要糟糕。截肢手术正在进行——护理人员正在给伤口敷药。你在经过时得小心你要看的地方。有一天我见到一位先生，显然是出于好奇前来探访的，他在一个病房门口停了片刻，观看里面正在处理的一起可怕伤势。他的脸色变得苍白，没一会儿，便晕过去了，倒在了地上。

一个纽约州的士兵

今天下午，7月22日，我与奥斯卡.F.威尔伯盘桓了很长时间。他是纽约第一百五十四军G连的，患有慢性腹泻，还有一处严重外伤。他要我给他读《新约》的一章。我答应了，问他要听哪一部分。他说，"随你读哪段吧。"我打开福音书之一的结尾部分，给他读了描述耶稣最后时光的章节，还有被钉十字架的那段。这个可怜衰弱的年轻人，让我继续读下一章，耶稣如何复活。我读得很慢，因为奥斯卡非常虚弱。这让他很高兴，他的眼里还含着泪水。他问我是否信仰宗教。我说，"亲爱的，也许不是你指的那个意思，或许，就是同样的事情。"他说，"这是我主要的倚靠了。"他谈到了死亡，他说自己并不怕死。我说，"奥斯卡，你为什么不认为自己能痊愈呢？"他说，"我也想啊，可那是不可能的。"他谈论自己的境况时显得很平静。伤势非常严重，流了很多浓。腹泻加重了伤势的恶化，甚至我觉得他差不多跟死了一样。他表现得很男人，很深情。我离开时吻了一下他，他回吻了我四下。他给了我他母亲的地址，萨丽.D.威尔伯妇人，纽约，卡特罗格斯县，阿利盖尼邮局。我和他有过几次这样的交谈。写下这些后不几天他就死了。

自办的音乐会

8月8日。今晚，我试图保持冷静，坐在军械库广场医院的一位伤员旁边，我被隔壁病房发出的愉快歌声吸引住了。等我身边的士兵睡着，我离开他，走到传出音乐声的那个病房，我走到屋子中央，在一个年轻的布鲁克林朋友旁边坐下来，他叫S. R.，在钱斯勒斯维尔战役中手部受了重伤，受了很多苦，但是在夜晚的那一刻，他非常清醒，身体也比较舒适。他转到左侧，想更好地看看这几个歌手，可是邻床的蚊帐挡住了他的视线。我走了一圈，将蚊帐全部挂了起来，他就能清楚地看见演出了，然后我又在他身边坐下，继续观看，倾听。主唱是某病房的一位年轻护士，有手风琴伴奏，其他病房的女护士们也加入进来。她们坐在那儿，形成了一个迷人的组合，有着漂亮、健康的面孔，在她们后边站着十到十五个康复的士兵，年轻的男人，护士，等等，手里捧着书，正在演唱。当然，这种表演并不是在纽约大剧院举办的个人独唱，可我却在这种情况下，坐在这里，得到了和以前听最好的意大利作曲家谱曲、由世界著名演奏家演奏的音乐会一样的乐趣。伤员们在各自的病床上躺着，（有一些伤情严重——有一些永远都再不能站起来，）他们的病床，白色窗帘，病房中到处都是斑驳的影子；他们的安静，还有他们的态度——所有的一切都是值得一看再看的景观。还有这些可爱的声音，升向高处，升向木头的屋顶，屋顶又轻快地将歌声传送回来。她们唱得非常好，大部分是古朴的老歌和慷慨激昂的赞美诗，演唱合乎音律。例如：

> 我的日子悄然飞逝，我这朝圣的陌生人，
> 不会挽留，那些磨难和危险的时辰，
> 因为我们站在约旦河边，朋友们正在越过，
> 就在我们几乎要发现光明岸之前。
> 我们会束好腰我亲爱的弟兄，我们远方的家知道，
> 缺席的上帝给我们留下了话，让每盏灯都燃着，
> 因为我们站在约旦河边，朋友们正在越过，
> 就在我们几乎要发现光明岸之前。

一位威斯康辛州军官之死

　　血腥灰暗的1863年的另一个典型场景，记在我探访军械库广场医院的备忘录中，那是一个炎热而怡人的夏天。在八号病房，我们去看望威斯康辛某团的一个年轻中尉。我们轻手轻脚踩着光秃的地板，因为这张床上就有痛苦和死亡的喘息。他刚从钱斯勒斯维尔送到这儿来时，我就见过他，偶尔整天整晚地陪着他。直到前天晚上，他还一直挺好的，但是突发了止不住的大出血，直到今天还在断断续续地持续着。我注意到床边放着水桶，里面有好多血和沾血的纱布，桶都快装满了；一切已经一目了然了。可怜的年轻人痛苦地挣扎着呼吸，又大又黑的眼睛已经蒙上了荫翳，能听见喉咙里微弱的哽咽声。一位护工坐在他旁边，会一直陪他到最后；现在一切都无济于事了。一两个小时内，他就会死在这里，没有一个朋友或亲属在场。病房里和平时几乎没什么两样，人们在冷漠地闲聊，或做着自己的事情。有些人在大笑或开着玩笑，有些人在下棋，打扑克，还有一些人在读东西，诸如此类。

我注意到在大多数医院，病人只要有一线希望，无论伤得多重，医生和护士都会尽最大努力，有时会用不可思议的毅力，尝试所有的办法，来挽救他们的生命，也会有人专门负责执行医生的医嘱，不分昼夜时刻守护。看看那个景象。如果你穿过早早燃亮的烛光走过黑暗，护士便会蹑手蹑脚走过来，严厉地悄悄禁止你弄出噪音，或是根本就不让你靠近。某个士兵的生命之火正在闪烁，命悬一线。这时，也许这个疲惫不堪的人刚刚坠入浅浅的睡眠，一步就可能将他惊醒。你必须离开。临近的患者也必须穿着袜子走路。有好几次，我被这种努力打动了——为了从死神的魔掌中拯救生命，一切都得让路。但是当那魔掌收紧，没有一点希望或机会的时候，医生就会放弃。如果刺激能减轻痛苦，护士就会提供饮料或白兰地，或是任何所需之物，随便什么东西。没出现什么乱子。医院或战场上我都没有见过弥留之际造成的情绪失控或是抱怨，通常都是安静的冷漠。一切都结束了，任何努力都是徒劳；花费感情或劳动都是没用的了。只要有前景他们就会全力以赴——至少大多数医生是这样的；但是当死亡显然已成定局，他们就会放弃阵地。

静夜的漫步

10月20日。今晚十点钟（我给自己定了五小时任务量，并严格恪守），离开医院，我在华盛顿周围长久地漫步。夜色甜美，清澈，足够凉爽，一轮淡金色的撩人半月，周围的天空显现出透明的蓝灰色。我沿着宾夕法尼亚大街散步，一直走到第七大街，在专利局附近徘徊良久。在微妙的月光下，它显出一种责备人的气氛，牢固而威严。在目睹过医院的那些场景之后，此时的天空、行星和星座，全都如此明亮、祥和、安静，抚慰人心。我一直来回漫步，直到潮湿的月亮下沉，午夜已过。

士兵的精神特征

　　无论是现在还是以前，在医院还是营地，我都见过各种各样的人——超凡脱俗的，无私奉献的，动物般纯洁的，英雄主义的——也许还有某种不自知的印第安人性格，他们有的来自俄亥俄，有的来自田纳西——他们天性中具有天堂般的宁静，在逐渐的成长过程中，无论工作、生活有什么样的变化，有多艰难，很少或是根本没有受到教育，他们都拥有一种特别美好的精神、品质和内心的健康。通常有些东西是被他们的礼貌遮掩住了，转移了。在军队、营地和医院，我见过的这类人并不少。西部军团中就有很多。他们一般都很年轻，服从于自己该做的事情和场合，行军、当兵、战斗、搜索、煮饭，战前在农场干活或是做点生意——对自己的本性没有什么意识，（说到这点，谁又意识到自己的本质了呢？）他们的同伴只知道他们与别人不同，他们更安静，"他们有点怪，"更愿意离开众人，独自沉思默想。

华盛顿附近的牛群

　　除了其他景致，赶牛人赶着大群的牛只经过城市的街道也是此地一景。有些赶牛人用一种奇怪的声音来吆喝牛群，那叫声狂野而深沉，有点像唱歌，拖着长调，难以形容，像鸽子又有点像猫头鹰。我喜欢站着观看这一幕——离得稍微远一点——（因为灰尘很大。）总有人骑在马上，噼啪挥舞着皮鞭，大声吆喝——牛只低哞——有些不听话的牛总是试图脱离群体——然后就会出现一幅生动的画面——骑着骏马、马术精良的人，追赶着跑出去的牛，兜兜转转——大概有十几个人，都戴着耷拉着的宽檐帽，非常漂亮——还有十几个人步行——每个人都满身灰尘——手中拿着赶牛的长刺棒——这个牛群有大概一千头牛——喊叫着，吆喝着，移动着。

医院的困惑

　　在众多麻烦之外还有一个问题，一个陌生人想在如此浩大的伤病员大军中找到自己的朋友或亲人，那几乎是不可能的，除非他有病人的专门地址。除了在本地报纸上刊发地址录外，院长室还保留有一两份医院的地址目录，但是根本不全；它们从来都不是最新的，事实上，每天来来往往的人不断变化，要保持更新也是不可能的。我知道一些情况，例如，有一次，一个纽约北部的农民来找他受伤的兄弟，仔仔细细找了一个星期，最后不得不无功而返，一点音信也没得到。回到家后，他才收到一封他兄弟的来信，信中写了正确的医院地址。

深入前线

1864年2月，弗吉尼亚，卡尔佩珀。我现在就在前往最前沿的路上。三四天前S将军，现在已经是司令了（米尔德没在，我想他可能是病了），向南发动了一次猛烈攻势。他们到了拉皮丹；在那儿做了些部署，打了一场小仗，但没什么结果。上周一早上来了一封电报，我得说，关于此事说了太多。S将军的用意何在，我们不得而知，但我们信任这位称职的指挥官。其实我们有点兴奋（但也不是特别兴奋），周日白天和晚上，下达了收拾行囊、备好马匹的命令，准备撤回华盛顿。那时我很困了，已上床睡觉。乱糟糟的声音把我从夜里吵醒，我一看，发现是那些上面提到的人回来了。我跟其中几个聊了聊；他们像往常一样欢快，充满耐力，展示出绝好的勇敢气概。看到影影绰绰的队伍在暗夜中前行真是一副奇怪的景象。我不为人注意地站在黑暗中，久久地观察他们。地面泥泞。士兵们背着大衣、背包、枪支和毯子，跟平时一样。他们一队队经过时，往往会笑一声，哼着歌，或是说句鼓励的话，从来没有一句嘟嘟囔囔。可能有些奇怪，但我从来没有像现在这样认识到美国人的伟大。一种巨大的敬畏感降临在我心中。这个强大队列行进得不快也不慢。他们已经在泥泞溜滑的道路上行进了有七八英里。勇敢的第一军团在此地驻扎下来。同样勇猛的第三军团一直行进到布兰迪站。著名的布鲁克林十四军在此，保卫着城镇。你到处可以看到他们活跃的红绑腿。这里还有他们自己的剧院。他们举行音乐会，几乎样样出色。当然，观众非常之多。能参加十四军的演出是很好的娱乐。我喜欢观察那些士兵，以及幕布前面的东西，胜过了舞台上的表演。

发放补助金

这里记录一件事，一位官员带着结实的盒子来了，要给重征入伍的老兵发放补助金。H上校今天在这儿，还有小山般的钞票，把第一军团二师士兵的心都搅热了。摇摇晃晃的棚子里，上校和办事员埃尔德里奇坐在小桌子后面，面前放着名单和好多的钱。一位老兵得到了近两百元的现金（在以后的支付日中，还会有更多补助）。现场到处是拥挤的人群，场面十分热闹；我喜欢站在那儿看着。他们个个欢欣鼓舞，口袋里满满的，接着就可以休假和回家探亲了。每个人的眼睛都闪闪发亮，面颊红润。士兵们经历了太多黑暗、残酷的战争生活，现在这些对于他们多少是些补偿。H上校受命为第一军的老兵发放第一批补助金，然后是其他的军团。这些钱通过上校和我的朋友埃尔德里奇灵巧的双手，发出新钞票特有的清脆的沙沙声。

弗吉尼亚

　　因为战争，弗吉尼亚变得破烂不堪，几乎被夷为平地，无论走到哪里，我内心的惊奇和敬佩之情都会油然而生。物产、改善、人类生活、营养物质和扩张，需要怎样的能力啊。在这块老领地上（和现在这个标题还有着微妙的讽刺呢！）我总会满心这样的想法。这里的土地远远好过所有北方各州。风景如此广阔，到处是遥远的高山，到处有便利的河流。甚至森林也依然慷慨，有条件开花结果。天空和大气分外甘美，我在该州住了有一年多，到处活动。总体而言，一切都近乎完美。日日夜夜，生活丰富多彩。太阳炫耀着自己的力量，炙热，令人头晕目眩，对于我来说，从未令人不快地减弱过。这不是热带的那种令人喘息的热，而是令人精神焕发的热。北方使之有所缓和。晚上无比宜人。昨夜（二月八日），我看到了第一轮新月，老月亮的轮廓还在周围清晰可辨；天空明净，空气清新，色调如此透明，似乎以前我从未真正见过这样的新月。这可能是最纤细的新月了。它精致地挂在蓝山的阴影之上。啊，如果它能作为这个不幸国家的瑞兆和吉祥预言的话，那该多好啊。

1864年之夏

我又回到了华盛顿，每天晚上仍然有规律地进行探访工作。当然，有很多特殊的人和事。在各处病房中，不时能发现各种各样的可怜人，长期遭受重伤的折磨，或是因发烧而变得虚弱和消沉，诸如此类；特殊伤员需要特别精心的营养。我通常会和他们坐一会儿，说说话，或是安静地鼓励他们。他们总是很喜欢这样（我也喜欢）。每个伤员都有其特殊性，需要有个适应过程。我已经学会了适应他们——我在医院里学到了很多智慧。一些可怜的年轻人，一生中第一次远离家乡，如饥似渴地需要情感的抚慰；有时候，这是唯一能支撑他们的东西。他们想要铅笔和写字的纸。我送给他们一些便宜的口袋型笔记本，和里面插有空白页的1864年的年历。至于阅读，我通常有一些旧画报或平装书读给他们听——他们总是很喜欢。也有当天的早报或晚报。最好的书我不会送给他们，而是借给他们，一个病房一个病房地传阅；他们还书很准时。在这些病房里，或是战场上，随着持续不断的巡回探访，我已经使自己适应了

突发状况，无论多么琐碎，多么严重，在那种环境下都会根据
实际情况做出判断——不仅仅看望他们，用言语鼓励他们，送
给他们小礼物——不仅仅帮他们清洗和包扎伤口（我也遇到一
些情况，那些伤病员只愿意让我来做这些事情）——还为他们
解释一些《圣经》段落，在床边做祷告，阐释教义等等。（在
做这些忏悔的时候，我看到我的这些朋友们在微笑，我也投入
了前所未有的诚挚认真。）在营地和所有的地方，我一直保留
着为他们读书或朗诵的习惯。他们很是喜爱，还喜欢朗诵诗歌
作品。晚饭后，有时我们自发地聚在一起，在阅读或聊天中打
发时间，偶尔还会玩玩儿叫作"二十个问题"的游戏。

英雄之死

　　我疑惑于能否向别人传达——比如说你，亲爱的读者——如此温柔而可怕的现实，（许许多多的事情，）现在我就要给大家提到一个。斯图尔特.C.格洛弗，威斯康辛第五军E连的——5月5日在野外一次激战中负伤——5月21日牺牲——年仅二十岁左右。他个子不高，甚至还没长胡子——一个优秀士兵——应该算得上标准的美国青年。他服役快三年了，再有几天就能退役了。他在汉考克的部队中。白天战争已经结束了，将军命令路过的一个旅负责招募志愿者将伤员运回。格洛弗就在第一批志愿者队伍中——高高兴兴地出发了——但是在将一个受伤军士抬回我方阵地时，他被叛军神枪手射中膝盖，结果导致截肢和死亡。以前他和父亲约翰·格洛弗，一位和蔼的老人，住在纽约州纳西县的巴达维亚，在威斯康辛州的学校上学，战争开始后，便在那里参了军——很快就融入并喜欢上了军人生活，他很有男子气，深受长官和战友们的喜爱。像很多士兵一样，他有个小日记本。在他牺牲的那天，他在日记中写

到，今天医生说我要死了——一切都完了——哦，这么年轻就
要死了。在另一张空白页上，他用铅笔给他的哥哥写到，亲爱
的哥哥托马斯，我一直很勇敢，但也很淘气——为我祈祷吧。

医院景象——事件

　　这是仲夏周日的下午，又热又闷，整个病房十分安静。我正在照顾一个病情十分严重的病号，他现在正躺在床上昏睡。在我附近有个痛苦的叛军士兵，来自路易斯安那第八军，名叫欧文。他在这儿已经待了很长时间，伤势很严重，刚刚将腿截肢；手术做得不是很好。在我正对面是一位年轻的伤兵，穿着衣服躺在那里，睡着了，看起来很累，苍白的脸枕在手臂上。凭借他夹克上的黄色条纹，我知道他是个骑兵。我轻轻走过去，找到他的病号卡，他名叫威廉姆·孔，属缅因第一骑兵军，他的亲人住在史考西根。

　　冰淇淋盛宴。——快到六月中旬的炎热一天，我给卡弗医院的人准备了一次盛大的冰淇淋盛宴，买了许多冰淇淋，由医生和护士长一起，发到所有病房的每一位病号手中。

　　一件小事——亚特兰大前面的一场战斗中，一个叛军士兵，身材高大，显然还是个年轻人，头顶受了重伤，有部分脑浆流了出来。他活了三天，仰面躺在最初的位置。在那段时间内，他一直用脚后跟刨着地面，刨出一个足以容纳两个背包的大洞。他就那样露天躺着，日夜不停地用脚后跟刨着。我们的士兵后来将他挪到房子里，但是几分钟后他就死了。

　　另一件小事——哥伦比亚战役之后，在田纳西，我们击退了十几次叛军的进攻，他们在战场上留下了大批伤员，大多数处于我们的控制范围。只要他们以任何方式企图移动，通常是爬走，我们的人毫无例外会用一枚子弹将其撂倒。无论情况如何，他们没让任何一个人逃走。

一个美国兵

　　凉爽的十月黄昏，我从第一大街转到第十三大街的时候，看见一个士兵背着背包站在街角问路。他正好有段路程和我顺路，于是我们便一起同行。我们很快聊了起来。经过路灯时趁着灯光，我瞄了他几眼，就像我在夕光中判断的那样，他个子不高，也并不很年轻了，是个矮小强壮的人。他的回答简短清晰。他叫查尔斯·卡罗尔；属马萨诸塞州某团，生在林恩或其附近。他的父母仍健在，岁数很大了。他们有弟兄四个，都参了军。有两个在安德森威尔监狱死于饥饿和痛苦，有一个死在西部。他是仅存的一个了。现在他要回家去，途中他说话的当口，我推断他的时间已经不多了。他仔细计算了自己能和父母待在一起、安慰他们余生的日子还有多少。

南军战俘

　　迈克尔·斯坦斯堡，四十八岁，水手，在南方出生长大，以前是美国"长滩号"灯塔船的船长，驻扎在帕姆利科湾长滩岬——尽管他是个南方人，却具有坚毅的美国人的特性——1863年2月17日被捕，在联邦监狱关押了近两年；后来被地方长官万斯下令释放，但是又被一个叛军军官重新抓起来，送到里奇蒙进行交换——但并非是交换，而是（作为一个南方人，而非士兵）被送到北卡罗来纳州的索尔斯堡，在那一直待到现在，冒用一个死去士兵的名字混在交换的人群中才逃出来，和其他人一起经由威尔明顿来到此处。他在索尔斯堡大概有十六个月。随后一直到1864年10月份，监狱里大约有一万一千个战俘；其中一百个是南方人，两百个是美国逃兵。去年冬天，有一千五百个战俘，为了活命，加入了联邦，条件是只让他们担当守卫。一万一千人之中，只有不到两千五百人出狱；五百多人都是无助的可怜人——其余的人都处于四处游荡的状态。早上，经常能看到有六十具需要埋葬的尸体；平均每天概是四十具。平素的食物是一餐玉米，玉米芯和玉米皮混合在一起，有时一周能有一次高粱糖浆。大概每月能吃到一次少量的肉。监狱里容纳着一万一千人，有一部分帐篷，不足以住下两千人。更多的人生活在地上挖的洞里，环境极为恶劣。有些人被冻死了，有些人手脚被冻裂。那些叛军守卫偶尔会毫不掩饰地往监狱里放火，仅仅是出于魔鬼崇拜和荒唐的恶作剧。所有能称为恐怖的词语，饥饿、疲倦、肮脏、寄生虫、绝望、顿失自尊、白痴、精神错乱以及频繁的谋杀，在这里都能发现。斯坦斯堡的妻儿生活在纽本——从这里给他们写了信——他还在灯塔船上工作——（曾回到纽本的家中探亲，在回船的路上又被抓住了。）人们被带到索尔斯堡的时候精神非常饱满——几周后，就一点精神头都没有了，多是因为思虑自己的处境所致。斯坦斯堡的脸上严肃而悲哀，死气沉沉，仿佛在阴冷黑暗中冻了很久似的，他以前的那种男子气概已无处施展了。

逃　兵

　　10月24日。看到一大群我们的逃兵（三百多人），由武装警卫包围着，沿宾夕法尼亚大街行进。这是我见过的最混杂的人群，各种衣服，各种帽子，许多年轻人还很英俊，有些人满脸羞愧，有些人体弱多病，大多数都很脏，衬衣又脏又破。没有口令，他们挤做一团，不成队列，踏步前行。我看到有些旁观者在笑，但是我感觉到那不像是在笑。这些逃兵远比我们想象的多。几乎每天我都能看到成群的逃兵，有时候一次只有两三个，由少数的守卫押着；有时候会有十或十二个左右，有更多的士兵押送。（听说现在战场上的逃兵平均一个月有一万人。一批批逃兵成了华盛顿最常见的景象了。）

战争地狱场景之一瞥

在最近我们部队的一次山谷行动中，（我想，应该离阿珀维尔不远，）莫斯比的一股强大的游击队袭击了一队伤员，以及护送他们的骑兵。救护车搭载着大概六十位伤员，其中不少是有官阶的军官。叛军人数很多，只用了一会儿工夫，救护车及部分保卫就被虏获了。我们的人刚刚投降，这些叛军就开始抢劫救护车，枪杀俘虏，甚至包括伤员。十分钟以后，这里就一片惨状了。在救护车上受伤的军官中有一名中尉，还有一个官阶更高的。他俩被拖到地上，仰面躺着，周围都是游击队的人，一群魔鬼，每个人都向他们身上乱戳。其中一个军官的双脚被刺刀刺穿，紧紧钉在地上。事后经查验，这两名军官身上大概有二十多处这样的伤，有些伤是刺穿了嘴、面孔，等等。伤员全部被拖下车（也是为了让他们更方便掠夺）；有的实际上已经被害，他们的尸体躺在地上，毫无生气，浑身鲜血。有一些虽然还没死，却遭到了可怕的残害，不断地呻吟着。我方投降了的人，大多就是这样遭致残害或被屠杀。

　　就在此时，一直隔着一段距离追踪着这队救护车的我们的一支骑兵，突然发动袭击，叛军迅速四处逃窜。好些人都逃走了，但是在此次行动中，我们抓住了两个军官和十七名士兵。这个场景可想而知，没什么好说的。晚上，那十七个被俘的士兵和两个军官被置于严密看管之下，但就在当时当地，决定了他们必须得死。第二天早上，两个军官被带到镇上不同的地方，被当街枪毙了。那十七个士兵被带到旁边的一处开阔地。他们被安排到空场之中，由我方两队骑兵围成半圆，其中一队骑兵三天前发现了他们三名队员血淋淋的尸体，被莫斯比游击队将手筋脚筋切断，倒挂在树枝上，另一队骑兵不久前有十二个队员，在投降后遭到枪杀，脖子上套着绳索被挂在树枝上，其中一个军官的尸体胸前还被别上了羞辱性的名牌。正是这些包围着俘虏的骑兵发现了那三个队友，还有另外十二个我方士兵。现在，他们用左轮手枪指着这十七个俘虏，形成了严密的警戒线。后者被安置在空场中间，解开绳子，被讥讽地告知现在他们得到了"自己的机会"。有几个人跑了出去。但又有什么用呢？致命的子弹从四面八方射来。没过几分钟，空地上就抛下了十七具尸体。我很奇怪，有没有我们的士兵，哪怕只有几个，（一两个，）放弃向这些无助的人开枪射击的。一个也没有。没有喜悦，没有太多话语，几乎什么都没有，每个人都开了枪。

　　加上上述的人，投赞成票的人多达数百——以不同情况、个人、地点能够提供的各种形式证明了这样做的合理性。用狼和狮子嗜血般可怕的激情——为被杀的伙伴和兄弟复仇的火山爆发般的激情——用农场燃烧的火光、成堆肮脏冒烟的黑灰——以及人们心中到处都是的黑色的、更为糟糕的灰烬——照亮了这个场景，这就是这场战争给你留下的暗示。

礼物——金钱——歧视

　　来自前线的伤员中大多身无分文，我很快发现，我所能做的最好的事情就是激励他们的精神，让他们知道有人关心他们，对他们有着父兄般的情感，在这种情况下，我会给他们少量的钱，而且要言行谨慎得体。在波士顿、塞勒姆、普罗维登斯、布鲁克林和纽约，有些好心人经常为我提供资金，用于这一目的。我准备好一些十美分和五美分的钞票，当我觉得必要时，我会拿出二十五美分、三十美分或是五十美分。对于一些特殊情况，我有时会提供更大的数目。当我开始做这件事的时候，我会找机会宣布财政问题。我这么做完全是出于自愿，大部分捐款都是保密的，通常也都非常及时，为我提供的资金数额很大而且变化不定。例如，有两位隔得很远的富有的姐妹，两年来定期汇款给我，数额很大，而且希望我将她们的名字保密。这样的恩惠是常有的事。有些事由我全权处理。许多提供资金的人完全是陌生人。有了这些资源，在两三年里，我就是以上述这种方式，作为施赈人员，在医院里赠出了数千美元。

最后我学会了一件事——在这个时代贪婪无情的表面下，在我们美国，仍有无数慈善的人们，一旦确定了目标，便会慷慨解囊。此外我也明白了另一件事——把金钱放在最后的位置，并没有什么错，有策略有魅力的同情与抚慰，依然是至为重要的。

备忘录中的条目

　　备忘录中记载着病人的期望，都是些合理的想法，其中有些条目已经抹去了一半，还有些记的时候就不是很清楚。D.S.G.，五十二床，想要一本好书；喉咙患病，想要一些糖果；来自新泽西州，第二十八团。C.H.L.，来自宾夕法尼亚州一百四十五团，六床，患黄疸和丹毒，也有伤，容易呕吐，给他带点橘子和小馅饼果冻，一个热诚血性的小伙子——（几天以后他渐渐好转，现已在家休假。）J.H.G.，二十四床，想要一套内衣裤和袜子，已经好一阵子没有换了；显然是个从新英格兰来的干净整洁的男孩——（我把他想要的东西都给他了，还给了他梳子、牙刷、肥皂和毛巾。后来我注意到他是整个病房里最干净的）。G女士，护士，F病房，想要一瓶白兰地——有两个患者由于受伤和疲惫而精神低迷，迫切需要刺激。（我从基督委员会的房间给她拿了一瓶上好的白兰地。）

来自布尔溪第二战的一名伤员

可怜的约翰·玛哈依死了。他是昨天死的。他长久地忍受着病痛的折磨。在过去十五个月中，我时常和他在一起。他是纽约一百零一军A连的，在1862年8月的布尔溪第二战中被打穿下腹。在他床边看着就够你痛苦两年的了。一颗子弹打穿了他的膀胱。不久前我还坐在军械库广场医院E病房他的病床旁边。因为剧烈的疼痛，他的眼睛里不断涌出泪水，脸上的肌肉都扭曲了，但他只是偶尔低低地呻吟几声，什么都不说。给他敷热毛巾，能稍稍缓解他的痛苦。可怜的玛哈依，还只是个孩子，却饱尝不幸。他从没享受过父母的爱，幼年时便被送到纽约的一家慈善机构，后来又为沙利文县一个残暴的雇主卖命，（皮鞭和棍棒留在后背的伤疤还依稀可见。）他的伤势最让人惋惜，因为他是个温柔、干净、可爱的少年。住院期间，他结识了很多朋友，大家都非常喜欢他。他的葬礼相当隆重。

一间模范医院

　　1865年，1月29日，星期日。下午在军械库广场医院。病房十分舒适，新地板和石膏墙，整洁的典范。我不太确定，但从重要的方面来讲，这毕竟是一间模范医院。我发现了几个令人悲哀的病例，是些久不愈合的旧伤。一名特拉华士兵，威廉·米里斯，来自布里奇维尔。我是在去年五月一场野战后遇见他的，他的胸部受了重伤，还有一处伤在左臂。去年整个六月和七月，他的病情都很严重（患了肺炎），现在得知他已有所好转，我的责任也减轻了些，因为在上述提到的时间里，有三个星期他一直在生死之间徘徊。

南方逃兵

1865年2月23日。今天，我见到一大队来自叛军的年轻人，（他们被称为逃兵，但这个词的常规意义并不适合他们，）他们走过大街，大约有二百人，是昨天从詹姆斯河乘船过来的。我停下脚步，看着他们拖着缓慢疲惫的步伐走过。大部分都是浅色头发、白皮肤、浅灰色眼睛的年轻人。他们的制服上面沾满了污点，大部分原来就是灰色的，有些人还穿着我们的制服，这个穿着我们的裤子，那个穿着我们的背心或外套。我想他们大多都是格鲁吉亚和北卡罗来纳州的少年。他们一点都不兴奋，无精打采的。当我和他们离得很近的时候，有些漂亮的年轻人（但是他们的模样在讲述怎样悲惨的故事啊）向我点头打招呼，或是和我说上几句。毫无疑问，他们能从我的脸上看到神圣的同情和父性，因为我的心充满了这样的感情。一些年轻人相互搀扶着，有些可能是兄弟，仿佛害怕被分开似的。他们的样貌全都非常朴素，也很聪明。有的人带着小块的破毯子和旧地毯，还有些人肩上背着旧背包。他们中不时闪现出漂亮的面孔，但这仍是一个悲惨的队列。和这二百人同行的只有几个武装护卫。整个这一周，我每天都看到类似的队伍，人数不一，都是坐船来的。政府尽其所能安顿他们，将他们送到北部和西部。

2月27日。邦联军队里有三四百名逃兵乘船而来。天气晴好，（之前好一阵都是坏天气，）我一直在周围长久漫步，没有什么比得上出门享受一下好天气这件事了。我在各个地方都遇见过这样的逃兵。他们都同样衣衫褴褛，各种杂色的服装都有，就和以前描述过的一样。我和许多人谈了话。有些士兵很活泼很时尚，虽然穿着旧衣服，却走得很有样，旧帽子戴在头的一侧，相当漂亮。我发现了一些毋庸置疑的证据，在过去四年间，分离派政府肆无忌惮强行征召普通百姓，毫不考虑人们的想法，强迫他们服兵役。一个高个子年轻人，格鲁吉亚人，至少有六英尺三英寸高，大块头，穿着又脏又旧的破衣服，用绳子绑住，十分邋遢，裤子在膝盖以下全都成了缕缕垂垂，站在那儿高兴地吃着面包和肉。看起来他非常的心满意足。几分钟后，我看见他慢慢向前走去，显然没把任何事情放在心上。

2月28日。路过城中离总统府不远的军事总部时，我停了下来，看到成群逃兵在那里闲逛。从外表看他们和之前提到的逃兵是一样的。其中有两个人，一个大约十七岁，另一个二十五六岁。我和他们聊了一会，他们都来自于北卡罗来纳，在那里出生成长，亲友们都在那里。岁数大的那个参加叛军已经四年了，他第一次被征召服役两年，随意安排进了队伍。分离派军中这样的情况占了很大比例。这些年轻人没有表现出任何沮丧。年纪较小的那个当兵一年了，他是应召入伍的。军队里有他六个兄弟（这是家里所有的男孩子），有些是应征入伍，有些是志愿入伍。三个已经战死，一个在四个月前逃跑了，现在这个也做了逃兵。他是个愉快善谈的小伙子，带着独特的北卡罗来纳口音（听起来并不感到讨厌）。他和那个岁数大些的男孩在同一个连队，而且是一起逃出来的——希望继续留在一起。他们想被送到密苏里州，在那儿找份工作，但是不知道这想法是否明智。我建议他们最好直接去北方那些州，先找份农场的活儿干。年纪小的男孩上船时有六美元，还带了一些烟草，现在他还有三个半美元。年纪大的男孩则一无所有，我给了他一些小钱。不久以后，我遇到了约翰·沃姆雷，阿拉巴马州第九军，田纳西州西部长大，父母双亡——很长时间以来一直靠很少的救济金生活——话很少——嚼烟草的速度快得可怕，大部分都吐掉了——他有大而清澈的深褐色眼睛，非常漂亮——不知道让我做什么——最后终于告诉我他非常想要一些干净的内衣，一条体面的裤子。他不在乎外套或是帽子。想有机会好好洗个澡，再穿上干净的内衣。我很高兴能帮他实现这些愿望。

3月1日。每天都有更多黄色或棕色皮肤的逃兵。今天大约来了一百六十人。大部分是南卡罗来纳州的。他们一般都发过誓，然后按照他们的意愿，被送到北部、西部或者是最远的西南部。他们当中有几个人告诉我，他们军队中逃跑的情况。回家的人、走的或是没走的人，比他们这样逃到我们这边的人要多很多。今天下午晚些时候，我看到形容悲惨的一百多人的队伍，向巴尔的摩兵站去了。

就职典礼

3月4日。中午时分，总统安静地乘着自己的马车来到了国会大厦，只有他一个人，可能他希望签署手头上的法案，或是摆脱荒谬的游行队伍、自由的清真寺以及假冒的监听者。三点的时候，表演结束后，我看见他又回来了，还是坐着那辆两匹马拉的简朴的四轮马车，显得非常疲惫。的确，巨大的责任、错综复杂的问题、生死攸关的需求，都在他深褐色的脸庞上刻下越来越深的皱纹，在那犁沟下面埋藏着所有古老的善良、悲伤和精明机智。（我从来没见过这样的人，他身上结合了最纯洁最真心的温柔，和西部人的男子气概。）在他身边坐着他十岁的小儿子，周围没有士兵，只有很多骑马的市民，肩上围着大黄围巾。（四年前的就职典礼上，他来回路上都有许多武装骑兵提着马刀簇拥，经过的每个街角都驻扎有神枪手。）我应该提一下上周六晚上的闭幕招待会。白宫前面从来没有这么拥挤过——到处都是满登登的，人群一直挤到了建筑外面宽敞的人行道上。我也在那儿，是特意去的——挤在人群当中——随着拥挤的人流，沿走廊经过蓝厅和其他房间，还穿过了宏伟的东厅。成群熙熙攘攘的乡下人，有的非常滑稽。旁边一个地方，海军乐队奏响了优美的音乐。我看见林肯先生一身黑衣，戴羔羊皮白手套，身穿羊角锤大衣，接见人们，像是在履行义务，同人们握手，显得非常哀伤，好像为了离开这里而愿意给出任何东西一样。

天气——也在同情这些时代吗？

下雨、炎热和阴冷，以及潜藏其下的一切，是否受到了影响大众的那些因素的影响，根据人们的情感活动变得比以往更紧张，规模也更大了——无论是否如此，到现在为止，过去的二十多个月里，在美洲北部这块土地上，可以确定的是，我们上空及周围的空气发生了很多非常显著、前所未有甚至不易察觉的变化。自从战争开始以来，发生了广泛而深刻的国家动乱，奇异的类似事件，各种不同的组合，不同的阳光，或阳光消失的景象；甚至在土地上生长出奇怪的东西。每次大规模战役之后，都会有风暴。甚至公民事务也是如此。上周六，仿佛大批魔鬼在不停旋转，天地一片黑暗，暴雨愤怒地持续了一个上午；到了下午，一切都平静下来，沐浴在灿烂的阳光下，充满了甜蜜；天空如此明净，甚至能看到星星，它们本应很久以后才出来的。总统出现在国会大厦门廊时，天空现出一朵奇异的白云，整个天空只有那一小朵，就像一只小鸟在他头顶盘旋。

　　事实上，天空，各种因素，所有的气象影响，在过去几周内已经乱七八糟。我从未见过这种反复无常、阴晴不定的天气。人们普遍注意到，（去年夏天的高温期就与以往不同，）刚刚过去的冬天史无前例。这样的天气一直持续到此时此刻。上个月，白天大多数都很阴郁，铅一般沉重，多雾，偶尔夹杂着严寒，有时还会有疯狂的风暴。但也有特别的时候。最近这里的夜晚景色绝佳。西天的金星，在夜幕初降的时候，从未有过的硕大和明亮；好像在诉说着什么，似乎与人类活动、与我们美利坚人民融为一体了。有五六个晚上，它紧挨着月亮挂在天上，比上弦月稍满一点。星星如此奇妙，月亮像一位年轻的母亲。深蓝的天空，透明的夜，行星，温和的西风，宜人的温度，那颗大星的奇观，在西天游弋渐满的新月，充满了灵魂。我听到，一只号角缓慢而清晰的音符在沉默中响起，穿透夜晚的神秘回响着，不急不躁，坚定而忠实，长久地漂浮着，升起，又悠闲地下降，时不时地拖出长音；军号吹得非常好，是归营号，就在附近的一所军医院，那里的伤员（有一些与我私交甚好）正躺在自己的床上，其中有许多受伤的孩子，来自伊利诺伊、密歇根、威斯康辛、衣阿华，及其他一些州。

就职舞会

　　3月6日。我一直盯着专利局里的舞厅和晚餐厅，因为就职舞会就在那里举办；我不禁想到，就在不久前，它们呈现给我的是怎样一幅截然不同的景象啊，满是拥挤的重伤员，来自布尔溪第二战、安蒂特姆和弗里德里克斯堡。今晚，是漂亮的女士，香水，优雅的小提琴，波尔卡和华尔兹；而以前的景象却是截肢，发灰的脸，呻吟，垂死者失神的眼睛，抹布一样的衣服，伤口和血的气味，众多陌生人中，有多少母亲的儿子，没人照料，匆匆而逝。（因为重伤患者如此之多，需要更多护士、更多医生来照料他们。）

一个有古风的美国人

1865年3月27日。卡尔文.F.哈洛韦中士，马萨诸塞州第二十九军，第九师一旅三团C连——英雄主义与英勇牺牲的典范，（有人会说这是虚张声势，但是我要说这是最伟大、最古老的英雄主义）——在最近一次叛军的攻击中，晚上，他在德曼堡垒被暂时俘虏。整个堡垒被死亡震惊了。突然从睡梦中惊醒的哈洛韦及战友们，冲出帐篷，发现自己已落入叛军之手——对方要求他投降——他回答说，只要我活着，就绝不投降。（这样做当然毫无用处。其他人已经投降了；力量对比悬殊。）对方再次要求他投降，这次劝降的是一名叛军军官。尽管身处重围，他依然很镇静，再次拒绝投降，严厉地号召他的战友们继续抵抗，自己首当其冲，投入战斗。叛军军官于是开枪射击——但他也同时击中了对方。双方同时重伤倒地。哈洛韦当时便即身死。之后，叛军在很短时间内就被逐出了堡垒。第二天掩埋了他的尸体，但没过多久就被送回了故乡（马萨诸塞州普利茅斯）。哈洛韦年仅二十二岁——又高又瘦，黑头发，蓝眼睛——一开始就在二十九军；参加了四年的战斗，最后以这种方式死在这里。在里奇蒙之前他参加了七日大战、布尔溪第二战、安蒂特姆战役、弗里德里克斯堡第一战、维克斯堡战役、杰克逊战役、荒野战役，以及随后的一系列战役——蓝军的好士兵，该团的每位老军官们都能作证。尽管很年轻，官阶也不高，他却拥有那种古今书本中的英雄所具有的坚定和勇敢——说出"我投降"这几个字对他来说太难了——于是他牺牲了。（当我想到这些，深入了解之后，历史上连篇累牍的战争中那所有广大庞杂的事件，就统统靠边了，那一刻，我只看到黑夜中的卡尔文·哈洛韦，那拒绝投降的年轻形象。）

谢尔曼军队的欢呼——它的突然中断

　　当谢尔曼的军队，（他们已离开亚特兰大很久了，）行军通过南北卡罗来纳州时——离开萨凡纳以后，就得知了李将军投降的消息——队列中不知从哪儿发出持续、激励的喊叫，然后士兵们才开始重新行进。整整一个白天，这些部队不时发出特别狂野的叫声。这个情况应该是由某团或某旅开始的，迅速被其他部队接续下去，继而整个团整个部队都加入这场狂野的胜利合唱中来。这是西部军的一个独特表达方式，已经成了习惯，每次想轻松和发泄一下的时候，他们都会这样——宣泄庆祝胜利、回归和平的感情。早上、中午和下午，偶尔或不间断地，他们就会自发喊叫起来，这些巨大而奇怪的喊叫声，与其他声音迥然不同，在旷野上回荡，传出数英里，表达着青春、喜悦、狂野、不可阻挡的力量和进军与征服的思想，这声音沿着沼泽地和南方的高地回响，飘入天空。（"没有人能在危险或失败中保持这么好的精神——他们在胜利中还能怎么做呢？"——事后，十五团的一位士兵这样对我说到。）这个振奋人心的景象一直持续到军队抵达罗利之后。他们在那里得知了总统遇刺的消息。那以后，一周时间都再没有人大喊大叫了。所有的行军都相当沉闷。一切都显得相当意味深长——好多部队里甚至没有一个人高声谈笑。到处弥漫着肃穆和寂静。

没有好的林肯画像

也许读者见过这样的面容（通常是老农、船长这类人），在他们朴素甚至丑陋的面容后面，往往保存着某种如此微妙、如此与众不同的优秀品质，使得他们面容的真实生命，就像野果的芳香或是充满激情的语调一样难以描述——林肯的面容就是如此，独特的肤色，线条，眼睛，嘴巴，表情。它不具有任何的技术美——但是对于伟大艺术家的眼睛来说，它非常值得研究，是一场盛宴，充满魅力。现有的画像全都是失败——大部分只能算作漫画。

一位宾夕法尼亚士兵的死

　　弗兰克.H.欧文，宾夕法尼亚第九十三军E连——死于1865年5月1日——我写给他母亲的信——亲爱的女士：无疑，你和弗兰克的朋友们，通过弗兰克的叔叔，或是送去他遗物的巴尔的摩的那位女士，已经获悉他在此地医院去世的悲惨消息。（我没有亲眼见到他们，只听说他们来探望了弗兰克。）我想给你写几句话——作为曾在他灵床边坐过的一位普通朋友。你的儿子，弗兰克.H.欧文下士，于1865年3月25日，在弗吉尼亚州费希尔堡附近受伤——伤在左膝，非常严重。3月28日，他被送至华盛顿军械库广场医院C病房，4月4日，膝盖稍微靠上的部分截肢——手术由布里斯医生主刀，他是军队中最好的外科医生之一——整个手术都由他自己完成——有大量不利的情况发生——在他膝盖里发现了那颗子弹。后来的两周，他恢复得很好。我经常去看他，陪他坐一会儿，他也喜欢我的陪伴。4月的最后十天或十二天，我发现他的病情严重了。起先是有点发烧，还有寒战。4月的最后一周，情况有些反复无常——

但他总是温文尔雅的。他去世于5月1日。实际死因是脓血症，（脓血没有排出，而是在体内吸收了。）就我所见，弗兰克得到了所有必要的治疗与护理。大多数时间都有人守着他。他如此善良，彬彬有礼，和蔼可亲，我非常喜欢他。我习惯每天下午来陪他坐一会儿，安慰他，他也喜欢有我在他身边——喜欢伸出胳膊，将手放在我膝上——放上好一阵子。最后那段时间，晚上他睡得更少，心情也更浮躁——经常幻想自己还在部队上——有时通过他的话，能够感觉他的感情受到过伤害，为某件他完全没有责任的事情，他的长官曾经责备过他——他说，"从来没有人认为我能做出那样的事情，从来没有。"还有些时候，他会幻想自己在和孩子们说话，我推测应该是他的亲属吧，给他们好的建议；他会和他们谈上很久。在他神志不清的时候，也没有一句坏话或是坏的想法冒出来。很明显，好些人清醒时说的话，也不及弗兰克呓语的一半好。他似乎非常想死——他变得非常虚弱，忍受了很多痛苦，完全放弃了，可怜的孩子。我不了解他过去的生活，但我感觉应该是很不错的。在这里我所见到的他，身处最具考验的环境下，带着痛苦的创伤，置身于陌生人中间，我可以说，他表现得如此英勇，如此镇定，如此温柔可爱，那是无法被超越的境界。就像许多其他崇高善良的好人一样，作为一名军人，为自己的国家服务过之后，献出了自己的生命，不改初衷。这样的事情令人沮丧——不过有这么一句经文，"上帝安排好了一切"——在合适的时间，它的意义将向灵魂显现。

　　我想，与令郎有关的几句话，尽管来自于一个陌生人，来自最后时刻与他在一起的人，也许是有价值的——因为我热爱这个青年，尽管我们刚刚相识我就失去了他。我只是偶尔到医院探访、鼓励伤员的一位朋友。

军队归来

5月7日，星期天。今天，我走到亚历山大南边一两英里的地方，遇到了归来的西部军的几个大队，（他们称自己为谢尔曼的部队，）总共约有一千人，绝大部分都处于半疾病状态，有一些正在康复，正走在去往医院营地的路上。这些部队具有明显的西部人的面貌特征，说着方言，断断续续，缓缓前行——在一场大战之后，飘到了这条道上，偏离了主线——我很好奇，时不时地和他们聊了一个多小时。到处都有病情严重的人；但是还可以自己行走，只有一些人落在最后，筋疲力尽，虚弱而沮丧地坐在地上。我努力给他们打气，告诉他们营地就在山头后面的不远处，就这样鼓励他们起来，陪情况最糟的走上一小段路，或是让更有力气的战友帮助他们。

5月21日。今天看到了谢里丹将军和他的骑兵；一个雄伟的迷人景象；士兵们大多很年轻，（也有少数中年人，）他们精神抖擞，肤色棕黑，又高又瘦，行动敏捷，着装整齐，很多人肩膀上围着防雨布，垂下来。他们行进速度很快，队列宽阔紧密，全都溅上了泥浆；没有休假的士兵；一队接着一队。我应该观察了整整一周。谢里丹站在一棵大树下的台子上，沉着地抽着雪茄。他的相貌及风度给我留下了良好印象。

5月22日。一直沿宾夕法尼亚大街和第七大街散步。城里到处是士兵，散漫地四处游荡。到处是各种等级的军官。因为历经战乱，都有一副饱经风霜的脸。这是一幅我从来不会厌倦的景象。此刻所有部队都在这里（或是它们的一部分），准备参加明天的检阅。你到处都能看见他们，像成群结队的蜜蜂一样。

两兄弟，一个南军，一个北军

　　5月28-29日。今晚，我在一个新病号的床边待了很久，这是一个巴尔的摩青年，大约十九岁，W. S. P.，（南军，马里兰第二军，）他很虚弱，右腿截肢，几乎一点都睡不了——注射了大量吗啡，与往常一样，几乎不起什么作用。他显然很聪明，教养良好——非常可爱——抓着我的手，放在他脸边，不愿让我走。在我逗留着安慰他的时候，他突然说："我几乎不能想象你知道我是谁——我不想强加于你——我是一名叛军。"我说我确实不知道，但是没有什么区别。在那以后的两周，他活着的时候，我几乎每天都去探望他，（他必死无疑，而且很孤独，）我很喜欢他，经常吻他，他也吻我。在隔壁病房，我找到了他的兄弟，一个有军衔的军官，一名联邦士兵，一位勇敢的有信仰的人（上校克里夫顿.K.普兰蒂斯，马里兰步兵六军六团，在4月2日的彼得斯堡战役中受伤——久治不愈，备受折磨，1865年8月20日，死于布鲁克林）。兄弟俩都参加了这场战役。一个坚定地支持联邦，另一个支持分裂；两兄弟为各自一方而战，都身受重伤，阔别四年后在此重逢，各自为自己的目标而死。

一些悲惨的伤情

5月31日。詹姆斯.H.威廉姆斯，二十一岁，弗吉尼亚第三骑兵军，大抵是我见过的被各种并发症折磨得虚弱无力的壮汉的代表，（喉炎，发烧，虚弱和腹泻，）——他强健的体魄，依然黝黑的肤色，烧得红彤彤的——变得轻飘飘的了——宽阔的胸膛和胳膊在发抖，脉搏跳得有平时的三倍快——大多数时间处于半睡状态，不时发出低低的咕哝和呻吟声——这种睡眠根本算不上是休息。他如此有力，如此年轻，却因昨天和今天的肌肉紧张和损伤元气的发烧，会有好几天站不起来。他的喉咙状况也很糟糕，舌头和嘴唇焦干。我问他感觉如何时，他只能用力说道，"我感觉非常不好，老兄，"然后用他明亮的大眼睛看着我。父亲，约翰·威廉姆斯，俄亥俄州，米伦斯波特。

7月9-10日。我在一位受伤上尉的床边一直坐到深夜，他是我一位特别的朋友，痛苦地躺在医院里，左腿骨折，偌大病房里大部分床位都空着。灯都熄灭了，只有一支小蜡烛，在离我很远的地方燃着。满月透过窗户照进来，在地板上投出长长的、倾斜的银色光斑。万籁俱寂，我的朋友也很安静，但是他睡不着；于是我坐在他身边，慢慢地给他摇扇子，沉浸在周遭景色引发的沉思之中，阴影幢幢的长长的病房，地板上幽灵般的月光，白色的病床，这里那里蜷缩的身影，一堆堆扔掉的床单。医院中有很多在上次阅兵时中暑而精疲力竭的人。其中有不少来自第六团，参加过前天炎热酷暑中的阅兵游行。（有数十人在类似检阅中丢了性命。）

9月10日，星期日。探访道格拉斯和斯坦顿医院。这两家医院人非常多。有很多人病情严重，久伤不愈，还有旧患。很多人脸上的神情比平时更为绝望；希望离开了他们。我穿过整个病房，像往常一样跟他们说话。有几个是来自联邦军队的，我在别的医院见过他们，他们认出了我。有两个已处于垂死状态。

医院关闭

10月3日。现在还剩下两所军队医院。我去了最大的医院（道格拉斯），在那里度过了一个下午和晚上。那里有很多悲惨的伤病员，旧伤，无法治愈的人，有一些伤员来自3月和4月间里奇蒙城前的战役。很少有人知道这些收尾的战斗有多么艰难，多么血腥。我们的士兵比以往暴露的要多；不加敦促便自行推进。南军困兽犹斗。双方都知道，从里奇蒙成功驱逐叛军，由联邦军队占领城市，游戏即告结束。死伤惨重。伤员中最后剩下一少部分，被送到了这里的医院。我在这里发现了好多叛军伤兵，今天我也格外忙碌，要和其他人一起照看情况最为糟糕的伤病员。

1865年10月、11月和12月。星期日。这几个月的每个周日，我都走访树林中的哈伍德医院，它是个怡人的隐秘所在，位于国会大厦北方两英里半到三英里的地方。状况良好，地面坑坑洼洼，有青草茂密的斜坡，成片的橡树林，树都很大，长势良好。它曾经是医院中占地最大的一个，现在缩减成了四五个独立的病房，其他大量病房都空着。11月，这里成了由政府开设的最后一家军用医院，其他的全都已经关闭了。这里的人，要么患有绝症和最难治愈的顽疾，要么就是无家可归的可怜人。

11月10日，星期日。今天又在哈伍德医院花了相当一部分时间。日落前约一小时，我写下这些。我花了几分钟走到树林边缘，用此时此景舒缓一下自己的情绪。现在仍是午后，灿烂，温暖，金色阳光普照大地。唯一的噪音来自三百码外的树上，一群乌鸦在呱呱乱叫。一群群昆虫在空中四处游泳和舞蹈。光秃秃的树下堆满厚厚的橡树叶，散发出浓烈的芳香气味。病房里阴沉暗淡。死亡就在那里。我进入病房，首先就遇到了这样的事；一个可怜士兵的尸体，他刚刚死于伤寒。护理人员刚刚将他的四肢伸平，在眼睛上放上铜币，把他抬出去放好。

道路。过去三年间，最大一项娱乐就是走出华盛顿，一直远足到五七英里，或是十英里的地方，再返回；通常和我的朋友彼得·多伊尔一起，他和我一样喜欢这项活动。在美好的月夜，在坚固又光滑的军道上——或是在星期天——我们有过这些永不会忘记的愉快的散步。这些道路连接起华盛顿及其周围众多的堡垒，不管怎样，从战争中还产生出了这么一个有用的结果。

"颤 栗"

　　就在我查看前面部分的校样时，有那么一两次，我担心我的日记在最好的情况下，也只不过是一批痉挛般地写下的回忆。那么，就这样吧。它们只是实际消遣的一部分，那个时代的热度、烟雾和兴奋。战争本身，以及领先于战争的社会倾向，用"颤栗"一词才真正能够加以最好的描述。

三年总结

这三年来，我辗转于医院、营地或战场，做了大概六百余次探访，据我估计，总计起来，在他们需要的时候，我为大约十万名伤病员提供过精神及身体上的支持。这些探望的时间，从一两个小时到整个白天或整个晚上不等；与我亲近的人，或是伤情严重的，我通常会整晚照看他们。有时，我就在医院里过夜，睡在那里，连续几个晚上守候着他们。那三年，是我最荣幸也最满足的三年，（伴随着他们由发烧引起的躁动、身体上的损失和悲惨的景象，）当然，这也是我一生中最丰富的一课。我可以说，在我服务期间，我领会了一切，无论我遇见的是谁，是北军还是南军，我从未有过歧视。这激发了我梦想不到的内心深处的情感。我对真正的整体和国家概念有了一个全新的认识。当我与成百上千的伤病员在一起时，他们来自新英格兰各州，来自纽约、新泽西和宾夕法尼亚，来自密歇根、威斯康星、俄亥俄、印第安纳、伊利诺伊，以及所有西部各州，我就是或多或少与来自所有各州的人在一起，不分南北，无一例外。我与许多来自边疆各州的人在一起，尤其是马里兰和弗吉尼亚州，我发现，在可怕的1862—1863年间，南方人加入联邦军队的，尤其是田纳西人，要远远多过人们的设想。在我们的伤员中，我与许多叛军官兵在一起，我同样会为他们倾尽所有，鼓励他们。有相当多的时间，我和军队的司机在一起，而他们也确实总能吸引我的注意。在那些黑人伤病员中间，在违禁品营地，每当我在附近，我也会尽力帮助他们。

百万死者

这场战争中的死者——他们躺在那里，抛散在南方的田野、树林、山谷和战场上——弗吉尼亚和半岛——马尔文山和费尔奥克斯——奇克哈默尼河岸——弗里德里克斯堡的梯田——安蒂特姆桥——可怕的马纳萨斯谷——被鲜血染红的荒野——各种各样迷路的死者，（美国陆军部估计，无人埋葬的阵亡士兵有两万五千人，五千人溺水而亡——一万五千人被陌生人埋葬，或是在匆忙的行军途中，被葬在迄今无法找到的地点——两千座坟墓被密西西比洪水所携泥沙覆盖，三千座坟墓随塌陷的河岸消失，等等）——葛底斯堡、西部、西南部——维克斯堡——查塔努加——彼得斯堡的战壕——不计其数的战斗，营地，各地的医院——巨大收割机收割熟透的庄稼，伤寒，痢疾，发炎——最黑暗和最令人厌恶的，是死者和活人同埋的墓坑，安德森维尔、萨里斯堡、贝勒岛等地的监狱，（不是但丁所描述的地狱，它的所有痛苦、堕落、不人道的折磨，都要好于这些监狱）——死者，死者，死者——我们的死

者——或南军或北军，全都是我们的，（全部，全部，全部，
最终对我都很珍贵）——或东边或西边——亚特兰大海岸或密
西西比河谷——在某地，他们慢慢爬向死亡，孤独一人，在灌
木丛中，沟渠里，或是山丘边上——（在隐蔽的角落，偶尔还
能发现他们的遗骨，白森森的骨头，一撮撮头发，纽扣，衣服
碎片）——我们的年轻人曾经是如此英俊，如此快乐，从我们
身边被带走——儿子从母亲身边，丈夫从妻子身边，亲爱的朋
友从亲爱的朋友身边——成排的坟墓，在乔治亚，在卡来罗
纳，在田纳西——也有单独的坟墓留在林中或路边，（成百上
千，湮没无闻）——尸体顺水漂流，被捉住，被卡住，（盖葛
底斯堡战役之后，骑兵紧随着追击李将军，十几个，几十个尸
体，从波托马克河上游飘下来）——有些死者永远躺在了海
底——总共百万的尸体及特殊的墓地几乎遍布各州——无数的
死者——（大地整个被血浸透，在大自然的化学作用下，他们
无形的骨灰蒸馏出芳香，将永远滋养着未来每一粒小麦和每一
穗玉米，每一朵生长的鲜花，以及我们的每一次呼吸）——不
光是北军的死者滋养了南方的土壤——成千上万的南军死者，
也在北方的土地上粉身碎骨了。

　　这些不计其数的坟墓——众多士兵的坟场，（我相信，现
在有百分之七十以上）——就像当时的大战壕，在大战之后，
便用做存放南北方死者的地方——不仅损伤的痕迹业已消逝经
年，而且还在这片和平的土地上熠熠闪耀——我们看到，许多
年后也还会看到，无论是单个的还是多人的，在成千上万竖立
的纪念碑和墓碑上，最有意义的一个词就是"无名氏"。

　　（在有些墓地中，几乎所有死者都没有留下姓名。比如

说，在北卡罗来纳州的萨里斯堡，留下姓名的只有八十五人，而无名者却有一万两千零二十七人，其中一万一千七百人被埋在战壕里。国会已下令建造一座国家纪念碑，以纪念此地——但是，什么样有形的、物质的纪念碑，才能恰当地纪念这个地方呢？）

空白段落

　　在我重新开始记日记的时候，已经过去了数年时间。在1866–1867年间及随后一段时间，我就职于华盛顿总检察长官署。1873年2月，我中风瘫痪，随即离职，搬到新泽西州的坎登镇，1874年和1875年都在那里度过，身体状况十分不好——但是从那以后，情况渐有好转；有时，我会回到乡下，去木柴溪沿岸一处迷人的隐秘所在，距它与特拉华河汇合处约十二三英里的地方，一次待上数周，甚至数月之久。住在附近我朋友斯塔福德一家的农舍里，有一半时间我是在这条溪流边及其邻近的田野巷陌中度过的。正是在这里，也许我的生命才从1874–1875年的虚脱中得到了部分恢复（像是第二春，老树发新芽）。亲爱的读者，如果那段户外生活的笔记，对于你显得热情洋溢，这段经历对我也是一样。毫无疑问，在随后的进程中，字里行间会时时出现病弱的事实，（这样的日子我称自己为半瘫痪，并恭敬地赞美上帝，它没有恶化，）——但是我有属于自己的那份快乐和健康的时辰，我要努力将其描述出来。
（我发现，诀窍在于，尽量降低自己的要求和口味，充分利用消极因素，利用纯粹的阳光和天空。）

第三辑 自然笔记

进入新的主题

1876年至1877年。我发现，5月中旬和6月初的树林是我最佳的写作地点。坐在木头或树桩上，或者是歇在铁轨上，几乎下面所有的备忘录都是那样匆匆记下的。确实，无论我去哪里，冬天还是夏天，城市还是乡村，独自在家还是出门旅行，我都必须记日记——（在老年和残疾中，那统治一切的激情依然强大，甚至在靠近——我还是先别说了。）那么，我愿意欣然地设想，如下有关近年有节制的活动的摘要——它们毫厘不爽——是以我所受教训为基础的。当你在商业、政治、交际、爱情诸如此类的东西中精疲力竭之后，你发现这些都不能让人满意，无法永久地忍受下去——那么还剩下了什么？自然剩了下来；从它们迟钝的幽深处，引出一个人与户外、树木、田野、季节的变化——白天的太阳和夜晚天空的群星的密切关联。我们将从这些信念开始。文学高高翱翔，且被加了如此灼热的猛料，以至我们的日记可能显得只不过是平常的微风，或者是一掬要饮下的清水。但那就是我们功课的一部分。

在三年瘫痪的禁闭之后，在战争及其创伤与死亡的漫长的紧张之后，这是多么珍贵、给人安慰、使人康复的时辰。

进入一条长长的农场小路

正如每个人都有自己的爱好一样，我喜欢真正的农场小路，两侧是老栗子树形成的篱笆，灰绿色的树干上满是湿软的苔藓和地衣，篱笆底下零散的石头堆中间生长着大量的杂草和多刺的蔷薇属植物——不规则的小路从中间蜿蜒穿过，还有牛马的轨迹——一切特征都伴随着邻近事物在各自节气中的标记和气息——在4月里提前开花的苹果树，猪们，家禽，一片8月的荞麦田，在另一片田里，玉米的长穗子在拍打着——这样一直来到池塘边，它由小河扩张而成，隔绝而美丽，周围是年轻年老的树木，隐秘的远景。

致清泉和溪流

　　于是，继续闲逛，来到柳树下的清泉旁——水声柔和，如丁冬作响的杯子，注入一条相当大的溪流，宽如我的脖颈，纯净而清澈，在它的缺口处，溪岸拱起，如一条硕大蓬乱的棕色眼眉，或者是嘴唇状的屋顶——永不止息地潺潺着，潺潺着——似有深意，说着什么（如果你能破译的话）——它总是在那里汩汩而流，一年四季毫不停歇，永远消耗不尽的是薄荷的海洋，夏天的黑莓——光与影的选择——刚好是我7月洗澡、做日光浴的好地方，炎热的午后，当我坐在那里，吸引我的主要还是那无可比拟的柔和的汩汩声。这一切是怎么生长进我的内部的，日复一日，一切都和谐一致——那野性的、刚可分辨的芳香，斑驳的叶影，以及这个地方所产生的所有自然疗法的、基本道德的影响。

　　哦溪流，以你的语言，继续絮语下去！我也将表达在我的岁月和进展中所收集的东西，本土的，地下的，过去的——还有现在的你。把你的道路旋转、延伸——无论如何，我都会和你，待上一会儿。当我如此频繁地与你相盘桓，一个季节又一个季节，你知道，你与我毫无关系（可是为什么这么肯定？谁能说明？）——但是我将向你学习，沉思着你——接受、复制、印刷那来自你的信息。

初夏的起床号

　　那么离开吧，去放松下来，松开神圣的弓弦，如此紧绷的长长的弦。离开，离开窗帘，地毯，沙发，书本——离开"社会"——离开城市的房屋、街道、现代的改进和奢侈——离开，去到那原始的蜿蜒的、前面提到过的林中溪流，它那未经修剪的灌木和覆盖着草皮的岸畔——离开束缚之物，紧巴巴的靴子，纽扣，和全副铁铸的文明化的生活——离开周围的人工商店、机器、工作室、办公室、客厅——离开裁缝和时髦的服装——也许，暂且离开任何的服装。夏季的炎热在推进，在那些有水、有阴影的孤独之中。离开，你的灵魂，（让我把你单独选出，亲爱的读者，无拘无束地交谈，随意散漫，充满信任），至少一天一夜，返回我们所有人赤裸的生命之源——返回伟大、寂静、野性、接纳一切的母亲！上帝！我们中有多少人是如此迟钝——有多少人漫游得太远，以至返回几乎已不可能。

　　而我的这些便条，是随来随记的，散乱无章，没有特意的选择。它们在日期上有一点点的连续性。时间跨度有五六年之久。每一条都是用铅笔随便记录的，在户外，在当时当地。也许，印刷工会因此感到某种困扰，因为他们复制的大部分内容来自那些匆忙写下的最初的日记。

午夜迁徙的鸟群

　　你可曾有机会听见鸟群午夜的飞行，穿过头上的空气和黑暗，不可胜数的军队，改变着它们初夏或夏末的栖息地？那是不该忘记的事情。昨晚一个朋友十二点之后给我打电话，让我注意巨大鸟群向北迁徙的非比寻常的喧闹（今年这已经是很晚了）。在寂静、阴影和此刻美妙的臭气中（那只属于夜晚的自然的芳香），我认为那是珍贵的音乐。你可以听见有特点的运动——一两次"巨翅的急促拍击"，但更经常的是一种柔和的沙沙声，久久延续着——有时非常近——伴随着持续的呼唤和叽喳，一些歌音。这声音从十二点持续到两点。有片刻，鸟的种类可以清晰地分辨出来；我可以辨认出长刺歌雀、唐纳雀、威尔逊鹟、白冠麻雀，偶尔从高空传来凤头麦鸡的鸣叫。

大黄蜂

　　5月——蜂拥的、歌唱的、交配的鸟儿的月份——大黄蜂的月份——开花的紫丁香的月份，也是我出生的月份。我匆忙写完这一段，就在日落之后来到外面，来到溪边。光线、香味、旋律——蓝鸟、草鸟和知更鸟，在各个方向——喧闹、回荡的自然的音乐会。那些低音，是附近一只啄木鸟在叩响它的树木，远处是雄鸡的响亮尖锐之声。然后是新鲜泥土的气味——色彩，远景中微妙的枯黄色和薄薄的蓝色。草的明亮的绿色因为最近两天的温润潮湿而略有加深。太阳多么安静地攀上广阔清澈的天空，开始它白昼的旅程！温暖的光线沐浴着一切，亲吻一般汹涌而来，我的脸颊几乎感到了灼热。

　　自从塘蛙开始聒噪，山茱萸绽放最初的白色以来，已经有一段时间了。现在，金色的蒲公英在无尽的挥霍中，点缀大地的各个角落。白色的樱桃和梨树吹出花朵——野生的紫罗兰，以它们蓝色的眼睛仰望着，向我的双脚致敬，我徜徉在树林边缘——打了玫瑰红蓓蕾的苹果树——麦田清澈的祖母绿——裸麦的暗绿色——温暖的弹性渗透在空气中——矮杉树慷慨地装饰着棕色的小果——夏天完全苏醒了——黑鸟在集会，吵吵嚷嚷的一群聚集在某棵树上，当我坐在附近，它们使时辰和地点变得喧闹。

后来。——自然列队前进，像军队一样，一个部门接着一个部门。一切都主要是为了我，并且仍将如此。但是最近两天吸引我的是野蜂，大黄蜂，或者像孩子们所称呼的，"嗡嗡嗡"。当我散步，或者一瘸一拐地，从农舍走向溪边，我横越前面提到过的小路，路的两旁是旧铁轨形成的篱笆，带有许多的裂口、尖片、中断、孔洞等等，那些低吟的、毛茸茸的昆虫就选择这样的地方栖息。在这些铁轨的上下左右和中间，它们拥挤在一起，数量巨大，无法胜数，在空中冲刺和飞行。当我缓慢地一路行去，经常有一片黄蜂组成的移动的云彩伴随着我。在我清晨、日午或黄昏的漫游中，它们扮演着主角，往往以我从未想到的方式主宰着风景——它们充满了长长的小路，不是成百，而是上千。数量巨大、活泼而迅捷，时而美妙地冲刺，时而响亮地膨胀开来，始终在嗡鸣着，不时地被什么东西改变着，几乎像一声尖叫，它们前后疾飞，快速地闪动，彼此追逐，尽管它们是小家伙，却给我传递了一种新鲜而生动的力量感、美、活力和动感。它们是到了交配的季节了吗？这么巨大的数量、速度、渴望、展示，到底是什么含义？当我散步，我以为跟随我的是一个特殊的蜂群，但是略加观察，我发现那仅仅是一系列蜂群在快速地变换，一个接着一个。

写这则日记时，我是坐在一棵大的野樱桃树下的——白昼因时而飘过的云彩和清新的风而变得温和，那风既不太强也不太弱——我长久地、长久地坐在这里，包裹在这些蜜蜂单调而低沉的音乐中，它们成百上千只地掠过，平衡着，在我周围前后疾飞——大家伙穿着淡黄的夹克，闪耀鼓胀的硕大身躯，粗短的脑袋和薄纱般的翅膀——哼唱着它们永远丰富柔和的歌曲。（难道其中不存在作曲的暗示，这些嗡鸣不就该是那音乐的背景吗？某种黄蜂的交响乐？）这一切多么予人滋养，以我最需要的方式，把我催眠；户外，裸麦田，苹果园。最近两天的太阳、微风、温度和一切都毫无瑕疵；永远不会再有这样完美的两天了，我好好地享受了一番。我的健康在好转，我的精神安宁平和。（不过，我一生中最悲哀的丧失和忧愁的周年纪念日即将来临。）

又匆忙写一段，有一个完美的日子：中午之前，从七点到九点，两个小时包裹在大黄蜂的嗡鸣和鸟的音乐中。苹果树上，和附近的一棵杉树上，有三四只褐背画眉鸟，每一只都在唱着它最好的歌，以我从来没有听过的最好的方式唱着华彩段落。两个小时我放任自己，倾听着它们，懒散地沉浸在这场景中。我注意到，在一年中，几乎每种鸟都有一个特殊的时辰——有时仅仅是几天——那时它唱得最棒；现在就是这些褐背画眉鸟的时辰。同时，在小路上下，是冲刺着、嗡嗡着的大黄蜂。当我回家时，又有一大群黄蜂充当了我的随从，和以前一样随着我移动。

两三个星期后，当我写下这些，我正坐在一棵郁金香树下的溪流边，树有七十英尺高，浓密、清新、青翠，正当青春旺盛——美丽的东西——每根树枝、每片叶子都完美无瑕。从树顶到树根，都有大群的野蜂拥挤着在花朵里寻找甜蜜的汁液，它们响亮而稳定的嗡鸣形成了一片低音，为整个世界，为我的心情和时辰。关于此，我将以亨利·比尔斯[①]小书中的诗歌做结。

> 当我躺在远处的深草中
> 一只醉醺醺的黄蜂经过
> 被甜蜜的棕榈汁弄得神志恍惚。
> 它身体周围金色的腰带
> 几乎勒不住它鼓溜溜的肚子
> 被忍冬的果冻胀得满满。
> 玫瑰酒和甜豌豆的酒
> 用神圣的歌曲充满它的灵魂；
> 整个温暖的夜晚它都沉醉不已，
> 它毛茸茸的大腿沾湿了夜露。
> 它的游戏中充满了古怪
> 当世界穿过睡眠和阴影。
> 它常常用焦渴的唇
> 啜饮花杯里甜蜜的琼浆，
> 在光滑的花瓣上它会打滑，
> 或是在纠结的雄蕊上旅行，

---

①亨利·比尔斯（Henry Augustin Beers，1847—1926），美国律师、诗人、学者，著有诗集及研究专著《19世纪英国浪漫主义史》《四个美国人：罗斯福、霍桑、爱默生、惠特曼》等多部。这里指的是他出版于1925年的《大黄蜂》一书。

还一头扎进滚动的花粉里，
沾了满身金黄爬了出来；
它沉重的脚会绊在
蓓蕾上，跌落在草丛中；
用低沉柔和的男低音，躺在那里
嘟囔着——这酒后爱伤感的可怜的蜂！

杉树果

　　今天在我乘轻型马车，穿过乡野旅行了十里或十二里的时候，没有什么比它们以其平凡的美和新颖更让我高兴的了，我从来没有这样的机会见识这样的小东西，或者是以前没有注意到它们。这些独特的小果实悬垂着丰富的一英寸长的黄色丝绸或纱线，无拘无束地点缀着深绿色的杉树丛——与青铜色的树干形成对比——毛茸茸的细条把树瘤子全部盖住，像一绺绺不驯的头发披覆在幼儿的前额上。后来，我去溪边散步时摘了一颗，保存下来。然而，这些杉树果仅仅能保存一小段时间，不久就碎了，消失了。

夏天的景象以及懒散

6月10日。现在是下午五点半，在溪边，没有什么能胜过我周围宁静的光彩和清新。白天的时候下过一场大阵雨，伴有短暂的雷鸣和闪电；雨后，头上，那罕见得无法形容的天空（在本质上，不是细节或形式上）的清澈的蓝，翻卷的银色——毛边的云彩，纯净炫目的太阳。衬着天空，树上已经满是温柔的叶簇——液体的、尖利的、拖得长长的鸟的音符——烘托着一只好抱怨的北美猫鸟焦躁的咪咪声，还有两只翠鸟愉快的尖声嗝啾。有半个小时我一直观察这两只翠鸟，它们和往常一样，依照惯例在溪流上空和溪中嬉戏；显然，那是一种最为活泼的欢闹。它们彼此追逐，盘旋着飞行，不时欢快地浸入水中，泼溅起如宝石般喷射的水花——然后猛地飞升而起，翅膀倾斜着，优美地飞行，有时飞得如此靠近我，我几乎可以看见它们暗灰色的羽毛和奶白的脖颈。

日落的芳香——鹌鹑的歌声——隐居的画眉

6月19日，下午四点到六点半。独自坐在溪边——孤独，但是景色足够明亮足够生动——太阳闪耀着，非常清爽的风吹着（昨夜下了大阵雨），草和树显示出它们最美的模样，各种不同的绿色形成的阴暗，阴影，半阴影，水面斑驳的闪光，从隐蔽之处，传来附近一只鹌鹑六孔竖笛的音符，池塘里刚好可以听见的雨蛙的定音声——乌鸦在远处呱呱地叫着——一群小猪拱着我所坐橡树附近的柔软土地——有的靠近来嗅嗅我，然后匆匆溜走，咕哝着。还能听见那鹌鹑清晰的叫声——我写字时，叶影在纸上颤抖——天空高远，飘浮着白云，太阳西斜——许多沙燕来来去去，迅疾地飞行，它们的洞穴开在附近的泥灰土岸上——杉树和橡树的臭气，这么容易觉察，当黄昏靠近——芳香，色彩，附近成熟麦田的青铜色和金色——红花草田，蜜一般的气息——丰满的玉米，带着长长的沙沙响的叶子——大片大片茂盛的马铃薯，微暗的绿，到处点缀着白花——我头上古老、多瘤、庄严的橡树——混合着鹌鹑的双音节歌曲，穿过附近松林的飒飒风声。

　　当我起身准备返回，一阵美妙的收场白一样的歌声让我久久徘徊，（是隐居的画眉吗？）歌声来自沼泽那边灌木丛生的隐秘之地，懒散而忧虑，一遍遍重复着。和最后的夕辉中成打成打雀跃不已、飞着同心圆的燕子相比，这声音就像高空中车轮的闪耀。

池塘边一个七月的下午

　　白炽化的高热，但在这纯净的空气中还有更多的事物在忍耐——白色和粉色的池花，带着巨大的心形叶片；小河透明的水面，堤岸上浓密的灌木，如画的山毛榉、阴影和草皮，一只鸟从隐蔽处发出尖利的叫声，打破了温暖、懒洋洋、几乎是奢侈的寂静；偶尔，有一只黄蜂、大胡蜂、蜜蜂或熊蜂飞来（它们在我手边和脸上盘旋，但没有惹恼我，我也没有惹恼它们，它们似乎检查了一番，没有发现什么，就离开了）——头上广袤的天空如此清澈，营营飞舞的小虫在那里缓慢旋转，划着庄严的螺旋和圆圈；就在池塘表面，两只深蓝灰色的大蜻蜓，舞着带花边的翅膀，盘旋着、冲刺着，偶尔非常静止地平衡着身体，翅膀却始终在颤抖着（它们不是在展示给我看，让我高兴吧？）——池塘里生有剑形的菖蒲，水蛇——偶尔一只轻快的黑鸟，肩膀上带有小红点，倾斜着一掠而过，这时，某只塘鸭的嘎嘎声带来了孤独、温暖、光与影——（蟋蟀和蝈蝈在中午的炎热中默不做声，但我听见了最初的蝉鸣）——然后在一段距离之外，在小河对面，马踏着快速的步伐，拖曳着一台收割机穿过黑麦田，发出喀嚓声和呼呼的转动声——（我刚刚看见的那只黄色或浅棕色的鸟，如小母鸡大小，短颈长腿，扑啦啦笨拙地飞过麦田，投入林间，那是什么鸟呢？）——细微然而容易觉察的、辛辣的红花草的芳香，占据了上风；而对于我的视线和灵魂而言，超越一切、环绕一切的，是自由的天空，透明的蓝色——在西方天空中盘旋的，航海者称之为"青花鱼群"的大朵灰白色羊毛似的云彩——天空中银色的旋涡像摇动的发绺，蔓延着，扩散着——无声无形的巨大幻影——但那也许是最真实的现实和万物的缔造者——谁知道呢？

蝗虫和螽斯

　　8月22日。蝗虫细弱单调的声音，或者螽斯的声音——我在夜里听见后者，而前者白天夜里都能听见。我认为早晨和傍晚鸟儿的颤音令人愉快；但是我发现，我也能同样快乐地倾听这些陌生的昆虫。在两百英尺远的一棵树那边，当我写作时，我现在听见一只蝗虫近午时的声音——一阵长长的呼呼声，继续，十分响亮的声音，以独特的螺旋或者摇摆的圆圈渐渐升高，其力度和速度增加到一定程度，然后是一阵振翼声，悄悄地微弱下去。每一次用力都持续一两分钟。蝗虫的歌与风景非常相配——喷涌出来，富有含义，充满阳刚之气，就像上好的陈酒，并不甜蜜，却远比甜蜜要好。

　　但是螽斯——我要如何描述它刺激人的声音？有一只就在我敞开的卧室窗外的柳树上歌唱，有二十码远；两周以来每个清澈的夜晚，这歌声都抚慰我入眠。有天傍晚我骑马穿过一片树林，走了一百杆远，听见无数的螽斯——有片刻我感觉非常奇妙；但是我更喜欢我那个树上的邻居。让我再说说蝗虫的歌

声，即使有些重复；一阵长长的、彩色的、颤抖的渐强音，像
铜盘在不断旋转，发射出一波一波的音符，开始时是温和的敲
打或拍子，速度和音调迅速增强，达到巨大的能量和意义，然
后迅速而优雅地低落下去，停息。不是鸣鸟的曲调——远远不
是；这普通的乐师可能没有考虑曲调，但对于更敏锐的耳朵，
那肯定是有着它自己的和谐的；单调——在那嘈杂的嗡嗡声中
却有着怎样的摇摆啊，一圈一圈，铙钹一样——或者像铜套环
的旋转。

一棵树的功课

　　9月1日——我不应该拿最大或最美的树来做说明。此刻，在我面前就有我喜欢的一棵，一棵漂亮的黄杨树，非常直，也许有九十英尺高，树兜粗可达四英尺。多么强壮、充满生机、善于忍耐！多么沉默的雄辩！提示着怎样的沉静与存在，与人类的虚伪正好相反。那么，一棵树的品质，几乎富有情感，显然充满了艺术与英雄气概；如此纯真、无害，又如此狂野。但它什么都不说。它如何用它的枝条和宁静指责着所有的天气，这大风般的怒气轻轻吹出一阵小风，人，就会因为一阵小雨或微雪奔回室内。科学（或者部分的科学）嘲笑着树神和树精的回忆，和树所说的话。但是，如果你不这样，它们就会和大多数的演讲、写作、诗歌、布道做得一样出色——甚至做得好得多。我应该说，那些古老树神的回忆确实非常真实，并且比我们的回忆更加深刻。（如江湖郎中们所说，"把这个割掉"，并由你保存。）去吧，坐在树丛或林子里，在那些无言伴侣的陪伴下，阅读上面所述，并且思考。

归于树的一课——也许是来自大地、岩石、动物的最伟大的道德课，是同样内在固有的，毫不理会观者（批评家）的假设或说法，或者喜欢与否。什么事情——什么更普遍的疾病侵蚀着我们所有的人，我们的文学、教育、对彼此（甚至对我们自己）的态度——比有关表象的不健康的烦扰，（通常也是暂时的表象），和对于性格、书籍、友谊、婚姻的缓慢、明智、长久、真实的部分，那人类无形的基础和纽带——根本不予关心，或几乎不关心，还要糟糕呢？（作为一切的根基，勇气、伟大的同情、人性中的充实，在万物上印下痕迹，它必定是无形的。）

8月4日，下午四点——树叶和草叶上的光影和罕见的效果——透明的绿色、灰色等等，一切都在盛大的夕光中炫耀着。清澈的光束投掷在许多新的地方，在有接缝的、铜黄色的低处的树干上。除了这个时辰，这些树干始终笼罩在阴影中——现在，那些坑洼不平的圆柱，无论新枝还是旧干，都泛滥着强烈的光线，在我眼前展开令人惊奇的新特征，沉静、长满粗毛、坚韧的树皮，无害的没有感情的表情，以前没有留意的许多的结子和木瘤。在光所揭示的一切中，在这样例外的时辰，这样的心境中，一个人绝不会对古老的虚构故事感到奇怪，（确实，为什么是虚构呢？）人们爱上了树木，狂喜地被它们神秘、沉默的力量所捕获——这力量，也许是最后的、最高的、完美的美。我熟悉这里的树木。

橡树，（种类很多——一个牢靠的老伙伴，生机勃勃，葱绿，毛茸茸的，树葩有五英尺，我天天坐在下面。）

杉树，很多。

郁金香树，（鹅掌楸，木兰科的一种——我在密歇根和南伊利诺州见过，一百四十英尺高，树莞八英尺粗；我移植得不好；最好从树种开始培育——伐木工称之为黄鹅掌楸。）

悬铃木。

胶树，甜的和酸的。

山毛榉。

黑胡桃。

黄樟。

柳树。

柿树。

山岑树。

山核桃。

枫树，很多种。

洋槐。

桦树。

山茱萸。

松树。

榆树。

栗子树。

椴树。

颤杨。

云杉。

鹅耳枥。

月桂。

冬青。

秋天的侧面

9月20日。在一棵古老的黑色橡树下，光滑而葱绿，呼出香气——在阿尔比教派的祭司们可能会选择的一片树丛中——包裹在中午太阳的温暖和光线中，还有成群轻快飞翔的昆虫——伴着一百杆远处许多乌鸦刺耳的聒噪——我独坐在这里，吸收着、欣赏着一切。玉米，堆成圆锥状，黄褐色，干枯了——一大片田地里散布着许多猩红色和金色的南瓜——邻近的是一片卷心菜地，呈现出漂亮的绿色和珍珠色，被阳光和阴影弄得斑驳一片——瓜地里有鼓胀的卵形甜瓜，宽宽的银色条纹，发皱的、宽边的叶子——还有众多秋天的景色和声响——远处传来一群珍珠鸡的尖叫——而9月的微风，以凄清的节奏从树顶上倾泻下来。

又一天。大地上到处是一场暴风雨留下的废墟。当我慢慢沿着溪岸漫步时，原木溪的水位已经退得很低了，显示出秋分前后的风暴使溪水暴涨留下的痕迹。当我四下环顾，计算着存货——野草和灌木，小丘，小路，偶尔出现的树桩，有的顶面很光滑，有些我用做休息的座位，从一处走向另一处，现在我就坐在其中一根树桩上潦草地写着这些句子——经常出现的是野花，小白花，星型的，或者基本是红色的半边莲，或者多年生玫瑰樱桃一样的种子，或者是多股的藤蔓绕着树干盘旋攀缘。

10月1日至3日。每天都来到溪流的孤独中。一轮清澈的秋阳，今天（第三天）刮西风，当我坐在这里，风吹起的细浪在我面前的水面上悦人地移动。在岸边一棵老山毛榉树上，树干已经腐烂倾斜，几乎掉到了水里，但在它生满苔藓的肢体上还有生命和叶子，一只灰色的松鼠，正在探索着，跑上跑下，毫不在意它的尾巴，跳到地上，蹲坐着注视着我，（一个达尔文式的暗示？）然后又爬到了树上。

10月4日。多云，凉，初冬的迹象。但这里依然令人愉快，树叶积得很厚，土地因为落叶变成了棕色；丰富的色彩，所有或浓或淡的黄色、灰色和深绿色，从最轻到最红的阴影——一切都安顿下来，被占了上风的土地的棕色和天空的灰色定下了基调。于是，冬天在降临；我仍在病着。我坐在这些美丽的景色和生动的影响之中，放任自己的思想，带着它一连串的遐想漫游。

天空——日夜——幸福

10月20日。晴朗、凉爽的一天，干燥而多风的空气，充满了氧气。脱出那包裹我、让我心气平和的理智、寂静、美丽的奇迹——树木、水流、青草、阳光和初霜——今天我看得最多的是天空。它有着那种脆弱、透明的蓝色，秋天独有的色彩，仅有的或大或小的云彩都是白色的，在广阔的天穹上或静止，或做着精神的运动。早些日子（比如说7号到11号）它一直保持着纯净但生动的蓝色。但是当中午靠近，色彩变得更为明亮，有两三个小时是很重的灰色——然后有片刻变得更灰暗，直到日落——我透过长满大树的山丘缝隙观察着，令人目眩——火焰的投掷，和亮黄色、肝脏色和红色的绚丽展示，还有水面上巨大闪耀的银色斜光——透明的影子、箭矢、火花，以及超越了所有绘画的生动色彩。

这个秋天，我不知道是如何就拥有了一些美妙满足的时刻，对我来说，这似乎最应该归之于天空，我时时在想，我一生中当然每天都看见天空，但我从来没有真正地看它——难道我不应该说那是完美的幸福时刻吗？我曾经读到过，拜伦就在死前告诉一个朋友，他一生中只有过幸福的三小时。还有有关国王的铃的古老德国传说，说的也是同样的事情。当我出去，来到林边，那美丽的日落透过树林，我想起拜伦的话和铃的故事，我头脑中出现的念头是我正在拥有一个幸福的时刻。（尽管也许我没有记下我最好的时光；当它们降临时，我无法用写日记来打破它们的魅力。我仅仅是放纵我的心情，让它漂浮，用它安静的狂喜载着我漂浮。）

无论如何，何为幸福？此刻就是幸福的时刻吗，或者是类似的时刻？——如此无法感知——仅仅是呼吸，一种短暂的色泽？我不能肯定——所以，让我获取怀疑的好处吧。你，清澈透明的，在你那蔚蓝的深处，是否为我这样的人预备了药物？（哦，我生理上的衰朽和精神上的麻烦已经持续了三年。）现在，你没有细心地神奇地穿过无形的空气把它滴到我身上吗？

10月28日夜。天空非常透明——星星出来了，数不胜数——银河的大路，及其分叉，仅仅在非常晴朗的夜晚才能看见——木星，在西方出现，看上去就像一朵偶然的盛大的水花，有一颗小星为伴。

　　　　穿着白色的外套，
　　　　这贵族缓慢地走进空空的圆形竞技场，
　　　　手上抱着一个小孩，
　　　　像无云夜空上有木星相伴的月亮。
　　　　——印度古诗

11月初。我们已经描述过的小路那端，通向一片多草的高坡上的田野，有二十亩，微微向南倾斜。我习惯在这里散步，观赏天空的景色和效果，在清晨和日落。今天，就在这片田野上，整个上午，我的灵魂都被头上清澈的蓝色拱门所镇静，扩展到难以描述的程度，没有云彩，没有什么特别的东西，仅仅是天空和阳光。它们给人安慰的伙伴，秋叶，凉爽干燥的空气，微弱的芳香——乌鸦在远处呱呱地叫着——两只大雕在远处的高空优美缓慢地盘旋——偶尔有风的呢喃，有时非常温柔，然后又威胁地穿过树林—— 一群农夫在田野里装玉米秸，耐心的马在等待。

色彩——一个对比

如此色彩与光线的游戏，不同的季节，每天不同的时辰——遥远地平线的线条，那里，色泽微弱的风景边缘消失在天空之中。当我沿着小路慢慢地一瘸一拐走向一天的终结，一轮无可比拟的落日，一枝一枝，发射着熔化的蓝宝石和金子，穿过长着长叶子的玉米的队列，在我和西方之间。另一天。郁金香和橡树丰富的暗绿色，沼泽柳树的灰色，悬铃木和黑胡桃的沉闷色调，杉树（雨后）的祖母绿和山毛榉的淡黄色。

一八七六年十一月八日

　　午前沉闷多云，不冷也不潮湿，但有变冷变潮湿的可能。当我瘸着腿来到寂静的池塘边，坐下，在这个与世隔绝的地方，什么也不关心，什么也不知道，与置身城市的兴奋有多么不同，成百万的人此刻正在等待昨天总统大选的消息，或者是接受和讨论着结果。

乌鸦和乌鸦

　　11月14日。当我坐在溪边，散步后休息一下，来自太阳的一阵温暖的柔情沐浴着我。没有声音，只有一阵乌鸦的鸣叫，没有运动，只有它们黑色的影子从头上飞过，反射在下面池塘的镜子中。的确，今天风景的主要特征就是这些乌鸦，它们不停地鸣叫，远远近近，它们数量巨大，连续地从一地移向另一地，不时地以其不可胜数的数量几乎把天空遮暗。当我坐了片刻，在溪畔写下这个便条时，我看见远远的下面，它们黑色的、清晰的影子，飞越水的明镜，或单独，或成双，或连续的一长串。昨晚整夜我都听见附近树林中它们的巨大鸟巢中发出的喧闹。

海边的一个冬日

最近，晴朗的12月的一天，我乘火车旅行了一个多小时，越过坎登和大西洋城，抵达新泽西海边，度过了一个中午。我早早出发，一杯香浓的咖啡和一顿可口的早餐加强了我的体力（那是我亲爱的好姐姐露亲手做的——食物可口之极，容易吸收，使你精力旺盛，也许会让其余的一整天都舒适称心）。最后，大约有五六里，我们的铁轨进入一片开阔的盐草地，被泻湖分割成区域，到处是水道。莎草的香味，愉悦着我的嗅觉，让我想起"麦芽浆"和我故乡岛屿南部的海湾。我可以心满意足地旅行到晚上，穿过这些平坦而芳香的海边牧场。从十一点半到十二点，我几乎都是沿海岸而行，或者是能看见海洋的地方，倾听着它嘶哑的低语，呼吸着令人振奋的好客的微风。开始，是在坚硬的沙地上匆忙行驶了五里——我们的马车轮子几乎陷了进去。晚饭后（有将近两个小时的闲暇）我向另一个方向走去，几乎没有遇见或看见一个人，我占据了一个好像旧浴场客厅的房子，视野开阔，归我独享——古雅别致，让人心神愉快，无遮无拦——我的前面和四周立即展开一片干燥的莎草和假高粱草——空间，简单的，未经装饰的空间。远方的船舶，更远处，仅仅能看见一艘向海岸驶来的汽船的尾烟；更清晰的是海船、双桅船、纵帆船，它们大部分都将船帆向着劲风鼓起。

　　海中和岸上，都充满魅力和诱惑！一个人要怎样沉思它们的朴素，它们的空旷！在我们心里，那些间接和直接的印象唤起的是什么？延伸开去的海浪和灰白的海滩，海盐，单调而麻木——完全没有艺术、书本、谈话、优雅——却是如此难以描述的舒适，甚至这冷酷的冬天，也是如此柔美，如此令人鼓舞——震惊着我无法触及的情感深处，比我曾经读过、看过、听过的所有诗歌、绘画、音乐都要微妙。（但是让我公道些，也许那是因为我已经读过那些诗歌，听过那些音乐了。）

海边的幻想

甚至在我还是个孩子时，我就幻想、希冀着，写一个东西，也许是一首诗，关于海岸——那提示着、分割着的线条，接触，联合，固体与液体联姻——那奇怪的、潜伏着的什么东西（正如每个客观形式最后都变成主观精神一样确凿无疑），它意味着远比最初看见的要多，这般壮丽，混合着真实和理想，彼此构成了对方的一部分。时辰，日子，我在长岛的青春和早年，我徘徊在罗克威岛或科尼岛的海岸，或是向东去到汉普顿或蒙托克。有一次，在蒙托克（在古老的灯塔旁，四周，目力所及之处什么都没有，只有大海在动荡起伏），我记得很清楚，我觉得有一天我一定要写一本书，表现这个液体的、神秘的主题。结果，我忘记了任何特殊的抒情诗、史诗或文学方面的企图，海岸成了我的写作中一种无形的影响，一种弥漫着的尺度和标准。这里，允许我给青年作家们一点提示。我不能肯定，但是，除了海和岸以外，我也不自觉地用同样的规律来对待其他的力量——躲避它们，不用诗歌去表现它们，它们太伟大了，不能用正规的方式处理——如果我能间接表明我们曾经相遇过、融合过，哪怕仅仅是一次，我也非常满足了，那已经足够——我们已经真正彼此吸收，彼此理解了。

　　有一个梦，一幅图画，多年来时时（有时间隔很长时间，但时辰一到肯定会来）无声地出现在我面前，而我真的相信，尽管它是想象，它已经大部分进入了我的现实生活——也当然进入了我的写作，使之成型，赋予它们色彩。那不是别的，正是一片没有尽头的棕白色的沙地，坚硬，平坦，宽阔，壮丽的海洋不停地在它上面翻滚，缓慢冲刷，沙沙作响，泡沫飞溅，如同低音鼓的重击。这景象，这图画，多年来时时在我面前浮现。有时夜里醒来，我也能清晰地听见它，看见它。

两小时的冰海航行

1877年2月3日。下午四点到六点，穿过德拉瓦尔（我又回到了我在坎登的家），我们无法穿过冰面登陆；我们的船没有漏水，导航员强壮有力而技巧娴熟，但是这愠怒的老船，可怜地顺从着它的舵盘。动力，在诗歌和战争中是如此重要，在冬天的汽船上也是头等重要，它有大片大片的流冰要应付。有两个多小时我们颠簸着敲打着，无形的退潮，缓慢而不可抗拒，往往违背我们的意志把我们载走很远的距离。在黄昏的第一抹微光中，当我举目四顾，我认为不会再有更为寒冷、北极一般的、严酷而压抑的景色了。一切都还清晰可见；向北向南几里，都是冰，冰，冰，大多数是碎冰，也有一些大块的，视野里没有清澈的水。海岸、码头、表面、屋顶、装载的船，都被雪所覆盖。一股冬天微弱的蒸汽，在周围和上方悬浮着，是合适的伴侣，无尽地伸展的白色，只有一点钢铁的色泽和棕色。

2月6日。当我乘6号下午的那艘船再次返乡，到处填满了透明的阴影，雪片懒散地飘落，轻盈地斜着，奇怪，它们虽然稀疏，却非常大。在岸上，远远近近，刚刚点燃的煤气灯间歇地闪耀着。冰，有时聚成小丘，有时整个一大片地漂浮着，我们的船穿过流冰嘎吱作响。就在日落之后，光线渗透傍晚独有的薄雾，有时将远处的事物渲染得非常鲜明。

春天前奏曲——娱乐

2月10日。今天，一只鸟发出最初的叽喳，几乎是在歌唱。然后我注意到，阳光中，一对蜜蜂在敞开的窗边迅疾飞行。

2月11日。在夕光柔和的玫瑰红和发灰的金色之中，这个美丽的傍晚，我听见正在苏醒的春天最初的嗡鸣和准备——非常微弱——是在土里、根须里，还是昆虫开始动弹，我不知道——但是那是可以听见的，当我靠着一根围栏（我在我乡村寓所的楼下待了一会儿），我远眺西方的地平线。我转向东方，当阴影加深，天狼星出现了，壮丽炫目。巨大的猎户星座，还有偏东北方向一点的大北斗七星，竖立着。

2月20日。池塘边孤独而宜人的日落时分，用一棵手腕粗细的坚硬橡树锻炼我的手臂、胸肌、整个身体，树有十二英尺高——我又拔又推，激起了甜蜜的风。和树较量了一会之后，我能感觉到它年轻的树液和效力从大地里涌起，刺痛着，从头到脚穿过了我的全身，像补酒一样。然后为了再锻炼锻炼，换换花样，我开始练习发声；大声地慷慨激昂地朗诵一些片段，伤感、悲哀、愤怒，等等，取自常用的诗歌和戏剧——或者是鼓起肺叶，唱出我在南方听到黑人唱过的一些野调和叠句，或者是我在军队里听过的爱国歌曲。我激起了回声，我告诉你！当黄昏落下，在这些情感迸发的间歇中，一头猫头鹰在溪对面什么地方发出声响——突，哦，哦，哦，哦——柔和而略带沉思意味（我想象还含有一点讽刺），重复了四五遍。这声音既是对黑人歌曲的喝彩，也可能是对悲哀、愤怒、常用的诗歌风格的讽刺性评价。

人类的怪癖之一

　　在完全的静谧和孤独中，远离此地，置身森林之中，独自一人，或者像我所发现的，置身于荒凉的草原，或者群山的寂静中，你从来不能完全抛开环顾四周的本能（我就是这样，其他人也信任地告诉我他们也这样），你想发现是否有什么人出现，从土里冒出来，或者从树后和岩石后，这是怎么回事？那是从野生动物继承下来的、徘徊不去的原始的警惕性，还是从人类野蛮远祖遗传而来？它不完全是紧张或恐惧。似乎有什么陌生的东西可能潜伏在那些灌木丛中，或是僻静的地方。不仅如此，非常肯定，一定存在着——某种有生命的看不见的存在。

敞开的大门

4月6日。真的可以觉察到春天了，或者是春天的迹象。我坐在明亮的阳光中，在溪边，溪水刚刚被风吹出涟漪。一切都是孤独的，早晨清新，随便。陪伴我的是两只翠鸟，它们航行、盘旋、冲刺、浸着水，有时任性地分开，然后又飞到一起。我听到它们的喉咙在不断地喊喊喳喳；有好一会儿，周围只有那种独特的声响。随着中午的靠近，其他鸟儿也温暖起来。知更鸟尖利的音符，两部分组成的一个乐段，一种清晰悦耳的汩汩声，应和着其他我不能确定方位的鸟儿。池塘边，不耐烦的雨蛙不时地以低沉的呼噜声加入进来，是的，我刚好听见。温暖而强烈的风，哑哑的呢喃不时穿过树林。然后一片可怜的小小的死叶，长久地被冰冻住，从空中某处旋转而下，在空间和阳光中，狂野自由地喧闹着，然后猛冲向水面，水把它紧紧拥抱，不久就沉了下去，看不见了。灌木和树林仍是光秃的，但是山毛榉还挂着皱巴巴的黄叶，是上个季节的叶子大部分留下了，杉树和松树往往还是绿的，杂草也显出即将丰满的证明。在美妙清澈的蓝色天穹上，光在游戏，来来去去，大片的白云在安静地游弋。

普通的大地，土壤

　　土壤，让别人去写大海、空气吧，就像我有时尝试的那样——但现在我愿意选择普通的泥土为主题——别无其他。这里的土壤是棕色的（就在冬末和开春草木发芽之间），夜里下了阵雨，第二天早晨，土地发出清新气息——红色的蚯蚓蜿蜒拱出地面——死叶，刚萌发的草叶，以及地下潜伏的生命——什么东西在努力开始——在隐蔽处已经点缀上了一些小花——远处冬麦田和裸麦田呈现出祖母绿——树木仍赤裸着，树身上有清晰的裂缝，让人展望隐藏在夏天的前景——艰难的休耕期和耕作期，一个矮胖的男孩在吆喝着激励他的马——在翻起的长长的倾斜条纹中有黑色肥沃的土壤。

鸟和鸟和鸟

　　稍晚一会儿——明媚的天气。这些日子（4月末和5月初），一阵非凡的悦耳鸣唱，来自黑鸟；确实，各种各样的鸟儿，在冲刺、呼啸、单足跳跃，或是栖息在树上。我以前从来没有见过、听过，或者置身于这样的景象之中，我被它们和它们的表演淹没了、充满了，因为当前的这个月份。这海洋，这连续不断到达的鸟群。让我列一个我在这里发现的鸟类的清单吧：

黑鸟（很多）　　　　　草地云雀（很多）

斑鸠　　　　　　　　　北美猫鸟（很多）

猫头鹰　　　　　　　　布谷鸟

啄木鸟　　　　　　　　塘鹅（很多）

美洲食蜂鹟　　　　　　红眼雀

乌鸦（很多）　　　　　鹪鹩

旅鸫　　　　　　　　　翠鸟

渡鸦　　　　　　　　鹌鹑

灰鹬　　　　　　　　红头美洲鹫

鹰　　　　　　　　　苍鹰

天宇　　　　　　　　黄鸟

苍鹭　　　　　　　　画眉

长刺歌雀　　　　　　林鸽

早来的鸟有：

蓝鸟　　　　　　　　草地鹨

喧鸹　　　　　　　　白肚燕

千鸟　　　　　　　　沙地鹬

知更鸟　　　　　　　威尔逊鹬

山鹬　　　　　　　　扑动䴕

星光灿烂的夜晚

5月21日。回到坎登，又开始了一个透明异常、星光璀璨的蓝黑色的夜，仿佛要显示，无论白昼有多么盛大和自负，总有些什么东西留下，留在夜晚里，比白昼长久。最罕见的、最美丽的拖延很久的清澈的阴暗，从日落一直到晚上九点。我来到特拉华，反复穿越。金星像闪耀的银子喷涌在西方。新月又大又薄的苍白月牙，半小时高，倦怠地沉落在一片云彩的纹章斜条下面，然后又冒出来。大角星在头上右方。一阵微弱芳香的海的气息从南方飘来。黄昏，温和的凉爽，带有景色的所有特征，难以描述地令人安慰，予人滋补——这样的时辰总让人想起灵魂，无以言表。（哦，如果没有夜晚和星星，哪来精神的食粮？）广阔无垠的空气，天空朦胧的蓝色，似乎已足够神奇。

夜晚一边前进，一边更换着它的精神和衣装，变得更宽敞更威严。我几乎意识到一种确定的存在，附近无声的自然。巨大的水蛇星座伸展开它盘绕的身躯，几乎占了大半个天空。天鹅座展开翅膀，飞下银河。北方的皇冠，天鹰座、天琴座，全都就位。从整个天穹上放射出光点，与我默契一致，穿过清澈的暗蓝。所有平常的运动感，所有动物，似乎都被抛弃了，似乎都成了虚构；一种奇怪的力量，如同安静休息的埃及众神，取得了所有权，尽管依然难以觉察。更早的时候，我见过许多蝙蝠，在明亮的夕辉中平衡着，在这里和远处的河面上，它们黑色的形体急速移动着；但此刻它们都不见了。黄昏星和月亮已经消失。活力和安宁沉静地躺下，在流动的无所不在的阴影中。

　　8月26日。白昼一直很明亮，我的精神也是一样，一个突强音符。然后夜晚降临，显得异样，带有难以表达的沉思意味，还有它独有的温柔和适度的壮丽。金星徘徊在西方，带着迄今为止这个夏天还没有显示过的奢侈的绚烂。火星早早升起，愠怒的红月亮，两天之前就已经盈满了；木星在夜的子午线上，而长长的蜷曲倾斜的天蝎座，伸展在南方，完全可以看见。火星现在步入了天穹的最高点；整个一个月我晚饭后出门去看它；有时午夜起床，再去看看它无与伦比的光亮。（我最近看见一个天文学家利用华盛顿的新望远镜搞清楚了，火星一定有一个卫星，或许是两个。）它苍白而遥远，但在天空中很近，是领先于它的土星。

毛蕊花和毛蕊花

　　硕大、安静的毛蕊花，随着夏天的推进，丝绒一般光滑柔软，带点浅绿的枯黄色，在田野里到处生长——是大地上最早的丛生植物，它们宽阔的叶子低垂，每棵有八片、十片或二十片叶子——在小路尽头，在二十亩休耕地上繁茂生长，尤其是在篱笆的两侧——起初靠近地面，但不久便迅速生长起来——叶子和我的手掌一样宽，更低处的叶子有手掌两倍长——在早晨中如此清新，沾满露水——茎秆现在有四五英尺、甚至七八英尺高了。我发现，农夫认为毛蕊花是没有价值的杂草，但是我却逐渐喜欢上了它。每件事物都有自己的功课，包含有其余一切事物的暗示——最近我有时认为，这些坚硬的黄色杂草中集中了为我所准备的一切。当我清晨来到小路上，我在它们柔软的羊毛般的花、茎和阔叶前停步，它们闪耀着数不清的宝石。到现在，它们已经开了三个夏天了，它们和我一起沉默地返回；在这样漫长的间歇，我在它们中间或站或坐，沉思着如此多的时辰和部分康复的情绪，沉思着我疯狂的病态的精神，在这里尽其所能地靠近安宁。

远处的声响

伐木人的斧子，一只打谷连枷有节奏的砰砰声，谷仓里雄鸡的啼鸣（从其他谷仓里传来始终如一的回应），还有牛的低哞——但是最鲜明的，是或远或近的风声——穿过高高的树顶，或是低处的灌木，如此温柔地沐浴着你的脸和手，这个芳香明亮的正午，很长时间以来最为凉爽的一个正午（9月2日）——我不会把它叫作"叹息"，因为对我来说，它始终是一种稳定、明智、快乐的表达，通过一种单调的声音，表达众多的变化，或迅疾或缓慢，或密集或纤细。那边松林里的风——怎样在嘶嘶作响。如果在海上，此刻我能想象它，抛掷着波浪，带着飞得很远的泡沫的烈性酒，还有自由的呼啸，盐的气味——那巨大的悖论以其全部的活动和永不止息传达着一种永恒休息的感觉。

此时此地，其他需要提到的是太阳和月亮。正如从来没有过更美妙的白昼，那绚丽的星球的帝王，如此巨大，如此光耀，灼热而可爱——也从来没有过更辉煌的夜晚的月亮，尤其是在最近三四天中。巨大的行星也比任何时候靠我们更近——
火星以前从来没有这么火光熊熊、明亮闪耀，巨大星体染着轻
微的黄色调（天文学家说，那是真的吗？）——而木星老爷，
喷涌而出（和月亮挨近已有一段时间了）——在西方，当太阳
沉落，奢侈逸乐的金星，现在萎靡不振，暗淡无光，仿佛因为
纵欲过度一般。

裸身日光浴

　　8月27日，星期日。又一天摆脱了明显的虚弱和痛苦。仿佛来自天堂的和平与滋养真的微妙地渗透了我，当我缓慢地一瘸一拐走过这些乡村小路，穿过田野时，在美好的空气里——当我坐在这里，独自与自然在一起——开放、无声、神秘、遥远但可以触摸的、动人的自然。我把自己融入了景色之中，在这完美的日子。徘徊在清澈的溪水上，这里，它柔和的汩汩声安慰了我，那里，它三英尺瀑布嘶哑的呢喃也让我宽慰。来吧，你这哀伤的人，你身上有着潜在的资格——来吧，从溪岸、树林和田野中获取那确切无疑的功效吧。有两个月（1877年7月和8月），我吸收它们，它们开始造就了一个新的我。每一天，我过着蛰居的生活——每一天至少两三个小时的自由沐浴、不需要说话、无拘无束、没有衣服、没有书本、没有"礼节"。

　　我是否要告诉你们，读者，我大部已经恢复的健康要归功于什么吗？几乎两年，断断续续，没有麻醉药和内服药，我每天都在户外。去年夏天我发现了一个特别隐秘的有树林的小谷地，就在我的溪流的另一侧，起初是一个挖出来的很大的泥灰坑，现在废弃了，填满了，长了灌木，树，草，一丛柳树，岸滩蜿蜒，一道珍贵的泉流就从它的中央流过，有两三个小瀑布。每当天气炎热，我就撤退到这里，直到今年夏天。就是在这里，我领悟了那个老伙计的话，他说他在一个人的时候是最不孤独的。以前我从来没有这么靠近过自然；以前她也没有这么靠近我。按照旧习，我几乎是当场自动把我的情绪、景色、时辰、色调和轮廓都用铅笔记下来。让我特地记下这个午前的满足吧，它如此晴朗而原始，如此超乎常规，又如此自然而然。

早饭之后一个来小时，我一路来到前面说过的隐秘小谷地，那里仅仅属于我和几只画眉、猫鸟所有。轻盈的西南风吹过树梢。那正是我像亚当那样做空气浴和从头到脚擦净全身的恰当的地点和时间。把衣服挂在附近的一根栏杆上，头戴宽檐旧草帽，脚穿便鞋，多么美好惬意的两个小时啊！先是用硬而有弹性的鬃毛刷子刮擦手臂、胸脯、身侧，直到把皮肤擦得发红——然后把身体的一部分沐浴在流淌的清澈溪水中——懒洋洋地接受一切，时不时地停下来休息休息——每隔几分钟就光着脚在附近黑色的软泥中来回走走，让双脚做做黏糊糊的软泥浴——在水晶般的流水中清洗两三次——用芳香的毛巾擦身——在草地上漫不经心地缓慢地散步，沐浴着阳光，偶尔休息一下，再用鬃毛刷子擦净身体——有时我会带着我的轻便椅子，从一个地方挪到另一个地方，因此我的活动范围很宽，几乎有一百杆，我感觉很安全，不会有什么人来侵扰（我真的根本不担心这个，即便有意外发生）。

当我在草上缓慢地散步，太阳照射着，足以显示出随我移动的影子。我似乎和周围的一切融为一体了，和它们一样健康。自然是赤裸的，我也是赤裸的。太懒散、太欣慰、太喜悦了，我什么都不去想。但是我还是有兴致这样想：也许我们内心从未失去的与大地、光、空气、树木等等一切的和谐，仅仅通过眼睛和头脑是认识不到的，而是要通过整个身体，既然我不会把眼睛蒙上，我就更不会束缚我的身体。在自然中甜蜜、明智而沉静地裸着身子！——哦，如果城里的贫病之人、好色之人能真正再了解你一下，那该有多好！难道裸体不是下流？不，从本质上说，不是。下流的是你的思想、你的复杂、你的眼泪、你的体面。当我们的这些衣服不仅仅厌烦得无法让人再穿，而且其本身就是下流的时候，坏心情就会出现。也许他或她（他们的人数何止千百！）真的没有资格享受在自然中裸身的那种自由的喜悦和幻想，他们真的不懂纯净为何物——也不懂信念、艺术、健康真正是什么。（也许古希腊民族所阐发的最优秀的哲学、美、英雄主义、形式的全部课程——在这些学科中文明世界所能明白的最高的高峰和最深的深度——都来自他们对裸体的自然而虔诚的观念。）

最近两个夏天，我度过了许多这样的时辰，我的部分康复要大部归功于它们。有些好心人会认为，那样消磨时间和思考，纯粹是虚弱和神经不正常。也许是吧。

橡树和我

　　1877年9月5日。上午十一点，我写下这些，在岸边一棵茂密橡树的遮蔽下，我在那里躲避一场突来的阵雨。整个早晨都细雨蒙蒙，但一小时前雨势缓和下来。我来这里是为了我前面提到过的我所喜欢的日常简单的锻炼——拔那棵年轻山核桃的树苗——摇晃和弯曲它坚硬又柔软的垂直树干——希望偶然能让我的老肌腱从其获得一些有弹性的纤维和清澈的树液。我站在草地上，做这些程度适当的健身的拔树运动，做做停停，将近一小时，吸入大量清新空气。在溪流边漫步，我有三四个喜欢的天然休息场所——除了我随身拖着的一把椅子，偶尔审慎地用一用之外。在其他我所选择的便利之处，除了刚刚提到的山核桃树，结实而柔软的山毛榉树枝或冬青树枝，只要是方便够到的地方，都是我锻炼手臂、胸肌、躯干肌肉的自然器械。我很快就能感觉到树液和力量上升，渗透我全身，就像遇热的水银一样。在阳光和阴影中，我小心地抓住树枝或较为纤细的树，和它们的纯洁、健壮进行较量——并且知道功效由此从它们身上传递给我。（或许是我们交换——对此，或许树木比我所想到的更有意识。）

　　但现在愉快地被禁锢在这里，在这棵大橡树下——雨在滴落，天空覆盖着铅云——什么都没有，只有池塘在一侧，另一侧是一片延伸的草地，点缀着奶白的野萝卜花——远处木头垛边有人挥动斧子发出的声音——在这沉闷的景色中（大多数人会这么说），为什么我独自一人如此幸福（几乎是幸福的）？为什么任何打扰，即便是我喜欢的人的打扰，也会败坏这种魅力？可我是孤独的吗？无疑，一个时刻降临了——也许它已经来到我面前——那时，一个人感觉通过他整个的存在，那情感的部分，主观的他和客观的自然之间的一致性，谢林和费希特如此喜爱的一致性，明确地变得紧迫。我不知道那是什么样子，但是我经常在这里认识到一种存在——在清晰的情绪里我肯定它的存在，化学、推理、审美都不能做出最基本的解释。过去的整整两个夏天，它一直在强化和滋养着我病弱的身体和灵魂，以前从来没有过。感谢这无形的医生，感谢你无声的良药，你的日与夜，你的水流和你的空气，堤岸，青草，树木，甚至杂草！

二月天

1878年2月7日。今天太阳闪耀，有薄雾，足够温暖，但仍然有些刺骨，我坐在户外，在我乡村的隐居处，一棵老杉树下。有两个小时，我一直在树林和池塘边懒散地游荡，拖着我的椅子，随意选择着地点，坐上一会——然后又慢慢地游逛开去。一切都是和平的。当然，没有夏天的喧闹或活力；今天甚至和冬天差不多一样。我用朗诵锻炼嗓音来自娱，发出全部元音和字母音的所有变化。甚至没有回声；只有一只孤独乌鸦的鸣叫，在远处飞着。池塘明亮，平静地伸展着，没有一丝涟漪——一面巨大的克劳德·洛兰①式的镜子，我在里面研究天空、光线、没有叶子的树，偶尔有一只乌鸦拍着翅膀，从头上飞过。棕色的田野有雪留下的一些白色补丁。

---

①克劳德·洛兰（Claude Lorraine，1600—1682），法国风景画家，革新古典风景画，追求理想境界，开创表现大自然诗情画意新风格，主要作品有《罗马近郊的风景》《海港》等。

2月9日。漫步一小时后，现在撤退，休息，坐着，靠近池塘，在一个温暖的角落，写着这则笔记，避开微风，就在正午之前。自然的"情感"效果和影响！我，也喜欢休息，我觉得，这些现代的趋势（来自所有流行的观念、文学和诗歌）把一切都变成了伤感、倦怠、病态、不满、死亡。但是我多么清楚，这些结果都不是天生的，根本不是自然的影响，而是人们扭曲、病态或愚蠢的灵魂的结果。这里，在这野蛮的、自由的景色中，多么健康，多么快乐，多么干净、甜蜜和朝气蓬勃！

下午三点左右。我的一个隐匿角落是谷仓南面，我现在就坐在这里，坐在一根原木上，仍然沐浴在阳光中，避开风口。我附近是牛，正在吃玉米秸。偶尔，一只母牛或小公牛（它有多漂亮多冒失！）在我所坐原木的那端又蹭又嚼。新鲜的奶味清晰可闻，还有谷仓里发出的干草的芳香。干燥的玉米秸一直在沙沙响，风在谷仓山墙上飒飒作响，猪在咕哝，远处是一列火车在呼啸，偶尔传来的声音是雄鸡的啼鸣。

2月19日。昨晚寒冷刺骨——晴朗，风不太大——满月在闪耀，星座和大大小小的星星在天空灿烂地铺展开来——天狼星非常明亮，早早升起，前面是星球众多的猎户座，闪耀着，巨大，佩着剑，驱赶着他的狗。土地冻得很厉害，池塘上一片冰的冷硬闪光。被夜晚沉静的壮丽所吸引，我尝试做一次短途散步，但是被寒冷赶了回来。今天早上九点时我又出去一次，仍然太冷，于是我再次返回。可是现在，靠近中午，我已经走下小路，一路上沐浴着阳光（这个农场的南边可以愉快地晒太阳），我在这里，坐在岸边的背风处，靠近水边。有蓝鸟已经在周围飞行，我听见的多是啁啾和喊喳，以及两三首真正的歌，持续了好长时间，在正午的灿烂和温暖中。（那里！那是一支真正的颂歌，勇敢地唱响，重复着，仿佛歌手有意如此。）然后，随着正午加强，知更鸟纤弱的颤音响起——对我的耳朵来说，那是最让人高兴的鸟儿的音符。不时地，像音乐的小节和音调突变（无论在多么宁静的景色中，都有这样的变化从低低的呢喃中传出，对于敏感的耳朵，这声音从来不会完全缺席），偶尔从溪上传来冰的嘎吱声和噼啪声，当冰屈服于阳光——有时带有低沉的叹息——有时则伴随着愤怒的、顽强的拉扯声和呼哧声。

（罗伯特·彭斯在他的一封信中说："在一个多云的冬日散步在树林的背风处，倾听风暴在树林中号叫，在平原上呼啸。与之相比，几乎没有任何尘世的事物能给我更多——我不知道是否我应该称之为快乐——但是有什么东西攫升我，让我狂喜。那是我最好的奉献的季节。"他最有特色的一些诗歌就是在这样的景色和季节中写下的。）

草地鹨

3月16日。美丽、晴朗、炫目的早晨，太阳有一小时高了，风足够尖利。整个一天我提前收到的怎样的奖券啊，从那栖息在二十杆远的篱笆桩上的草地鹨的歌声！两三个液体的单音符，间歇地重复着，充满了漫不经心的幸福和希望。它奇怪地闪烁着慢慢前进，翅膀迅疾无声地拍动，在路上飞过，落在另一根篱笆桩上，就这样再飞到下一根上，闪烁着，唱了好几分钟。

橡树下的思想——一个梦

6月2日——东北方这场黑沉沉的暴风雨已经是第四天了。前天是我的生日。我现在已经进入了我的第六十个年头。每天都是风雨不断，我常常穿着套鞋，披着防水的毯子，来到池塘边，躲在大橡树的庇护下；我此刻在这里写下这些句子。黑烟色的云彩在狂怒的寂静中滚过天空；柔软的绿叶垂挂在我周围；风不停地在我头上发出嘶哑、却充满安慰的音乐——自然有力的低语。我在此独坐，默想我的一生——把事件和日期联结起来，像链环一般，既不悲哀也不欢欣，今天在这橡树下，在雨中，我平淡的心境却有些非比寻常。

但是我的大橡树——茁壮、葱绿、充满生机——根部有五英尺粗。我常常坐在它附近，或是坐在它下面。近旁的郁金香树——树中阿波罗——高大优雅，健壮坚韧，垂挂的叶簇和伸出的枝桠简直无可比拟；这生机勃勃、枝繁叶茂的美丽生物，仿佛只要愿意，就可以信步行走一样。（有一天我陷入了某种梦一般的恍惚，我看见我喜欢的树走动起来，到处遛来遛去，奇怪极了——其中一棵经过我时俯下身子，对我耳语："我们现在这样做可是例外的啊，这只是为了你。"）

红花草和干草的芳香

7月3日至5日。晴朗，炎热，喜人的天气——一个美丽的夏天——生长出来的红花草和杂草现在基本被割掉了。熟悉的怡人芳香充满了谷仓和小路。当你沿途散步，你看见灰白色的田野微微染上了黄色，谷捆松弛地堆放着，缓慢移动的货车经过，农夫在田里和结实的男孩们在拣谷子，把它们装上车。玉米就要开始抽穗了。整个中南部各州，布满为大地这个伟大骑士准备的矛形战斗阵列，它们数不胜数，长长的、光亮的、暗绿色的羽饰弯曲着，飘荡着。我听见我的老相识，鹌鹑"汤姆"那快乐的音符；但是想听到三声夜鹰的歌唱却已经太迟了（尽管前天晚上我听见一只孤独逗留者的鸣叫）。我观察一只红头美洲鹫大范围的庄严飞行，它有时升高，有时低到能看见它身体上的线条，甚至它展开的羽根，鲜明地映衬着天空。最近一两次我在附近看见了一只鹰，在掌灯时分低低地飞行。

一只陌生的鸟

　　6月15日。今天我注意到一只新的大鸟，身量几乎有一只成年母鸡那么大—— 一只傲慢、白身黑翼的鹰——我从它的喙和整体外观猜测是一只鹰——只有鹰才有那么清晰、响亮、十分有乐感的叫声，像铃声一样，以一定的间隔，它的鸣声一再地重复，从一棵死树高耸的树顶，悬垂在水面之上。在那里坐了很长时间，我在对面的岸上观察它。然后它俯冲下来，十分潇洒地掠向溪水，擦着水面——缓慢地上升，一个壮观的景象，然后翅膀宽宽地展开，稳定地飘飞，根本没有拍动翅膀，在池塘上面上上下下两三次，在我附近飞着圈子，可以清晰地看见它，好像是专门让我欣赏一般。有一次它非常靠近地从我头顶上飞过，我清楚地看见了它的弯嘴和严厉不安的眼睛。

鸟鸣

单单在鸟鸣中就有多少音乐啊，无疑，它们是野性的、简单的、粗野的，但却是如此甜蜜。它占了鸟类发音的五分之四。鸟的音乐种类多端，风格万变。现在，最近这半个小时，我一直坐在这里，某个有羽毛的伙计在灌木丛中一直在一遍遍重复着我称之为颤动的鸣叫。现在，一只知更鸟大小的鸟刚刚出现，全身都是桑葚红，在灌木中轻快地飞着——头、翅膀、身体是深红色的，不是特别亮——就我所听到的，它的鸣叫不是歌。四点：我周围有一场真正的音乐会在进行——一打种类不同的鸟正在同心协力。偶尔会有阵雨落下，植物就全都显示出雨水生动的影响。当我记完这则笔记，坐在池塘边的一根原木上，远处传来更密集的唧啾和鸣哳，一个有羽毛的隐士在附近树林里有趣地唱着——音符不是太多，但却充满了音乐，几乎会引起人的共鸣——这歌声持续了很久，很久。

我们三个

　　7月14日。我的两只翠鸟仍在池塘附近出没。今天中午，在明亮的阳光、微风和完美的气温中，我坐在这里，坐在一条汩汩流淌的溪流边，把一枝法国水笔浸在清澈的水晶中，用它来写这些句子，同时观察那有羽毛的一对，当它们横穿溪流飞行、运动，如此靠近，几乎触到了水面。的确，似乎只有我们三个。将近一个小时我懒洋洋地看着它们，分享着它们运动的乐趣，它们冲刺着、旋转着、在空中欢跳着，有时会消失在溪那边一会儿，然后肯定会再次返回，在我视线所及范围内进行它们大部分的飞行表演，仿佛它们知道我欣赏它们，被它们的活力、精神、忠诚所吸引。它们穿过广阔的草地、树木和蓝天，为我画下一个个图形，迅速，渐渐消失，精美，像流动而无声的电流。这时，溪水潺潺，我周围的树枝在阳光中阴影斑驳，凉爽偏西的西北风在浓密的灌木和树梢发出微弱的飒飒声。

　　在这与世隔绝的地方，美丽和有趣的东西开始显得十分丰富了，其中我注意到了蜂鸟，长着暗灰色薄纱翅膀的蜻蜓，还有各种美丽而朴素的蝴蝶，它们在植物和野花间懒散地拍翅而飞。毛蕊花已经从它宽叶子的叶床上放射出来，高高耸立的花茎有时达到五六英尺高，现在布满了圆球状的金色花朵。马利筋（我写这则笔记时，看见一个绚烂的黑黄两色的大生灵落在其中一棵上面）也开花了，带着纤细的红穗子；在下粗上细的花茎上，有簇簇毛茸茸的花在风中飘舞。无论我是闲逛，还是坐着，周围都能看见很多这样的花，还有更多其他的植物。最后半小时里，灌木丛中有一只鸟一直在唱着一支简单、甜蜜、悦耳的歌曲。（我十分确信，有的鸟歌唱，有的鸟在附近飞翔、卖弄，都是特意为了我。）

一个典型的流浪者家庭

6月22日。今天下午我们出去（约翰·巴勒斯、艾尔和我），在乡野间转一转。风景，永远的石头篱笆（有些可敬的老伙计，布满了斑驳的黑色地衣）——有许多漂亮的洋槐树——流水喧闹不已，常常从岩石上泻下——这些，还有许多其他。很幸运，道路在此地是第一流的（就它们现在的状况而言），因为到处是上坡和下坡，有时还非常陡峭。巴勒斯有一匹头等好马，强壮，年轻，又快又温柔。阿尔斯特县的河边有大量浪费的土地和山丘，到处是盛开的野花和灌木——对我来说，我从来没有见过更有活力的树了——动人的铁杉，大量洋槐和漂亮的枫树，而基列的乳香①散发着芬芳。田野里和道路

①基列（Gilead），古代约旦河东部的山地。基列的乳香(balm in Gilead)指"治病的良药"，转喻为"镇静剂"、"安慰物"。源自古代以色列人用以治病的油胶树脂——乳香；耶利米因犹大人的灾难、损伤而叹息说："在基列岂没有乳香呢，在那里岂没有医生呢，我百姓为何不得痊愈呢?"(耶利米书，8章22节)

的两侧，有茂盛非凡的高茎的野雏菊，白的像牛奶，黄的像金子。

　　我们途中超过了很多流浪者，有的单独一人，有的成双结对——一小队，一家人坐着一辆摇摇晃晃的单匹马车，车上载着一些篮子，显然他们是以编篮子卖为生——男人坐在车前面一块很低的板子上，赶车——一个憔悴的女人坐在他旁边，怀里抱着一个裹得紧紧的婴儿，我们经过时，婴儿红色的小脚和小腿直愣愣地伸出来，指向我们——马车后面，我们看见两三个蹲着的小孩子。这是一幅古怪、感人、相当悲哀的场景。如果我是一个人徒步，我会停下来和他们聊上一会儿。近两个小时后，我们在回程上发现，他们沿同一条路上前进了一段，正在一处僻静的户外，停在路边，解开了马匹的套具，显然是准备露营过夜。自由了的马在不远处安静地咀嚼着青草。男人正在马车旁忙碌着，男孩收集了一些干木头，正在生火——又走了一段路，我们遇见了正在徒步行走的女人。她戴着大的防晒圆帽，我看不见她的脸，但是她的身形和步态显示出悲惨、恐惧、极度的贫困。破布包裹的、饿得半死的婴儿还趴在怀里，她的两手拎着两三只篮子，显然是要带到下一处人家那里去卖。一个光着脚的五岁大的小女孩，有着漂亮的眼睛，小跑着跟在她后面，抓着她的袍子。我们停下马，打听篮子怎么卖，买了下来。我们付钱时，她的脸依然藏在帽子下面。我们刚要动身，又停了下来，艾尔（他的同情心显然被打动了）回到那露营的一家人那里，又买了一只篮子。他看见了她的脸，还和她谈了一小会儿。她的眼睛、声音和举止都和一具尸体一样，靠电流维持着生命。她非常年轻——和她一同旅行的男人，中等年纪。可怜的女人——是怎样的故事，怎样糟糕的命运，造成了那无法描述的惊恐模样，那透明的眼睛，和那空洞的嗓音？

灵魂的时刻

1878年7月22日。再次生活在乡间。一切都美妙地联合起来，使日落后的某些时刻成为奇迹——如此近又如此远。完美，或接近完美的白昼，我注意到，并不很特殊；但是使夜晚完美的组合却很少，甚至在一生中都很少。我们拥有了一个完美的今夜。日落留下非常清晰的万物；如果树荫允许，不久就可以看见较大的星星了。八点之后片刻，三四朵巨大的黑云突然升起，似乎来自不同的方位，范围很宽的旋风席卷着一切，但没有雷声，视野中到处有星星低垂，预示着一场猛烈的热风暴，但是没有风暴，云彩，黑色的和其他颜色的云彩，和出现时一样迅速地消失了；从九点后直到十一点，大气和整个天空的景象都处于格外清澈、明亮的状态。在西北方向，北斗七星绕着北极星旋转它的指针。偏东南一点，天蝎座完全出现，红色的心宿二在它的脖颈处闪耀；这时，主宰一切的威严的木星游了上来，它升起后一个半小时，在东方（直到十一点后还没有月亮），一大部分天空似乎都落在大片闪耀的磷火中。你可

379

以比平时看得更深，更远；星球浓密如同田里的麦穗。没有任何特别的灿烂之处，也没有什么近得像我所见识过的那些严寒刺骨的冬夜一般锋利，而是一种奇怪的总体上的明亮弥漫在视野中、感官中和灵魂里。后者与之关系更大。（我确信，自然的有些时刻，尤其是大气、早晨和傍晚，是为灵魂而准备的。为了那个目的，夜晚超越了最骄傲的白昼所能做的一切。）现在，真的，即使以前从未有过，天空宣布了上帝的荣光。它向圣经的天空，阿拉伯半岛，先知们，和最古老的诗歌宣谕。那里，在抽象和静止中（我忘记了自己，全身心沉浸在这景象中，沉浸在那连绵无尽的咒语之中），星星的天穹在头顶展开，那丰富，那遥远，那活力，那松散而清晰的密集，轻柔地吸引了我，自由地上升着，高到无穷，延伸向东方、西方、北方、南方——而我，尽管不过是中心下的一个点，却包含着一切。

　　仿佛是第一次，真的，造化无声地将它安静而难以讲述的功课贯穿我的全部存在，超越了——哦，如此无限地超越！——任何艺术、书籍、布道、科学，无论新旧。精神的时刻——宗教的时刻——上帝在时空中有形的提示——现在再次明确地表明，即使永远不再。数不尽的启示表明——天空全部由它铺成。银河，仿佛一支超人的交响乐，无所不在的模糊事物的颂歌，轻蔑的音节和声响——神迅疾的一瞥，向灵魂发言。一切都沉默着——难以描述的夜和群星——遥远而沉默。

　　黎明。7月23日。今天早晨，日出前一两个小时之间，一个奇迹在同一个背景上涌现了，它的美和意义都非常不同。月亮涌现在天庭，已经圆了一半，明亮地闪耀——空气和天空讽刺一般的清澈，密涅瓦一样的品质，处女一样的凉爽——不是沉重的感情或神秘，也不是不可名状的激情的狂喜——不是虔诚的感觉，而是这所有一切，浓缩和升华成一个刚刚描述过的夜晚。每颗星星现在都轮廓鲜明，显示着本身的模样，在无色的以太中。充当传令官角色的早晨，难以形容的甜蜜、清新和清澈，仅仅是为审美感、为没有伤感的纯净所准备。我已经详细记录过夜晚——但是我敢于尝试记录无云的黎明吗？（人的灵魂和破晓之间，是什么样微妙的关联？同样，没有任何两个夜晚或早晨完全相似。）以一颗巨星为先导，它白色流溢的光焰几乎非尘世所有，两三条长度不等的宝石的光束，穿过清新黎明的空气照射下来——这种景象持续了一个小时，然后太阳就出来了。

　　东方。怎样的诗的主题！确实，哪里还有更意义深长、更辉煌的主题呢？哪里还有更理想、更真实、更微妙、更精巧的主题呢？东方，回答着所有的陆地，所有的年代，人们；触动着所有的感官，此时，此地——但又是如此难以描绘的遥远——这般的回顾！东方——长长地延伸的东方——就这样迷失自己——东方，亚洲的花园，历史和歌曲的子宫——发送着奇异、暗淡的行列——因血液而鲜红，因沉思而欣喜，因激情而灼烧，因芳香和宽大而飘逸的衣装而闷热。太阳烘晒的面貌，紧张的灵魂和闪光的眼睛。永远是东方——古老的东方，多么不可估量的古老！但是依然如此，清新如玫瑰，对于每个早晨，每个生命，每个今天，并将始终如此。

　　9月17日。另一个表象——同样的主题——就在又一个日出之前（我所喜欢的时辰）。清澈的灰色天空，东方闪烁着微弱沉闷的暗紫色，凉爽清新的气息和潮湿——奶牛和马在田野里吃草——金星再度出现，两小时高。至于声响，有蟋蟀在草中叽喳，雄鸡嘹亮的号角，一只早起的乌鸦在远处呱呱叫。悄悄地，在杉树和松树浓密的流苏之上，那令人目眩、通红透明的火焰的圆盘升起，低处，一片片白色的蒸汽翻滚着消散无踪。

月亮。5月18日。昨晚我上床很早，但刚过十二点就醒了，辗转了一会，无法入眠，心里发热，于是我起身，穿好衣服，出去，走上小路。满月，有三四点钟方位那么高——稀稀拉拉的有光没光的云彩懒洋洋地移动着——木星在东方有一小时方位高了，天空中到处是随即出现和消失着的星星。如此美丽，朦胧，多变——空气中弥漫着初夏的芳香，并不完全是潮湿和粗糙——时而，月亮无精打采地披着最丰富的光亮出现几分钟，然后又隐藏起一部分。远处，一只可怜的三声夜鹰不停地发出它的音符。那是一点到三点之间的寂静时分。

罕见的夜间景象，它给我安慰，让我多么快地镇定下来！是否有关于月亮的什么，某种关联或提示，是诗歌或文学还没有捕捉到的？（在非常古老原始的歌谣中，我曾经遇见过那些暗示了这种关联的句子或旁白。）过了一会，云彩大部分消散了，月亮涌起，她微光闪烁，移动着，携带着微妙透明的绿色和黄褐色的水汽。让我摘录1878年5月16日《论坛报》上一位作者的话作为这一部分的结束：

> 没有人会厌倦月亮。凭她天赋的永恒之美，她是女神，而凭她的机敏得体，她是一个真实的女人——知道很

少为人所见的魅力，知道在日出时降临，并且只停留一小会；从来不会在两个夜晚穿同样的衣服，整个夜晚也不会总是一个样子；讲求实际的人赞美她的有用性，诗人、艺术家和所有大陆上的情侣崇拜她的无用性；她把自己出借给所有的象征；戴安娜的弓，维纳斯的镜子，玛丽的宝座；一把镰刀，一面头巾，一道眼眉，他的脸或她的脸，被她或他所凝视；是疯子的地狱，诗人的天堂，婴儿的玩偶，哲学家的书房；当她的崇拜者跟从她的脚步，留恋她可爱的表情，她知道如何保守她女人的秘密——她的另一面——那不可测度的一面。

还有。1880年2月19日。就在晚上十点前，寒冷，又是晴朗的夜晚，头上的景象，西南方，美妙而密集的壮丽星群。月亮圆了四分之三——毕星团和昴星团的簇簇星体，中间是火星——巨大的"埃及人"横躺在天空中（它由天狼星、南河三，还有天船座、天鸽座和猎户座的主要星宿组成）；就在东方牧夫座的北边，在其膝盖处，大角星升起在一小时方位高了，登上天空，野心勃勃，发出火花，仿佛想与至尊的天狼星挑战一般。

这样的夜晚，凭借群星和月亮带给我的情感，我领会了所有自由的空白，音乐与诗歌的不确定性，它们熔铸在几何学最高的精确之中。

稻草色的普绪客①及其他

　　8月4日。美妙的景象！我坐在阴影里——温暖的日子，太阳从无云的天空上闪耀着，午前的时光在推进——我俯视着一片十英亩肥沃的红花草干草田（是第二茬了）——死灰色成熟的红花和8月棕色的湿软泥土厚厚地点缀着占上风的暗绿色。在不计其数翻飞的大群蝴蝶中，淡黄色的蝴蝶大部分沿着红花草上空低低飞舞飘掠，起起落落，犹豫不定，给整个景象增添了奇异的生机。美丽的、精神性的昆虫！稻草色的普绪客！偶尔，有一只离开伙伴，上升，也许是螺旋，也许是直线，拍动着翅膀，越来越高，高到看不见了。在我此刻行走的小路上我注意到一个地方，大约有十英尺见方，那里有一百多只蝴蝶聚集在一起，在举行一场狂喜的旋转舞会，或者是在寻欢作乐，盘旋着，飞着圆圈，下降，穿越，但始终保持在界限之内。这

---

　　①普绪客（Psyche），希腊罗马神话中人类灵魂的化身，以长着蝴蝶翅膀的少女形象出现，与爱神相恋。

些小生灵是最近几天才突然出现的，现在数量非常之多。当我坐在户外，或是散步的时候，环顾四周，我几乎总能看见成对的蝴蝶（总是成对的）在空气中翻飞，做着爱情的游戏。它们无可比拟的色彩、它们的那种脆弱、独特的运动——更为奇异的是，它们中经常有一只会离开群体，上升，上升到自由的空中，显然永不再返回。我注视着田野，这些黄色的翅膀到处在发出火花，许多野生胡萝卜的雪白花朵优雅地弯垂在高高的下粗上细的茎上——这时，远处传来一群珍珠鸡的欢叫，尖锐，但在我听来却有某种音乐性。现在，北方响起一阵微弱的雷鸣——时高时低的风在枫树和柳树的树梢上发出飒飒之声。

8月20日。蝴蝶和蝴蝶（它们取代了大黄蜂已经有三个月了，后者几乎已全部消失），继续在轻快地飞舞，来来去去，各种各样，白的，黄的，棕色的，紫的——不时地有一个绚丽的家伙懒洋洋地张着翅膀闪过，像艺术家的调色板，敷着各种颜色。池塘中央，我注意到有许多白蝴蝶在穿行，懒散任性地飞舞着。我所坐之处的附近生长着一棵高茎的野草，开了很多猩红色的花朵，上面有雪白的昆虫栖息着，嬉戏着，有时会有四五只同时落在上面。过了一会儿，一只蜂鸟在拜访这棵野草了，我观察它来了又去，精巧地平衡着，闪耀着。这些白蝴蝶，与8月叶簇的纯净绿色，与池塘闪耀的青铜色水面，形成了新一轮的美妙对比（最近下了几场豪雨）。你甚至可以驯服这些昆虫；我有一只又大又漂亮的蛾子，它认识我，经常飞到我身边，喜欢让我伸出手把它托起来。

后来，另一天。十二亩壮观的成熟的卷心菜，到处占上风的是孔雀石般的绿色，在各个方向，卷心菜上面和中间飘浮飞舞的，是无数同样的白蝴蝶。当我今天走过小路，我看见一个同样的活的球体，直径有两三英尺，一团团一簇簇的蝴蝶聚集在一起，在空中翻滚着，始终保持着整体上的球形，离地面有六到八英尺高。

忽略已久的礼貌

上述的笔记使我想起了什么事情。

既然我主要描写的对象肯定是人们所轻视的，但他们却从中创造出了图画、书、诗歌——那么，作为对半疾病状态中度过的许多和平与舒适时辰的感谢的微弱证明（我不能肯定，但他们无论如何会听到赞美的风声），在此，我把这些"典型的日子"的后半部献给：

蜜蜂　　　　萤火虫（成百万聚集在夜晚的池塘和溪流上，奇异而美丽，难以描述）

黑鸟　　　　蜻蜓

塘龟　　　　毛蕊花

艾菊　　　　胡椒薄荷

水蛇　　　　蛾子（大大小小，有的斑斓多彩）

乌鸦　　　　粉翅蛾

蚊子　　　　杉树

蝴蝶　　　郁金香（和所有其他的树）

黄蜂　　　大胡蜂

猫鸟（和所有其他的鸟）

以及那些日子的地点和记忆，以及溪流。

渡口与河上的景色——去年冬天的夜晚

那么坎登渡口呢？白昼，怎样的欢乐，变化，人群，交易。夜里，怎样给人安慰、寂静、美妙的时辰，乘船过渡，大多数只有我一个人——在甲板上踱步，独自一人，在船的前面或者尾部。怎样的与水、空气、精美的"明暗对比"融洽一致——天空和群星，默默无语，与理智毫不相关，但却如此动人，与灵魂如此深入地交流。渡船上的人，他们很少知道他们对我意味着什么，日日夜夜，他们和他们坚定的方式驱除了多少冷漠的咒语，倦怠与衰弱。领航员——白天是汉德、瓦尔顿和吉伯森船长，夜里是奥利佛船长；尤金·格罗斯比，常常用他强壮年轻的手臂支撑着我，圈着我，把我递过栈桥的缺口，送过障碍物，安全地送到船上。真的，渡口上的人都是我的朋友——主管弗雷泽船长，林德尔，希斯基，弗瑞德·劳克，普莱斯，瓦森，还有十几个。渡船本身呢，它的景象很是奇怪——有时婴儿会突然诞生在接待室里（这是事实，且不只一次）——有时会有化装舞会，彻夜举行，有乐队，人们像疯了

389

一样在宽阔的甲板上舞蹈、旋转，穿着奇装异服；有时天文学家惠塔尔先生也在那里，他给我提供最新的消息，指给我群星的位置，有问必答，给我上了生动的一课——有时还有人口众多的家庭，八口，九口，十口，甚至十二口人！（昨天我过河时，一对父母领了八个孩子，在渡口的房子里候船，要去西边什么地方。）

我提到过乌鸦。我总是从船上观察它们。白天，它们在河上的冬景中扮演着相当重要的角色。那个季节，在冰雪的映衬下到处可见它们的黑色身影——有时飞行着，拍着翅膀——有时落在大大小小的冰块上，在激流中上下漂流。有一天河水最为清澈，只有一长列碎冰形成一个窄条，顺流而下，有一英里长，速度很快。在这个白条上聚集着乌鸦，有成百只——一个有趣的队列——有人评论说那是在"致半哀"。

然后是客厅，旅客候船的地方——用图表透彻说明过的生活。两三个星期前，我在那里匆匆记下了一张3月的图表。下午，大约三点半，天开始下雪。剧院有日场演出——四点半到五点来了一群回家的女士。我从来不知道宽敞的房间会呈现一幅更为欢乐、生动的景象——接近一个小时中，漂亮的、精心打扮的泽西女人和少女，人数众多，不断地蜂拥进来——明亮的眼睛和闪光的脸庞，她们进来时圆帽或衣服上还沾着一点雪——等待五到十分钟——聊着天、笑着——（女人自己能创造美妙的时刻，以大量风趣的妙语、午餐和快活的放纵）——候船室的女工丽兹，举止令人愉快——至于声响，有开船时轻快的铃声和汽笛声，断续的节奏和低音——家庭画面，母亲们带着成群的女儿（一个迷人的场景）——孩子们，农夫们——

铁路工人穿着蓝衣服，戴着帽子——所有各种各样的城里和乡村的人物都出场了，或被暗示到了。外面有迟到的旅客在狂奔，在船后蹦跳着。接近六点，人流逐渐稠密起来——现在是交通工具紧缺的时间，板车，堆积的铁路用柳条箱——现在一群奶牛，引起了相当大的一阵兴奋，赶牛的人持着沉重的棍子，重重地抽打着受惊的畜生冒着热气的身侧。接待室内，有人在讨价还价，有人在调情，有人在做爱，"明朗化"，求婚——心情愉快、表情冷静的菲尔进来了，扛着下午的报纸——或者是乔，或者是查利（他上周曾跳下码头，救起了一位溺水的矮胖女士），进来给炉子加燃料，用长撬棍拨弄，清理炉子。

除了这些"喜剧人物"，河流为更高的秩序提供了营养。这里是我去年冬天的一些笔记，同样是用铅笔现场记下的。

1月的一个夜晚。今夜穿过宽阔的德拉瓦尔河，愉快的旅程。潮汐很高，退潮也很汹涌。河里，八点过一点，充满了冰，大部分是碎冰，但有些大冰块，我们结实的木制汽船撞上它们时会颤抖着发出嘶嘶声。在清澈的月光中，就我目力所及，它们铺展开来，奇异，非尘世所有，银子一样微弱地闪烁。起伏着，颤抖着，有时像上千条蛇在嘶嘶作响，连绵不断的潮汐，当我们顺势而下或横穿而过，潮水发出壮丽的低音，与四周的景色和谐一致。头上，是难以描绘的壮美；夜里，有什么东西存在着，傲慢，几乎是轻蔑的。我从来没有认识到，在上空那些无尽沉默的星星中，存在着最为深沉的情感，几乎是激情。一个人能够理解，这样的夜晚，为什么，从法老或约伯的日子起，那闪耀着行星的天穹，就一直在向人类的骄傲、荣耀和野心提供着最微妙、最深刻的批评。

　　另一个冬夜。我不知道还有什么事情，比乘坐动力强大的船只，在宽阔而结实的甲板上，在晴朗、凉爽、月色格外明亮的夜晚，骄傲而不可抗拒地碾过厚厚的、大理石一样闪光的冰块，更让人满足的了。整条河现在布满了浮冰——有的很大。这景象有某种古怪——部分是因为光的质量，它淡蓝的颜色，月亮的微光——只有大的星星在月的光华中坚持着自己。气温刺骨，适于运动，干燥，充满了氧气。力量感——我们强大的新引擎稳固、轻蔑、傲慢，犁开道路，穿过大大小小的冰块。

　　另一则。有两个小时，我反复地渡河，仅仅是为了高兴——为了一种平静的激动。天空与河水经历了若干次变化。首先，有一会儿，天空中有两个巨大的扇型轻云梯队，月亮从其中跋涉而过，闪射光华，携带着她透明的棕黄色光环，此刻她清澈的淡绿色泛滥在整个天空，穿过这光芒，就像穿过一层明亮的薄纱，她有节奏地女士一样地移动着。然后是另一次运动，天空完全晴朗，月亮的光芒达到最盛。北方，北斗七星的大勺子，柄上的双星比平时清晰得多。然后，是水中闪耀的光痕，舞蹈着，泛起涟漪。这样的变形，这样的图画和诗歌，难以模拟。

　　另一则。今晚，利用过河之便，我要研究星星。（这是2月末，天气又是格外晴朗。）高高地朝向西方，昴星团因纤细的火花而颤抖着，在柔和的天穹上——毕宿五，领导着V字形的毕宿星团——头上是五车二和她的孩子们。最为威严的猎户座，完整地出现在南方的高空中，远远地延伸开来，宽广，舞台上的首席历史学家，肩膀上是闪光的黄玫瑰花形饰物，伴随着他的三个国王——还有一颗小星，东方的天狼星，镇静，傲慢，最为美妙的孤星。我上岸时已经很晚了（我无法放弃那美景，还有让人安慰的夜晚），我在附近逗留，或是缓慢地游逛，我听到西泽西火车站铁路工人的呼喊在回荡，移动和切换火车、引擎，等等；在总体的寂静中，什么东西在空气中发出声响，富有乐感和情感效果，我以前从未想过的什么东西。我徘徊良久，倾听着。

1879年5月18日夜。一个沉静、凉爽、晴朗无云、近乎完美的早春之夜——大气再次呈现出罕见的玻璃一般的蓝黑色，一定很受天文学家欢迎。刚刚八点，傍晚，头上的景色当然庄严美丽，永远无法超越。金星几乎在西方落下，大小和光泽仿佛是在告别前再努力展示一下自己。富有母性的星球，我再次把你据为己有。我想起亚伯拉罕·林肯遇刺前的那个春天，那时，我，不安地在波托马克河边盘桓，在华盛顿城周围，观察着你，在那里，在高空，你像我一样郁郁寡欢：

当我们在如此神秘的暗蓝色之中走来走去，
当我们在透明的、阴影重重的夜晚的寂静中漫步，
当我看见你有什么事情要说，当你一夜又一夜向我俯下身，
当你从天空低低垂下，仿佛来到了我身边，（其他的星都在观看）
当我们一起漫游在庄严的夜晚。

金星在离去，即将隐没，甚至地平线的边缘也在闪耀，此

时，广袤的天穹呈现出怎样的奇观！日落之后水星就能看见了——一种罕见的景观。大角星此刻已经升起，就在东方偏北。在沉静的光辉中，猎户座所有的星星都占据了荣耀的位置，在子午线上，偏向南方——左边是小犬星。现在，角宿一刚刚升起，迟到了，低低的，蒙着轻盈的面纱。北河二、轩辕十四和其他众星，都非同寻常地闪亮着（直到早晨，火星、木星或月亮都没有出现）。在河流的边缘，许多灯盏在闪闪发光——两三根巨大的烟囱，有两根有几英里高，喷吐着熔化的、稳定的火焰，和火山一样，照亮了周围的一切——有时，一束电光或电石光，在远处亮起，可怕而强烈，和但丁地狱里的光芒一样。在5月末的夜晚渡河，我喜欢看渔夫浮标上的小灯——如此美丽，梦幻一般——仿佛尸体旁的蜡烛——在阴影重重的水面上，随着水流飘荡起伏，寂寞而精美。

瓦尔特·杜蒙和他的勋章

昨天沿着高速公路漫步时，我停下来观察附近的一个人，正在用一架公牛拉的犁耕着一片坚硬多石的田地。通常这种活都会有很多嗬嗬的吆喝声，兴奋和持续不断的喧闹与咒骂。但是我注意到，这个年轻耕地者的工作有多么不同，多么轻松，默默无言，但坚定而有效率。他的名字是瓦尔特·杜蒙，一个农民，另一个农民的儿子，为他们的生存而劳动。三年前，当汽船"有阳光的那边"于一个浮冰很厚的夜晚，在此地的西岸撞毁之时，瓦尔特正好自己驾船出去——他是第一个方便救助的人——他穿过浮冰设法回到岸上，系好了一条绳索，完成了一流的准备工作，勇敢地冒着危险，拯救了很多人的生命。几周后，有天傍晚他在埃索普斯，和往常一样，在乡村商店和邮局的人群中游逛时，一份意想不到的官方礼物送达，是一枚为这位无声英雄颁发的金质勋章。人们当场就为他举行了一个临时仪式，可是他害臊得满脸通红，犹豫再三地接受了勋章，什么都没有说。

一个美好的下午，四点到六点

这个完美的下午，有一万台车奔驰着穿过公园。怎样的景象！我勉强地看完了全场，在我的闲暇时光。带折叠车篷的四人四座私人大马车，出租马车和双座四轮轿式马车，有的马非常漂亮——巴儿狗，男仆，时尚，外国人，帽子上的帽章，车厢上的饰章——纽约富人和"有教养"阶层组成的汹涌的海潮。这是一次给人印象深刻、丰富多彩、冗长无尽的大规模马戏表演，充满了行动和色彩，在美丽的白昼，在明亮的太阳和阵阵柔风中。一个个家庭，夫妻，单身驭者——当然都装扮得很雅致——非常有"风格"，但即便在那个方面，或许也很少或根本不能充分证明自己的合理性。透过两三个最豪华的马车窗户，我看见几张几乎和尸体一样的脸孔，苍白而冷漠。确实，整个事情所展示出的纯正的美国品质，无论是在精神上，还是外貌上，都没有达到我对这类奇观的期望。我猜想，作为无尽的财富、闲暇和前面说到的"有教养"的一个证明，它是了不起的。但是，在那些时辰中我所看见的东西（我参加了另外两次集会，又花了两个下午观看了同样的场景），证实了一个纠缠着我的思想，每当我多看一眼我们的高等阶层，或者这个国家的财富和时尚的相当例外的方面，这个思想都会闪现——那就是，他们的安逸是病态的，太过刻意，罩在太多的裹尸布中，远离了幸福——在他们身上没有任何东西值得我们穷人和普通人嫉妒的，与草木和岸滩永恒的气息相反，他们典型的气味是肥皂和香水的气味，也许非常昂贵，但让人想起理发店——几个小时就能发霉走味的东西。

也许，在道路上纵马奔驰是最美的。许多小组（三是受人喜爱的数目），一些夫妻，一些单独者——女士很多——经常骑马或举行晚会，全力奔驰——熟练地掌握规律——有些马真是一流的良马。随着下午的消退，有轮的马车变少了，可有鞍子的骑手却似乎增多了。他们徘徊良久——我看见了一些迷人的形体和面孔。

盛夏的日与夜

8月4日。我坐在柳树下（我又撤回了乡间），一只小鸟懒洋洋地把自己浸在溪水中，欢快地扑腾着，我几乎能够到它。它显然一点都不怕我——把我当成了附近土岸上的伴随物了，自由的灌木和野草。下午六点。最近三天一直是这个季节中最完美的日子（四天前下过大雨，伴有激烈的雷鸣和闪电）。我坐在溪边写这则笔记，观察着我的两只翠鸟进行黄昏的运动。这些强壮、美丽、快乐的生灵！当它们在周围一圈圈地盘旋，它们的翅膀在倾斜的余晖中闪耀着，它们偶尔扎向水面，浸着水，飞得很远很高，再降向溪水。我走过田野，穿过小径，周围总有白色的野胡萝卜在开花，精美的雪片般的花朵覆盖着纤细的花茎，优雅地在微风中摇曳。

在卧铺上

夜里，躺在宫殿般豪华的卧铺车厢里，被这巨大的家伙拖曳着，强烈而古怪的乐趣包围着我，填满我——最轻快的运动，和最不可抗拒的力量！天很晚了，也许是午夜或后半夜——远方像魔术般连接在一起——当我们快速穿过哈里斯堡、哥伦布、印第安纳波利斯。危险因素给一切增添了乐趣。我们继续前进，轰隆着闪耀着，不时地伴随着嘹亮的嘶鸣，或者是喇叭声，进入黑暗。经过人们的家，农场，谷仓，牛只——寂静的村庄。卧铺车厢里，窗帘拉着，熄了灯——人们在铺位上沉睡，许多是妇女和儿童——前进，前进，前进，我们像闪电飞过黑夜——他们睡得多香，多么奇怪的声音！（他们说法国人伏尔泰曾说，大歌剧和军舰最能说明人性和艺术超越原始野蛮状态的进展。如果今天这位智慧的哲学家在这里，乘坐同样提供完美的休息和食物的列车，从纽约去往旧金山，他也许会把他的类型和样本改成我们美国的卧铺。）

大草原和一篇没有发布的演说

在托皮卡有一个大型的很受人欢迎的集会——堪萨斯州的银婚纪念，有一万五千到两万人参加集会——我被错误地安排献诗一首。因为我似乎颇被看重，且人们需要我性情敦厚，我便匆忙写下了下面这篇小小的演说。不幸的是（或许是幸运），我度过了如此欢乐的时光，休息，和孩子们一起谈话，进餐，我让时间悄悄溜走了，没有赶到会场上发表我的演讲。但在这里发表也是一样：

我的朋友们，你们的节目单上宣称我要献诗一首；但是我没有诗——这种场合我从来不作诗。我可以诚实地说，我现在很为此高兴。在9月灿烂美丽的天空下——在你们所习惯、但对我却很新鲜的独特风景中——这些绵延无尽的壮观草原——在这完美的西部空气和秋阳的自由、活力和明智的热情中——对我来讲，诗歌几乎就是一种不合适的东西了。但如果你们很在意我说句话，我愿意说说这些大草原；我这次是第一次访问西部，在我所见的所有客观事物中，它们最深地打动了我。当我快速地旅行了一千多里来到这里，穿过美丽的俄亥俄，穿过种植面包的印第安纳和伊利诺伊——穿过辽阔的密苏里，它包容了一切，培养了一切；当我在最近两天部分地探索了你们迷人的城市，还有，站在奥里德山上，在大学旁边，穿过各个方向宽广生动的绿色骋目四望——我再次被最深地打动了，并且这印象将留存终生，伴随着你们西部中心世界的地形特征——那广袤的事物，以其无限的规模延伸开去，无拘无束，在这些大草原中，结合着真实和理想，美丽如同梦幻一般。

我真的很好奇，这片西部内陆上的人们是否知道，他们的这些大草原里有着怎样一流的艺术——你们所拥有的东西多么富有原创性——一种性格对你们未来的人性会有怎样的影响，宽广，富有爱国精神，英勇而新鲜？它们怎样完全符合天空和海洋那壮丽而伟大的单调？对于灵魂，它们是多么自由，给人安慰和滋养？

那么，难道不是它们，奥妙地给我们贡献了当代的领袖，林肯和格兰特？——大量的普通人——他们性格中最突出的完全是实际和现实的，但是（对那些有眼光的人来说），他们的背景是理想，高耸的理想。我们难道没有看见，在他们身上，预示着那将填满这些草原的未来的种族？

不仅新英格兰和大西洋各州，还有所有其他部分——得克萨斯，东南侧翼各州和墨西哥湾——太平洋海岸帝国——属地和湖泊，还有加拿大（将加拿大全部囊括进来的那一天还没有到来，但将会到来）——都是这个国家同样不可分割的整体，人类的、政治与经济的新世界所必不可少的。但是这个两千平方英里的受宠的核心地区（以整数计），似乎命定是我愿称之为美国的独特思想和独特现实的家园。

一个自大的"发现"

　　"我发现了我的诗歌的规律。"这句话我没有说出口，但随着这次旅行，这种感觉越来越明确。在这严酷而快乐的自然中，我度过了一个又一个小时——物质丰富充足，完全没有人工痕迹，原始大自然的游戏自由自在——地洞，峡谷，水晶般的山间溪流，蜿蜒数百英里——天宽地阔，绝对没有束缚——奇异的山体，沐浴在透明的棕色、淡红色和灰色中，有时高耸达一千英尺，有时甚至有两三千英尺——山顶上，不时地缭绕着大团的雾气，和云层混在一起，只能看见山的轮廓，笼罩在朦胧的紫色中。（一个荷兰老作家，一位教士，说过："在自然最壮丽的风景中，在海洋的深处，或是夜空中无数转动的星球中——如果这是可能的——一个人认为自然的美景胜过一切，那不是为了这景色本身，那景色也不是抽象的，而是和他自己的个性息息相关，它们会怎样影响到他，给他的命运染上怎样的色彩。"）

美国的脊梁

　　我在肯诺萨峰顶匆忙写下这些句子，下午，我们返回到那里，休息了很长时间，那里的海拔有一万英尺。在这个巨大的高度，南方公园在我们面前延伸了五十英里。连绵不断的山峰构成了各种各样的远景，各种各样的色调，装饰着视野，在近处，中景，暗淡的远方，或是消失在地平线上。我们现在抵达了，穿越了落基山脉（海顿称之为前排），行驶了大约一百英里；尽管这些连绵的山脉在各个方向延伸着，尤其是北方和南方，延伸到远而又远的远方，我已经见识过它们中最高的典型，因此至少知道它们是什么了，它们什么样子。不仅如此，它们的延伸范围达地球的一半，它们是代表——事实上，它们是我们半球的脊梁。正如解剖学家所说，一个人只有一条脊柱，上到下，支撑起胸部，向两边发散，在某种意义上，整个西方世界也是如此，只不过是这些山脉的延伸。在南美它们是安第斯山脉，在中美和墨西哥是科迪勒拉山系，而在我们美国，它们的名字各有不同——在加利福尼亚是海岸和喀斯喀特山脉——再往东是内华达山脉——但主要的和更为核心的是这里的落基山脉，带有许多标高，比如林肯峰、格雷峰、哈佛峰、耶鲁峰、朗峰和派克峰，全部都超过一万四千英尺。（东边，阿勒格尼、阿迪朗达克、卡茨基尔和怀特芒廷诸山脉的最高峰，高度在两千英尺到五千五百英尺之间，只有怀特芒廷山脉的华盛顿峰，高六千三百英尺。）

丹佛印象

　　穿过最为壮丽的、徘徊不去的、半明半暗的黄昏，我们返回丹佛，我在那里懒散地待了几天，探索着、接收着各种印象，因此我可能会使这本备忘录的数量减少，将我在那里所看见的东西分分类。最好的是人，四分之三是高大、能干、冷静、机警的美国人。还有现金！为什么他们在这里造现金。在熔炼厂中（世界上最大最先进的熔炼废金属的工厂），我看见长长的一排排的大桶和锅，覆盖着沸腾冒泡的水，填满了纯银，有四五英寸厚，每口锅里的银子价值数千美元。领我参观的监工漫不经心地用一把小木头铲子铲了铲，就像炒豆子一样。还有大块的银砖，每块价值两千美元，有几十垛，每垛二十块。在山中某处，在一处采矿营地，几天前我看见了露天地上的粗糙金条，像纽约一流晚餐上甜食师傅的金字塔。（这样的一块甜食在一个穷作家的笔下滚了过来——恰好滑到了这里——科罗拉多和犹他的银产品，加利福尼亚、新墨西哥、内华达和达科塔的金产品，总共每年能为世界增加一亿个可观的银币。）

这个丹佛，作为一座城市，规划得非常好——阿拉米大街，第十五街和第十六街，查帕大街，还有其他街道，都特别漂亮——有些带有高高的石头或铁的商店，玻璃窗户——所有的街道上都有喷泉形成的小运河在两侧流淌——人口众多，"贸易"，现代化——但也不是没有一定程度的纯正的野生气息，完全属于它自己的气息。一个有快马的地方（许多母马带着它们的小雄驹），我看见很多用来猎羚羊的大灰狗。不时有成群的矿工，有的刚刚进来，有的正要出发，这场面如画一般。

这里的一家报纸采访了我，报道我即兴讲了这样的一段话："我生活或访问过太平洋第三共和国所有的大城市——波士顿，布鲁克林和它的群山，新奥尔良，巴尔的摩，庄严的华盛顿，宽广的费城，丰富的辛辛那提和芝加哥，有三十年置身于那个奇迹中，被湍急和闪耀的潮汐冲刷，我自己的纽约，不仅是新世界的，也是世界的城市——但是，作为新来到丹佛的人，踏上它的街道，呼吸着它的空气，被它的阳光所温暖，享受着它为人所提供的一切，还有在我头上闪耀的清新天空，仅仅三四天，我就觉得我所遇见的人非常温暖，而且几乎不知道是为什么。我也几乎说不出是为什么，但当我在9月末下午的薄雾中进入这个城市，呼吸到它的空气，好好地睡了几个晚上，漫游了一番，或懒散地乘车兜过风，观察了旅馆中出出进进的人，吸收了这个奇异地区气候上的魅力，我的心中逐渐产生了对这个地方的一种感情，它尽管突然，却变得如此明确和强大，以至我必须把它记录下来。"

　　这就是我对这座平原与山峰的王后之城的感觉，她坐在珍贵罕见的大气中，在海拔五千英尺以上，被山间溪流灌溉着，一侧向东越过大草原，延伸一千英里，另一侧向西，是白天里总能看得见的数不尽的山峰之巅，包裹在紫罗兰色的薄雾中。是的，我爱上了丹佛，甚至希望在那里度过我的残生。

西班牙峰——平原上的傍晚

　　普韦布洛和本特要塞之间，向南，在一个晴朗的下午，我例外地好好观赏了一下西班牙峰。我们在科罗拉多的东南部——第一流的机车载着我们一路冲刺，经过了大量的牛群——两三次穿越阿肯色河，我们跟随着它行驶了很多英里，这条河景色优美，有时在很远的距离之外，它有着垂直的、不太高的石头绝壁，还有泥泞的滩涂。我们路过了莱昂要塞——有许多土坯房——无尽的牧场，恰到好处地点缀着牛群——太阳按照预期的时刻倾斜在西方——天空完全是清澈的珍珠色——这就是大平原上的黄昏。一片沉静、使人冥想的、无穷无尽的风景——阿肯色河北岸垂直的岩石，在微光中染上色彩——东南地平线，一条紫罗兰色的细线——可以觉察到的凉爽和淡淡芳香——一个迟归的牧牛童赶着一群有点难控制的牛——一辆移居者的大车疲倦地颠簸着，拉车的马也是缓慢而疲倦——两个男人，似乎是父子，随着马车缓慢地行走——围绕着这难以描述的明暗对比和情感（比海洋更深刻）的，是这些无尽的荒野。

美国的独特景色

　　一般情况下，就平原和草原地区的能力和确定无疑的未来命运而言（它们比任何欧洲的王国都要大），它是一片消耗不尽的土地，小麦，玉米，棉花，亚麻，煤炭，钢铁，牛排，黄油和奶酪，苹果和葡萄——一片有着一千万处女农场的土地——在现在的眼睛看来，还是荒凉和没有收获的——但是专家们说，如果灌溉得当，这片土地上种植的小麦就足以养活全世界的人口。至于风景（就我自己的想法和感觉来说），我知道标准的是优胜美地，尼亚加拉瀑布，黄石公园上部，等等诸如此类，它们提供了最为自然的风景，但是对草原和平原我就没有这么肯定了，你在最初看见它们的时候，很少给你震惊，但是当其他所有一切都渐渐消退，它们却更为持久，更能充满你的审美感受，它们形成了美国北方的独特景色。

　　真的，在整个旅行当中，在所有变化多端的万千风景中，最打动我的，也是在我心中将会停留最久的，就是这些大草原。日复一日，夜复一夜，对于我的眼睛，对于我全部的感官——尤其是我的审美感官——它们静默而宽广地展开。甚至有关它们最为简单的统计数字也是壮丽的。

地球上最重要的河流

　　密西西比河谷及其支流（问题的很大一部分牵扯到这条河及其支流），包容了超过一百二十万平方英里的面积，大草原的绝大部分。它是地球上最重要的河流，一直被明显地标记出来，缓慢地从北向南流淌，穿过十几种不同的气候，全都适合人类的健康居住，它的出口常年不结冻，它的河道形成了一条安全、廉价的大陆性贸易与交通通道，从温带的北方到酷热地区。在其东西方向的河道长度上，甚至伟大的亚马孙河（尽管规模要大些）——非洲的尼罗河，欧洲的多瑙河，中国的三大河流，都不能和它相比。贯穿整个过去，只有地中海在历史上扮演过这样的角色，就像密西西比河命定在未来所扮演的角色一样。它的流域，它的支流灌溉着、连接着密苏里、俄亥俄、阿肯萨斯、雷德河、亚祖城、圣弗朗西斯及其他地区，它已经把两千六百万人口集中在一起，他们不仅仅是世界上最和平最能赚钱的人，也是最不安最好战的人。它的峡谷、它的流域，快速浓缩起美国的政治力量。一个人几乎会认为它"就是"美国——或不久就是。把它连同它的辐射挑出来，还会剩下什么？乘车穿过印第安纳、伊利诺伊、密苏里，或是沿途在南堪萨斯的托皮卡和圣菲停留数日，真的，无论我去哪里，穿越这片成百上千英里的地区，我的眼睛饱览了原始而丰富的草原，有些地方已经有人烟，但是还有大片地区远远没人涉足，还保持着完整——大部分未耕种的处女地都比纽约、宾夕法尼亚、马里兰、弗吉尼亚最富裕的农场还要可爱和肥沃。

大草原的类比——树的问题

大草原（Prairie）是个法语词，字面意思是草地。与我们北美平原总体上类似的是亚洲的草原，南美的无树大草原和大草原，也许还有非洲的撒哈拉。有些人以为平原起初是湖床；也有人把森林的缺乏归结为几乎每年都会席卷平原的烈火——（粗略地估计，起因是小阳春）。树的问题不久就会变得严重。尽管大西洋斜坡，落基山地区，以及密西西比南部峡谷，树木茂密，但这里，依然有成百上千英里的土地，既没有一棵树生长，还经常遭到无用的破坏；那些指望着大草原各州未来几十年的思想者，最好是好好想想森林的培养和扩大。

密西西比河谷的文学

在一次长长的探索之后，躺在密苏里一个雨蒙蒙的日子里——先是尝试读一部我在那里找到的大部头，《弥尔顿，杨，格雷，贝蒂和科林斯》，读不下去，放弃了——但是和往常一样，欣赏了一会瓦尔特·司各特的诗歌，《最后的吟游诗人之歌》《玛米昂》等等——我停下来，把书放下，沉思起来，我想，诗歌应该在合适的时间表达和补充我所置身且有所提及的这片丰富的土地。一个人只需要慎重地考虑一下，便可以在美国的任何地方清楚地看见，所有流行的书籍和图书馆里的诗歌，无论是从大不列颠引进的，还是本地模仿伪造的，对于我们美国来说都是异己的，尽管我们大家都读个没完。但是，为了充分理解到，它们不仅与我们的时代和国土完全对立，内容有多么狭隘，而且对于美国的目标来说，有多少书是多么荒谬和与时代不符，一个人必须在密苏里、堪萨斯和科罗拉多居住或旅行上一段时间，与那里的人民和土地融为一体。

会有那么一天吗——无论耽搁多久——那时，那些来自英伦三岛的模式和人体模型——甚至宝贵的传统和经典——都将仅仅成为回忆和研究的对象？纯净的气息，原始，没有束缚的丰富和广大，精美、力量与节制的奇妙结合，真实与理想的结合，以及所有原生的第一等要素的结合，这些大草原与落基山脉，密西西比和密苏里河——它们会出现吗，会以某种形式构成我们的诗歌与艺术的标准吗？（有时我认为，单是我的朋友乔奎因·米勒要表达它们、阐发它们的雄心，就足以使他走在所有人的前列。）

不久以前，我乘汽船去纽约湾，观察落日中暗绿色的纳韦辛克高地，那辽阔无边的海岸，桑迪岬附近的航运和大海。时隔一两周之后，我的眼睛捕捉到了西班牙峰阴影重重的轮廓。在两千多英里的距离内，尽管拥有无穷无尽、自相矛盾的丰富变化，一种奇异而绝对的融合却无疑在稳步地退火、凝缩、把一切融为一体。但是，与美国的法律相比，与议会或最高法庭的共同基础相比，与我们的民族战争的残酷相比，与铁路的钢铁纽带相比，与古今物质与商业史上一切的糅合与熔铸相比，我认为（要产生前面所说的那种融合）更为微妙、广阔和坚实的，将是一种伟大的、激动的、活跃的、富有想象的作品，或一系列作品或文学。要创造这样一种文学，平原、草原、密西西比河，其多变而宽阔的河谷，都应该是具体的背景。美国现在的人性，激情，斗争，希望——在新世界的舞台上，在迄今为止所有时代的战争、传奇和演变中——都现在是而且将来也是一种说明——应当装备上摇曳的火花，理想。

西部女人

　　堪萨斯城。我对我所看见的大草原城市的女人不是很满意。写这则笔记的时候，我正懒散地坐在堪萨斯城主街道的一家商店里，激流般汹涌的人群在人行道上流过去。女士们（和丹佛的女士一样）全都打扮得很时髦，脸上、举止和行为上都带着"有教养"的意味，但是她们实际上没有教养，无论是在体格上，还是在与她们相配的智力上，她们在精神和身体上都缺乏任何高级的本土的原创性（这里的男人也一样）。她们是"有文化的"和时髦的，但是表情阴郁，总体上都和玩偶一样；她们的雄心显然是想要复制东部的姐妹。远为不同的、高级的东西必须出现，以便配合与完善西部发达的肌肉，并将之维持和继续下去。

在我们自己的土地上

"饭后半里路，"一则老格言说，然后干巴巴地补充说，"如果方便，就在你自己的土地上散步。"我奇怪，除了我们，是否有其他国家能为这样的散步提供机会？以前真的有这样的机会吗？我发现，一个人在探索过这些中部各州，富于观察地沉思过它们的大草原，置身繁忙的城镇和父亲般的伟大水域中间之前，他是无法真正了解现在的地理学上的、民主的、不可分解的美利坚合众国，或是预测它的未来。"在自己的土地上"奔驰两三千英里，除了美国，没有任何其他地方能够做到，在这个时代之前也是一样如此。如果你想看一看铁路是什么，从铁路开始，发生了怎样的文明化进程——它如何征服原始的自然，在大大小小的规模上，使其为人所用——你就来美国的内陆吧。

1880年1月5日，我回到东部的家，我前后交叉地横越了一万多英里。不久，我就会恢复隐居生涯，在林中，在溪边，或是在城市边缘游荡，偶尔做做专题演讲，正如下面将要看到的。

埃德加·坡的意义

1880年1月1日。在诊断所谓人性的疾病的时候——我姑且把这当作我所写对象及其写作的主要情绪吧——我想到了诗人，他们首当其冲，表现得最为明显。把音乐家、画家、演员等等艺术家看作一个整体，而把他们中的每一个看作是剧烈旋转的车轮的辐条或轮缘，诗歌，就是这个整体的轴与核心，在别的什么地方我们还能如此深入地探究时代的起因、生长、标记呢——时代的问题与疾病呢？

一般人都赞同，无论是男人还是女人，没有什么比得过完美而高贵的生活，没有瑕疵的道德，快乐而平衡的行为，健康而纯洁的身体，就连同情，这种人类的感情元素，也要比例适当——这种生活，在所有这些方面，都不匆忙，不停歇，不厌倦，直到最后。但是，对于艺术家的感官来说，有另外一种个性更为宝贵（这种感官喜欢最强烈的光与影的游戏），其中完美的性格、善良、英雄气概，尽管永远无法获得，但也从来没有丧失踪影，而是通过失败、悲哀、暂时的衰落，一次又一次地回归，在经常受到侵犯的同时，只要头脑、肌肉、声音还在遵循着我们所谓的意志，就会被充满激情地坚持。这种个性我们或多或少在彭斯、拜伦、席勒和乔治·桑的身上能够见到。但是我们在埃德加·坡的身上却看不到。（这是最近三天时断时续地阅读他的一本新诗后所得出的结果——我在池塘边漫步时随身携带着它，一点一点地读完了。）埃德加·坡对这种性格的贡献就是表现出与之完全相反的和矛盾的性格，这种表现几乎成了前者完美的例证。

　　几乎没有一点道德原则的迹象，没有具体的事物及其英雄主义，也没有较为简单的心灵的情感，埃德加·坡的诗歌表现出对技巧和抽象美的巨大才能，过度的韵律技巧，对黑夜主题的积习难改的偏爱，每一页的后面都有恶魔般的底色——总体上来判断，他的诗歌也许属于想象文学的电光，灿烂眩目，却没有热量。和他的诗歌一样，有关诗人的生活和记忆有着一种难以描述的吸引力。对于能领悟其微妙的追溯和回顾的人来说，他的诗歌无疑将把诗人的出生与诗人的祖先联系起来，把他的童年和青年联系起来，把他的体格与他所谓的教育，把他的学习与他那时和巴尔的摩、里奇蒙、费城和纽约文学界与社交界的关系联系起来——不仅是地点和环境本身，还在于，而且常常在于他对这一切的摒弃和反应。

　　下面的报道来自1875年11月16日的华盛顿《星报》，它也许有助于关心此事的人进一步了解我对这个有趣人物及其对我们时代的影响的看法。大概在那一天，在巴尔的摩公开举行了对埃德加·坡遗体的重新安葬仪式，并在墓上立了纪念碑：

当时这个"老灰胡子"正在华盛顿访问,他到了巴尔的摩,尽管患有中风病,他还是蹒跚而来,悄悄地坐在台上,但是拒绝发言,他说,"我有强烈的冲动,要来这里,参加坡的纪念仪式,我服从了这种冲动,但是我一点做演讲的冲动都没有,我亲爱的朋友们,这一点我也必须服从。"然而,在一个非正式的圈子里,在葬礼后的谈话中,惠特曼说:"很久以来,直到最近,我都不喜欢坡的东西。我需要,一直需要诗歌,明亮的太阳,清新的风——健康的力量和能量,而不是精神错乱,即便是在最为狂暴的激情中——它们始终是永恒道德的背景。虽然没有满足这些需要,坡的天才依然以其自身获得了特殊的认同,我也逐渐地完全承认了它,欣赏它和他本人。

"我曾经有过一个梦,在梦中我看见了一艘船在海上,在午夜,在一场风暴中。那不是一艘索具齐全的大船,也不是坚定地穿过大风行驶的威严的汽船,而是像我经常看见的那种漂亮的小游艇,在纽约附近的水域或长岛海湾停泊着,悠然地摇晃着——它现在船帆撕裂,桅杆折断,不受控制地在凶猛的雨夹雪和夜晚的巨浪中颠簸着。甲板上是一个纤细、模糊、美丽的身影,一个朦胧的男人,显然他在享受着这所有的恐惧、昏暗和动乱,他同时是这一切的核心和牺牲者。我可怕的梦中人可能就代表着埃德加·坡,他的精神,他的命运,和他的诗歌——它们本身就是可怕的梦。"

可以说的还有很多,但是我最想做的是充分发挥我在开头所提出的想法。凭借它受欢迎的诗人，一个时代的能力，它堤坝的薄弱之处，它的潜流（往往比最大的表面潮流更有意义）得到了准确无误的揭示。在19世纪爱诗者当中格外流行的华美与古怪——它们意味着什么呢？诗歌文化不可避免地朝向病态、反常的美——所有技术思想或作品本身的精致都让人厌恶——放弃了第一手的永恒而民主的具体内容，身体，大地，海洋，性及类似的东西——而代之以第二手、第三手的东西——这一切对当前的病理学研究有何意义？

贝多芬的七重奏

　　1880年2月11日。今天晚上在费城歌剧院大厅里有一个很好的音乐会——乐队很小，但却是一流的。音乐从来没有像今晚这样浸入我的内心，安慰着我，充满着我——从来没有这样证明它让灵魂苏醒的力量，它所声明的不可能性。尤其是在贝多芬的一首著名的七重奏，乐器是精心选择、完美组合的（小提琴，中提琴，单簧管，号，大提琴和倍低音乐器），我被带走了，我看见了众多迷人的奇迹。有时，仿佛自然抛开了优雅和考究，在阳光下的山坡上欢笑；严肃、坚定而单调，有如风声；一只号角穿过纠结的丛林响起，回声慢慢消失；静静漂浮的波浪，此刻却突然巨流翻涌，愤怒地拍击着，沉重地抱怨着；间歇地发出阵阵刺耳的笑声，好像自然本身不时陷入古怪的情绪当中——但主要的还是自发的、轻松的、无忧无虑的——往往是光着身子的儿童玩耍和睡眠时的那种神情。观察小提琴手如此娴熟地拉动弓弦也让我受益良多——每个动作都值得研究。像有时那样，我允许自己放纵一下，暂时把自我忘在一边。我自负地想象有满树林的鸟儿在歌唱，其中有一支单纯的二重唱，两个人类的灵魂，坚定地诉说着他们自己的冥想与欢乐。

林中悠游

3月8日。写下这个时我又回到了乡村，只是换了一个新地方，坐在林中的一块原木上，温暖的正午，阳光明媚。我一直在林子深处游荡，高高的松树，橡树，山核桃树，树下生长着浓密的下层灌木，有月桂和葡萄藤——地面上到处覆盖着残枝败叶，毁损物和苔藓—— 一切都孤独，古老，严酷。道路（就目前而言）四通八达，我不知道它们是怎么形成的，因为似乎没有人来这里，也没有牛之类的东西来。今天的气温大约是六十度，风穿过松树的树顶；我坐着，倾听着它在头上粗哑地长久长久地叹息（我也倾听着寂静），或者在古老的道路和小径上漫无目的地游荡，拔拔小树锻炼身体，让我的关节不至于僵硬。蓝鸟，知更鸟，草地鹨开始出现了。

第二天，9日。早晨有暴风雪，几乎持续了一整天。但是我散了两个多钟头的步，同样的树林和道路，在坠落的雪片中。没有风，但依然有音乐般低低的呢喃穿过松林，非常明显，奇异，和瀑布一样，时而平息，时而又倾泻而下。所有的感官，视觉，声音，嗅觉，都愉快地得到了满足。每一片雪花都躺在它所飘落之处，在常青植物上，冬青树上，月桂树上，等等，数不清的叶子和枝条重重叠叠，膨胀的白色，镶着祖母绿的边线——一排排树顶呈青铜色的松树，树干又高又直——淡淡的树脂香混合在雪的气息中。（因为任何事物都有自己的气息，甚至雪，只要你能察觉——没有任何两个地方，任何两个时辰，会完全相同。中午和午夜，冬天与夏天，有风和没风的时候，它们的气息是多么不同。）

女低音

5月9日，星期日。今天傍晚去拜访我的朋友J一家——美味的晚餐，我尽情享用了一番——与J夫妇和I愉快地闲聊。后来，我坐在人行道上，在傍晚的风中，对面街角里教堂的唱诗班和管风琴在演奏路德的赞美诗——《我们的坚强堡垒》，非常优美。空气中充满了丰富的女低音。接近半个小时，黑暗中（一连串的英语赞美诗）传来的音乐坚定而沉着，伴随着长长的停顿。亮银色的天琴座悄悄升起在教堂暗淡的屋顶上。彩窗中透出多色的灯光，树影斑驳。在一切之下，在北方高天上的皇冠北极星下，在清新的微风中，还有夜晚的明暗对比中，是那水灵灵的女低音。

更好地观看尼亚加拉瀑布

　　1880年6月4日。为了真正领会伟大的图画、书籍、音乐、建筑、壮丽的风景——甚至是第一次领会普普通通的阳光、景色，甚至是所有秘密中最奇异的秘密，身份的秘密——一个人一生中幸运的五分钟降临了，它偶然与环境和谐一致了，在多年的阅读、旅行与思考后，它带来了达到顶点的短暂一闪。今天下午两点多钟，这个短暂的、难以描述的时刻，把尼亚加拉带给了我，它的活动、色彩与构图的绝对的威严与壮丽。我们非常缓慢地穿越吊桥——任何地方都不能停脚——天气晴朗，阳光明媚，万籁俱寂——我走到平台上。一里外的瀑布群清晰可见，与众不同，没有轰鸣——几乎只是在喃喃低语。河流翻涌着绿色和白色的浪花，在我下面的远处；高高的黑色河岸，丰富的成荫的叶丛，许多青铜色的杉树，掩映在阴影中；万物之上，晴朗的天空弯成拱形，支配着一切，几抹白云，清澈，神圣，沉默。那幅短暂的画面，又短暂又寂静——将成为后来的回忆。真的，我用我一生中珍贵而有福的时刻、用回忆与过去所贮藏的，就是这样的事物—— 一年冬天我在火岛边看见的疯狂的海上风暴——理查德的老布思，四十年前在老鲍厄里的那个著名夜晚——诺尔玛儿童事件中的阿尔伯尼——我所记得的，战斗过后弗吉尼亚原野上的夜景——西堪萨斯大平原上，月光和群星所引起的独特情感——或者是离开纳韦辛克，在纽约湾里驾快艇乘长风的疾驰。从今往后，我要把那景色，那下午，那完美的结合，那五分钟对尼亚加拉的沉浸，和这一切放在一起——它不仅本身就是壮丽雄伟的宝石，而且与它多变、完整、必不可少的环境完美和谐。

与疯人在一起的星期天

6月6日。去了宗教机构（圣公会）的疯人庇护所，在三层建筑中的一个高耸的宽敞大厅。普通的木板，粉刷成白色，许多廉价的椅子，没有装饰也没有色彩，但全都一丝不苟，干净而悦目。大约有三百人出席，大多数是病人。祷告、简短的布道、牧师坚定而洪亮的声音，这一切都难以描述和暗示，尤其是听众，深深地打动了我。我坐在布道台旁边的扶手椅里，面对着穿得五花八门，但举止得体、秩序井然的一群人。有些妇女的裙子和圆帽古怪而别致，有几位年纪很老，头发已经花白，就像古老的画中人物一样。哦，那些面孔上的表情！有两三张面孔我可能永远不会忘记。没有任何明显使人反感和憎恶的东西——奇怪，我还没见过这样的事情。我们共同的人性，我的和你们的，在任何地方都是：

　　　　同样古老的血液——同样鲜红的、流动的血液但是在大多数面孔后面，可以推测存在着风暴、灾难、秘密、火焰、爱、错误、对财富的贪婪、宗教问题、十字架——那些狂热的面孔（尽管现在暂时平静着，和止水一样）反映出所有的生与死的悲哀——每一张脸上都闪射着奉献的成分——那岂非是超越所有理性、听起来可能显得奇怪的上帝的和平？我只能说，我花了很长时间，坐在那里用目光搜寻着，它似乎激起了前所未有的思想，无法回答的问题。一个非常棒的唱诗班，有簧风琴伴奏。布道后他们唱了《友善的光，引领我》。许多人加入，一起唱这首美妙的赞美诗，牧师宣读了前言——白天他用云彩引导他们，夜晚用火光引导他们。诗句如下：

　　　　引领我，友善的光，在周遭的阴暗中，
　　　　请你引领我前行。
　　　　夜晚是黑暗的，我已远离家园；
　　　　请你引领我前行。
　　　　我跟随你的脚步；我不要求看见
　　　　远处的风景；对我，一步就已足够。

　　　　过去我不曾这样，也不曾祈祷
　　　　你会引领我前行；
　　　　我喜欢自己选择道路；可是现在
　　　　请你引领我前行。
　　　　我热爱灿烂的白昼，抛开恐惧
　　　　骄傲支配我的意志；忘记过去。

　　两天后，我去了"固执大楼"，在比默医生的特别陪同下，我好好地参观了一下病房，既有男人的，也有女人的。从那以后，我对庇护所和周围孤零零的茅屋做过多次这样的访问。就我所能看见的，这是美国最先进、完善、友好、合理的庇护所。它本身就是一座城镇，有许多的建筑和一千个居民。

　　我获悉，加拿大，尤其是安大略这个人口稠密的辽阔省份，拥有最好最多的慈善机构。

柏树果一样的名字

（又回到了坎登和泽西）

有一次我想给这本选集命名为"柏树果一样"，我现在依然幻想这名字不坏，也并非不合适。它是游荡、观赏、跛行、闲坐、旅行的混杂——抛进去一点思考作为调味的盐巴，但是很少——不仅仅有夏天，还有所有季节——不仅仅是白昼，还有黑夜——若干对文学的沉思——书籍，对若干作家的研究，尝试了卡莱尔，爱伦坡，爱默生（始终是在我的柏树下，在户外，从来不是在书房里）——大部分的景色是人人可见的，但有些是我任性的幻想，一些沉思，自负——真正的户外，这些笔记大部分是在夏天成熟的——或单独，或成串——野生的，自由的，还有些辛辣——第一眼看去，真的比你能够猜测的更像柏树果。

可你知道它们是什么吗？（我现在说的是城里人，或者甜蜜的沙龙女士。）当你沿路而行，或者穿越不毛之地和乡野，在中部、东部、西部和南部的这些州的任何地方，你都能看见，在一年的某些季节，柏树毛茸茸的浓密叶簇中，斑驳地点缀着一串串中国蓝颜色的浆果，大小与美国蘡薁相仿佛。但是，首先这树本身的名字就很特殊：人人都知道柏树是健康、廉价、民主的树，有红色和白色的条纹—— 一种常绿植物——不是种植树种——它能防蛾子——它能在内陆和海滨生长，能适应所有的气候，无论冷热，任何土壤——事实上它更喜欢沙地和寒冷偏僻之处——如果能远离犁铧、肥料和修剪的斧子，能够独处，它就很满足了。在漫长的雨后，当万物焕然一新，我常常在林中漫步，向南、向北，或是向远远的西边，我会时时停下，接纳它微暗的绿色，被雨水洗得干净而柔和，点缀着大量光洁而结实的蓝色果实。柏树是有用处的——但是那些一串串辛辣的果实到底有什么用处呢？这是一个不可能得到满意回答的问题。确实，有些草药医生用它们来治肚子，但是这药物和疾病本身一样糟糕。我在坎登县漫游的时候，曾经发现一个老疯女人，她正在狂热而快乐地采集成串的柏树果。正如后来有人告诉我的那样，她对它们显示出一种迷恋，每年都在她的房间里高高低低地保存大量成串的柏树果。它们对她不安的大脑有一种奇异的魔力，能让她温顺和安静下来。（她没有危害性，她的住处离她富裕的已婚女儿不远。）那些成串的果实之间是否存在某种关联，那是超越人的智力范围的，我无法说清，但是我自己对它们怀有偏爱。确实，我喜欢柏树——它赤裸的凸凹不平的树干，它刚刚可以闻到的香味（与香水商最好的香水如此不同），它的沉默，它宁静地接受着冬天的寒冷和夏天的炎热，接受着雨和干旱——有时，它和它的团体成了我躲避上述一切的庇护所——是的，我永远无法解释为什么我爱任何人，任何事物。我现在要对柏树做出的特殊贡献是，当我设法为我计划的选集取一个名字时，在抛弃了一长串名字之后，我犹豫着，迷惑着，这时，我抬起眼睛，看哪！那正是我需要的词语。无论如何，我不再继续了——我厌倦了寻找。我接受无形的神灵放在我面前的东西。此外，谁会说在这些片段、这些粗糙颗粒和那些蓝浆果之间就没有足够的关联？（至少结出这两种果实的是同样的枝条。）它们的无用性疯狂生长——一种我多么喜欢用我的书页留住的自然的芳香——生长它们的土壤非常贫瘠——它们满足于被遗忘——它们对回答问题很冷淡，有充耳不闻的厌恶（后者是所有特点中最宝贵的，离我最近的）。

亲爱的读者，总的来说，在关系到目前这个选集的名字问题上，让我们满足于拥有了一个名字——某种标志它，把它捆在一起的东西，来把它所有的蔬菜、矿物、个人备忘录、突发的评论、简陋的哲学闲谈、多变的沙子和树丛凝固起来——没有因某些书页没有自己完全合适或出色的名字就呈现在你我面前而受到困扰。（这是件深刻的、令人恼火的、永远无法解释的事情——我的一生都深深卷入有关名字的事情之中了①。）

　　在种种一切之后，"柏树果一样"这个名字终究还是让人烦恼；但我无法抛弃我在小路上匆忙记下的东西，在我老朋友的庇护下，在一个温暖的10月正午。何况那样做将是对柏树的冒犯无礼。

---

　　①原注：在我藏书的口袋里，我发现了一个清单，开列着为这本书或其部分提出后又遭拒绝的名字——如：5月野蜂嗡鸣时，毛蕊花生长的8月，落雪，群星转动，远离书本——远离艺术，现在是日与夜——功课完成了，现在是太阳和群星，半瘫者笔记，黄昏中来自远处和隐蔽处的声音，一周又一周，末日的余烬，土著与胚胎，母鸭和公鸭，双帆，洪水与退潮，笔记与回忆，掌灯时分的闲谈，只有毛蕊花和大黄蜂，回声与恶作剧，池塘汩汩声……面对面，比如我……夜露，19世纪新世界中的生活回声，笔记与一本书的写作，六十三岁时的远与近，五十年的轮缘，吹积物与堆积物，放弃……匆忙的笔记，玉米穗……引火物，生活马赛克……本土时刻，前与后……门厅，类型与半音，六十岁后的微粒，残余物……沙丘，六十四岁海岸上的沙子，一次又一次。

托马斯·卡莱尔之死

1881年2月10日。在长期的消耗和闪耀之后，灯焰就这样终于完全熄灭了。

作为一个有代表性的作家，一个文学人物，没有人能像卡莱尔那样，将有关我们的动荡时代，它激烈的悖论，它的喧嚣，它挣扎的分娩期，向未来传递更有意义的暗示。他也同样属于我们自己的种族；既不是拉丁族，也不是希腊族，而完全是哥特族。他严峻，如高山，如火山，与他自己的著作相比，他本人更是一场法国大革命。在某些方面，在19世纪的今天，即使从学院观点来看，他的头脑也是整个英国装备最优良、最敏锐的；不过他却有一副病弱的身躯。每一页上都有消化不良的痕迹，还不时地充满整个书页。在他一生所学的功课中——尽管这一生长得惊人——还可以囊括进这样的一课，在天才与品德后面，是怎样的一个胃在投出关键的一票。

两种互相冲突、互相竞争的元素似乎一直在争夺着这个人，有时像野马一样把他拉向不同的方向。他是一个谨慎、保守的苏格兰人，完全明白恶臭的气囊是什么，却不懂现代的激进主义是怎么回事；但是他伟大的心要求改革，要求改变——这颗心经常与他傲慢的大脑不协调。没有任何作家把这么多哭泣和绝望放到书中，有时可以觉察到，但经常是潜伏着的。他让我想起扬格①的诗歌，当死亡越来越近地迫近它的猎物，灵魂却到处奔跑，恳求着，尖叫着，痛骂着，要逃脱那普遍的命运。

从美国人的观点来看，他是有缺陷的，甚至肯定是有污点的。

卡莱尔的最终价值，不是仅仅因为他的文学特长（尽管他天赋巨大）——不是作为"书籍制造者"，而是因为他把一种刺耳的、质疑的、让人混乱的鼓动和震惊，投射进我们时代自满的空气中。是到了说英语的人们对于天才的脊椎，也就是力量，进行一番真正思考的时候了。好像他们一直在切割它，把它扭曲成时尚，就像女士的斗篷一样！他所做的贡献是多么必要啊！他是怎样动摇了我们安逸的读书界，用古老的希伯来式的愤怒和预言——尽管事情依然是老样子。他不是先知以赛亚，却更加傲慢，更有威胁性："骄傲的王冠，以色列的酒鬼，都将被踩在脚下，而那肥沃山谷顶上荣耀的美人也将成为正在消逝的花朵。"（预言这个词被大大地误用了；它似乎太窄了，仅仅限于预测。这不是那个翻译成"预言"的希伯来词

---

①扬格（Young，1683—1765），英国诗人、剧作家，以长篇讽喻诗《哀怨：或夜思》著称。

语的主要含义；它意味着一个人的头脑如泉水般从内部沸腾、倾泻，一种揭示出上帝的神圣的自发行为。预测是预言的很小一部分。要紧的是揭示和倾泻出灵魂中急待出生的上帝般的启示。这大致就是教友会或贵格会的教义。）

从单纯和表面上的脆弱之中，这个人的力量高高耸立——一个坚硬的橡木结子，你永远无法磨损——一个穿棕色衣服的老农夫，并不漂亮——他的小缺点正是他的迷人之处。谁在乎他写过关于弗朗西亚医生的文章，写过《孤注一掷》和《黑人问题》——谁在乎他一点都不欣赏我们美国？（我怀疑他是否想到过或说出过一半我们所应受的坏话。）在现代文学与政治的海洋中，他怎样像一头大海兽一样泼溅着浪花！无疑，关于政治，为了理解他所写文字的最关键含义，你必须首先从实际观察出发，认识到污秽不洁、罪恶与顽固不化，已经在英伦三岛的大批民众中根深蒂固，到处是繁文缛节、愚蠢无知、奉承势利。相应地，尽管他不是宪章派，也不是激进派，我认为卡莱尔对今日大不列颠封建残余的批评和抗议是最为激烈和最为愤怒的——两千万人无家可归，没有土地，贫困的处境日益恶化，而几千人，甚至几百人，却占有了全部的土地、金钱和肥缺。贸易与航运，俱乐部和文化，威望和枪炮，精选的绅士与贵族阶层，所有现代的改善，都无法缓和与抵抗这样巨大的贪婪。

测试他给他的国家留下了多少东西的方法，就是去考虑一下，或者是尝试着考虑一下，英国思想的行列，最近五十年来思想的总体，但是把卡莱尔排除在外。那将像一支军队没有了大炮。景象依然是快乐和丰富的——拜伦、司各特、丁尼生，

439

还有许多人——有骑兵和快速步兵，旌旗飘扬——但是，对于训练有素的士兵的耳朵是如此珍贵的，那决定命运和胜利的最后的怒吼，将会缺席。

最近三年，通过信息传递，我们在美国也约略地了解了这个人，他身体单薄，孤独，没有妻子，没有儿女，年事已高，他躺在沙发上，凭借不屈不挠的意志坚持不卧床，但健康从来没有好转到去户外活动的程度。在报纸上的简短描述中我时时注意到这样的消息。一周以前，八九点钟之间，就在我出门做惯常的黄昏散步之前，我就读到了这样一则报道。夜晚美好而寒冷，不同寻常的晴朗（1881年2月5日），我在附近的开阔地上散步，卡莱尔的状况，他正在靠近死亡——也许那时实际上已经死亡——让我心中充满了无法表述的思想，这些思想奇异地与周围的景色混合在一起。金星，在西天升起已经一个时辰了，恢复了它的体积和亮度（几乎一年它都暗淡无光，萎靡不振），别具一种我从未注意过的情调——不仅仅是奢华、淫荡、水灵灵、勾魂摄魄——而是显得逼人的沉静、严肃、高傲——它现在又是米洛①的维纳斯了。木星、土星和已过上弦的月亮，首尾相接地列队朝向天顶，后面跟随着昴星团、金星座和红色的毕宿五。天空中没有一朵云彩，猎户座迈步跨向东南，它的腰带闪亮——紧挨着它下面，悬挂着夜晚的太阳，天狼星。每颗星星都膨胀了，更像玻璃一样，比平时显得更近。

_____

　　①米洛斯，希腊基克拉泽斯群岛最西南端的主要岛屿之一，位于爱琴海中。因向腓尼基输出黑曜岩而成为早期爱琴海文明的重要中心之一。1820年，著名的米洛的维纳斯在该岛古卫城阿达曼达附近出土。

不同于那些晴朗的夜晚，大星星完全压过了其他星星。每颗小星星或星团都清晰可见，都同样近。贝丽奈西①的头发里露出了块块珠宝，和新长出的头发。东北方和北方，是镰刀星座，山羊座和它的孩子们，仙后座，北河二与北河三，还有两座北斗七星。这整个无法描绘的寂静景象，包裹着我、沐浴着我全部的感官，而徘徊不散的是有关卡莱尔临终的念头。（为了安慰自己，把一切精神化，也是为了尽可能地解决死亡与天才的奥秘，我就在午夜的星空下思考这些。）

既然托马斯·卡莱尔已经去世，不久就会化为灰烬，凭借影响，他还是同一个人吗？也许，在某些方面，这是一万年来所有的陈述、知识和推测都无法理解的——是人类所有可能的陈述都无法理解的——他还是一个确实的、有生命的存在，一种精神，一个个体吗？——也许他现在就飘荡在那些星系所在的空间，尽管那些星系充满启示，无穷无尽，也仅仅是在向着更为无尽、更富有启示的星系缓慢靠近。对此我深信不疑。在寂静中，在一个晴朗的夜晚，灵魂得到了这样的回答，那是它所能得到的最好的回答。对我也是一样。每当我因为特别悲伤的事情或令人苦恼的问题而沮丧，我就等待，直到我来到户外，在群星下获得最后无声的满足。

---

①贝丽奈西（Berenice），古埃及国王托勒密三世之妻。当托勒密三世准备去叙利亚为惨遭杀害的姐妹报仇时，她献出一缕头发，以祈求神灵保佑他平安归来。据说这缕头发升上天国，成为后发星座，即"贝丽奈西之发"。

给四诗人的献礼

　　4月16日。短暂而愉快地拜访了朗费罗。我不是那种值得拜访的人，但是，作为《伊凡哥林》的作者，三年前他不嫌麻烦地来坎登看我，当时我正在生病，对此我不仅感到愉快的激动，也感到了责任。他是我在波士顿拜访的唯一一个特殊的名人，我很难忘记他微笑的发亮的脸，闪耀着温暖和谦恭有礼，举止完全是所谓的老派风度。

　　就在此刻，我冲动地想插几句话，谈谈有关这四位大诗人的事情，是他们把诗歌文学诞生的标记打在美国第一个世纪身上。在最近的一期杂志上，我的一个本应当对事情再多了解一些的评论者，说我对这些领先诗人的态度是"轻蔑、傲慢和偏执的"，说我"嘲笑"他们，鼓吹他们的"无用性"。如果有人想知道有关他们我是怎么想的——长期以来我的想法和我所公开承认的事实——我完全愿意提起讨论。诗歌的开始与启蒙源于爱默生、朗费罗、布莱恩特和惠蒂埃，我无法想象还有比这更好的幸运落在美国身上。在我看来，爱默生无疑名列其首，至于其他人我就不知道如何安排他们的顺序了。每一个都杰出，都完美，都独特。爱默生的诗歌甜美柔和，旋律充满活力，他的诗歌是有韵的哲学，琥珀般透明，就像他喜欢歌唱的野蜂的蜂蜜一样。朗费罗的诗色彩丰富，形式与内容优雅——这一切都能使生活美好，爱情雅致——他足以和欧洲的同类诗人相媲美，且有过之而无不及。布莱恩特激活了一个巨大世界最初的内在的诗的脉搏——他是河流与森林的歌手，给我们带来了户外的气息，干草、葡萄、赤杨生长的边界的芳香——他始终对挽歌怀有暗恋——他漫长生涯的开始和结束都伴随着对死亡的咏唱，他的全部诗歌，或者是诗歌的片段，都不时地触及最高的普遍真理，热情与责任——与埃斯库罗斯一样触及严酷而永恒的道德，尽管没有后者那么狂暴和命运攸关。惠蒂埃的主题很特殊——（他明显钟情于英雄主义和战争，尽管他是公谊会教徒，他的诗歌有时就像克伦威尔老兵整齐划一的脚步）——惠蒂埃身上的热情与道德力量，为新英格兰奠定了路德、弥尔顿、乔治·福克斯①的正直与热忱——我没有必要，也没有胆量，说那是固执和狭隘——可是无疑，现在的世界需要，且将始终需要的，恰恰就是这样的狭隘与固执。

①乔治·福克斯（George Fox，1624—1691），英国宗教领袖，公谊会创始人。

米勒的画

　　4月18日。走了三四里路，去昆西·肖家，去看他收藏的米勒的画。痴迷的两小时。我从来没有被绘画这种表现方式如此穿透过。我长久长久地站在《播种者》前面。我相信画商们把它命名为"第一播种者"，因为画家另外又画了第二版、第三版，有人认为，每一版都有所改善。但是我怀疑这种说法。在这幅画中有种再也捕捉不住的东西——一种崇高的黑暗和被禁锢的原始的愤怒。除了这幅杰作，还有许多其他作品（我永远忘不了《饮母牛》中那单纯的黄昏景色），作为绘画，一切都无可仿效，一切都完美无缺，纯粹的艺术品；而在我看来，我一直寻找的是我们无法感知的画家最终的伦理意图（很可能他自己也是无意识的）。它们向我完整讲述着以前发生的故事，是它们激发了伟大的法国革命——漫长过去对一个英雄民族的残酷压迫，卑下，贫困，饥饿——所有的权利都被剥夺，几代人恢复人性的努力被粉碎——但是，那自然的力量，巨人一般的力量，因为那压迫而更加强大，更加坚韧——可怕地等待着爆发，复仇——给大坝施压，终必使之崩塌——巴士底风暴——国王和王后被处决——大屠杀与鲜血的暴风雨。谁能奇怪呢？

我们能期望不同的人性吗？

我们能期望木石造就的人吗？

在命运和时间中就不存在公正吗？

真正的法兰西，其余一切的基础，当然就在这些画中。在这点上，我领会了《休憩的农夫》《挖掘者》和《晚祷》。有些人总是认为法国人是一个小民族，五或五英尺半高，不庄重，总是假笑。根本不是这样。法兰西民族，在革命之前，规模巨大，他们和现在一样严肃、勤劳而单纯。革命和拿破仑战争降低了人口标准，但是它会再次上升的。如果没有其他事情，我会考虑在波士顿稍做盘桓，为自己打开一个米勒绘画的新天地。美国会从它自己的身体和灵魂中孕育出一个这样的艺术家吗？

4月17日，星期日。一个半小时，下午晚些时候，在寂静和半明半暗中，在巨大的剑桥纪念堂中，墙上密密地覆盖着壁碑，刻着卷入"脱离战争"的这所大学的学生和毕业生的名字。

4月23日。稳稳当当地离开是好的，如果我再多待一周，我就会被人们的热情杀死，被吃吃喝喝杀死。

鸟，以及一个忠告

　　5月14日。又回家了；暂时在泽西的树林中。上午八九点之间，完全是一场鸟类音乐会，来自不同的栖息之处，与我周围清新的气息、宁静与整个自然和谐一致。我最近注意到一只褐背鸟，有知更鸟那么大，或者小一点，浅色的胸脯和肩膀，有不规则的黑条纹——尾巴很长——这些日子，每天这个时候，它就弓身蹲在一棵高灌木或大树顶上，无忧无虑地歌唱。我经常靠近去听，它显得很驯服；我喜欢观察它动弹的喙和喉咙，它的身体古怪地侧着移动，弯曲着它的长尾巴。我听见了啄木鸟，夜里和清晨有三声夜鹰的穿梭声，画眉悦耳的咯咯声，还有猫鸟的喵喵声。许多鸟我叫不出名字；但我不是特别想获得信息。（关于鸟、树木、花和驾船技术，你无需知道太多，或是过于精确和科学；一定程度的空白，模糊——甚或是无知和轻信，有助于你享受这些事物，享受鸟类、树木、河流或海洋等等大自然的情调，我要重申——不要想了解得太详细，或者是穷究其原由。我自己的笔记是在新泽西中部即席写下的。它们描述了我所看见的——向我显现的东西——我敢说鸟类学家、植物学家和昆虫学家会在里面察觉到不止一个疏漏。）

我的摘记簿抽样

　　我不应该仅仅提供这些日子、我的兴趣及身体复原的记录，我应该把一本翻得很旧很脏的摘记簿也包括在内，它充满了我喜欢的片段，我把它在口袋里揣了三个夏天，每当情绪允许，我就一遍又一遍地沉浸其中。让一首诗或一个好的建议渗透我，从这些智慧而自然的影响中，我发现了很多。

溪边的摘记簿抽样：

老品达说，我的箭囊中有许多快箭，它们只对智者说话，对于无头脑的人，它们需要一个解释者。这样的人需要很多年代才能造就，也需要很多年代才能被理解。

——亨利·大卫·梭罗

如果你恨一个人，不要杀他，让他活着。

——佛教语录

名剑由废料和无价值的思想铸成。

诗歌是唯一的真理——是一个健康头脑的表达，说的是理想，而非表象。

——爱默生

肖肖尼人发誓的形式是："大地能听见我。太阳能听见我。我还会撒谎吗？"

文明的真正考验不是统计调查，不是城市规模，不是收成——而是这个国家培养的是什么样的人。

——爱默生

整个广阔的以太是鹰的优势：
整个大地是勇敢者的祖国。

——欧里庇得斯

香料碾碎了，才会有香味，
香水打破了，才会有香气；
你想展现它的力量吗？
那就把熏香投到火里。

谬误的密西西比河被称做历史。

——马修·阿诺德　449

风吹北方，风吹南方，
风吹东方和西方；
无论自由的风怎么吹，
船都能发现那是最好的。

不要告诫别人应该吃什么，而是要像你那样吃，并保持沉默。
　　　　　　　　　　　　　　　——爱比克泰德①

维克多·雨果让一头驴这样沉思和呼吁：
我的兄弟，人类，如果你想了解真理，
我们都被同样沉闷的墙壁关着；
大门沉重，地牢坚固。
但是你透过锁孔向外望，
并把这叫作知识；可是你手边没有
打开命运之锁的钥匙。

再会！我不知道你的价值；
但是你离开了，现在这就是奖赏：
天使们不为人知地行于大地，
他们飞走时才会被认出。

　　　　　　　　　　　　　　　　　　——胡德

_____

　　①爱比克泰德（Epictetus，55? —135? ），古罗马新斯多葛派哲学家，奴隶出身的自由民。宣扬宿命论，其学说见于其门徒编纂的爱比克泰德《语录》和《手册》。

约翰·巴勒斯在写到梭罗时说："他随着年龄长进——事实上需要年龄来脱去一些他的粗暴，让他完全成熟。世界喜欢好的仇恨者和拒绝者，几乎和喜欢好的热爱者和接受者一样——只要世界还喜欢他。"

路易·米歇尔在布朗基[1]的葬礼（1881年）上说，布朗锻炼他的身体以服从伟大的良知和高尚的激情，作为一个年轻人，他从一开始就断绝了现代文明的一切享乐。没有牺牲自我的力量，伟大的思想就永远不能结果。

> 从跳跃的炉火中
> 出现了一团熔化的银子；
> 然后，被打成三块，
> 出发去迎接各自的命运。
> 第一块被做成十字架，
> 放在一个士兵的背包里；
> 第二块成了一个纪念品盒，
> 一个母亲保存她死去孩子的头发；
> 第三块——一个手镯，明亮而温暖，
> 戴在一个无信的女人的手臂上。
>
> 爱上它是一种巨大的痛苦，
> 错过它也是一种痛苦；

---

[1] 布朗基（Blanqui，1805—1881），法国空想共产主义者、革命家。

而最为痛苦的，
是爱上它，但却爱得徒劳。

异教徒的心，基督徒的灵魂，
他跟随基督，他为死去的潘神叹息，
直到大地和天堂在他胸中会合：
仿佛忒奥克里托斯①在西西里
碰见了那个被钉上十字架的人，
把他的众神丢在深深的，基督赐予的安息中。

　　　　　　　　——莫里斯·F·埃甘论德介朗

如果我祈祷，那唯一为我
移动我的嘴唇的祷告，是
离开我现在所承受的思想，
给我自由。

　　　　　　　　——爱米莉·勃朗特

我宁可与上帝走在黑暗中，
也不愿在光明中独行；
我宁可凭信心与他同行，
也不愿凭视力拣选道路。

---

①忒奥克里托斯（Theocritus，前310？—前250？），古希腊诗人。创始田园诗，以《泰尔西斯》最为著名，诗作对罗马诗人维吉尔及后来的田园文学有很大影响。

又是本地的沙子和盐

　　1881年7月25日。长岛，法洛克韦。美好的一天，短程旅游，在沙子和盐中，稳定的微风从海上吹来，太阳闪耀着，莎草的臭气，浪涛的喧闹，嘶嘶声和轰隆声混在一起，奶白色的浪峰卷曲着。我懒洋洋地洗了个澡，和过去一样光着身子闲逛，在岸边温暖的灰色沙子上，我的同伴在深水中的船上——我大声给他们朗诵蒲伯翻译的《荷马》中朱庇特受众神威胁的段落。

　　7月28日。上午八点半，乘"普利茅斯岩石"号汽船，从纽约第二十三街角出发，去朗布兰奇。又是美好的一天，满目美景，海岸，航运和海湾——一切都安慰着我的身体和灵魂。（我发现纽约城和布鲁克林的人和空气比其他地方与我渊源更深。）一小时后。仍在汽船上，现在，盐的气味能非常清晰地闻到了——当我们的汽船向海上驶去，海水发出节奏感很强的长长的哗哗声——纳韦辛克的群山和许多过往的船只——空气是最好的。在朗布兰奇度过一天的大部分，停歇于一家舒

适的旅馆，懒散地接受一切，吃了顿绝美的晚餐，然后乘车在
周围兜了两个多小时，尤其是在海滨林荫大道，那是你能想象
的最愉快的兜风了，沿着海滩行上七八英里。到处都是昂贵的
别墅、宫殿，还有很多的百万富翁——但我认为很少有人像我
的朋友乔治·W·蔡尔德那样，他的诚实、慷慨、不受影响的
单纯，超越了世间所有的财富。

老年的发现

也许最好的是逐渐积累的。一个人在吃的喝的上面需要新鲜的，要马上满足，立即了结——但是，对于人、诗歌、朋友、城市或艺术作品，如果我第二次见到时没有第一次那么感激，第三次时更是如此，我就一点也不会珍视。不仅如此，我不相信最大的合理性会在一开始就显现出来。以我自己的经验（人、诗歌、地方、性格），我发现最好的很少是最早的（不过，这个规律不是绝对的），有时它们突然地迸发出来，有时秘密地向我敞开，也许是在多年无心的熟视无睹、不为所动和习惯之后。

终于拜访了爱默生

　　麻省，康科德。去那里做一次拜访——有弹性的、柔和的小阳春天气。今天从波士顿出发（乘轮船愉快地航行了四十分钟，经过萨默维尔、贝尔蒙、沃尔瑟姆、斯托尼布鲁克和其他热闹的小镇），由我的朋友F. B.桑伯恩陪同，一直来到他宽敞的家，受到了桑伯恩夫人及其可爱家人的热情接待。刚过下午四点，我在门廊上，在老山核桃树和榆树的阴影下，写这则笔记，康科德河就在一箭之遥。河对岸，正对着我，在一片草地上和山边，晒草者在收割和装车，这可能是他们第二次或第三次收割了。小山丘连绵展开，呈祖母绿和棕色，三十来个圆锥形小干草垛点缀在草地上，装得满满的马车，耐心的马匹，晒草者和干草叉缓慢而有力的动作——渐渐开始衰落的下午，一片片黄色阳光，被长长的阴影弄得斑驳了——一只蟋蟀尖声鸣叫，通报着黄昏即将来临——一条载着两个人的船无声地沿着小河滑过，从石头拱桥下经过——潮湿的空气形成淡淡的雾气，弥漫开来，天空和宁静在头顶和各个方向延伸着——充满、安慰着我。

同一天晚上。我从来没有这么幸运过：和爱默生一起度过了一个长长的有福的傍晚，我不能期望有更好的或别的方式了。近两个小时他一直平静地坐在我身边，我能在最佳的光线中看清他的脸。桑伯恩夫人的后门廊上都是人，邻居们聚集在那里，有许多清新而迷人的面孔，女人们大多很年轻，也有一些老人。我的朋友 A. B. 阿尔科特和他的女儿路易莎早早就到了那里。大家谈得很多，话题主要是亨利·梭罗——从别人写给他和他写给别人的信中，隐约得到有关他生活与命运的新消息——最有价值的一封是玛格丽特·富勒的信，还有霍拉斯·格瑞雷、钱宁等人的信——有一封梭罗本人写的信，最为奇特而有趣。（无疑，在满屋子的伙伴中我可能显得很愚蠢，在人们的交谈中我几乎一言未发；但是正如瑞士谚语所言，我有"自己的挤奶桶"。）我的座位安排得很好，恰好可以正面看着爱默生，又不至于显得粗鲁，或任何诸如此类的感觉，在两个小时里我大部分时间都在凝视着他。刚进来的时候，他非常简短而客气地和几个客人打招呼，然后坐在椅子上，把椅子往后挪了挪。在整个谈话和讨论过程中他始终保持着沉默，但却听得很仔细。一位女士悄悄坐在他身边，小心翼翼。他的面色很好，目光清澈，带着人们所熟悉的温和表情，眼神也锐利而睿智。

第二天。在爱默生家待了几个小时，在那里用了晚餐。一座熟悉的老房子（他在里面住了有三十五年了），周围的环境和家具都很雅致，屋子里很宽敞，设备齐全，朴素而优雅，显示出一种大众化的舒适和充足财富，还有一种值得赞赏的老式的简朴——现代的奢侈、华丽和做作，在这里几乎找不到其痕迹，或者是完全被忽略了。晚餐也是一样。当然，最让人高兴的是见到了爱默生本人（那是星期天，1881年9月18日）。正如刚才所言，他的气色很健康，眼光清澈有神，表情快活，谈吐恰到好处，仅仅在需要的时候才说上只言片语，并且几乎总是带着微笑。除了爱默生本人，还有他的夫人，他们的女儿埃琳，儿子爱德华及妻子，我的朋友桑伯恩夫妻，还有其他亲属和熟人。爱默生夫人重新提起了昨天晚上的话题（我坐在她旁边），向我透露了有关梭罗的更多更充分的信息。几年前，爱默生先生在去欧洲以前，曾邀请梭罗在他们家住过一段时间。

康科德其他记事

　　尽管在桑伯恩夫妇家度过的傍晚，在爱默生夫妇家值得纪念的晚餐，都是最为愉快的，且永远充满着我的记忆，我也不应该忽略有关康科德的其他事情。我去了主人的旧宅，穿过古老的花园，走了几个房间，它们奇特别致，蓬乱的青草和灌木，窗户上小小的窗格，低矮的天花板，刺鼻的气味，匍匐植物遮住了阳光。去了康科德战场，它就在附近，观看了法国人的雕塑，"细心人"，读了雕像基座上爱默生的题诗，在桥上徘徊了良久，在1875年4月开战后埋葬在那里的无名英国士兵的坟墓前伫立。然后坐马车（感谢我的朋友M小姐和她精神十足的小白马，是她驾车），走了半个小时路程，去拜谒霍桑与梭罗的墓地。我下了马车，步行前往，在那里沉思着站了很久。在这"睡谷"中，这公墓山上一片林木茂密的宜人之地，他们比邻长眠。霍桑的坟墓已经变平，覆盖着茂密的爱神木，边上有一座凉亭，里面写着死者的简历。梭罗的墓前立着棕色的墓碑，普通而精致，刻着题词。亨利的旁边躺着他的兄弟约翰，他对他期望很高，后者却英年早逝。然后去了瓦尔登湖，那片美丽的树荫遮蔽的水面，在那里消磨了一个小时。林中梭罗建造他的孤独小屋的地方，现在仅仅是一堆表示纪念的石头了；我也拿了一块石头，放在石堆上。我们乘车返回的路上，看见了"哲学学校"，但是关闭了，我无法让它为我开门。在黑格尔派哲学家 W.T. 哈里斯家附近停下，他从屋中出来，我坐在马车上，我们愉快地交谈了片刻。在康科德的乘车外出，我是不会很快忘记的，尤其是在那个迷人的星期日上午，和我的朋友 M 小姐和小白马出行。

波士顿广场——再忆爱默生

　　10月10日至13日。我在广场度过了很多时间，这些美妙的日日夜夜——每天中午从十一点半待到一点多——每天日落时也几乎要在那里待一小时。我熟悉了所有的大树，尤其是特雷蒙街和贝肯街的那些老榆树，当我沿着宽宽的未铺路面的人行道闲逛时，在阳光照亮的空气中（但还足够凉爽清新），我逐渐对它们中的大部分有了沉默的理解，与它们有了感情。二十一年前，就在这宽阔的贝肯街，在这些同样的老榆树中间，在一个晴朗而寒冷的2月中午，我和爱默生一起散步了两个小时。那时，他正当盛年，头脑敏锐，身心都具有吸引力，全副武装，如果他愿意，他可以在理智和情感两方面都同样打动你。在那两小时中，他说，我听。这番谈话有理有据，就我的诗歌《亚当的子孙》的某部分（而且是主要部分）的结构，他侦察、检阅、攻击、进逼（就和一支整齐的军队，有炮兵、骑兵、步兵）。他的判断对我比金子还珍贵——给我上了奇异而充满悖论的一课；爱默生的每一个观点都是无法回答的，没有任何法官的指控会比之更彻底，更让人信服，我永远无法听到更好的表达了。那时，在我的灵魂深处，产生了清晰无误的信念，什么都不服从，追寻我自己的路。"对这样的事情你有何看法？"他最后停下问道。我直率地回答："除了我根本答不出之外，我更有决心坚持我自己的理论，并且把它阐释清楚。"然后，我们继续往前走，在美国旅馆吃了一顿美味的正餐。从那以后，我再没有动摇过，也没有疑虑过（尽管我承认以前我有过两三次）。

奥西恩^①之夜——最亲密的朋友们

1881年11月。又回到了坎登。今晚，九点到十一点之间，我穿过德拉瓦尔河旅行，头上的景色非常奇特——一片片蒸汽的薄纱飞快飘过，后面跟随着浓密的云彩，给万物投下墨黑的阴影。然后有一段时间，天空是钢铁般的灰黑色，我在类似的情况下注意到过，这种时候，月亮会以沉静的月华闪耀上片刻，在水上抛下一条宽宽的炫目的大道；然后雾气又笼罩了一切。云雾静悄悄的，但仿佛被愤怒驱赶着，它们飞快地掠过，有时很薄，有时很厚——一个真正的奥西恩之夜——在旋涡中，不在此地的朋友，已经辞世的朋友，那古老的，过往的一

---

①奥西恩（Ossian），描写芬恩及其作战队伍的英雄故事《芬尼亚故事》中的爱尔兰武士和吟游诗人，也译做莪相。1762年，苏格兰诗人麦克弗森"发现"了莪相的诗，并先后出版据认为是译自3世纪盖尔语原作的史诗《芬歌儿》和《帖莫拉》。从此，莪相的名字传遍整个欧洲。实际上，尽管这些作品部分是根据真正的盖尔语民谣写成，但大部分是麦克弗森的创作。

切，都不知怎么，温柔地提示着你——这时，从雾气中传来他们所吟唱的盖尔语歌曲——"灵魂有福了，哦，卡里尔！在旋风中。哦，当我因夜晚而孤独，你将来到我的厅堂！你来了，我的朋友。我时常听见有轻盈的手拨响我的竖琴，它挂在远处的墙上，有微弱的声音触动我的耳鼓。为什么你不和悲伤的我说话，告诉我什么时候才能看见我的朋友们？可你在低语的疾风中消失了；风呼啸着穿过奥西恩灰白的头发。"

但是最为重要的是，月亮、匆忙的雾气和黑云的变幻，伴随着在古怪寂静中快速运动所造成的感觉，让人回想起古代盖尔人的信仰，上面的一切是为接受刚刚战死的武士鬼魂所做的准备——["那天晚上我们坐在塞尔玛，在沉默中聚集着力量。风在橡树林中吹着。山妖在吼叫。疾风沙沙地穿过大厅，轻轻触碰我的竖琴。那声音悲哀而低沉，宛如坟墓之歌。芬恩最先听到。他的胸中升起无尽的叹息。我的一些英雄情绪低落，灰发的莫文国王说。我听到竖琴发出死亡的声音。奥西恩，抚摸着颤抖的琴弦。离开吧，悲哀，让他们的灵魂快乐地飞往莫文林木茂密的山冈。我在国王面前弹奏竖琴；琴声悲哀而低沉。我说，从你的云层中俯下身来，我父辈的幽灵！俯下身来。放下你们鲜红的恐惧。接受堕落的领袖；无论他是来自遥远的国土，还是从翻滚的大海中升起。让他云雾的长袍靠近；他的长矛是一朵云彩。以英雄之剑的形状，在他身边安置一颗半熄灭的流星。哦！让他的容颜美好可爱，让他的朋友们为他的到场而欣然。我说，从你的云层俯下身来，我父辈的幽灵，俯下身来。这就是我在塞尔玛，对着微微颤抖的竖琴所唱的歌。"]

我不知道是为什么，就在这时，我也沉思地想起了我最好的朋友们，他们在遥远的家中——威廉·奥康纳、莫里斯·巴克、约翰·巴勒斯和吉尔克里斯特夫人——我的另一个灵魂，我的诗歌最为忠实可靠的朋友们。

只是一艘新渡船

　　1882年1月12日。昨天傍晚，日落前，在费城和坎登之间，德拉瓦尔河展现了这样一幅景象，值得编织成一则笔记。河水正是满潮，宜人的微风从西南吹来，河水呈苍白的黄褐色，水流的动荡刚好足以使事物显得快活与生动。这一切之外，还有一个正在迫近的日落，壮丽非凡，翻滚的宽阔云层，金色薄雾和丰富的光线，令人目眩。在这一切之中，在下午清澈的枯黄色阳光中，河上驶来一艘很大的新船，"温诺亚"号，是你所能想象的最漂亮的东西，轻盈、快速地掠过，苗条而洁白，覆盖着旗帜，透明的红色和蓝色旗帜，在风中飘扬。只是一艘新渡船，但是它的恰当可以和大自然最好的创造相媲美，相竞争。在透明的高空，四五只大海鹰，优雅地平衡着、盘旋着，下方，在天空与河水如画的盛景中，游动着这个美、运动和力量的人工造物，其方式完美无缺。

朗费罗之死

1882年4月，坎登。我刚刚从一片老林子里散步回来，我喜欢偶尔去到那里，离开客厅、人行道和报纸杂志——就在那里，一个晴朗的上午，在松树、杉树和纠结的老月桂和葡萄藤的阴影深处，我首先获悉了朗费罗去世的消息。地上的常春藤清新茂密，蜿蜒穿过我脚边的死叶。因为没有更好的东西，我就把一些常春藤轻轻编成一个小枝，在寂静中独自沉思了半个小时，然后把它作为献礼放在死去诗人的坟上。

在我看来，朗费罗卷帙浩繁的作品，不仅仅在诗的表现风格与形式上是杰出的，标志着当今的时代（一种带有个人气质的，几乎有些病态的口头旋律），而且总是给普通人的心灵和趣味带来最可贵的东西，也许事情的本质就是如此。他是那样一种诗人和中和剂，是我们物质主义的、专断独行的、拜金的盎格鲁撒克逊种族最为需要的，尤其是当前时代的美国——这个时代受到工厂主、商人、金融家、政客和零工的专横控制——作为一个讲求旋律、谦恭而遵从的诗人，他为了他们出现了，置身于他们中间——他是意大利、德国、西班牙和北欧往昔那柔和晨光的诗人——是最有同情心的温和的诗人——也是妇女和年轻人的诗人——如果让我列举出为美国做下了比朗费罗更多价值更大的贡献的人，我必须想上很久很久。

我怀疑，以往是否有过具有如此优美的直觉判断和选择的诗人。据说他翻译的大量德国和斯堪的纳维亚诗歌比原文还要好。他既不催促，也不鞭策。他的影响就像好的饮料或空气。他绝不温吞，而是始终充满生命力，风趣，有动感，优雅。他能感动众多的普通人，他不歌唱例外的激情，或者人类不规则的胆大妄为。他不具有革命性，他不写冒犯人的或新的东西，他不发动猛攻。相反，他的歌是安慰人的和治愈创伤的，如果它们让人兴奋，那也是一种有益健康的惬意的激动。他的愤怒是温和的，是间接的（就像在《混血姑娘》和《见证》中那样）。

朗费罗的诗歌中没有任何不恰当的忧郁成分。甚至在早期的译作《曼里克》中，那乐章也仿佛强劲的风和持续的潮汐，蓬勃向上，令人鼓舞。他的许多诗歌的主题没有避开死亡，但是在他有关死亡这个可怕主题的原创诗歌和译诗中，有什么东西几乎总是占着上风——正如《最幸福的乐土》的结尾所争辩的：

> 然后那地主的女儿
> 向天空举起手，说，
> "你们不要再争了，
> 那里才是最幸福的乐土。"

有人粗暴地指责他缺乏纯正的本土特色和特殊的独创性，我只能说，美国和世界最好是充满敬意地感谢——这种感谢从不为过——几个世纪所奉献的这样的歌者，不要要求他的音符不同于那些其他歌手。再补充一点，我曾听朗费罗本人说过，如果这个新世界想要获得有价值的独创，能够让自己和自己的英雄为人所知，它就必须先被别人的独创性充满，恭敬地考虑所有在阿伽门农之前生活的英雄。

我们置身其中的大动乱

　　我的思想漂浮在巨大而神秘的潮流上，我今天独自坐在半明半暗的溪边——我的思想主要转向了两个中心。我所珍视的一首未完成诗歌的主题之一是人和宇宙的两种推动力——在后者，是创造的不间断的动乱①，剥落（我假设那是达尔文的进化）。真的，所谓自然，不过是变化而已，是所有可见的过程，更是不可见的过程吗？所谓人性，它的信念，爱，英雄主义，诗歌，甚至道德，仅仅是情感而已？

————————

　　①原注："五万年前，大熊星座或北斗七星组成了一个星星的十字架；十万年后，想象的北斗七星将倒置过来，形成勺子和勺柄的星星将交换位置。朦胧的星云在移动，其他的星云则以巨大的螺旋形旋转，方式不一。全宇宙物质的每个分子正在前后摇摆；充满空间的以太的每个粒子都在做果子冻式的颤动。光是一种运动，热、电、磁、声也是运动。每种人类感觉都是运动的结果；每种知觉，每个思想都仅仅是大脑分子的运动，被我们称之为大脑的不可解之物所翻译。生长的过程，存在的过程，腐烂的过程，无论是在世界中，还是在最微小的有机体中，都不过是运动。"

在爱默生墓前

　　1882年5月6日。我们站在爱默生新建的坟墓前，没有悲哀——实际上却是一种庄严的快乐和信念，近乎骄傲——我们灵魂的祝福不仅仅是，"战士，休息吧，你的任务完成了"，因为，一个超越世界上所有战士之上的人作为一个象征躺在这里。一个公正的人，平静的人，可爱，自足，明智而清澈得如同太阳。我们在这里纪念的不仅仅是爱默生本人——而是良知、简朴、文化、人性最优良的品德，如果需要，可以普遍地应用，能适合所有人与事。我们如此习惯于假设一个英雄的死只能是因为战斗、风暴、巨大的个人抗争，或置身戏剧性的时间和危险之中（迄今为止不是所有的戏剧和诗歌都在这样教导我们吗？）少数最为同情地哀悼爱默生辞世的人，甚至会十分欣赏这个重大事件成熟的壮丽，它沉静而恰当的戏剧，就像海上黄昏的夕光。

　　从此以后，我将如何沉思那些受到祝福的时辰，就在不久以前，我还看见那慈祥的面容，清澈的眼睛，嘴边沉静的微笑，在高龄的老年依然笔直的身形——一直到最后都充满如此的活力与快乐，根本看不到一点衰老的影子，甚至"可敬"这样的词语似乎也不适合了。

也许，生命现在圆满了，完成了它终有一死的过程，任何东西都不能再改变它、伤害它了，它拥有了最为灿烂的光环，不是因为它所留下的壮丽的智力或审美作品，而是因为它整个的存在，为文学界提供了少数（天！多么少啊！）完美无缺的理由。

我们可以说，就像亚伯拉罕·林肯在葛底斯堡那样，我们来不是为了祭祀死者——我们虔诚而来，如果可能的话，是为了从他身上接受某种神圣，贯注到我们自身和每天的工作之中。

现在写写自己

（摘自给一位德国朋友的信）

1882年5月31日。"从今天起我进入了我的第六十四个年头。将近十年前得的中风，自那时起一直徘徊不去，时好时坏——似乎已经悄悄安顿下了，也许会一直持续下去了。我很容易疲倦，非常笨拙，不能走远路；但是我的精神很棒。我每天都在公共场所游荡——不时地进行长途旅行，乘火车或是乘船，旅行上几百英里——大部分时间在户外生活——被晒得黑黑的，身体很结实（体重有一百九十磅）——我坚持运动，对生活、人、进步以及今天的问题很感兴趣。大约三分之二的时间我很舒服。我曾经有的意识都未受影响地完整保留着；尽管生理上我是个半瘫痪，并且很可能就这样继续一生了。但是我生活的主要目的似乎已经实现——我拥有最忠诚最热心的朋友，感情诚挚的亲人——还有我对其真的不屑一顾的敌人。

尝试读一本书之后

　　我尝试读一本印刷精美的有关"诗歌理论"的学术书，是今天早晨从英格兰寄来的——但是读不进去便放下了。这里是后来在我的日记里发现的一些随意的铅笔记录：

　　在青年和成年时期，诗歌充满了阳光和白昼的各种盛况；但是随着灵魂日益占据了优先权（感官依然包括在内），薄暮就变成了诗人的大气。我也追寻过并且现在依然在追寻着那灿烂的太阳，来相应地创作我的歌曲。但是当我变老，黄昏半明半暗的光对我显得更远了。

　　想象的游戏，以自然的感官之物为象征和信念，以爱和骄傲为移动万有的无形推动力，构成了奇妙的诗歌棋局。

　　一般的教师和批评家总是问"它意味着什么？"优秀音乐家的交响乐，日落，在海滩上轰鸣的海浪——它们意味着什么？无疑，以最为微妙和难以琢磨的感觉，它们意味着什么——像爱情那样，宗教那样，最好的诗歌也是如此。——但是，谁来探测和规定那些含义？（我这么说不是想要为野蛮和发狂的任意妄为颁发许可——而是证明灵魂的快乐往往是不能归于智力的部分，或者是局限于计算上面。）

充其量，诗歌的知识就像黄昏中听到的人们的交谈，说话者在远处或者是隐藏着，我们只能听到零碎断续的喃喃声。听不到的要更多——那也许是最重要的。

最壮丽的诗章只能在自由的距离外获得，正如有时我们在夜里寻找星星，不是直接凝视它们，而是侧在一边。

（给一个学诗歌的学生和朋友）我只想把你放入和谐关系中，不仅要用你自己的大脑、心、演变去理解事物，而且要极大地补足它。

最后的自白——文学考验

　　这些唠叨的日记就要接近尾声了。无疑，有一些重复，日期连续性上的技术差错，植物学、天文学等方面的细节、精确性方面，也许还有其他地方——因为在收集资料，写作，最后决定把稿件寄出，都不能有误，而且天气炎热（1882年7月底和整个8月），也不能耽误印刷工，就不得不匆忙往前赶，没有多余的时间。但是，一切务求真实——在对物、风景、自然产物的沉思上，忠实于我的感官和接受能力——为那些关心它的人提供一些真正的闪光，我一生中的典型日子——而且在精神及其相关事情上力守信诺，从作者到读者，在所有要写的主题上，无论它们走得多远，都绝不放松要求。

　　我早年生活的概况，长岛，纽约城等等，还有内战期间的日记，都是不言而喻的。本书中大部分内容原来是计划用做提示和材料的，以便写一首关于大自然的诗，这首诗应该在几个小时内就讲完一个人的经历，从太阳正盛的中午开始，穿过白昼的下半部分——我认为这个想法的起因是我的生命现在已到了下午。但是我不久就发现，直接叙述能让我进展得更为轻松。（于是，在美好的白天或夜晚，在晴明的时辰，一个人得到了让他羞愧的教训。自然似乎把所有固定的诗歌和艺术都看作近乎荒谬。）

于是，在后来的几年，在各种不同的季节和地点，我继续写下去，让我的思想奔驰在夜晚和繁星下面（或者当我被半瘫囚禁在室内时），在正午眺望大海，乘船去遥远的北方，在萨格纳河漆黑的胸脯上航行，按照最为松散的年代次序，匆忙地记下一切。这里印刷的文字都出自我临时的记录，几乎连季节都没有集中在一起，也没做任何的修订——我是如此担心会失去句子上可能附着的户外的气息，太阳或星光，我不敢去干预或打磨它们。有时（不是经常，只是作为陪衬），我会在口袋里揣一本书——或者从破烂的廉价版本中撕下松散的几页，总是随身带着，但只是在情绪需要时才拿出来。就这样，完全远离了文学常规，我重温了许多作家的作品。

我不能摆脱我的文学趣味，但是我发现，我最终是用大自然来考验文学的——许多人称之为"首要的前提"，大自然才真正是一切，是法则、标记与证明的最高结果。（难道从来没有人想到，适合一本书的最后的决定性考验，完全是在技术与语法之外的，任何真正一流的作品很少或根本与普通批评家的规则和标准无关，与阿里本①词典毫无血色的标记无关？我幻想过海洋和阳光，山峦和森林，以它们的精神来裁判我们的作品。我幻想过某种没有肉体的人类灵魂，来做出它的判决。）

---

①阿里本（Allibone，1816—1869），美国传记作家、图书管理学家。因写《英国文学和英美作家评论词典》一书而闻名。

附录：惠特曼年表

1819　5月31日，瓦尔特·惠特曼诞生于纽约州长岛亨廷顿区西山村。父亲是房屋建筑工。兄弟姐妹共八人，惠特曼排行第二。

1823　5月27日，出于对房屋市场繁荣的期望，惠特曼一家迁到布鲁克林。

1825　7月4日，曾志愿参加过美国独立战争的法国将军马奎斯·德·拉法耶特访问布鲁克林，据惠特曼回忆，将军曾抱了他一会儿，诗人终生引为荣耀。

1825—1830　在布鲁克林公立学校上学。在市内经常搬家。

1830—1831　退学；先后在律师事务所和医生诊所当勤杂工。

1831—1832　在《长岛爱国者》报社当印刷工学徒。

1832—1835　1832年夏天，在沃辛顿印刷所工作。1832年秋到1835年5月，在《长岛之星》报当排字工。

1833年，举家搬回长岛，但惠特曼继续留在《长岛之星》报。

1835—1836　在纽约做印刷工，1836年8月12日印刷厂大火之后失业。

1836—1838　先后在长岛的东诺维奇、汉普斯特德、巴比伦、朗斯瓦普、史密斯镇等地的学校教书。

1838—1839　在亨廷顿创办《长岛人》周报；在长岛贾梅卡《民主党人》报当排字工。

1840　秋天，参加为民主党人马丁·范布伦竞选总统的活动。

1841　6月，赴纽约；在《新世界》当排字工。7月，在市府公园的民主党集会上发表演说。8月，在《民主评论》上发表短篇故事《教室里的死亡（一个事实）》。

1842—1845　短期为《曙光》《饶舌者晚报》《政治家》《民主党人》《镜报》工作，给纽约一些报刊投稿。

1845—1846　1845年8月，回到布鲁克林；在《布鲁克林晚星报》工作到1846年3月。

1846—1848　1846年3月至1848年1月，任布鲁克林《鹰报》编辑。经常去歌剧院看戏。

1848　1月，退出《鹰报》（或被解雇）。2月，与弟弟杰夫去新奥尔良，任《新月》日报编辑。5月，辞职，返回布鲁克林，途经密西西比河与大湖区。9月9日，创办和主编的"自由土地"派的《布鲁克林自由人》周报出版；第一期出刊后办公室失火。

1849　春天，《自由人》变成日报；9月11日辞去编辑职务。6月由颅相学家福勒看了颅相。

1850—1854　在布鲁克林开办印刷所和书店，经营房屋建筑，任自由记者。1851年3月31日，在布鲁克林艺术协会发表演讲。

1855　5月15日，申请《草叶集》第一版出版许可证，内容包括十二首诗歌和一篇序言，7月初在布鲁克林出版。7月11日，父亲去世。7月21日爱默生致信给诗人："祝贺你开始了一项伟大事业。"12月11日爱默生来访。

1856　2月，在布鲁克林再次会晤爱默生。8月到9月间，颅相学家福勒和韦尔斯出版《草叶集》第二版，包括三十二首诗、爱默生的信和惠特曼给爱默生的回信。11月，梭罗和布朗松·阿尔科特来访。

　　1857春—1859夏　任布鲁克林《时代日报》编辑；常去浦发夫餐馆，一个波希米亚式文人聚会的地方。写组诗《芦笛》和《亚当的子孙》。

　　1860　3月，去波士顿看《草叶集》第三版清样，由出版商塞耶和埃尔德里奇出版。爱默生劝诗人撤下《亚当的子孙》组诗，惠特曼没有同意。

　　1861　4月，内战爆发；惠特曼的兄弟乔治参军。做自由记者。在纽约医院访问伤病员。

　　1862　12月，去弗吉尼亚，获悉弟弟乔治受伤，在军营逗留两周。年底回华盛顿。

　　1863　搬家到华盛顿，访问陆军医院并成为义务护理员，同时在军需处做抄写工作以维持生计。与威廉D.奥康纳和约翰·巴勒斯成为朋友。12月，弟弟安德鲁死于肺结核。

　　1864　6月，因病返回布鲁克林，休养半年。

　　1865　返回华盛顿，1月被任命为内政部印第安事务司办事员。3月4日，出席林肯第二次就职典礼。4月11日，林肯遇刺。6月30日，被内政部长詹姆斯·哈兰无理解雇，据推测可能是因为惠特曼写了"淫秽"诗歌。7月间又被调任司法部长办公室职员。夏天，写作《当紫丁香在庭院里开放的时候》和《啊船长！我的船长》。10月，《桴鼓集》及续编（林肯挽诗）出版。

　　1866　奥康纳出版为抗议哈兰无理解雇惠特曼，出版《善良的灰发诗人》。

　　1867　约翰·巴勒斯出版有关惠特曼的第一本传记《有关作为诗人和一个人的瓦尔特·惠特曼的笔记》。英国诗人威廉·罗塞蒂发表评论《瓦尔特·惠特曼的诗歌》。《草叶集》第四版在纽约出版。

　　1868　罗塞蒂编选的《惠特曼诗选》在伦敦出版，受到欢迎。

　　1869　在英国获得坚定的支持者。安妮·吉尔克利斯特、爱德华·卡朋特读到罗塞蒂编选的惠特曼诗歌，发生浓厚兴趣。

1870 精神抑郁。安妮·吉尔克利斯特在波士顿《激进者》月刊发表文章《一个英国女人对惠特曼的评价》。

1871 印刷《草叶集》第五版。小册子《航向印度》问世。英国诗人史文朋在《日出前的歌》中向惠特曼致敬；丁尼生和约翰·阿丁顿·西蒙斯给诗人写信表示友好。9月7日，在纽约"美国学会"展览会上朗诵《毕竟不仅仅是要创造》。安妮·吉尔克利斯特写信向惠特曼求婚，惠特曼于11月3日的复信中婉言谢绝。

1872 6月26日，在达特茅斯学院毕业典礼上朗诵《像一只自由飞翔的大鸟》。中暑。与奥康纳在黑人选举权问题上发生争吵。立遗嘱。

1873 1月23日晚，中风偏瘫。5月23日，母亲去世。6月离开华盛顿，到新泽西州坎登，从此寄居弟弟乔治家中达十年之久。

1874 夏天，被解除在华盛顿政府机关的职务，贫病交加。发表《红木树之歌》和《哥伦布的祈祷》。

1875 与印刷工哈利·斯塔福德成为朋友，在斯塔福德的农场度过夏天，到11月间健康情况有所好转，与巴勒斯访问华盛顿，在巴尔的摩参加爱伦坡的葬礼。

1876 出版建国百周年纪念集，包括上下两卷，即《草叶集》第六版和《双溪集》。《新泽西新闻》1月26日发表未署名文章《瓦尔特·惠特曼在美国的实际处境》，引发一场关于美国歧视惠特曼的国际性讨论。9月，安妮·吉尔克利斯特携子女访问美国，寓居费城，希望能与惠特曼成婚。

1877 1月28日，在费城托马斯·潘恩纪念会上发表演讲。5月，爱德华·卡朋特来坎登拜访惠特曼。加拿大医生理查德·莫里斯·布克博士来访，成为诗人晚年最密切的朋友。与哈利·斯塔福德赴纽约埃索浦斯拜访巴勒斯。

1878 6月，在纽约拜访巴勒斯。夏末，诗人朗费罗来访。再一次沿哈得孙河上游旅行。

1879　4月14日在纽约发表首次纪念林肯的演讲。安妮·吉尔克利斯特返回英国。9月，向西旅行，远至科罗拉多；患病，归途在圣路易斯弟弟杰夫家里滞留三个月。

1880　1月，返回坎登。4月，在费城发表纪念林肯演讲。在加拿大旅行，访问布克博士，10月返回坎登。

1881　4月15日，在波士顿发表纪念林肯演讲。8月到10月，再次访问波士顿，看《草叶集》第七版清样，11月由奥斯古德出版公司出版。去康科德拜访爱默生。

1882　1月，王尔德来坎登拜访。4月，奥斯古德版因"有伤风化"被波士顿地方检察官查禁。后由戴维·麦凯重印，并出版《典型的日子》。波士顿对惠特曼的公开封杀反促使诗集销路大增。

1883　布克博士在诗人自己协助下写成的传记《瓦尔特·惠特曼》由麦凯出版。

1884　3月，用麦凯版《草叶集》的版税购置在新泽西坎登米克尔大街328号的住宅，诗人头一次有了自己的家。6月，卡朋特再次来访。与霍拉斯·特劳贝尔等结为朋友，特劳贝尔后来详细记录了诗人晚年言行，写成长篇巨著《和瓦尔特·惠特曼在坎登》。

1885　7月，中暑。朋友们鉴于诗人行走艰难，捐赠一辆小马车和一匹小马。11月29日，安妮·吉尔克利斯特在英国去世。

1886　在马里兰的艾尔克顿、坎登、费城和新泽西的哈登菲尔德发表林肯纪念演讲。《蓓尔美尔报》送来80英镑新年赠礼。波士顿的支持者捐来800美元，供诗人在廷伯川盖一座避暑小屋，但没有建成。

1887　4月14日，在纽约麦迪逊广场剧院发表林肯纪念演讲，许多名流出席，收入600美元。艺术家西德尼·莫尔斯为诗人塑像，赫伯特·吉尔克利斯特、J.W.亚历山大和托马斯·伊肯斯为诗人画像。

1888　6月，瘫痪症再次发作。立下新遗嘱，指定理查德·莫里斯·布克、托马斯·哈内德和霍拉斯·特劳贝尔为其文学遗产执行人。在费城由戴维·麦凯出版《十一月的树枝》。

1889　在坎登举办七十诞辰纪念晚会。经过将近一年的蛰居后开始坐轮椅出户。《草叶集》第八版问世。

1890　4月，在费城发表最后一次林肯演讲。8月19日，写信给约翰·阿丁顿·西蒙斯，驳斥西蒙斯所谓《芦笛集》有同性恋情结的说法，并声称自己有六个非婚生子女。10月，惠特曼开始在新泽西坎登为自己营建墓地。

1891　《草叶集》第九版即"临终版"问世。准备《随笔全集》。在米克尔大街寓所举办最后一次生日晚会。12月，患肺炎。

1892　3月26日，在米克尔大街去世，30日，葬于坎登由诗人自己营建的墓地里。